UNSCHULDIG

SCHULDIG

vom Täter zum Opfer

von Rosa Pe

Autorin: Rosa Pe

Umschlaggestaltung: Rosa Pe

Verlag: Buchschmiede von Dataform Media GmbH, Wien

www.buchschmiede.com

ISBN:

978-3-99129-534-1 (Paperback)

978-3-99129-532-7 (Hardcover)

978-3-99129-533-4 (E-Book)

PRINTED IN AUSTRIA

Ein großes Dankeschön an zwei ganz liebe Frauen

– Dea und Margot –

die mir nicht nur ihre Zeit geschenkt, sondern auch mit vielen hilfreichen Anmerkungen dazu beigetragen haben, dass ich mir meinen großen Traum erfüllen konnte.

Diesen Traum, meine lieben Leser, haltet Ihr gerade in Euren Händen:

Mein erster Roman!

Ich hoffe, Ihr habt beim Lesen annähernd so viel Spaß, wie ich ihn beim Schreiben hatte.

In diesem Sinne wünsche ich Euch einige unterhaltsame Stunden!

Eure

Rosa Pe

Prolog

21:36 Uhr. In ein paar Minuten sollte der schwarze Volvo um die Kurve kommen. Es dauert nicht mehr lange. Der Plan ist genial. Zu genial. Immerhin ging es auch letztes Mal gut aus. Mehr als gut. Erfolgreich. Einfach perfekt. Der perfekte Mord. Mord? Was für ein unschönes Wort für so etwas Sinnvolles. Es ist ein Beschützen für alle unschuldigen Kinder. Kinder, die eine bunte Welt voller Vertrauen und Zuversicht haben sollen. Kinder, die die brutale Realität nicht auf so widerliche Weise erleben sollten. Mord? Nein. Mord ist, wenn ein Ehemann seine Frau, schreiend um ihr Leben kämpfend, mit 25 Messerstichen tötet, nur weil sie das falsche Abendessen gekocht hat. Mord ist, wenn jemand wahllos einen Passanten erschießt, nur weil er sich weigert, seine 50 Dollar kampflos herauszugeben. Nein, das hier ist etwas ganz anderes. Etwas Wunderbares.

„Schweife nicht mit deinen Gedanken ab! Konzentriere dich! Nicht, dass du den passenden Moment verpasst und die letzten 55 Minuten umsonst gewartet hast“, ermahne ich mich. Ich kann förmlich das Adrenalin in meinen Adern fließen spüren. Genau wie beim letzten Mal. Leicht schwitzende Hände und das Herz schlägt schneller, als es das im Normalfall tut. Ein aufregendes Gefühl. Ein Rauschzustand. Besser als Sex. Besser als jeder Orgasmus. Gleich ist es soweit. Ich spüre es. Die aufsteigende Hitze und doch das leichte Frösteln im Nacken.

In diesem Moment erscheinen zwei helle Scheinwerferlichter. Sie durchbrechen die Anonymität der Dunkelheit. Das muss er sein. Wie geplant hat der Autofahrer die Warnblinklichter des Porsche Cayenne erblickt. Klar, bei so einem Wagen würde fast jeder um diese Zeit halten und seine Hilfe anbieten. Welche Gefahr sollte bei so einem Schlitten schon lauern? Welche Gefahr? „Du hast keine Ahnung, aber so was von keine Ahnung“, grinse ich schelmisch in mich hinein.

1. Kapitel

Samantha Forster wird, wie jeden Morgen, von dem hektischen Treiben im Polizeirevier empfangen. Wie jedes Mal trägt sie eine Schachtel Donuts und zwei heiße Kaffeebecher, damit ihr Kollege, Benjamin Carter, bei bester Laune gehalten wird. Es ist ein stummes Abkommen zwischen ihnen. Im Gegenzug holt er den Vormittagskaffee oder bezahlt mal das Mittagessen. Sam liebt diese tägliche Routine. Es ist die einzige Stabilität in ihrem Leben. Ansonsten ist ihr Beruf weit von jeglicher Routine entfernt. Man weiß nie, was in den nächsten Minuten oder Stunden passiert. Die Arbeit bei der Mordkommission. Ein Lebenstraum, den sich die 38-jährige mit harter Arbeit erkämpft hat. Seit 2 Jahren ist sie nun ein Teil von diesem Team, das hauptsächlich aus männlichen Kollegen besteht. Auch hier, nach dem Erreichen ihres Lebenstraumes, muss sie hart kämpfen. Eine Frau bei der Mordkommission - die Wetten laufen. Wie lange wird sie hier bleiben? Wie hat sie es überhaupt geschafft zum Detective? Trotz aller feminin überproportional besetzten Fernsehserien sind die meisten Polizisten bei der Mordkommission immer noch Männer. Und das wird sich in Zukunft leider auch nicht ändern. „Männerdomäne!“, wie sehr hasst sie dieses Wort, mehr aber noch hasst sie dieses Schubladendenken: Frauen - Männer!

„Carter! Forster! In mein Büro, sofort!“, schreit der etwas festere Captain Howard Link. Er war seinerzeit ein Tier im Revier. Er ging selten unter einem 14 bis 15-stündigen Tag nach Hause. Er verbiss sich in jeden Fall wie ein Pittbull in den Oberarm seines Opfers. Doch seit seiner Beförderung vor gut 7 Jahren ist er kaum aus seinem Büro rauszubekommen - was man ihm auch deutlich ansieht. Der einst total durchtrainierte Mann hat jetzt einen runderen Bauch und das Doppelkinn wird auch immer sichtbarer. Er scheint heute sehr in Eile zu sein.

„Captain?“, fragen Carter und Forster gleichzeitig.

„Soeben wurde mir mitgeteilt, dass wieder eine Leiche gefunden wurde. Sieht sehr nach derselben Handschrift aus, genauso wie das Opfer vor drei Wochen.“

„Im Auto verbrannt mit offener Hose?“

„Ja. Er wurde auf dem Culver Boulevard gefunden. Ich habe den Beamten vor Ort gesagt, sie sollen alles so lassen und warten, bis ihr da seid. Und jetzt los, raus mit euch! Ich will den Kerl so schnell als möglich finden.“

Samantha und Benjamin machen auf dem Absatz kehrt und stürmen aus dem Revier. Auf dem Weg zum Wagen spricht keiner von beiden ein Wort, doch sie scheinen die gleichen Gedanken zu haben: „Ist das der Beginn einer Serie? Ist es nur Zufall?“

Keine zwanzig Minuten später parkt Sam hinter den mit Blaulicht stehenden Fahrzeugen des Los Angeles Police Department. Kurzgenannt auch LAPD. Ein Dutzend Polizisten in Uniform sind bereits auf Spurensuche im ganzen Gebiet, um vielleicht diesmal etwas Brauchbares zu finden. Der Pathologe kniet vor einem leicht verbrannten Fahrzeug. Die Sonne scheint heute mal wieder heißer zu sein als an jedem anderen Tag. Ein junger, hagerer Mann beugt sich zum Pathologen und aufgeregt unterhalten sie sich.

Sam und Ben gehen schnurstracks auf die zwei Leichenschnippler zu.

„Hallo Docs“, begrüßt Sam sie. „Was haben wir?“

„Hallo Samantha! Hallo Benjamin!“, erwidert der ältere der beiden.

„Männliche Leiche. Halb verbrannt. Offene Hose. Den weit aufgerissenen Augen zufolge verbrannt bei vollem Bewusstsein.“

„Todeszeitpunkt?“ Sam hielt sich nie lange mit Nebensächlichkeiten oder ausgeschmückten Fragen auf. Sie kam meistens sofort und knapp gehalten zum entscheidenden Punkt.

„Genau kann ich es nicht sagen. Aber es ist wohl so um die acht bis zehn Stunden her. Plus-Minus natürlich.“

„Hm“, meldet sich jetzt auch Ben. „Wann wurde er gefunden?“. Diese Frage stellt er dem gerade hinzustoßenden Uniformierten.

„Vor ungefähr 2 Stunden ging ein Anruf bei der Feuerwehr ein, dass hier ein Auto steht, das wohl gebrannt hat."

„Gebrannt?" fragt Samantha nun erstaunt. „Die Anruferin sitzt beim Rettungswagen. Sie steht ziemlich unter Schock. Sie hat das Fahrzeug gesehen und angehalten. Sie dachte, es wäre vielleicht jemand verletzt. Doch als sie näher kam, sah sie, dass keiner verletzt war, sondern, dass die Fahrertür offen stand und jemand … ", er deutet mit dem rechten Zeigefinger auf das Opfer „ … noch drinnen saß und sie anstarrte."

„Na das muss ein Anblick gewesen sein", schießt es Sam durch den Kopf.

„Und der Wagen war schon gelöscht?"

„Ja. Die Feuerwehr hatte hier nichts mehr zu tun."

„Aber wer hat das Feuer gelöscht? Das wird ja nicht von alleine ausgegangen sein?", fragt Ben erstaunt. Samantha Forster sieht ihm an, dass ihm tausend Fragen durch den Kopf gehen. Dann hat er nämlich immer die Angewohnheit, dass er sich geistesverloren am linken Ohrläppchen massiert. Sie stellt sich aber nicht weniger Fragen. Es gab dann also schon vor der Anruferin einen anderen Ersthelfer. Warum hat der nicht die Rettungskräfte gerufen? Hätte das Opfer dann vielleicht gerettet werden können? War der Ersthelfer selbst unter Schock, als er nach dem Löschen das Opfer entdeckt hat?

„Was zur Hölle ist hier passiert?", fragt sie in die Stille, soweit man bei einem Fundort von Stille reden kann.

Keiner der Anwesenden kann ihr eine Antwort nennen, nur allseits fragende, bedrückte Blicke begleitet von einem bedauernden Kopfschütteln bei dem einen oder anderen zeigen sich in der Runde.

„Sam?"

„Ja Doc?"

Doktor David Johnson erhebt sich und blickt direkt auf Samantha. „Dieser Fall und der Fall vor drei Wochen am Pershing Drive haben verdammt viele Ähnlichkeiten. Es gibt sehr viele Parallelen."

Sam braucht keine weiteren Erklärungen, sie sieht es bereits selbst und dankt Doc Johnson mit einem Nicken.

„Näheres erfahrt ihr dann nach der Obduktion. Wollt ihr anwesend sein? Soll ich Bescheid geben, wenn es soweit ist?"

Samantha weiß, dass sowas Benjamin nicht so liegt. Sie nickt ihm zu und sagt an ihn gerichtet: „Während ich dann bei der Obduktion bin, befragst du unsere Zeugin."

Nach der weiteren Routinearbeit fährt Sam zurück zum Dezernat und lässt Ben aussteigen, um sein Auto zu holen und ins Krankenhaus zu fahren. Während Samantha zur Pathologie fährt, stellt sie gedanklich eine Liste mit den auffälligen Parallelen zusammen.

Einen Mord aufzuklären hat etwas Spannendes und Faszinierendes, aber gleichzeitig auch Erschreckendes an sich. Was trieb den Täter dazu an? Diese Frage zu beantworten und die Geheimnisse des Täters zu lüften, ist wie im Casino auf die richtige Zahl zu setzen. Ein einfacher Mord entspricht dabei eher dem Setzen auf Schwarz oder Rot, denn bei den meisten Einzelmorden geht es entweder um Eifersucht oder um Geld. Ein Serienmord hingegen eröffnet eine Vielzahl an möglichen Motiven – wahrscheinlich mehr als die 37 möglichen Zahlen beim Roulette - von den verschiedenen psychopathischen Hintergründen mal ganz abgesehen.

Am Parkplatz der Pathologie steigt Samantha nicht sofort aus ihrem Wagen. Sie fischt sich eine Packung Zigaretten und ihr Zippo aus der Handtasche. Mit einem kleinen Lächeln fährt sie mit dem Daumen über das Feuerzeug. Es war ein Geburtstagsgeschenk ihrer Schwester - mit eingraviertem LAPD-Abzeichen. Karen weiß, wie hart ihre Schwester für ihre Karriere arbeiten musste. Karen war und ist stets für Sam da, wenn sie sich wieder einmal aufgrund der chauvinistischen Bemerkungen ihrer lieben Kollegen Luft machen muss. Sie zündet sich eine Zigarette an und bereitet sich seelisch schon mal auf die nächsten Stunden vor. Kein noch so starker Duft von Desinfektionsmittel kann den aufdringlich stechenden Geruch von Tod und Verwesung vollständig verdrängen.

Keine Stunde später stehen Samantha, Doktor Johnson und sein Assistent, Doktor Brown, rund um die Obduktionsbahre. Johnson hätte wahrlich genügend Arbeit, doch er weiß über die Dringlichkeit dieses Leichnams Bescheid und setzt ihn auf höchste Priorität.

„Na dann, fangen wir an“, mit einen Blick zu Samantha fängt er an.

Für die beiden Ärzte ist dies alles Routine. Äußere Begutachtung, Fingernägel ausputzen, Y-Schnitt und dergleichen, doch für Sam bedeutet dies wie immer eine Überwindung. Würde sie auch einmal aufgeschnitten werden? Bei diesem Gedanken erschaudert sie. Gott sei Dank sind die beiden Ärzte so sehr mit ihrer Tätigkeit beschäftigt, dass sie das leichte Zucken von Sams Körper nicht mitbekommen.

Nach nochmals rund einer Stunde räuspert sich der ältere Arzt: „Das ist interessant!“, und hält eine Pinzette mit einem nach unten hängenden, dünnen Gegenstand in der Hand.

Da Samantha mitbekommen hat, an welcher Körperstelle der Pathologe den Gegenstand gefunden hat, ist ihre sofortige Schlussfolgerung: „Ein Kondom?“

„Das denke ich eher nicht. Dafür ist es zu stabil. Aber wir werden es natürlich noch genauer untersuchen.“

Der jüngere Arzt macht auf sich aufmerksam, indem er seinen rechten Ellbogen leicht an die linken Rippen von Doc Johnson stößt, wodurch ihm dieser sofort seine Aufmerksamkeit schenkt. Doktor Brown hebt den Penis des Opfers etwas an und zeigt auf die Eichel.

„Doktor Johnson. Ich glaube …“, er muss kurz schlucken, „… da ist noch mehr.“ Der Pathologe schiebt sich seine Lupe über das rechte Auge und blickt aufmerksam auf das männliche Geschlechtsteil. Sofort nimmt er erneut seine Pinzette und holt damit einen Gegenstand aus der Öffnung der Harnröhre. Forster kann den schmerzverzehrten Ausdruck in Doktor Browns Gesicht sehen. Sie versteht ihn - auch als Frau - und wenn man noch dazu bedenkt, dass das Opfer anschließend sogar lebendig verbrannt wurde … „Aber vielleicht ist dies ja nur ein harmloser Katheter?“

Doktor Johnson nickt verneinend. „Kein Katheter. Merkwürdig!“

Nach einer halben Stunde verlässt Samantha, verwirrter als zuvor, die Pathologie und fährt zum Dezernat, um sich mit ihrem Kollegen zu treffen.

2. *Kapitel*

Bei der Befragung der Zeugin erfährt Benjamin Carter nichts anderes, als sie schon von den Beamten wussten. Simon Jefferson, ein junges Teammitglied, der erst vor zwei Monaten zu ihrer Einheit gestoßen war, durchforstet den Computer nach Vermisstenanzeigen.

„Hast du schon etwas gefunden?“, hört Samantha ihren treuen Partner beim Eintreten fragen.

„Nein, und um ehrlich zu sein, sinkt meine Hoffnung. Im Normalfall nehmen wir eine Vermisstenanzeige erst nach 24 Stunden auf, und auch nur dann, wenn ein dringender Verdacht besteht, dass die vermisste Person nicht freiwillig von der Bildfläche verschwunden ist.“

Das ist einleuchtend und leider auch wahr. Denn würde man jeden Abwesenden als vermisst melden, müsste die Polizei auf das Doppelte aufgestockt werden. Täglich verschwinden Tausende von Menschen freiwillig, entweder weil sie flüchten oder einfach nur ein neues Leben beginnen möchten. Es gibt viele mögliche Erklärungen, warum ein Mensch nicht unbedingt wieder gefunden werden möchte - nicht immer steckt ein Kriminalfall dahinter. Und mal ganz ehrlich, wer hat nicht schon einmal den Wunsch verspürt, einfach weg zu laufen und irgendwo komplett neu zu beginnen - mit einer völlig neuen Identität?

„Konnten die Forensiker etwas im Auto finden?“, mischt sich jetzt das einzige weibliche Teammitglied ein.

„Wir haben noch nichts von denen gehört. Die machen wohl mal wieder Mittagspause.“ Der Sarkasmus von Ben tropft nur so vor sich hin. Er kann es nicht leiden, wenn nicht alles sofort erledigt wird, oder er nicht sofort einen Bericht erhält. Warten ist nicht gerade einer seiner Stärken. Das beste Beispiel dafür ereignete sich im letzten Jahr, als er Vater wurde. Seine Frau und er hatten beschlossen, dass er besser nicht bei der Geburt anwesend sein soll - eben wegen seiner Ungeduld. Also ging er fast 6 Stunden ununterbrochen den Gang vor der Geburtsstation auf und ab. Darüber, wie viele Kilometer er dabei wohl zurückgelegt hat, wird unter den Kollegen immer wieder gewitzelt und spekuliert.

Samantha verteilt beim Vorbeigehen an jeden einen Pappbecher, gefüllt mit dem schwarzen Lebensgeist, und setzt sich selbst an ihren Schreibtisch. Der Vierte im Team ist ein etwas älterer, eher ruhiger, aber nicht weniger engagierter Mann. Er ist der Ruhepol für alle, wenn sie wieder einmal in eine hitzige Diskussion verfallen. Er bringt die Dinge auf den Punkt, und manchmal bringt er auch seine Kollegen wieder auf den Boden der Tatsachen. Doch wenn er bei einer Vernehmung den Braten riecht, dann wird er auch zur Hyäne. Mit hinterhältigen Fragen entlockte er bereits den abgebrühtesten Verbrechern ein Geständnis. Er ist taktisch klug und den meisten im Dezernat intellektuell überlegen. Kein Wunder, dass er in seiner Freizeit Schach spielt. Auch Turniere, von denen er bereits das eine oder andere sogar gewann. George Smith.

„Dass die zwei Fälle zusammenhängen, da sind wir uns ja alle einig oder?“, wirft Ben in die nachdenkliche Runde. Er hat sich sein linkes Ohrläppchen bereits knallrot gerieben. Alle nicken ihm bejahend zu. Ben stellt sich zum Flipchart und nimmt einen schwarzen Stift zur Hand.

„Okay! Was wissen wir über Opfer Nummer 1: Harry White, 42 Jahre alt, geschieden, 2 Kinder, saß 6 Jahre im Gefängnis wegen sexuellem Missbrauch an Kindern, unter anderem auch an seinen eigenen, wurde vor einem guten halben Jahr aus dem Staatsgefängnis entlassen und hat auf einem Schrottplatz gearbeitet.“ Ben schreibt jeden angeführten Punkt fein säuberlich untereinander.

„Habe ich etwas vergessen?“, fragt er in die Runde hinein. Keinem von ihnen fällt noch etwas ein. Somit reißt Ben das Papier vom Flipchart und pinnt es an die Wand neben Simons Schreibtisch. Jeder von ihnen weiß, dass sie noch nicht viele Anhaltspunkte haben, nur diese Aufzählung. Es gibt keine Zeugen. Und Verdächtige? Davon gibt es genug: die Angehörigen der Missbrauchsopfer - alle haben ein Alibi - sowie die Exfrau, die seinen Tod nicht bedauert, aber seit Jahren keinen Kontakt mehr mit ihm hatte und nach Texas gezogen ist.

Alle hängen kurz ihren Gedanken nach.

„Nur mal angenommen … “, fängt der Rookie zögerlich an „… und bevor ich weiter in den Vermisstenanzeigen suche …“. Er ist manchmal immer noch sehr nervös, wenn er einen Vorschlag hat. Samantha findet seine andauernde Unsicherheit irgendwie süß. Drei Augenpaare blicken neugierig zu ihm und erwarten seinen Vorschlag. „Also, Harry war doch im Gefängnis. Was ist, wenn unser 2. Opfer auch ein Straftäter war?“ Dieser Gedankengang gefällt den Zuhörenden sehr gut.

„Da hast du vielleicht gar nicht so unrecht, und der Gedanke gefällt mir“, antwortet George. „Aber in welchem Register willst du nachforschen? In allen? Dann sitzen wir nächste Woche noch da. Aber wir könnten ja den Forensikern und der Pathologie noch eine Stunde Zeit einräumen und uns selber einen Hot Dog holen. Mit leerem Magen bin ich nämlich zu gar nichts zu gebrauchen!“

Der Vorschlag gefällt den anderen ebenfalls. Samantha hat bis dahin selbst nicht bemerkt, welchen Hunger sie schon hat. Ein feiner Hot Dog mit Sauerkraut und Zwiebeln – das klingt verführerisch. Zu viert marschieren sie aus dem Dezernat und gehen Richtung Hot Dog Stand.

Als sie wenig später wieder zurückkommen, findet Samantha eine E-Mail in ihrem Postfach. Wie George es vorausgesagt hat. Es kommt von der Forensik. Den gesamten Bericht können sie zwar noch nicht liefern, da sie mit der Auswertung noch mindestens einen Tag brauchen werden, aber der Dienstleiter der Abteilung informiert sie über das Wichtigste, das sie bis jetzt herausgefunden haben. Leider sind sämtliche Papierunterlagen verbrannt, aber sie konnten das Kennzeichen in Erfahrung bringen. Samantha kann sich nicht erinnern, beim Auto ein Kennzeichen entdeckt zu haben, sonst hätte sie es sich doch sofort aufgeschrieben und die Identifizierung des 2. Opfers wäre eventuell schon vorbei? Das Kennzeichen fanden sie gut 10 Meter vom Tatort entfernt. Leider fanden sie keine Fingerabdrücke daran, obwohl es eigentlich welche geben müsste. Es gab keine Explosion, sondern das Auto unterlag nur einem kurzen Brand. Es musste also absichtlich entfernt geworden sein, oder das Nummernschild war schon zuvor so locker, dass es nur eine Frage der Zeit gewesen wäre, dass es irgendwo anders heruntergefallen wäre.

Die weibliche Ermittlerin notiert sich das Kennzeichen.

„Ich glaube, damit haben wir die Identität schneller als durch die ganzen Verbrecherfotos zu schauen“, grinst sie den jüngeren Kollegen an und drückt ihm den Zettel in die Hand.

Simon nickt wissend und greift sofort zum Telefon. Er wählt die Durchwahl der Kennzeichenstelle und bekommt prompt die gewünschte Auskunft.

„Fernando Martinez“, klärt das jüngste Teammitglied die anderen auf.

„Siehst du Simon, jetzt kannst du mit dem Namen die Datenbank durchforsten“, lächelt George und gibt ihm einen väterlichen Klaps auf die Schulter.

Manchmal übernimmt George Smith wirklich die Vaterrolle für das Team - ob gewollt oder nicht. Er selbst ist kinderlos, obwohl seine Frau und er es jahrelang versuchten. Leider sollte es wohl für sie nicht so sein.

3. Kapitel

Zu Hause angekommen erwartet Samantha ihre ruhige kleine Wohnung. Ihr Zufluchtsort. Der Ort, an dem sie einfach nur sie selbst sein kann. Der Ort, an dem sie ihren Gedanken nachhängen, Zusammenhänge in Ruhe ordnen und an die richtige Stelle setzen kann. Der Ort, an dem sie mit ihrer längst-bessere-Tage-gesehenen Jogginghose, einem Bier und einer Packung Zigaretten auf der Couch sitzend den letzten Tag Revue passieren lassen kann. Manchmal nimmt sie ihre Arbeit mit nach Hause, wenn sie gerade mitten in einem Fall ist. So auch an diesem Tag. Kurz nachdem ihre Kollegen in den wohlverdienten Feierabend abgerauscht sind, zu Frau und Kind, und der Rookie zu seinem Date mit der Schreibkraft aus dem Dezernat, ist noch der Bericht der Pathologie eingetroffen. Doc Johnson und sein Assistent müssen wirklich den ganzen Tag damit beschäftigt gewesen sein, damit sie so schnell einen Bericht erhält.

Bevor sie es sich auf der Couch gemütlich macht, schiebt sie noch eine Tiefkühlpizza in den Ofen und zündet sich eine Zigarette an. Dann sitzt sie im Schneidersitz auf ihrer dunkelblauen Couch und studiert die Ergebnisse, die auf ihren Füßen liegen, genau. Viel mehr Neues erfährt sie aber nicht aus dem Bericht, als sie ohnehin schon bei der Obduktion erfahren hat. 25 Minuten später ertönt der schrille Ton ihres Timers und lässt sie wissen, dass ihr nicht allzu gesundes Abendessen fertig ist. So steht sie auf und geht in ihre Küche, die mit dem Wohnzimmer verbunden ist. Sie fischt vorsichtig die heiße Pizza aus dem Ofen und legt sie auf einen Teller. Schnell ist die Pizza mit dem dafür vorgesehenen Pizzaschneider geteilt und sie kann wieder zurück zur Couch gehen. Sie legt sich den restlichen, noch nicht gelesenen Bericht quer über den Teller und liest beim Essen weiter.

Einen Abschnitt muss sie zweimal lesen, da sie beim ersten Mal nicht wirklich glauben kann, was da steht. Das runde Ding, welches sie aus der Harnröhre und ebenso von der Eichel abgezogen hatten, war aus Plastik. Besser gesagt, es war ein Strohhalm. Samantha pfeift so stark durch ihre Lippen, dass auch gleich ein bisschen Käse von ihrem Abendessen durch die Gegend fliegt.

„Das gibt es doch gar nicht!“, sagt sie zu sich selbst. Sie versucht den Ablauf, einen Strohhalm in die Harnröhre zu stecken, gedanklich durchzuspielen. Es geht nicht. „Das muss ziemlich schmerzhaft gewesen sein!“, erklärt sie sich selbst. Samantha spricht öfters zu Hause mit sich selbst. So kam sie schon manchmal auf die brillantesten Lösungen. „Wie kommt man auf so eine Idee? Was geht in diesem Täter vor? Gab es schon so ähnliche Vorfälle?“ Sam sucht nach Papier und Stift und schreibt sich ihre Fragen auf. Diese werden sie morgen dann im Team diskutieren. Samantha kann sich nicht erinnern, dass bei Opfer Nummer 1, Harry White, ebenfalls ein Strohhalm in seinem besten Stück gefunden wurde. Auch diesen Punkt setzt Samantha auf ihre Liste. Wurde hier vielleicht etwas übersehen? Oder steigert der Täter seine Brutalität in seiner Vorgehensweise?

Nachdem die Pizza restlos aufgegessen ist, zündet sie sich wieder eine Zigarette an. „Ich rauche zu viel!“, ermahnt sie sich selbst. „Bei einem erfolgreichen Abschluss dieses Falls werde ich endgültig aufhören!“ Das übliche Ritual von Samantha. Bei jeden Fall schwört sie sich nach dessen Beendigung mit dem Rauchen aufzuhören. Der Wille ist da, nur das Fleisch ist zu schwach. Überall setzt sie sich durch, hat sich in einer Männerdomäne bewiesen, ist ihren „Mann gestanden“, wie man so schön sagt. Aber beim Rauchen ...

Sie holt sich noch ein Bier aus dem Kühlschrank, packt die Unterlagen zusammen und dreht den Fernseher auf. Morgen ist auch noch ein Tag. Sie lässt sich vom Programm berieseln und schläft irgendwann ein. Ein lauter Knall weckt Samantha auf. Noch ein Knall. Es dauert ein paar Sekunden bis sie merkt, dass die Störung aus dem Fernseher kommt. Dort läuft mittlerweile ein Kriegsfilm in schwarz-weiß. Sie dreht den Fernseher ab und geht zu Bett.

Die gleiche hektische Stimmung wie am Vortag begrüßt Samantha beim Eintritt ins Dezernat, obwohl sie viel früher dran ist als gewöhnlich. Sie will ihre Gedanken mit ihren Kollegen austauschen und eventuell die eine oder andere Frage beantwortet wissen. Doch sie kann noch keinen der drei erblicken. So geht sie schnurstracks an ihren Arbeitsplatz, stellt Kaffee, Donuts und ihre Tasche auf dem Schreibtisch ab, packt die Unterlagen aus und fischt sich ihre notierten Gedankengänge aus der Akte. Sie geht ihre Fragen noch einmal durch.

Hinter dem Bürofenster von Captain Howard Link sieht Samantha ein Licht brennen. „Nanu?“, denkt sie sich „Der Chef ist auch schon da? Normalerweise kommt er nie vor sieben Uhr und jetzt haben wir gerade mal halb sieben.“ Sie schnappt sich die Donut-Schachtel und geht direkt auf das Büro ihres Vorgesetzten zu. Vielleicht erfährt sie so den Grund für sein frühes Erscheinen und zu einem Donut kann er eigentlich nie nein sagen. Sie klopft an und steckt den Kopf zur Tür rein. „Chef, wollen Sie einen Donut?“, fragt sie mit süßlicher Stimme. Ihr Chef zuckt sichtlich zusammen bei ihrer Stimme und hebt den Kopf. Erst in diesem Moment sieht Sam, dass der Mann nicht alleine ist. Eine überaus attraktive Frau mit dunklem Pagenkopf und einem eleganten, schwarzen Kostüm sitzt ihm gegenüber. Bei irgendetwas hatte sie ihren Boss soeben gestört. Sie kann sich keinen Reim auf diese Situation machen. Ist dies eine Angehörige eines Opfers? Sicher nicht von einem „ihrer“ Opfer. Das kann sie sich beim besten Willen nicht vorstellen. Ob das seine Geliebte ist? Nein! Mit Sicherheit nicht. Howard liebt seine Frau über alles.

„Was?“, fragt ihr Vorgesetzter sichtlich irritiert.

„Ich wollte nur fragen, ob Sie einen Donut haben möchten oder vielleicht Frau …?“, wiederholt Forster ihre Frage in der Hoffnung, damit vielleicht in Erfahrung zu bringen, wer diese Schönheit ist.

„Nein danke!“, erwidert der Captain wieder gefasst. Die unbekannte Frau wendet sich der Polizeibeamtin zu und schüttelt mit einem Lächeln den Kopf.

„Samantha, wenn Sie schon einmal hier sind“, beginnt Captain Link eine weitere Unterhaltung. „Darf ich Ihnen Frau Doktor Tiffany Clark vorstellen?“

Doktor Tiffany Clark? DIE Frau Doktor Tiffany Clark? Die sich seit Ewigkeiten oder gar schon immer mit der Psyche von Verbrechern beschäftigt? Die sich einen Namen als beste Profilerin der Stadt, oder gar des Landes, gemacht hat? Sam hat erst vor kurzem ein von ihr veröffentlichtes Buch gelesen. „Der schaurig weiche Kern eines Mörders“ lautete der Titel. Sie war fasziniert von der Sichtweise und von den Abgründen der menschlichen Psyche, welche die vor ihr anwesende Psychologin offengelegt hat und der es trotzdem gelungen ist, jeden Täter auch selbst als Opfer darzustellen. Das also ist die berühmte Doktor Tiffany Clark. Sie kannte sie bereits von diversen Fotos und Fernsehausschnitten, wenn sie wieder einmal ein psychologisches Urteil über einen Straffälligen fällen durfte. Doch hier, so von Angesicht zu Angesicht, sieht die Psychologin eindeutig besser aus – aber auch irgendwie unnahbar – und arrogant!

Sam erwacht aus ihrer Starre und geht ein paar Schritte weiter in das Büro hinein, um der vorgestellten Dame die Hand zu reichen. Mit einem kurzen Nicken und einem kräftigen Händedruck erwidert die in Schwarz gekleidete Frau die Geste.

„Ich habe Frau Doktor Clark für Ihren Fall hinzugezogen. Da dieser Fall etwas sehr skurril ist, dachte ich mir, dass vielleicht eine unabhängige, qualifizierte Meinung nicht schaden könnte!“

Sam nickt, noch ein wenig vor den Kopf gestoßen. „Ich würde es sehr begrüßen, wenn Sie Doktor Clark gleich den Fall näher darbringen. In groben Zügen habe ich schon erklärt, worum es geht.“ Diesmal sieht der Captain den Gast an. „Sie wird uns ein Profil des Täters erstellen und uns helfen mit allen Mitteln die Fälle so schnell als möglich aufzuklären. Daher würde ich Sie bitten, Doktor Clark in dem Fall näher zu unterrichten und sie vollkommen in die weiteren Ermittlungen mit einzubeziehen.“

Sam beißt ihre Zähne fest zusammen. Eine Psychologin? Eine Profilerin? Sie wird es auch alleine mit ihrem Team schaffen. Ohne arrogant zu klingen, aber sie ist die beste Ermittlerin in ihrem Dezernat und ihre Aufklärungsrate hebt sich weit vom Durchschnitt ab. Sie wird nicht noch jemanden brauchen, der ihr nur theoretisch etwas über den Täter erzählen kann. Die Theorie hat noch nie zu einer Festnahme geführt. Praxis! Rausgehen! Spurenlesen! Es interessiert sie auch in keinster Weise, ob der Täter mit 13 Jahren noch Bettnässer war oder von seiner Mutter verlassen wurde. Die Psychologin wird ihr mit Sicherheit nicht den Namen oder eine Adresse geben, an der sie und ihre Kollegen den Mörder festnehmen können. Das müssen sie alles alleine machen. Nein, es wird sie nur viel wertvolle Zeit kosten, um ihr den Fall zu erklären und ihr die Feststellungen und Beweise näher zu bringen. Das wird sie heute mindestens den halben Tag beschäftigen. Dabei wollte sie doch noch ein Brainstorming mit ihren Kollegen machen, mit den Fragen und Gedanken, die sie sich gestern noch notiert hat. Was bildet sich ihr Chef nur ein? Kann er nicht vorher mit ihr reden? Muss er sie einfach vor vollendete Tatsachen stellen? Samantha merkt, wie die Wut langsam in ihr hochkriecht. Anstatt dieser Luft zu machen - sie weiß, wenn ihr Chef sich einmal etwas in den Kopf gesetzt hat, bringt ihn niemand mehr davon ab - setzt sie ihr freundlichstes Lächeln auf und antwortet: „Wie Sie wünschen!“ Zu mehr Freundlichkeit ist Sam im Moment nicht bereit. „Ich werde mal alles vorbereiten und schauen, ob die anderen Kollegen schon eingetroffen sind!“

Mit diesen Worten verlässt Samantha Forster das Büro ihres Vorgesetzten und macht sich auf den Weg zum Schreibtisch um die Donut-Schachtel wieder darauf abzulegen. Sie blickt sich nicht um, denn sie muss nun für ein paar Minuten alleine sein um sich wieder zu beruhigen. Sie verlässt das Gebäude um bei einer Zigarette ihre Gedanken und ihre Wut wieder zu ordnen.

4. Kapitel

Nachdem Sam ihre Kollegen von der zukünftigen Zusammenarbeit mit der Psychologin unterrichtet hat, begibt sie sich mit ihr in eines der freien Vernehmungszimmer. Dort haben sie die meiste Ruhe um ungestört und ausführlich über die Fälle White und Martinez zu reden. Frau Doktor macht sich bei den Ausführungen ein paar Notizen, stellt Fragen und schreibt weiter mit. Das Ganze geht fast 2 Stunden lang so. „Ich werde mir die Akten heute am Nachmittag mit nach Hause nehmen um sie noch genauer durchzusehen. Morgen in der Früh werden Sie ein vorerstes Profil von mir erhalten. Wenn es Sie nicht stört, würde ich gerne noch beim Brainstorming dabei sein."

„Mich stört?", geht Sam nicht weiter auf ihre Frage ein. Sie hatte die strikte Anweisung von ihrem Chef erhalten, dass sie mit ihr zusammen arbeiten soll. Da zählt ihre Meinung, was sie davon hält, sicherlich nicht.

„Ja! Ich weiß, dass man als Profilerin bei den Polizisten nicht immer gern gesehen oder beliebt ist - mehr ein Klotz am Bein und überflüssig."

Samantha steht für kurze Zeit der Mund offen, weil sie nicht mit dieser Ehrlichkeit und Treffsicherheit der Psychologin - zumindest was ihre eigenen Gedanken und ihre Meinung anbelangt - gerechnet hat. Diese konnte sie nun von ihrem Gegenüber laut ausgesprochen hören. Aber ist das nicht normal bei einer Psychologin? Sollte das nicht eine Grundvoraussetzung sein, dass sie sich mit den Gedanken der Menschen auskennt?

„Ich hole mir nur schnell Kaffee und dann kann es auch schon losgehen. Darf ich Ihnen einen mitbringen?"

„Gerne! Mit Milch und Zucker bitte."

Die Polizistin hätte ihren Kaffeegeschmack anders eingeschätzt. Schwarz, stark und ohne Zucker. Aber wie kommt sie auf solche Gedanken? Weil sie schwarz angezogen ist, sie sehr unterkühlt und distanziert ist? Wie sie wohl ist, wenn sie mehr aus sich herauskommt? Samantha muss sich im Verhörraum öfters selbst ermahnen um sie nicht zu offensichtlich zu mustern. Die sinnlichen Lippen, die mit einem dunkelroten Lippenstift überzogen sind, die knallgrünen Augen, die jeden hypnotisieren können. Ja, die Zigarette und der Geruch des heißen Kaffees werden ihre Gedanken wieder auf eine fachliche Ebene bringen.

„So meine Herren! Ähem, und Dame", eröffnet Samantha das Brainstorming. Sie hat für alle

Anwesenden ihre Gedanken, die sie am Abend zuvor aufgeschrieben hatte, kopiert und übergibt nun jedem einen Ausdruck. „Ich glaube, wir fangen am besten mit den Parallelen an. Was haben wir? Beide männlich, ehemalige Häftlinge, verurteilt wegen sexuellen Missbrauches an Jugendlichen, zum Teil verbrannt im Auto. Das ist nicht wirklich viel. Habt ihr noch irgendwelche Gemeinsamkeiten gefunden?“, fragt sie in die Runde.

„Nein! Sie waren nicht einmal im gleichen Gefängnis untergebracht. Auch nicht zur gleichen Zeit. Die Telefonnummer-Auswertung ergab auch keine gemeinsamen Bekannten. Alle Zeugenaussagen waren auch sehr unauffällig, keine näheren Bekanntschaften, sie fühlten sich nicht bedroht - also nicht mehr oder weniger als die anderen verurteilten Täter wegen sexuellen Missbrauchs an Kindern. Eigentlich könnte der Täter jeder auf der Straße sein. Eine Liste mit den Namen von Sexualstraftäter findet man überall im Internet oder sie hängen auch in den Kindergärten und in den Schulen“, erläutert Benjamin. Da hat er Recht. Auf diese Weise kommen sie also auch nicht weiter.

„Simon, hast du ähnliche Fälle ausforschen können?“

„Nein, Sam! Es waren schon Fälle dabei, bei denen ehemalige Strafgefangene ermordet wurden, aber zu 90 Prozent wurden diese Opfer von den Angehörigen ihrer Opfer.“

„Warum zündet jemand ein Auto an mit einem Menschen darin und löscht es dann gleich wieder?“, wirft der ruhige George in den Raum.

„Sollten wir dadurch das Opfer leichter oder schwerer identifizieren können?"

Eine heiße Diskussion bezüglich dieser Frage kommt zwischen den vier Teammitgliedern der Mordkommission auf. Auffällig ruhig verhält sich die anwesende Psychologin. Sollte sie sich nicht auch einmal melden? Sollte sie nicht hier sein um uns zu unterstützen- mit ihrer Theorie? Warum schweigt sie? Mit diesen Gedanken schaut Sam zu Tiffany. Diese dürfte ihre Blicke spüren, denn sie setzt sich, als wenn sie nicht schon ohnehin aufrecht da saß, noch aufrechter auf ihren Stuhl.

„Jungs, wartet mal. Vielleicht hat ja unsere Frau Doktor hierzu etwas zu sagen?", probiert die Polizistin die Psychologin zu animieren, sich doch in die Unterhaltung zu integrieren. Diese räuspert sich und sieht nachdenklich aus. So, als würde sie überlegen, was genau jetzt von ihr verlangt wird. Dann erhebt sie doch noch ihre Stimme und fängt mit ihren Ausführungen an: „Im Grunde haben einige Aussagen von ihnen den richtigen Ansatz. Zum einen legt der Täter das Opfer auf den Präsentierteller. Seht her, das ist er. Somit haben sie ein Gesicht und die Identifizierung geht diesbezüglich schneller. Aber zum anderen, dieser Aspekt wurde noch nicht angeführt, will er ihnen zeigen, dass das Opfer leiden musste. Die weit aufgerissenen Augen sind ein Beweis dafür, dass das Opfer nicht betäubt wurde, sondern bei vollem Bewusstsein war. Weiß man schon, wo genau der Brandherd war? Wurde das Auto vorne oder hinten angezündet?", diesmal richtet die Profilerin ihre Frage direkt an Samantha Forster.

„Nein, dazu haben wir von den Forensiker beziehungsweise vom Brandsachverständigen noch keinen kompletten Bericht. Dieser sollte aber im Laufe des Tages hoffentlich eingehen."

„Okay", lautet die schlichte Antwort der vorhergehenden Fragestellerin.

Alle Augenpaare sind weiterhin auf Tiffany gerichtet. Der Blick der schwarz gekleideten Frau haftet immer noch auf Samantha, als würde sie über sie ein Profil erstellen. In diese Augen könnte Samantha sich verlieren. Dieses Grün verleiht der Person ihr gegenüber ein mystisches Aussehen. Und dennoch sind sie so klar wie ein Gebirgssee an einem strahlenden Sommertag. Wie kann ein Mensch, eine Frau, nur solche Augen haben? „Samantha Forster, lenke deine Gedanken auf die Fälle!", ermahnt sie sich selbst. Samantha dreht sich zu ihrem Schreibtisch und nimmt die Wasserflasche, damit sie dem Augenkontakt mit der ihr vorgesetzten Psychologin entgehen kann. Was ist nur los mit ihr? Sie, die immer die Arbeit vor alles stellt, verhält sich wie ein pubertierender Teenager. Wie können ein paar Blicke sie nur so nervös machen? Wie kann sie nur bei einem Blick von einer Frau so dahinschmelzen, einer Frau, die sie nicht einmal sonderlich leiden kann? Eine Frau, die jene Charakterzüge besitzt, die für sie mehr als abstoßend sind. Arrogant, unnahbar, der man jedes Wort aus der Nase ziehen muss. Sie kennt diese Frau doch erst seit ein paar Stunden. Kann sie da schon so ein hartes Urteil über sie fällen? Als sie einen Schluck aus der Wasserflasche nimmt, spürt sie den Blick von Ben neben sich. Er sieht sie nur fragend an. Ob ihm etwas aufgefallen ist?

Samantha räuspert sich. „Warum löscht der Täter schon vorher den Brand? Ist sowas nicht dazu da, um mögliche Spuren zu verwischen? Das Feuer war aber nicht lange genug in Arbeit, um alle Spuren zu verwischen."

„Aber doch lang genug um das Opfer zu töten!", erklingt plötzlich die Stimme von Doktor Clark. Der Einwand ist logisch. „Ich denke …", beginnt sie weiter „… dass dies genau der Punkt ist. Der Täter möchte das Opfer auf eine brutale, quälende Weise töten und um nicht allzu viel Aufmerksamkeit auf die Tat zu lenken und womöglich Zeugen herbeizurufen, löscht er das Feuer schnell wieder. Seine Tat war bereits vollbracht. Er hatte das, was er wollte. Sein Opfer war tot und musste dabei sehr leiden." Alle Anwesenden nicken und hängen den Worten von Tiffany nach, versuchen sich ein Bild davon zu machen.

„Die meisten Täter verspüren einen sexuellen Aspekt beim Töten. Ist das das Feuer bei diesem Täter?", fragt Ben. „Womöglich", antwortet die Psychologin. „Beim zweiten Opfer wurde ein Strohhalm in der Harnröhre gefunden?", fragt sie. „Ja", meldet sich jetzt George auch zu Wort und verzieht dabei schmerzhaft das Gesicht. Seine Gedanken und Gefühle sind in diesem Moment sehr offensichtlich für alle. „Aber nicht ein normaler Strohhalm, es befanden sich Spuren von Spiritus darauf."

In diesem Moment ertönt „Sie haben Post!“ aus dem Computer. Samantha geht um ihren Schreibtisch herum um zu sehen, wer ihr geschrieben hat. Es ist eine Nachricht vom Brandsachbearbeiter.

Samantha druckt die E-Mail aus und überfliegt sie währenddessen. Sie lässt einen leisen Pfiff zwischen ihren Lippen erklingen. Simon steht auf und geht zum Drucker um die Nachricht zu holen. Er ist neugierig, was seine ranghöhere Kollegin zum Pfeifen bringt. Er reicht ihr das Blatt Papier, damit sie auch alle anderen darüber aufklären kann.

„Der Sachbeamte hat ein Ergebnis. Er lässt sich zunächst entschuldigen, dass es etwas länger gedauert hat, aber er musste die Ergebnisse überprüfen, weil er sich nicht sicher war. Oder er wollte das Ergebnis nicht glauben“, schmunzelt sie. „Wissen wir, wo der Brandherd war?“, fragt Benjamin neugierig. Er richtet sich nun gespannt auf seinem Sessel auf und wartet auf die Antwort.

„Ja, Brandbeschleuniger war, wie schon beim Strohhalm, Spiritus, und der war verteilt über Penis, Bauch und Lenden.“ Abwartend, bis sich alle halbwegs gesammelt haben, schaut Samantha in die Runde. Es wurde also nicht das Auto, sondern das Opfer selbst angezündet, und das bei vollem Bewusstsein! Sie sieht die verzogenen Gesichter ihrer männlichen Kollegen. Sie kann sie verstehen. Auch ihr steht das Entsetzen ins Gesicht geschrieben. Die einzige, die kühl und unbeeindruckt auf ihrem Sessel sitzt, ist Doktor Tiffany Clark. In wie viele Abgründe haben diese Augen schon geblickt? Wie tief waren diese Abgründe? Nachdem der erste Schock verdaut ist, diskutieren sie über die weiteren Schritte. Frau Doktor wird bis morgen ein vorläufiges Profil erstellen. Simon und George suchen nach weiteren Zeugen und Ben sucht nochmals die Opfer von Harry White und Fernando Martinez auf. Doch zwei Fragen stehen immer noch stumm und unbeantwortet im Raum: „Kommen noch mehr Opfer? Wann wird der nächste Mord geschehen?“

5. Kapitel

Wie vereinbart liefert die Psychologin am nächsten Tag ihr vorläufiges Profil ab. Viel haben sie damit immer noch nicht. Das kann die Hälfte der Männer in Los Angeles sein. Weiß, zwischen dreißig und vierzig Jahre alt, vermutlich selbst ein Opfer von sexuellem Missbrauch, eventuell Feuerwehrmann oder jemand, der etwas mit der Feuerwehr zu tun hat, aufgrund der Löscharbeiten, alleinstehend, sozial unauffällig, so in der Art, „der liebe Nachbar von nebenan".

Für dieses Profil hätten sie keine eigens engagierte Profilerin gebraucht, ärgert sich Sam nach dem Verschwinden von Tiffany Clark. Soweit waren sie selbst schon gewesen. Sie einigen sich darauf, dass sie bei weiteren Informationen gleich kontaktiert wird. Bei jeglichem neuen Hinweis oder Tatbestand könne und müsse man das Profil verfeinern.

Das Raubtier in Samantha war geweckt - schon nachdem sie Opfer Nummer eins fanden. Doch sie treten auf der Stelle, haben keinen Hinweis auf einen möglichen Mörder und keinen einzigen Tatverdächtigen. Und sie weiß, auch wenn es keiner ausspricht, dass er bald wieder zuschlagen wird. Da keine einzige Verbindung zwischen den beiden Männern besteht, war dies nur die einzige wahre Annahme: auch der Mörder hat das Raubtier in sich geweckt und wohl Blut geleckt.

Verbissen nehmen sie jede einzelne Aussage auseinander. Es wurden keine einzigen Spuren im und um das Auto des Täters gefunden. Keine DNA. Kein Hinweis auf den Spiritus oder mögliche Hinweise am Feuerlöscher, den der Unbekannte gebraucht hatte. Er war gerissen.

So geht es tagelang. Jeden Tag versuchen sie einen Schritt weiter zu gehen. Sie versuchen die Szenarien zu rekonstruieren. Wie war der Mörder ins Auto gekommen? Gab es doch eine Verbindung zwischen den beiden Männern und sie hatten vielleicht einen gemeinsamen Bekannten? Jemanden, den sie ahnungslos ins Auto einsteigen lassen würden? Aber wie kam der Täter dann vom Tatort weg? Mittlerweile wissen sie, dass der Fundort auch der Tatort war. Sie rufen alle Taxiunternehmen der Stadt an, doch keines musste jemanden in einer jener Nächte von einer dieser Straßen abholen. Da ist es wieder. Die aufkeimende Hoffnung, die sofort wieder erstickt. Ein kleiner Strohhalm, an den sie sich klammern, der aber offenbar nirgendwo hinzuführen scheint.

Nachdem sie drei Tage lang alles versuchten, gehen Ben und seine weibliche Kollegin Mittagessen. Ben schaut sie besorgt an, doch er sagt nichts. Samantha spürt, dass ihm etwas auf den Lippen brennt. „Hab ich ein blaues Gesicht oder eine grüne Nase?“, versucht sie scherzend Ben zum Reden zu bringen. „Oder warum spuckst du es nicht endlich aus, was dir auf der Seele brennt?“

Ben sagt immer noch kein Wort. Sehr zu ihrer Verwunderung bestellt Benjamin zwei kleine Bier. Das war seltsam, da er es sehr strikt mit Alkohol im Dienst nimmt. Sie muss ihm noch Zeit geben. Also studiert sie die Speisekarte, obwohl sie sie in- und auswendig kennt und schon beim Betreten des Lokals, das ein altes Diner war, wusste, was sie bestellen wird. Das alte Diner strahlt eine angenehme Ruhe aus. Aus einer alten Jukebox läuft Musik aus den sechziger und siebziger Jahren. Die roten Sitzmöbel sind bequem und laden dazu ein, länger als geplant seine Zeit hier zu verbringen. Als der Kellner mit den Getränken kommt, bestellen sie ihr Mittagessen. Ben nimmt einen Faschierten Braten mit Kartoffelpüree und sie selbst einen Cheeseburger mit Pommes Frites und einen Erdbeershake. Sie essen und unterhalten sich über Belangloses. Das Wetter, wie es dem Junior geht und dass am Wochenende sein erster Geburtstag gefeiert wird, und dass Sam eingeladen ist. Eine Absage werden er, seine Frau und Junior nicht akzeptieren. Also sagt Sam für den kommenden Samstag zu. „Geburtstagsgeschenk hab ich ja schon“, zwinkert sie ihm zu.

Nachdem sie aufgegessen haben, nimmt Samantha ihr Bierglas in die Hand und schaut Carter mit fragendem Blick an. Er rutscht unruhig hin und her, kratzt sich kurz am Hinterkopf und grinst sie dann schelmisch an.

Diese Nervosität und gleichzeitig Freude sah Samantha bisher nur zwei Mal bei ihm. Das erste Mal als er erzählte, dass er um die Hand seiner Frau angehalten hatte und das zweite Mal, als Junior zur Welt kommen sollte. Heißt das etwa? Jetzt ist sie ebenfalls nervös. Sie weiß, dass er und seine Frau sich ein zweites Kind wünschen. „Jetzt sag schon!“, sie hält die Anspannung selber kaum noch aus.

„Ich werde wieder Daddy!“ erzählt er voller Stolz. Samantha entfährt ein kleines Quietschen, sie springt auf und rennt um den Tisch herum um ihren Kollegen zu umarmen. Sie freut sich so für die beiden. „Deswegen das Bier?“

„Ja! Ich wollte mit dir anstoßen und du weißt ja, Sekt oder Prosecco, da kannst du mich jagen!“

„Ja, sogar bis nach Florida“, grinst sie in ihr Bier hinein.

Benjamin Carter bekommt endlich sein zweites Kind. Er hat alles, was man sich so erträumt. Frau, Haus, Hund und bald zwei Kinder. Die typische Familienidylle. Diese wird sie nie erreichen. Für Kinder fühlt sie sich zu alt. Die richtige Frau? Ja, wie soll sie die finden? Bei ihrem Job? Sie hat schon den einen oder anderen Flirt. Manche enden auch in einer heißen Nacht. Aber das war es dann auch schon. Für eine ernsthafte Beziehung war da bisher keine dabei. Ist sie überhaupt jemand für eine ernsthafte Beziehung? Sie hatte bis jetzt nur eine einzige, längerfristige Beziehung. Auf dem College. Nataly. 3 Jahre lang. Fast die ganze Collegezeit. Sie teilten sich ein Zimmer und schon nach der dritten Woche war ihnen klar, dass da mehr war. Das dachte Samantha zumindest immer. Es störte sie nicht, dass Nataly außerhalb ihres Liebesnestes keine Berührungen oder gar ein Kuss zuließ. Sie wusste, dass Nataly nicht geoutet war. Es wunderte sie auch nicht, dass sie nicht jede Nacht auf dem Zimmer war. Immerhin wohnten ihre Eltern nur eine halbe Stunde entfernt. Samantha machte sich weiter keine Gedanken darum. Sie verfolgte ihr Ziel, Polizistin und eines Tages Detective bei der Mordkommission zu werden. Sie blendete alle Alarmglocken aus, die sie gewarnt hatten. Samantha ignorierte sie. Sie liebte Nataly und war sich sicher, dass auch ihre Herzensdame diese Gefühle erwiderte. Nur ihr damaliger bester Freund Charles, liebevoll wurde er von allen Charly genannt, wusste von der Beziehung. Charly war von Anfang an geoutet. Naja, er konnte es schwer abstreiten mit seinem Faible für schrille Kleidung, auffallende Frisuren, Make Up und er wusste alles über die Stars und Sternchen die gerade „In" sind. Charly erfüllte sich ebenfalls seinen Traum. Einen Laden mit Kleidung für Drag-Queens.

„Braucht man dafür ein eigenes Geschäft?", hat Samantha ihn damals gefragt.

„Ja, was denkst du denn? Hast du schon einmal die schrillen Outfits irgendwo in einem normalen Klamottengeschäft gesehen?", war seine brüskierte Antwort. Da gab sie ihm Recht. Um ehrlich zu sein, hatte sie sich darüber eigentlich nie Gedanken gemacht, woher die schrillen Outfits von Drag-Queens kamen. Wobei Drag-Kings, also Frauen in Männerklamotten, eher weniger auffällig gekleidet waren. Eben halt wie

Männer - und diese Outfits fand man überall. Samantha war sehr stolz auf ihren besten Freund Charly. Er hat es geschafft und sein Geschäft florierte. Vier Jahre später eröffnete er schon eine weitere Filiale in San Francisco. Charlys heimliche Liebe zu San Francisco hatte sie schmunzeln lassen, als er ihr von der Neueröffnung der Filiale erzählte.

„Wollen wir los? George und Simon werden uns sicher schon vermissen!“, holt ihr Lieblingskollege sie aus ihren Erinnerungen zurück. Gedanklich macht sie sich noch eine Notiz, dass sie Charly so schnell als möglich wieder einmal treffen sollte - oder zumindest mit ihm telefonieren. Wer weiß, in welcher Stadt er sich gerade aufhält.

Die beiden trinken aus und zur Feier des Tages bezahlt die blonde Polizeibeamtin die Rechnung. Mit einem Zwinkern meint sie dann noch zu Benjamin: „Spar dir das Geld für den zweiten Collegefond!“, und sie verlassen lachend das Diner.

6. Kapitel

Die Finger jucken. Das Adrenalin schießt zunehmend in der Blutbahn herum. Die Achterbahnfahrt der Gefühle hat begonnen. Was für ein herrliches Gefühl. Zu wissen, wie die nächsten Stunden verlaufen werden. Erst der verständnislose Blick, dann der flehende und zum Schluss der wissende Blick. Der Blick des Todes. Das Winseln. Das Flehen am Leben zu bleiben. Die Angst. Ich kann die Angst jetzt schon riechen. Der salzige Geruch. Wie erbärmlich, wenn ein Mann, ein gestandener Mann, wie er selbst behauptet, sich die Hosen voll pinkelt. Hatte er damals Erbarmen? Nein!

Der Mond ist in seiner voller Pracht und lässt die Umgebung leicht schimmern. Es könnte ein romantischer Abend werden. Könnte. Aber romantisch ist ein so vielseitiges Wort. Jeder sieht Romantik anders. Dieses Treffen wird sicher auch romantisch. Hm, ob das Steven Coleman auch so sehen wird? Wen interessiert es.

Er wird hindurch müssen. Kein Erbarmen. Er hatte auch kein Erbarmen, als er das kleine Mädchen, Kelly, zu sich ins Auto lockte und mit ihr nach Hause fuhr. Es dort tagelang missbrauchte, bis er ihr überdrüssig wurde. Sie dann erstickte und weil er nicht wusste, wie er sonst die Leiche unauffällig loswerden sollte, sie zerstückelte und im Ballona Creek in einem Koffer versenkte. Doch das hat ihm leider nichts gebracht. Der Koffer wurde an Land gespült und somit wurde er schnell ausfindig gemacht. „Und genauso schnell konnte ich dich ausfindig machen! Ich hoffe, du hast das letzte halbe Jahr in Freiheit genossen!“ Jeden Tag in deiner Stammkneipe zu sitzen und einen Whisky nach dem anderen in dich hinein zu schütten und dann wieder ins Auto zu steigen um nach Hause zu fahren. „Nein mein Lieber, du hast nichts im Gefängnis gelernt.“

Pünktlich um 22:15 Uhr fährt mein Objekt der Begierde durch die Northside Pkwy Road. Das Auto ist mit Warnblinkanlage so abgestellt, dass er nicht anders kann als stehenzubleiben. Der Rest ist ein Kinderspiel. Er kann gar nicht so schnell reagieren, wie ich schon in seinem Auto sitze. Dieser überraschte Blick. Mit einem wissenden Blick sehe ich ihn an. „Was wollen sie?“, fragt er ängstlich. Er weiß nicht, wie ihm geschieht. Vollgepackt mit meiner Tasche sitze ich da und starre ihn nur an. Nicht viel reden. Ich lasse die Handschellen vor seinem Gesicht baumeln und halte dabei die Pistole in der gleichen Hand. Ich weiß, ich werde sie nicht brauchen, aber es macht die Sache um etliches leichter. Ich kann mich noch ganz genau an meinen ersten erinnern. Mein nicht ganz durchdachter Plan. Damals noch in New York. Genauso ging es auch aus. Ja, er war gestorben, aber nicht so, wie es geplant gewesen war. Niemand ist sofort perfekt! Man lernt dazu!

Genüsslich schließen sich die Handschellen hinter dem Fahrersitz. Die Pistole wandert langsam von den Schläfen zur Nase, über die Lippen und den Hals, dann über den Brustkorb hinab zum Bauch und zum besten Stück. Die Schweißperlen tropfen Steven Coleman aus jeder Pore. Wie schon im Vorhinein gewusst, wurde der ängstliche Blick jetzt zu einem flehenden. Ich öffne seine Hose und hole seinen etwas sehr schlaffen Penis heraus. Gott sei Dank habe ich meine Handschuhe an. Coleman kann seine Körperflüssigkeiten nicht so lange zurückhalten wie die anderen. „Weichei!" säusle ich ihm zu. Ohne meine Pistole von ihm abzulassen nehme ich die Tasche wieder auf den Schoß und öffne sie. Mit einem freudigen Lächeln nehme ich den ersten Gegenstand heraus. Ich nehme es zwischen meine Finger und lasse es ein paar Mal kreisen. Die gute alte Stricknadel. Wer hätte gedacht, dass es für etwas anderes auch noch nützlich sein würde als nur einen Schal zu stricken? Dieser Anblick, die Nadel zwischen meinen Fingern und der Gedanke, was jetzt kommen wird, lassen Schmetterlinge in meinem Bauch wild herumfliegen. Oh ja, das wird ein Fest. Plötzlich höre ich, wie der alte Mann neben mir zu weinen beginnt. Er weiß doch noch nicht einmal, was ich damit vorhabe. Ich drehe mich wieder zu ihm und setze mein unschuldigstes Lächeln auf, das ich habe. Um den Nervenkitzel noch ein bisschen zu genießen und die Vollendung hinauszuzögern, lasse ich meine Remington R51 noch ein bisschen über seinem Penis kreisen. Ich spüre das Zittern, das von ihm ausgeht. Er hat Angst. Und wie er Angst hat! Ich kann seine Angst förmlich riechen. Sie legt sich im Auto überall fest. Und ist deutlich sichtbar auf seinem geschmacklosen Hawaiihemd. Ich kann es kaum erwarten. Ich nehme die Pistole von seiner Mitte und lege sie in meiner Reichweite auf das Armaturenbrett und nehme die Stricknadel in meine rechte Hand. Genauso wie vorhin mit der Waffe spiele ich mit der Nadel an ihm. Ich fange wieder bei den Schläfen an und wandere langsam zu seinem nichtsnutzigen Schwanz, der so viel Leid über so viele Menschen gebracht hat. Ich hebe den Penis an und schiebe die Vorhaut ein bisschen zurück. Während dies geschieht, schaue ich ihm sehr intensiv in die Augen. Ob er jetzt weiß, was gleich mit ihm geschehen wird? Oh er wird leiden. So sehr leiden. Genüsslich lasse ich dann die Nadel über seine Eichel kreisen, bis ich sie dann mit der Spitze in die Harnröhrenöffnung stecke und immer weiter hinein schiebe. Ich kann seine Schreie hören. Ohrenbetäubend! Schmerzverzerrt! Es ist ein Genuss! Ich ziehe die Nadel wieder heraus. Es sammelt sich Blut bei der Eichel. Er sieht an sich hinunter. „Oh, das wollte ich nicht!“, entschuldige ich mich sarkastisch bei ihm. Und ob ich das wollte! Und im gleichen Moment schiebe ich die Nadel weiter rein bis sie ganz verschwunden ist. Seine Schreie werden immer lauter und hysterischer. Ein bisschen kann ich ihn verstehen, aber wozu das Ganze? Wir wissen doch beide, wie es enden wird! Und es wird enden!

Ich gieße noch Spiritus über die Lende und den Penis und schließe meine Arbeit ab. Jetzt will ich nur noch nach Hause und den Genuss meiner Tat mit einem Glas Wein feiern!

7. *Kapitel*

Die Northside Pkwy Road ist abgesperrt. Samantha und Benjamin haben ihren jungen Kollegen Simon mit im Gepäck. Er darf das erste Mal mit zu einem Fundort. Allein durch Recherchearbeiten und Zeugenbefragungen wird er kein guter Ermittler werden. Er muss ebenfalls einmal raus an die Front. Es wird sicher kein schöner Anblick für ihn sein. Vorsichtshalber, der Erfahrung nach, hat Sam für ihren Kollegen eine Papiertüte eingepackt. Auch viele erfahrene Polizisten müssen sich beim Anblick eines Mordopfers übergeben. Der Fundort, der definitiv auch der Tatort war, ist weiträumig abgesperrt. Wie erwartet steht Doktor Johnson mit seinem Assistenten beim Auto und übernimmt die erste Leichenbeschau. Gut ein Dutzend Uniformierte suchen die Umgebung ab. Vier Leute sind ganz in weiß gehüllt, die Forensiker. Einer davon macht sich an der Beifahrertür zu schaffen. „Ich wünsche mir, dass sie diesmal irgendetwas finden. Nur eine kleine Spur. Ein einziger Anhaltspunkt", spricht Benjamin die Gedanken von Samantha aus. Diese nickt ihm zu. Sie gehen zu dritt zu dem Pathologen.

„Hallo Doc“, begrüßen sie wie immer den Arzt. Der sieht kurz hoch und erwidert den Gruß. Sein Assistent ist gerade dabei eine Bahre für das Opfer zu organisieren. „Was haben wir?“, fragt die blonde Ermittlerin. Aus dem Augenwinkel beobachtet sie den Rookie. Sie sieht ihm an, dass er anfängt blass zu werden. Mit einer schnellen Bewegung greift sie in die Tasche ihres dunkelblauen Blazers und holt die Papiertüte heraus. Mit einem Lächeln gibt sie diese Simon. Der bedankt sich und macht sofort auf dem Absatz kehrt, um seinen Mageninhalt zu entleeren. „Der arme Junge!“, kommentiert Doktor Johnson. „Das Opfer oder Simon?“, fragt Samantha mit einem süffisanten Lächeln. „Niemals den Humor verlieren!“, wurde sie von ihrem Mentor gedrillt, „sonst gehst du vor die Hunde!“ Das war sein Leitspruch, damit er nicht zu viele Dinge an sich herankommen ließ. Doch sie hatte ihn immer wieder gut beobachtet. Er war nicht so hart, wie er ihr immer beibringen wollte. Leider griff er dann zu oft zur Flasche und bei seinem letzten Fall, der nicht minder grausam war, hat er sich den Lauf seiner Dienstwaffe in den Mund geschoben und abgedrückt. Samantha schaudert innerlich. Nein, so will sie nicht werden!

„Es wird dich sicher nicht überraschen, dass dieser Fall den beiden anderen Fällen ähnlich, ja fast ident mit diesen ist“, antwortet der Pathologe. In der Zwischenzeit hat sich Doktor Kevin Brown ebenfalls zu ihnen gestellt. Die Bahre, besser gesagt der metallene Sarg, steht neben ihnen.

„Ich kann es mir fast denken! Irgendeine Auffälligkeit, die sich von den anderen unterscheidet?“

„Auf den ersten Blick nicht. Aber Genaueres kann ich dir erst nach der Obduktion sagen.“ Die typische Standardantwort eines Pathologen.

Langsam gesellt sich der junge Beamte, noch etwas blass im Gesicht, wieder zu ihnen. Man kann ihm deutlich ansehen, wie unangenehm ihm die Sache ist.

Der in weiß gekleidete Forensiker, der sich an der Beifahrerseite zu schaffen gemacht hat, steht auf und blickt zu ihnen hinüber. Er hält eine kleine durchsichtige Plastiktüte in der Hand. Es sieht so aus als sei ein Haar darin.

„Genau wie beim Doc erhältst du nach der Analyse den Bericht.“ Sie kennt Felix, den Forensiker, schon seit Beginn ihrer Karriere bei der Mordkommission. Sie kann sich auf ihn verlassen.

„Ich hoffe, du kannst mir diesmal befriedigendere Antworten liefern als die letzten Male“, beendet sie das kurze Gespräch und wieder an den Pathologen gewandt, meint sie, dass sie gerne wieder bei der Autopsie dabei sein würde und es in gut eineinhalb Stunden schaffen würde. Sie verabschiedet sich von den zwei Pathologen und geht mit ihren beiden Kollegen zum diensthabenden Beamten. Er erzählt ihnen, dass es diesmal einen anonymen Anruf gab, aber eben nicht bei der Feuerwehr, sondern direkt bei ihnen im Präsidium. Sie erkundigen sich, ob der Anrufer männlich oder weiblich war. Dazu kann der Polizist leider keine Antwort geben, da der Anruf mit einem Stimmenverzehrer erfolgte und somit eher nach Mickey Maus klang. Sie bedanken sich und machen sich auf den Weg zum Auto. Währenddessen besprechen sie die nächsten Schritte. Ben soll die Aufnahme vom anonymen Anrufer abholen und zur Stimmenanalyse bringen lassen, vielleicht bekommen sie etwas heraus und Samantha wird mit Simon in das Institut für Pathologie fahren, um bei der Leichenöffnung anwesend zu sein. Dies ist zumindest nicht das erste derartige Erlebnis für Simon. Er hat eine Leichenöffnung schon während seiner Ausbildung gesehen - Pflichtprogramm für alle Polizeischüler.

Wie vereinbart stehen Samantha und Simon gut achtzig Minuten später zwischen den sterilen und grün gehaltenen Wänden der Obduktionshallen. Der Geruch von Desinfektionsmittel und Tod hüllt sie wieder ein. Die Hoffnung, dass es eines Tages vielleicht nach Rosen oder anderen Blumen hier riechen würde, möchte die kurzhaarige Beamtin nicht aufgeben. „Die Hoffnung stirbt zuletzt“, grinst sie in sich hinein.

Doktor Johnson und Doktor Brown sind schon bereit für die Leichenbeschau. Wie immer führen sie behutsam und kontrolliert ihre Arbeiten aus. Für die beiden ist es eine Routine, wie für einen Chirurgen, der einen Blinddarm entfernt.

„Bis jetzt gleicht alles genau dem letzten Mal“, erörtert der ältere Gerichtsmediziner. „Jetzt schauen wir einmal, ob wir wieder eine Überraschung finden“, und deutet mit der rechten Hand zum Schwellkörper des Opfers. Als der Arzt diesen anhebt, ist er verwundert. Dieser ist nicht schlaff, wie er eigentlich sein sollte, aber von einem erigierten Penis war er irgendwie auch weit entfernt. Nervös kratzt sich Simon die Nase und hüstelt leicht. Ohne weitere Vermutungen anzustellen schiebt der junge Arzt die Vorhaut etwas zurück, damit sein Mentor den Penis besser untersuchen kann. Dieser schiebt sich wieder die Lupe über seine Augen. Man sieht ihm genau an, dass er den Grund für die Inflexibilität gefunden hat. Er holt eine Pinzette und versucht die Ursache herauszuziehen. Diese sträubt sich ein wenig. Er muss die Harnröhrenöffnung ein bisschen aufschneiden, damit er das lange Ding, das aussieht wie eine Metallstange, besser umfassen und herausziehen kann. Das Ding war mindestens 30 cm lang.

„Autsch! Was ist das?“, fragt der junge Polizeibeamte.

„Es sieht nach einer Stricknadel aus!“, kommt die prompte Antwort des Gerichtsmediziners.

„Eine Stricknadel?“

„Ja!“

Für einen kurzen Moment müssen sich die vier Anwesenden sammeln und ein paar Mal tief ein- und ausatmen. Selbst dem erfahrenen Doktor Johnson, der schon einiges, auch manch ziemlich grausam zugerichtetes Opfer, gesehen hat, ist der Schock im wahrsten Sinne des Wortes ins Gesicht geschrieben.

„Wie kommt man nur auf so eine Idee?“, fragt Samantha Forster in die Runde. Die drei Herren schütteln den Kopf und sind noch nicht im Stande ein Wort zu sprechen. Sie können den Schmerz förmlich spüren. Katheter setzen ist nicht angenehm, aber eine Stricknadel?

Als Doktor Johnson seine Stimme wieder findet, meint er: „Gleich nachdem wir hier angekommen sind, hab ich ein Röntgen gemacht. Ich werde die Bilder aber leider nicht vor heute Abend bekommen. Aber da sehen wir dann deutlich, wie tief die Nadel gesteckt ist."

Nach einer weiteren halben Stunde gehen Simon und Samantha zurück zum Auto. Sie lehnen sich daran und Samantha fischt ihre Zigaretten heraus und zündet sich eine an. Sie hält Simon die Packung entgegen, der sich dankend eine nimmt und sie mit zittrigen Fingern anzündet. Er hat sich die oberen drei Knöpfe seines hellblauen Hemdes geöffnet, um besser durchatmen zu können.

Sie lässt ihn in Ruhe seine Gedanken und das Gesehene verarbeiten. Auch sie muss erst die Geschehnisse verdauen. Man sieht nicht alle Tage, wie eine Stricknadel aus dem Geschlechtsteil eines Mannes gezogen wird. Sie müssen diese Bestie finden, und zwar so schnell als möglich!

Samantha wird von dem aufdringlichen Läuten des Telefons in ihrer Tasche aus den Gedanken gerissen. Es ist Benjamin. Wenn er anruft, hat das sicher etwas zu bedeuten.

„Ja?", meldet sie sich fragend.

„Die Spurensuche hat etwas gefunden!"

„So schnell?"

„Ja, es ist ein Stück Papier, worauf ein Name steht. Steven Coleman."

„Nur der Name? Sonst nichts?“

„Nur der Name, ja. Handschriftlich. Entweder das Opfer ist Steven Coleman oder Coleman ist der Täter. Wie weit seid ihr?“

„Wir sind soeben zum Auto gegangen und sind in gut fünfzehn Minuten auf der Dienststelle.“ Sie beendet das Gespräch. Sie steigen ins Auto und fahren durch den dichten Verkehr. Die Sonne strahlt freundlich und es ist eher ein Tag, um faul am Strand zu liegen, anstatt einen brutalen Serientäter zu verfolgen. Samantha seufzt, setzt ihre Gucci-Sonnenbrille, die sie letztes Jahr von Charly zu Weihnachten geschenkt bekommen hat, auf und fährt dem Verkehr angepasst durch die Straßen.

8. Kapitel

Versammelt an der Wand, an der jetzt drei Fotos mit drei Namen hängen, stehen die vier Kollegen. Samantha und Simon haben noch nichts von dem überraschenden Fund im Penis von Steven Coleman erwähnt.

„Ich kläre euch schnell auf, was bei der Obduktion rausgekommen ist, bevor unsere liebe Frau Doktor erscheint. Wie wir angenommen haben, wieder die gleiche Vorgehensweise. Todesursache war wieder die Verbrennung. Diesmal wurde allerdings kein Strohhalm gefunden, sondern …“, sie muss sich kurz räuspern, „… eine Stricknadel!“ Mit weit aufgerissenen Augen und offenem Mund wird die weibliche Beamtin von ihren beiden Kollegen, Ben und George, angestarrt, als hätte sie von grünen Marsmenschen gesprochen.

„Das ist jetzt nicht euer Ernst, oder?“, findet Ben als erster die Sprache wieder.

„Doch. Eingeführt bei vollem Bewusstsein. Er muss schrecklich gelitten haben“, und sie sieht wieder auf das Foto von Coleman.

„Darauf kannst du wetten. Doch in Anbetracht dessen, warum er im Gefängnis gesessen hat, hält sich mein Mitleid ein wenig in Grenzen“, äußert sich George.

„Ich weiß, dass ich das nicht einmal denken, geschweige denn aussprechen soll, aber warum machen wir uns die Mühe ihn zu finden? Im weiteren Sinne beschützt er doch die Kinder hier“, lässt der Rookie die Kollegen an seinen Gedankengängen teilhaben.

Während Sam mit Simon zum Revier gefahren ist, haben die anderen beiden den Namen durch den Computer geschickt und wurden rasch fündig. Für sie alle ist jetzt mit Bestimmtheit klar, dass es der Täter auf Sexualverbrecher abgesehen hat. Samantha kann irgendwie gut verstehen, was in ihm vorgeht.

„Die meisten Täter waren einmal Opfer“, erklingt eine Stimme hinter ihnen. Sie drehen sich um und erblickten Doktor Tiffany Clark, die sich auf leisen Sohlen zu ihnen gesellt hat. Niemand der Anwesenden hat ihr Hereinkommen gehört.

„Er ist noch jung“, versucht George die Aussage seines Kollegen zu entschuldigen.

„Ja, ich weiß“, antwortet Tiffany, „aber wir dürfen nicht den Blick fürs Wesentliche verlieren!“

„Wir?“, rutscht es Samantha heraus. Sie wollte eigentlich nicht nachfragen. Sie hat immer noch die

Anweisungen von ihrem Chef in den Ohren, dass Frau Doktor in den Fall mit einzubeziehen ist. Sie weiß nicht warum, aber sie hat etwas gegen Psychologen und Psychiater. Sie kann es sich selber nicht erklären, woher die Abneigung gegen diese Berufsgruppe stammt. Klar, sie hatte schon genug Fälle erlebt, in denen sie mühsam einen Verbrecher gefangen hatten, und dann Staatsanwaltschaft oder Gericht durch die Aussagen der Psychologen mildernde Umstände walten ließen. Entweder sie erhielten eine geringere Strafe, oder wurden gar nicht ins Gefängnis geschickt, sondern in die Psychiatrie überstellt.

„Ja, wir", nimmt die Psychologin den Faden auf und wirft den Ball zurück. „Oder haben sie vergessen, dass ich bei diesem Fall zu ihrem Team gehöre?" Ein intensiver Blick trifft Samantha und sie kann dem Drang nicht widerstehen, ihr entgegenzublicken. Für einen Moment stehen sie Aug' in Aug' gegenüber. Samantha verliert für einen kurzen Augenblick das Gefühl für Raum und Zeit. Es fühlt sich an, als würde es in diesem Moment nur sie und Tiffany geben. Ihr Herz beginnt kurz einen Takt schneller zu schlagen und wohlige Schauer laufen ihr über den Rücken. Abrupt dreht sie sich um und unterbricht damit den stummen Kampf zwischen Abneigung und Anziehung.

„Nein, das habe ich nicht vergessen!"

Über Tiffanys Lippen zieht sich ein süffisantes Lächeln. Diesen ersten Kampf hat sie gewonnen. Sie weiß, dass sie nicht immer und überall gern gesehen ist. Sie wird eher als Eindringling empfunden. Doch das stört sie nicht im Geringsten. Sie ist hier, um ihren Job zu machen, ein Profil zu erstellen und dabei zu helfen, den grausamen Täter zu überführen. Davon können sie auch nicht diese blauen Augen abhalten. Ihr gefällt die Blondine, doch sie hat mit Gefühlen nichts am Hut. Arbeit war Arbeit. Sie vermischt auch niemals Sex mit ihrem Beruf. Das wird nur zu kompliziert, und Komplikationen braucht sie nicht. Sie strafft ihre Kleidung und tritt einen Schritt nach vorne, um direkt bei der Gruppe zu stehen.

„Der Kerl wird immer brutaler“, nimmt George das ursprüngliche Thema wieder auf. „Also, jetzt eine Stricknadel. Ist es nicht so, dass ein Täter seine Vorgehensweise nicht ändert? Er fing bei nichts an, dann der Strohhalm und jetzt eine Stricknadel. Falls er weitermacht, wie will er sich steigern?“

Sie sehen sich gegenseitig an und dann zu Tiffany Clark. Diese scheint im Moment in einer eigenen Welt zu sein, als sie mit ihrer Erklärung anfängt. „Im Grunde bleibt er bei seiner Vorgehensweise. Der Tötungsakt ist das Verbrennen der Leistengegend. Die Folterweise wird immer brutaler. Wenn man die drei Opfer vergleicht, dann sind das alles Sexualstraftäter. Das heißt, dass unser gesuchter Mann diesen Männern im Grunde dasselbe antun möchte, was sie getan haben. Die Foltermethode ist für ihn ein Adrenalinkick. Das ist wie bei einem Bergsteiger. Immer höher hinauf. Erst einen Berg mit 2000 Meter besteigen, dann einen Berg mit 3000 Meter. Er fühlt sich dabei wie in einem Rauschzustand.“

Diese Worte sind einleuchtend. Selbst für Samantha, muss sie sich eingestehen.

„Sollen wir jetzt davon ausgehen, falls er weitermorden wird, dass die nächste Foltermethode noch schlimmer sein wird?“

„Ja!“

„Kann es auch sein, dass er dann nicht bei seiner Vorgehensweise bleibt, sondern sich einer anderen Tötungsmethode zuwendet?“

„Ja, das kann durchaus sein. Das muss natürlich nicht heißen, dass es gleich beim nächsten Mord passieren wird. Aber es heißt auch nicht, dass er es ändern wird. Es ist außerdem gut vorstellbar, dass das Feuer eine besondere Rolle für ihn spielt. Ein Kindheitserlebnis zum Beispiel, das ihn besonders geprägt hat.“

„Ist es nicht fast immer so, dass ein Kindheitstrauma der Auslöser für spätere Morde ist?“, fragt Ben.

„Nicht immer, aber meistens schon. Die Kindheit ist die prägendste Entwicklungszeit, die ein Mensch durchmacht. Viele Verhaltensweisen, warum wir so sind, wie wir sind, sind durch Erfahrungen in den ersten Lebensjahren entstanden. Im Unterbewusstsein assoziieren wir Abneigungen oder Neigungen mit den Erfahrungen, die wir als Kind damit gemacht haben. War das ein schönes Erlebnis? Hatten wir Angst? Hat es uns sexuell erregt?“ Bei der letzten Frage wird die Psychologin von den vier Beamten ungläubig angesehen. Tiffany versteht die stumme Frage der Anwesenden.

„Ja, als Kind machen wir schon unsere ersten sexuellen Erfahrungen. Nicht erst als Teenager, wie wir es im

Allgemeinen annehmen. Es hat natürlich nichts mit Sex oder so zu tun. Ein Beispiel sind Kinder im Kindergartenalter. Hier wird ihnen bewusst, ob sie Mädchen oder Jungen sind und sie zeigen ein großes Interesse an ihrem eigenen Geschlecht, aber auch am Geschlecht des anderen. Das sind dann die berühmten Doktorspiele, die wir selber alle einmal gespielt haben und auch bei den eigenen Kindern sehen können." Tiffany sieht von einem zum anderen und wendet sich dann letztendlich wieder den Opfern zu.

In dem sonst hektischen Revier scheint es auf einmal ganz ruhig zu sein. Alle schielen zu der Wand, studieren die Stichworte, machen sich gedanklich Notizen.

„Hat Steven Coleman eine Familie?", fragt die Psychologin in die Stille hinein.

„Ja", antwortet Simon mit einem Blick auf seinen kleinen Notizblock. „Eine Exfrau und zwei Söhne. Wir werden heute Nachmittag für eine Befragung zu ihnen fahren."

„Ich würde gerne anwesend sein", informiert Tiffany.

„Okay, Ben und ich fahren um fünfzehn Uhr von hier los. Wenn Sie uns die Ehre erweisen und uns begleiten möchten, sind Sie hiermit herzlichst eingeladen." Samantha kann sich den sarkastischen Unterton nicht verkneifen. „Warum möchte sie dabei sein?" fragt sie sich. Ihr ist bewusst, wie nervös sie in Anwesenheit der überaus attraktiven Profilerin, die ihr gerade gegenübersteht, ist, und das verwirrt sie und macht sie dabei ein bisschen aggressiv. Sie hasst solche Gefühle. Auf der einen Seite kann sie die arrogante Frau mit ihren teuren Markenkostümen nicht leiden, auf der anderen Seite fühlt sie sich irgendwie magisch von ihr angezogen. Ihre Augen fesseln sie und ziehen sie immer wieder in einen Strudel und wirbeln ihre Gefühle auf wie in einer Achterbahn. Sie weiß, sie muss hier Vorsicht walten lassen.

Kurze Zeit später verlässt Tiffany Clark das Präsidium und die vier Beamten von der Mordkommission sind wieder alleine. Samantha kann beruhigt aufatmen. Gott sei Dank hat niemand ihre Gefühlsverwirrungen mitbekommen.

„Was haltet ihr von Frau Doktor?“, fragt Benjamin. Eigentlich ist er der Menschenkenner unter ihnen, doch wenn er so eine Frage stellt, dann heißt das meistens, dass er die Person auch nicht einschätzen kann.

„Ich kenne sie nur vom Hörensagen. Sie scheint für ihren Beruf zu leben. Wenn man den Erzählungen Glauben schenken darf, dann hat sie sich ausschließlich der Kriminalpsychologie zugewandt. Fachlich ist sie ein Ass. Niemand scheint mehr über die Psyche von Kriminellen Bescheid zu wissen als unsere Frau Doktor Tiffany Clark“, antwortet George neutral. Er nimmt die Menschen immer so, wie sie sind, mit all ihren positiven wie auch negativen Seiten. Er verliert nur ganz selten ein schlechtes Wort über jemand anderen. Wenn ihm einmal etwas missfällt, dann geht er gerade auf denjenigen zu und redet mit ihm.

„Sie ist kalt wie ein Fisch“, kommt es jetzt von Simon. „Aber fachlich, ja, da muss ich unserem Georgy Recht geben, da macht ihr so schnell keiner etwas vor. Ich lehne mich vielleicht jetzt etwas weit aus dem Fenster, aber mich würde es nicht wundern, wenn sie von uns allen schon ein Profil angelegt hätte.“

„Simon“, lächelt Ben.

„Habt ihr nicht gesehen, wie sie uns manchmal anstarrt? Ganz besonders Samantha“, sagt er und blickt dabei auf seine Kollegin.

„Mich?“

„Jepp, als würde sie in dich hineinschauen. Ich muss ehrlich gestehen, alleine möchte ich nicht mit ihr sein. Ich würde mich wie geröntgt fühlen. Eines muss ich trotzdem sagen, sie sieht verdammt gut aus.“

Alle, bis auf Sam, nicken zustimmend. „Also haben die anderen doch die Blicke mitbekommen“, denkt sie. Sie darf sich nicht noch mehr von ihr provozieren lassen.

Samantha ist froh, als Ben vorschlägt, dass sie alle gemeinsam Mittag machen und dabei die nächsten Schritte besprechen könnten. So macht sich das Vierergespann auf den Weg ins Diner.

9. Kapitel

Pünktlich um fünfzehn Uhr steigen Benjamin, Samantha und Tiffany ins Auto und fahren wie vereinbart zu den Angehörigen von Mordopfer Nummer drei, Steven Coleman. Seine Exfrau dürfte schon an der Tür auf sie gewartet haben, denn nicht einmal eine Sekunde nach dem Läuten öffnet sie.

„Hallo, ich bin Mary Sanders“, werden sie begrüßt.

„Hallo, ich bin Detective Samantha Forster, das sind mein Kollege, Detective Benjamin Carter, und unsere Kriminalpsychologin, Doktor Tiffany Clark“, stellt Sam vor. „Frau Sanders?“

„Ja, achso, ich habe nach der Scheidung und nach den schrecklichen Taten meines Exmanns wieder meinen Mädchennamen angenommen“, werden sie von der älteren Frau aufgeklärt, während sie ins Wohnzimmer geführt werden.

„Das sind meine Söhne Alexander und Frank“, und deutet dabei auf die beiden Männer, die auf der

Couch sitzen. Bei der Begrüßung stehen sie auf und geben den drei Besuchern die Hand.

„Wir haben auch unseren Namen auf Sanders geändert“, werden sie vom älteren Sohn aufgeklärt. Beide können die Ähnlichkeit mit ihrer Mutter nicht abstreiten. Sicherlich ein großes Glück für die beiden. Wer will schon einem Mann ähnlich sehen, der wegen Kindesmissbrauch und Kindesmord im Gefängnis saß? Es reicht sicherlich schon aus, dass sie wissen, dass er ihr Vater war. Was für ein hartes Schicksal für die Familie, die dazumal völlig ahnungslos war.

Sam hat sich sofort die Akte von Steven Coleman besorgt und sie gründlich studiert. Die Söhne waren damals noch im Teenageralter, als ihr Vater verhaftet wurde. „Wie kann man als Kind damit umgehen, dass der eigene Vater ein Monster ist? Wie verarbeitet man das?“, fragte sich Samantha, als sie die Akte durchlas.

„Frau Sanders,“ fängt Ben mit der Befragung an „wann haben sie das letzte Mal etwas von ihrem Exmann gehört oder gesehen?“

„Gesehen habe ich ihn das letzte Mal im Gericht, als er verurteilt wurde. Ich konnte danach endlich wieder ruhig durchatmen. An dem Tag, als er verhaftet wurde, fing ich an ihn zu hassen. Wie ist ein Mensch nur dazu fähig, so etwas zu tun?“, fragt sie.

Sie verstehen die Gefühle von Frau Sanders.

„Nicht nur, dass er dem kleinen Mädchen das Leben genommen und ihre Familie in tiefe Trauer gestürzt hat, er hat auch unser Leben damit ruiniert. Wir mussten umziehen, weil niemand etwas mit einer Mörderfamilie zu tun haben wollte. Alexander und Frank haben ihre damaligen Freunde verloren, weil niemand mehr mit ihnen sprechen durfte. Mit dem Umzug wechselten sie dann auch die Schule. Ich möchte ehrlich zu ihnen sein, ich empfinde nicht die leiseste Spur von Trauer. Im Gegenteil, es ist die gerechte Strafe. Ich weiß, sie machen nur ihre Arbeit, aber ich hoffe, sie finden den Mörder nie."

„Wir verstehen ihre Gefühle", beschwichtigt Samantha die nicht allzu bestürzte Frau Sanders. „Doch wie sie schon selber gesagt haben, wir machen nur unsere Arbeit und die besteht darin, einen Mörder, besser gesagt einen Serienmörder, zu finden und zu verhaften. Wissen sie vielleicht, ob ihr Exmann von jemandem bedroht wurde?"

„Nein. Ich habe nur einmal kurz nach seiner Entlassung mit ihm telefoniert. Er rief eines Tages hier an um sich dafür zu entschuldigen, was er uns angetan hat. Er wollte wieder den Kontakt zu seinen Söhnen aufnehmen", dabei blickt sie zu den beiden mittlerweile erwachsenen Söhnen.

„Mum hat uns von dem Anruf erzählt und uns die Nummer, die er hinterlassen hat, gegeben, doch wir hatten keinen Wunsch ihn zu kontaktieren. Wir haben am Anfang jahrelang darauf gewartet, dass er sich einmal bei uns entschuldigt oder uns zum

Geburtstag gratuliert. Aber nichts von dem geschah. Nachdem er entlassen wurde, wollte er wieder Daddy spielen, aber das wollten wir nicht. Wir wollten nichts mehr mit diesem Menschen zu tun haben. Für uns ist er an dem Tag, als alles ans Tageslicht gelangte, gestorben“, meint der jüngere, Frank Sanders.

Man kann klar und deutlich den Schmerz in seinen Augen sehen. Wie viel kann ein Kinderherz ertragen?

„Detectives, ich weiß nicht, ob sie verstehen, was mein Bruder sagen möchte, aber wir waren noch Kinder. Wir wussten nicht genau, was passiert war. Mum hat uns am Anfang nicht alles gesagt, was er getan hat. Nur, dass er etwas Schlimmes getan hat und dafür eine Strafe erhalten wird. Dass wir ihn für lange Zeit nicht wiedersehen werden. Für uns ist damals eine Welt zerbrochen. Wir hatten eine schöne Kindheit. Doch an dem Tag, als er weg war, wurde alles anders. Wir wurden von den anderen Kindern ausgeschlossen, hatten plötzlich keine Freunde mehr. Wir bekamen grässliche Spitznamen: „Mörderkinder“ wurden wir gerufen. Wissen sie, wie das für uns war? Eines Tages klärte unsere Mutter uns dann über die Taten auf. Kurz darauf zogen wir in eine andere Stadt, wechselten die Schule und änderten den Namen auf Sanders.“

Nach einer weiteren halben Stunde verabschieden sich die drei von Familie Sanders und fahren zum Revier zurück. Leider hat sie diese Befragung auch nicht viel weitergebracht. Während der Fahrt unterhalten sie sich über das Gespräch und sind sich einig, dass die Sanders wohl nichts verschwiegen hatten. Sie wissen wirklich nichts über Steven Colemans Leben im und nach dem Gefängnis. Ebenso sind sie sich einig, dass die beiden Söhne als Täter auch ausgeschlossen werden können. Sie haben zwar sichtlich immer noch schwer damit zu kämpfen, was in ihrer Familie geschehen ist, doch sie haben auch damit abgeschlossen und sich ein neues Leben mit ihrer Mutter aufgebaut. Sie konnten die enge Verbindung zwischen den dreien förmlich spüren. Hier würde wohl niemand etwas aufs Spiel setzen und dies auch noch zerstören.

Als sie am Parkplatz zum Stehen kommen und aussteigen, zündet sich Samantha eine Zigarette an. „Ben, du kannst gerne schon Feierabend machen. Ich werde den Bericht über die Befragung schreiben. Schau, dass du zu Frau und Kind kommst. Sie werden sich sicher freuen, wenn du mal wieder zu einer angenehmeren Zeit zu Hause bist als sonst“, zwinkert sie ihrem Kollegen zu.

„Danke Sam, aber mach du bitte auch nicht mehr all zu lange. Immerhin ist morgen auch noch ein Tag, um weiter auf Mördersuche zu gehen.“ Er kennt seine Kollegin gut genug, um zu wissen, dass sie nicht gleich nach dem Bericht nach Hause gehen wird.

„Sir, yes, Sir“, antwortet sie, während sie vor ihrem Kollegen salutiert. Dieser dreht sich grinsend um und geht zu seinem Auto, um nach Hause zu fahren.

Tiffany steht noch immer neben der blonden Beamtin.

„Ich werde noch mit Ihnen ins Büro gehen.“

„Warum, wollen Sie nicht auch nach Hause?“

„Ich würde mir gerne noch einmal die Akten ansehen. Vielleicht habe ich etwas übersehen.“

„Ja, von mir aus“. Sie hätte sich gewünscht, dass die Psychologin ebenfalls gleich fahren würde. Nachdem Samantha fertig geraucht hat, gehen sie gemeinsam durch die große Glastür des Präsidiums.

Samantha steuert sofort auf ihren Schreibtisch zu und schaltet ihren Computer ein. Doktor Clark steht stumm davor und blickt auf sie herab.

„Kann ich noch etwas für Sie tun Frau Doktor?“, fragt Samantha ein wenig gereizt.

„Sie haben doch die Akte von Steven Coleman. Könnten Sie so höflich sein und sie mir geben?“

„Ja sicher. Bitte um Entschuldigung“. Samantha ist es peinlich, dass die Frau ihre gereizte Stimmung wahrgenommen hat. Sie reicht ihr die gewünschte Akte.

„Dankeschön!“ Dabei berühren sich für einen kurzen Moment ihre Hände. Samantha durchfährt ein leichter Schauer. Ihr Herz beginnt plötzlich wie wild zu klopfen. Sie zieht schnell ihre Hand zurück und widmet sich, ohne einen weiteren Blick auf Tiffany, ihrem Computer. Als erstes öffnet sie ihr Mailprogramm. Keine neuen Mails. Also fängt sie an, ihren Bericht zu tippen. Normalerweise gelingt ihr dies ohne weitere Probleme, doch ihre Gedanken schweifen immer wieder zu Tiffany ab. Die kurze Berührung. Die Reaktion ihres Körpers. Sie braucht um etliches länger als normal. Mit einem Stöhnen speichert sie ihren Bericht ab und druckt ihn aus.

Als sie zum Drucker geht, beobachtet sie Tiffany. Mit einem Kugelschreiber in der rechten Hand starrt sie versunken in die Akten. Die linke Hand zwirbelt an den schwarzen Haaren. Beim Lesen bewegen sich ihre Lippen leicht, als würde sie das Gelesene laut aussprechen. Sie ist total versunken. Ihre Sitzhaltung ist genauso steif wie beim ersten Treffen. Gerader Rücken und übereinander geschlagen Beine. Schlanke, lange Beine, muss sich Samantha eingestehen.

Plötzlich schaut Tiffany hoch. Samantha fühlt sich erwischt und errötet leicht. Sie dreht sich schnell um und nimmt den Ausdruck aus dem Drucker.

„Ich habe Hunger“, hört Samantha die Stimme hinter ihr. „Wollen Sie mit mir etwas essen gehen? Ein paar Straßen weiter soll es einen wunderbaren Italiener geben. Den würde ich gerne einmal testen und immer alleine essen zu gehen ist auch nicht die Sahne von der Torte. Hätten Sie Lust?“

„Ich weiß nicht“, antwortet Samantha zögernd. Sie fühlt sich nicht wohl bei dem Gedanken, dass sie noch länger mit Tiffany alleine ist.

„Hat Ben nicht zu Ihnen gesagt, dass Sie nach dem Bericht ebenfalls Feierabend machen sollen?“

„Ja.“

„Haben Sie schon etwas anderes vor?“

„Nein.“

„Was hindert Sie dann daran, dass Sie mit mir zu Abend essen?“

Ja, was ist da schon dabei, denkt sich Samantha. Sie kommt sich wie ein kleines Kind vor, das nur Ja oder Nein sagen kann. Sie muss wieder Herr ihrer Sinne werden. Sie atmet tief durch und zählt im Stillen bis drei bevor sie schließlich antwortet.

„Es hindert mich nichts. Gut, Sie haben mich überredet. Ich möchte Ihnen nur nicht die Zeit stehlen, weil Sie sich eventuell dazu verpflichtet fühlen, mit mir etwas essen zu gehen.“

„Es würde mir eine Freude sein, mit Ihnen heute Abend zu essen. Klingt das nach Verpflichtung?“

Samantha kann sich ein Lächeln nicht mehr verkneifen und willigt in die Einladung ein. Sie packen zusammen und machen sich auf den Weg, in getrennten Autos, zu dem Italiener, welchen Tiffany vorgeschlagen hat.

10. Kapitel

Das Restaurant versprüht eine angenehme und ruhige Atmosphäre. Nicht wie die typischen italienischen Lokale, die man so kennt, mit rot-weiß karierten Tischdecken und irgendeinem Schnulzensänger. Sobald man hier eintritt, betritt man eine eigene Welt: leise italienische Opernarien, gedämpftes Licht, viele Kerzen und reinweiße Tischdecken. Man könnte dieses Restaurant auch als romantisch beschreiben. Kaum haben die beiden Damen Platz in einer der Nischen genommen, kommt ein Kellner, fragt nach den Getränkewünschen und überreicht jeder von ihnen eine Speisekarte. Samantha entgeht ebenfalls nicht der etwas längere Blick des jungen Italieners, der beim Überreichen der Karte an Tiffany hängen bleibt. Sie kann es ihm nicht verübeln. Jeder normaler Mann, aber auch so manch eine Frau, mit gesunden Augen kann die Erscheinung von Tiffany nicht übersehen. Sie ist von einer geheimnisvollen Aura umgeben und sie ist wirklich schön. Nicht nur schön. Optisch gesehen ist sie atemberaubend. Das muss Samantha sich eingestehen, so sehr sie sich auch dagegen wehrt. Aber sie ist ja ebenfalls nur eine Frau mit gesunden Augen. „Wenn sie nur nicht so kalt wäre“, denkt sie sich. „Was denke ich da nur? Es ist vollkommend egal, ob sie kalt ist oder nicht.“ Sie hat und darf kein Interesse an Tiffany haben. Egal, wie sehr sie sie verwirrt. Tiffany ist eine gefährliche Frau und sie weiß, dass sie hier nicht mit einem gebrochen Herzen herauskommen will. „Außerdem kann ich sie nicht leiden. Also, warum soll ich weiter darüber nachdenken“, ruft sich Samantha selbst zur Ordnung.

„Haben Sie schon gewählt?“, unterbricht die Psychologin die Gedanken von Samantha.

„Ähem, gewählt?“

„Ja zum Essen.“ Samantha kann das angedeutete Lächeln von Tiffany sehen.

„Ich werde eine Tomatensuppe und eine Pizza Tonno nehmen. Und Sie?“

„Ebenfalls Tomatensuppe und eine Pizza Rucola.“

Sie geben ihre Bestellungen auf und nippen am Rotwein, den der Kellner ihnen vorhin an den Tisch gebracht hat. Bis ihnen die Suppe serviert wird, sprechen sie erneut über die am Nachmittag durchgeführte Befragung. Samantha kann ihre Enttäuschung nicht verbergen, dass sie das Gespräch nicht einen Meter weiter gebracht hat. Als die Tomatensuppe vor ihnen steht, nehmen sie den Löffel und wünschen sich einen guten Appetit. Der erste Gang verläuft schweigsam. Beide hängen ihren Gedanken und dem Genuss der Suppe nach. Samantha kann es trotzdem nicht lassen, den einen oder anderen Blick auf ihre Essensbegleiterin zu werfen. Sie muss sich schon beherrschen, um sie nicht ununterbrochen anzustarren. „Besser ich bleibe nur beim Wasser“, denkt sie.

„Vorzüglich“, äußert sich Tiffany zum ersten Mal seit sie die Tomatensuppe essen.

„Das stimmt. Ich glaube, ich habe noch nie so eine gute Suppe gegessen wie diese. Oder liegt es daran, dass ich fast schon verhungert bin“, versucht Samantha ihre Gedanken auf sicheren Boden zu lenken. „Wenn die Pizza genauso gut ist, dann glaube ich, bin ich die glücklichste und zufriedenste Frau auf der ganzen Welt!“

„Sie sind so einfach zu befriedigen?“, fragt Tiffany mit einem süffisanten Lächeln. „Sie versucht doch jetzt nicht wirklich mit mir zu flirten, oder?“, rasen die Gedanken durch Sams Kopf. Samantha kann aber leider auch nicht verhindern, dass eine leichte Röte ihre Wangen ziert. Alleine die Vorstellung ..., Samantha seufzt. „Wo sind nur meine Gedanken? Was soll das? ICH KANN DIESE FRAU NICHT LEIDEN!!!“ bringt sie sich im Stillen zur Vernunft.

Tiffany schaut immer noch abwartend mit dem süffisanten Lächeln im Gesicht zu Samantha.

„Wenn es um den Hunger geht, ja“, antwortet Samantha ohne weiter auf die zweideutige Frage von Tiffany näher einzugehen. Doch da hat sie die Rechnung ohne die Psychologin gemacht.

„Und wenn es nicht um den Hunger geht?“

„Hier geht es aber um den Hunger". „Warum kann die Frau nicht aufhören weiter zu bohren?"

„Konnten Sie ihr Profil schon ein bisschen mehr bearbeiten?", versucht sie einen offensichtlichen Themenwechsel.

Tiffany merkt, dass sie auf dünnem Eis unterwegs ist. Aber sie kann nicht anders. Sie muss die Polizistin aus der Reserve locken. Den abrupten Wechsel findet sie zwar schade, doch diesmal lässt sie es ihr noch einmal durchgehen.

„Nein leider. Der Täter muss überdurchschnittlich intelligent sein. Er ist raffiniert und gibt durch seine Taten auch nicht sehr viel preis." Samantha merkt, dass Tiffany damit mehr sagen wollte.

„Wie kommen Sie darauf, dass er überdurchschnittlich intelligent sein muss?", fragt sie dann doch interessiert.

Tiffany überlegt eine kurze Weile, nimmt ihr Glas und trinkt einen Schluck, ehe sie antwortet:

„Er hinterlässt keine Spuren. Er wusste genau, wann wer wo zu welcher Zeit unterwegs war. Er ließ sich wahrscheinlich sogar Zeit, aber mit dem Wissen, sicher nicht erwischt zu werden."

„Aber woher will er wissen, dass er nicht erwischt wird, wenn er auf den Straßen mordet?"

„Haben Sie bei den Autos eine eingeschaltete Warnblinkanlage gesehen?"

„Nein.“

„Würden Sie nachts auf einer Straße stehen bleiben, auf der nur ein Auto zu sehen ist, ohne ersichtlichen Grund, dass der Fahrer Hilfe braucht? Oder besser noch, würden Sie das Auto überhaupt wahrnehmen?“

Samantha muss einen kurzen Augenblick über die Fragen nachdenken, um dann offen zuzugeben, dass sie das nicht machen würde. Ob sie das Auto wahrnehmen würde oder nicht, das konnte sie so nicht sagen, da sie als Polizistin geschult ist, die Umgebung anders wahrzunehmen als andere Mitbürger.

„Aber das Feuer?“

„Das Feuer war nur Mittel zum Zweck. Und dadurch, dass nicht das ganze Auto verbrannt ist, sondern nur ein gewisser Teil, brannte es sicher nicht lange genug, um überhaupt in der Ferne registriert zu werden.“

Damit kann die Psychologin Recht haben, muss sich Samantha wieder einmal eingestehen.

Als die Pizzen kommen, nehmen sie diese genauso schweigend ein wie die Suppe zuvor. Auch diesmal kann Samantha ihre Augen nicht im Zaum halten und muss ständig zu ihrer Begleitung starren. Was macht sie nur mit mir? Sie stellt sich gerade vor, dass sie das Stück Pizza wäre, dass Tiffany gerade so verdammt sexy isst. Sie nimmt einen Schluck Wein in der Hoffnung, dass sich ihre Hormone dadurch doch ein wenig normalisieren würden. Fehlgeschlagen! Wie kann sie sich auch nur dazu überreden lassen, mit dieser Frau essen zu gehen? Mit viel Kraft und

Selbstbeherrschung isst sie die restliche Pizza, ohne auch nur einen Blick auf Tiffany zu werfen. Doch ihre Gedanken kann sie nicht abschalten. Egal wie oft sie sich ermahnt!

„Sind Sie jetzt die glücklichste und zufriedenste Frau der Welt?“, versucht Tiffany das Gespräch von vorhin wieder aufzunehmen.

„Ja“, gibt Samantha kurz angebunden zurück. Ihr wird plötzlich sehr heiß, denn sie spürt die Blicke von Tiffany, und die sind alles andere als satt, oder bildet sie sich das nur ein?

„Wollen Sie noch ein Tiramisu?“

„Nein“, zu mehr ist Samantha nicht fähig.

„Grappa?“

„Besser nicht. Ich glaube, ich sollte nach Hause gehen. Schön langsam werde ich müde“, lügt die Polizistin.

„Wie Sie meinen“, kommt von der Psychologin nur zurück.

Sie bezahlen jede für sich und verlassen das Restaurant. Auf der Straße stehen sie sich schweigend gegenüber. Samantha weiß, sie sollte sich schnell von ihr verabschieden und nach Hause gehen. Doch sie kann sich nicht so einfach dem intensiven Blick von Tiffany entziehen. Sie wird magisch von ihr angezogen. Samantha macht unbewusst einen Schritt auf die dunkelhaarige Frau zu. Unbewusst hebt sie ihre Arme, als plötzlich auf der Straße ein Auto hupt und sie wieder zurück in die Realität holt.

Rasch macht sie den einen Schritt wieder rückwärts.

„Danke für den Abend. Ich wünsche Ihnen eine Gute Nacht“, verabschiedet sie sich und ohne eine Antwort abzuwarten, dreht sie sich um und geht direkt auf ihr Auto zu.

Auf dem Weg dorthin zieht Samantha ihr Smartphone aus der Tasche und wählt die Nummer von Dana Miller. Sie hat Dana vor ungefähr zwei Jahren bei einer Fortbildung kennengelernt. Seitdem treffen sich die beiden Frauen gelegentlich für eine gemeinsame Nacht. Sam hofft, dass sie durch Dana auf andere Gedanken kommt und sich ihre Hormone, die Tiffany durcheinander gebracht hat, wieder etwas beruhigen. Sie haben sich offensichtlich schon viel zu lange nicht mehr getroffen. Samantha glaubt und hofft zugleich, dass vielleicht nur diese Abstinenz der Grund dafür ist, dass sie auf Tiffany so heftig reagiert.

11. Kapitel

„Du bist ein armes Schwein", grinse ich hämisch in mich hinein. „Aber eigentlich bist du nur Abschaum. Darfst zu Hause sein mit einer Fußfessel. Normalerweise müsstest du im Gefängnis sitzen. In einem Rattenloch und ja aufpassen, dass du die Seife nicht fallen lässt. Das Leben ist so ungerecht. Wie viele unschuldige Mädchen hast du angefasst? Offiziell haben sich siebenundzwanzig junge Frauen gemeldet. Die jüngste darunter war zwölf Jahre alt. Du bist so ein elendigliches Schwein!" Ich spüre, wie der Hass in mir hochsteigt, sich in mir einnistet und dort die langen Fangarme ausbreitet, um mich endgültig einzunehmen. „Was werde ich nur mit dir machen?" Ich weiß, dass mir etwas Schönes einfällt. Hier kann ich mir lange Zeit lassen. Du musst ja zu Hause bleiben. Täglich zwei Stunden Freigang um das Nötigste zu besorgen, danach bist du wieder alleine zu Hause. Wie es aussieht, hast du auch keine Freunde, die dich besuchen werden. Was hast du dir dabei nur gedacht, Colin Anderson. Gibst dich als der nette Lehrer von nebenan aus. Der Coach, der das beste Schwimmteam der hiesigen High School aller Zeiten trainiert. Dich ergötzen an den heranwachsenden Frauen, ihr Vertrauen schamlos ausnutzen. Ich sitze in meinem Auto und beobachte das Haus mir gegenüber seit mittlerweile einer Stunde. Ich nehme mir eine Zigarette aus der Packung und zünde sie mir an. Bei dem Anblick des angezündeten Feuerzeugs muss ich tatsächlich lächeln. Das Feuer erinnert mich an meinen zuletzt durchgeführten Plan. Es hat so schön gebrannt, aber leider, um ja nicht aufmerksam zu werden, musste ich es gleich wieder löschen. Feuer, das hat schon so eine magische Wirkung. Anziehend und gefährlich. Vergleichbar mit einer Frau. Man kann ihnen nicht widerstehen und trotzdem sind sie gefährlich, vor allem wenn sie versuchen, sich still und heimlich in dein Herz zu schleichen. Meine Menschenkenntnis ist mittlerweile schon so geschult, dass ich mich nur noch auf die anziehenden Frauen einlasse. Nach drei, oder spätestens nach dem vierten Treffen, trennen sich dann immer unsere Wege. Dann wird es sowieso langweilig. „Stopp!“, rufe ich mich zur Ordnung. Ich komme vom Thema ab. Ich brauche meine volle Aufmerksamkeit hier und jetzt. So rauche ich in Ruhe noch diese eine Zigarette und fahre dann los. Mittlerweile habe ich Colin Anderson schon gut zwei Wochen jeden Abend beobachtet. Ich weiß, was ich wissen muss. Jetzt muss ich mir nur noch Gedanken um das Wie machen. Doch dazu wird mir bestimmt etwas einfallen. Und er wird leiden. Oh ja, wie er leiden wird.

„Aber keine Sorge, wir werden uns sehr bald kennenlernen und ich verspreche dir, du wirst von mir gerettet. Du wirst bald nicht mehr eingesperrt sein in deinem kleinen Häuschen“, verspreche ich in der Stille der Nacht, während ich mein Auto starte und heimwärts fahre.

12. Kapitel

Die Tage ziehen ins Land, ohne dass die vier Beamten einen Schritt weiter kommen. Sie wälzen die Akten, befragen alle möglichen oder unmöglichen Zeugen, versuchen die letzten Stunden der Opfer White, Martinez und Coleman zu rekonstruieren, doch sie kommen einfach nicht weiter. Mittlerweile sind 16 Tage seit dem Mord an Coleman vergangen. Es wird nur eine Frage der Zeit sein, bis sie den nächsten Anruf erhalten. Sie wissen alle, dass es noch nicht vorbei ist. Sie sind frustriert.

Der Postjunge geht durch die Räume des Polizeireviers und verteilt die Sendungen. Er bleibt bei Sams Schreibtisch stehen und überreicht ihr einen braunen Umschlag.

„Der war heute für Sie in der Post“, strahlt der Junge Samantha an. Sie hat schon länger bemerkt, dass er wohl eine kleine Schwäche für sie hat, doch sie ignoriert das einfach.

„Danke", sagt sie mit einem Lächeln und nimmt den Umschlag an sich.

„Was ist das?", fragt Benjamin.

„Keine Ahnung." Samantha nimmt ihren Brieföffner und öffnet den braunen, großen Umschlag. Darin finden sie einen computergeschriebenen Brief:

„Bezaubernde Detective!

Ich bewundere Ihre Arbeit und fühle mich geehrt, dass sie mich suchen, doch sie werden mich nicht finden. Soll ich Ihnen auch verraten, warum? Ganz einfach: Sie und Ihre Kollegen wollen mich gar nicht finden. Sie, wie fast jeder in dieser Stadt, bewundern meine Arbeit. Sie finden es gut und richtig, was ich mache. Die Beseitigung des Abschaums auf dieser Welt. Sie und Ihre Kollegen würden es niemals in der Öffentlichkeit zugeben, doch tief im Inneren verehren sie mich sogar.

Ich fühle mich von Ihnen angezogen. Mit ihren stahlblauen Augen versetzen sie mich in eine Hypnose, welche ich mir selber nie zugestanden hätte. Mit ihrem perfekten Körper lassen sie mich in einsamen Stunden auf eine Reise gehen, auf der es nur uns beide gibt. Wie unsere Körper, vom Schweiß überzogen, engumschlungen, verschmelzen, ... Darüber darf ich jetzt nicht weiter nachdenken, weil dann meine Gedanken eine andere Richtung einschlagen würden.

In ewiger Verbundenheit"

Eine unangenehme Hitze steigt in Samantha auf. Sie muss den Brief noch einmal im Stillen und für sich alleine lesen. Ihre Gedanken überschlagen sich und sie weiß nicht, was sie denken soll. Der Mörder, den sie seit Wochen jagen, hat sich gemeldet. Er hat auch offen bekundet, dass er sich zu ihr hingezogen fühlt. Er meint wirklich, dass sie und ihr Team seine Taten gutheißen. Ihn genauso bewundern. Sie bemerkt, wie ihre männlichen Kollegen ein paar Mal tief ein- und ausatmen und den Brief ebenfalls nochmals lesen.

„Was soll das?", findet George als erstes die Sprache wieder. Mit einem Schreiben oder damit, dass ihr Gejagter sich bei ihnen meldet, haben sie niemals gerechnet. Aber dieser Brief ist der erste brauchbare Hinweis.

„Er ist wirklich der Meinung, dass er etwas Gutes tut!", wirft Benjamin ein. „Wie kommt er aber darauf, dass wir ihn bewundern oder gar gutheißen, was er tut?"

„Wir müssen eine Kopie von dem Brief machen und dann so schnell wie möglich zur Spurensicherung bringen. Vielleicht kommen wir hiermit einen Schritt weiter", versucht Sam wieder in ihre gewohnte Arbeitsdenkweise zurück zu finden. Sie ist viel zu verwirrt, um wirklich einen klaren Gedanken zu fassen. Er stellt sich wirklich eine Beziehung oder zumindest heißen Sex mit ihr vor.

„Woher kennt er deine Augenfarbe, Sam?", fragt dann Simon das Offensichtliche. „Es klingt fast so, als würde er dich verehren!" Der Rookie bringt es auf den Punkt, wenn auch, wie alle anderen, sichtlich verwirrt von dem Schreiben.

„Ich brauche jetzt ganz dringend eine Zigarette!“, kommt nur als Antwort von Sam und sie stürmt aus dem Revier. Ihr ganzer Körper zittert und sie hofft, dass sie durch die Inhalation von dem auch sonst immer beruhigenden Nikotin ein wenig entspannen wird. Es hilft ihr oft, ihren Kopf frei zu bekommen und die Gedanken wieder zu Recht zu rücken. Zu viele Fragen tun sich auf, ohne dabei auch nur eine Antwort zu erhalten. Woher kennt sie ihn? Kennen sie sich wirklich? Ist er ein Stalker? Sind sie sich schon einmal begegnet? Verfolgt er sie? Verübt er die grausamen Taten nur, um sie zu beeindrucken? Um auf sich aufmerksam zu machen?

Angst kriecht ihr den Nacken hoch und doch spürt sie tief im Inneren, dass sie keiner Gefahr ausgesetzt ist. Doch kann sie dem Gefühl trauen oder will sie sich damit nur selbst belügen?

Sie steht vor dem Revier auf dem kleinen Platz, auf dem sich normalerweise immer auch ein paar andere Kollegen tummeln, um in den Genuss einer Zigarette zu kommen, so wie sie. Doch in diesen paar Minuten ist sie ausnahmsweise einmal allein. Dieses Mal stört es sie nicht im Geringsten, einmal kurz für sich zu sein. Sie blickt in alle Richtungen, ohne dabei wirklich Hoffnung zu haben, den Verfasser des Schreibens zu erspähen. Es kann jeder sein. Er wird auf alle Fälle keine Tafel hoch halten, mit den Worten: Hallo hier bin ich! So naiv ist sie nicht. Keiner der Passanten, die an ihr vorbeigehen oder sich am anderen Ende des Platzes aufhalten, wirkt nervös oder scheint vor ihr zu flüchten. Wie nah sind sie sich schon einmal gekommen? Wo könnten sie sich vielleicht schon einmal begegnet sein?

Samantha inhaliert ihren letzten Zug, drückt die Zigarette im Aschenbecher neben dem Eingang aus und geht hinein. Bevor sie zu ihrem Schreibtisch geht, atmet sie noch zwei Mal tief ein und aus und zählt dabei von zehn rückwärts, um sich wieder konzentriert der Arbeit zu widmen.

Während der letzten Minuten, die sie draußen verbracht hat, hat das Team den Brief mehrfach kopiert und das Original in eine durchsichtige Beweissicherungstüte gepackt. George telefoniert gerade mit einem Kollegen von der Spurensicherung, um über das neue Beweisstück zu informieren. Ben kommt aus Captain Howard Links Büro und schaut Sam direkt in die Augen.

Sie kennt diesen Blick. Es ist die stumme Frage danach, wie es ihr jetzt geht. Sie nickt mit dem Kopf, um ihm zu signalisieren, dass alles in Ordnung ist und sie sich wieder besser fühlt.

Die vier versammeln sich wieder bei der Wand, an der die Bilder der drei Opfer hängen. Samantha hat sich wieder soweit im Griff.

„Er hat uns im Grunde einen Gefallen getan."

Ben, George und Simon sehen sie fragend an. Sie wissen jetzt nicht genau, was Samantha damit meint.

„Er lässt uns wissen, dass er uns beobachtet. Er dürfte öfters in unsere Nähe sein und sich für uns interessieren."

„Eher für dich", erklingt die besorgte Stimme von Benjamin Carter.

„Oder für mich, ja."

„Und wie kann das ein Gefallen sein? Vielleicht hat er es im Endeffekt auf dich abgesehen?" In Samantha kriecht wieder das kalte Gefühl ihren Nacken hoch.

„Ich glaube nicht, dass er es auf mich abgesehen hat. Dafür sind seine Taten zu ausgeklügelt, zu speziell. Bei den Taten geht es wirklich um seine Opfer. Er will mich damit nur beeindrucken. Ich glaube nicht, dass er für mich, oder für einen von uns, eine Gefahr darstellt."

Sie denken alle kurz nach und nicken dann.

„Wir sollten auch unserer Frau Psychologin eine Kopie vom Brief zukommen lassen. Vielleicht kann sie dadurch das Profil ein bisschen einschränken."

Der Gedanke an Tiffany Clark verwandelt das kalte Gefühl im Nacken in einen einsetzenden schnelleren Herzschlag. Sie spürt, dass sich ihre Wangen leicht rötlich verfärben. Um etwas Sinnvolles zu tun und die Bilder von Tiffany aus ihrem Kopf zu verbannen, nimmt sie die Kopie des Briefes, die auf ihrem Schreibtisch liegt, geht zum Drucker und macht davon einen Scan. Mit ein paar Handgriffen an ihrem PC ist der Brief mit einer kurzen Erklärung per Mail an die Psychologin verschickt.

Es dauert keine zehn Minuten, bis Samanthas Diensthandy läutet. Die Melodie des Smartphones unterbricht die Diskussion der vier Kollegen. Samantha blickt auf das Display und muss kurz Lächeln. „Das ging ja schnell“, schießt es ihr durch den Kopf.

„Forster“, meldet sie sich.

„Hallo Detective Forster. Hier ist Dr. Tiffany Clark. Vielen Dank für die Weiterleitung des Schreibens. Ich wollte nur kurz nachfragen, wie es Ihnen geht?“

„Danke gut, warum?“, versucht Sam möglichst gelassen zu wirken und ein Schild vor sich aufzubauen. Den Teufel wird sie tun und ausgerechnet ihr sagen, dass sie ein bisschen verunsichert ist.

„Ich habe den Brief durchgelesen. Dieser war schon sehr persönlich an Sie gerichtet und es ist ja nicht alltäglich, dass man in den Sexfantasien eines Serienmörders vorkommt.“

Sie spricht dabei mit so einem neutralen Ton, als würden sie über das Wetter reden.

„Davon lasse ich mich nicht einschüchtern“. Mit diesen Worten versucht Sam insgeheim auch sich selbst und nicht nur Tiffany zu überzeugen. Es würde sie ansonsten nur viel zu sehr in ihrer Arbeit beeinflussen. Und wer weiß, vielleicht liegt ja auch hier der Schlüssel zum Erfolg verborgen. Es kann doch ein Vorteil sein, wenn der Täter eine Schwäche für sie hat?

„Na gut, wie Sie meinen“, lautet die knappe Antwort der Gesprächspartnerin. Hört Samantha da einen leichten Trotz in ihrer Stimme?

„Ich werde das Profil ein wenig überarbeiten. Ist es in Ordnung, wenn ich morgen um neun Uhr bei Ihnen im Büro bin?“

„Morgen, 9 Uhr, passt.“

Die beiden Frauen verabschieden sich voneinander. Samantha geht wieder zu ihren Kollegen und erzählt ihnen, was sie mit Dr. Clark verabredet hat.

Danach beschließen sie, alle Feierabend zu machen.

„Magst du noch ein Bier trinken gehen?“, fragt Ben. Er will seine Kollegin im Moment nicht alleine lassen. Er kennt sie gut genug, um zu wissen, dass sie eine kleine Ablenkung braucht. Er weiß auch, dass er dabei lieber den Brief und das Geständnis nicht erwähnen sollte. Sie wird sich trotzdem Gedanken machen, aber wenn sie bereit ist über ihre Gefühle zu reden, darüber, was sie dabei empfindet, wird sie von sich aus kommen.

Sie packen ihre Sachen zusammen und gehen in die gegenüberliegende Bar. Diese wird hauptsächlich von Polizisten besucht. Der ideale Ort um eine Zeit lang dem harten und stressigen Job zu entfliehen.

13. Kapitel

Pünktlich um neun Uhr am nächsten Tag treffen sich die Polizisten mit der Psychologin. Diese bringt zur allgemeinen Überraschung für jeden Kaffee und eine Schachtel Donuts mit, die von allen Beteiligten gerne in Empfang genommen werden. Sie sitzen in einem der Verhörräume und Tiffany präsentiert ein geändertes Profil von ihrem Gesuchten.

„Es hat sich nicht viel geändert. Wir suchen immer noch einen Mann zwischen dreißig und vierzig Jahren, der vermutlich - oder sogar mit an Sicherheit grenzender Wahrscheinlichkeit - Opfer sexuellen Missbrauches war und der eine Grundausbildung oder zumindest Kenntnisse in Bezug auf die Feuerwehr hat. Er ist überdurchschnittlich intelligent, sozial unauffällig und alleinstehend. Dies zeigt er nicht nur durch seine Taten, die immer abends oder nachts stattfinden, sondern auch durch die Schwäche, die er für Detective Forster zeigt. Er lebt in seinem eigenen Universum, denn er glaubt, dass die ganze Stadt, wahrscheinlich auch die ganze Welt, ihn verehrt. Er leidet unter

Wahnvorstellungen und verherrlicht seine Taten. Er sieht sich hier als der gute Rächer. Am liebsten würde er damit prahlen und hinausschreien „Fürchtet euch nicht! Ich werde euch retten!“ Wahrscheinlich läuft er die ganze Zeit mit einem Lächeln auf den Lippen durch die Gegend und kauft sich alle Zeitungen, in denen auch nur mit einem Satz über sein Werk berichtet wird. Ich bin der Meinung, dass er eines Tages einen Fehler machen wird. Er ist zwar überaus intelligent, aber auch so von sich selbst überzeugt, dass er sich sicher eines Tages selbst überschätzen wird und dann beginnt, Fehler zu machen.“

„Nur wann ist dieser Tag?“, knurrt George.

„Darauf, Detective George, kann ich Ihnen leider keine Antwort liefern. Wir haben aber einen Joker. Detective Forster. Da er sie verehrt, sich wahrscheinlich sogar einbildet, dass er sie liebt, wird er sich wieder melden. Entweder sofort nach dem nächsten Mord, oder auch schon vorher. Er wird sie mit an Sicherheit grenzender Wahrscheinlichkeit wieder kontaktieren. Ihr immer und immer wieder seine Aufwartung machen.“ Bei dieser Erklärung sieht Tiffany Samantha an. Diese weiß nicht, was sie dazu sagen soll. Es graut ihr, in der Fantasie eines Wahnsinnigen vorzukommen und darin sogar die Hauptrolle zu spielen. Als sie wieder einen einigermaßen klaren Gedanken fassen kann, antwortet sie:

„Macht er das alles nur um mich zu beeindrucken?“

„Nein, das glaube ich nicht. Mit hoher Wahrscheinlichkeit sind sie nur ein netter Nebeneffekt für ihn. Etwas, das er eigentlich nicht geplant hat und für ihn überraschend hinzukam. Man kann das auch mit einem kleinen Märchen vergleichen. Der einsame Ritter galoppiert mit seinem weißen Pferd quer durchs Land, sieht das Schreckliche und versucht schwarz und weiß zu trennen. Er hat ja ein weißes Pferd, also ist er auf der weißen Seite. Dann erspäht er, während seiner Gräueltaten, die schöne Prinzessin am Fenster und verliebt sich sofort in sie. Da auch sie ihn immer wieder ansieht und sich mit seinen Taten beschäftigt, ist er in dem Glauben, auch die Prinzessin würde ihn verehren und ihm zu Füßen liegen. Er glaubt, dass ihn jede seiner Taten einen Schritt näher zur Prinzessin bringt.“

„Das klingt nach einem Albtraum für die Prinzessin“, lautet die spottende Antwort von Samantha.

„Ich habe ja nicht gesagt, dass es ein schönes Märchen ist. Wie die meisten Märchen so sind, ist es auch dieses: grauenhaft und brutal.“

„Dann frage ich mich: Wann wird die Prinzessin endlich zur Königin und kann über den bösen Ritter auf dem weißen Pferd seine gerechte Strafe verhängen?“

Die männlichen Kollegen bleiben während der ganzen Unterhaltung stumm und blicken immer wieder, wie bei einem Tennismatch, zwischen Tiffany und Samantha hin und her.

Die Anspannung im Raum ist zum Greifen nahe. Der Blick von Samantha in Tiffanys Augen ist länger, als es im Normalfall nötig wäre.

Der Rookie unter ihnen rutscht in seinem Sessel hin und her, so als würde er eine bequeme Sitzposition suchen. Er kann nie lange seine Gedanken für sich behalten und redet immer gleich drauf los. So stellt er die Frage, die sie im Moment wohl alle quält.

„Kann er für Samantha gefährlich werden? Ich meine, wenn er sich einbildet, dass er sie liebt und sie in seinen Fantasien eine so große Rolle einnimmt, und wenn er vermutlich auch noch denkt, dass sie seine Liebe erwidert, oder?"

„Das mit aller Sicherheit. Je mehr Zeit vergeht und je mehr sich seine Fantasie erweitert, ja. Laut seinem Schreiben, zumindest was man zwischen den Zeilen herauslesen kann, spielt sie vorerst nur in sexueller Hinsicht eine Hauptrolle. Doch aus Erfahrung weiß man, dass dies meist nicht genügt. Es ist wie bei einem Stalker. Der glaubt irgendwann dann auch, dass er eine Beziehung führt. Es bleibt dann nicht nur beim heimlichen Beobachten und beim Abtauchen in eine Fantasiewelt. Er dringt dann in die Privatsphäre ein. Erst nur dann, wenn keiner zu Hause ist, später dann stört es ihn gar nicht mehr, wenn die Angebetete alleine zu Hause ist. Er legt sich zu ihr ins Bett, wenn sie schläft. Ein Stalker entwickelt wahnhafte Ideen. Die Realität von Fantasie zu unterscheiden, fällt ihm schwer und ist ihm auch ab einem gewissen Punkt gar nicht mehr möglich. Normalerweise kann man das gut mit Medikamenten ausgleichen und in den Griff bekommen, aber sobald solche Personen ihre Medikation absetzen … Oft, beziehungsweise eigentlich in allen Fällen, setzt der Patient das Medikament ab, weil er meint, ihm ginge es wieder gut und er wäre gesund. Doch dass er sich so fühlt, liegt allein nur an den Mitteln, die der Arzt ihm verschreibt.“

„Ist der Mörder identisch mit dem Briefverfasser? Oder habe ich einen Stalker, der sich mit fremden Federn schmückt?“

„Das ist ein und dieselbe Person. Es tut mir leid.“ Sie alle wissen, zu welchen Taten dieser Stalker fähig ist.

„Es kann also sein, dass ich ihm schon einmal gegenübergestanden bin? Er kennt meine Augenfarbe?“ Samantha spürt, wie leichte Panik in ihr aufkommt. Sie kennt Stalking-Fälle aus Erzählungen der Kollegen, die sich damit beschäftigen und derartige Fälle bearbeiten. Aber noch nie ist einer von ihnen, geschweige denn sie selbst, das Opfer oder das begehrte Ziel gewesen.

„Wie muss ich mich verhalten?“

„Am besten, sie tun im Moment so, als sei nichts geschehen.“

„Sollen wir sie unter polizeilichen Schutz stellen?“, mischt sich jetzt Ben in die Unterhaltung ein.

„Nein, dazu sehe ich im Moment keine Veranlassung. Er hat noch eine Mission. Er ist noch nicht fertig mit dem, was er von Anfang an geplant hat.“

„Aber unser Captain wird mir mit Sicherheit die Leitung des Falls entziehen und ihn an einen anderen Kollegen weitergeben.“

„Das wäre in diesem Fall genau das Falsche“, erwidert Dr. Clark. Ihr blicken fragend vier Augenpaare entgegen, also fährt sie weiter fort. „Er würde verrücktspielen, wenn ihm seine Prinzessin entzogen wird. Er glaubt dann, dass sie ihn gar nicht wahrnehmen, ihn nicht ernst nehmen. Dann würde er erst recht gefährlich für sie werden. Sobald ein anderes Team diesen Fall übernimmt, wird er sich auch nicht mehr melden. Der Brief, Detective, der galt ganz alleine Ihnen. Er hat auch nur Sie angeredet. Nur mit Ihnen kommuniziert.“

Die Worte der Psychologin ergeben Sinn.

„Und wie sollen wir Captain Link davon überzeugen, dass wir den Fall weiter betreuen?“, fragt George. Ihm ist nicht wohl bei dem Gedanken, dass seine Kollegin als Zielscheibe für einen Verrückten dient. Er hat sie in sein Herz geschlossen und könnte es nicht ertragen, dass seiner Kollegin oder irgendjemand anderem aus seinem Team etwas passiert.

„Darum werde ich mich kümmern“, antwortet Tiffany. „Ich werde ihm das schon so erklären, dass er gar keine Notwendigkeit mehr sieht, Ihnen den Fall zu entziehen.“

Die vier Polizeibeamten nicken dankend. Sie wollen alle nicht, dass einer von ihnen in Gefahr ist, aber sie wollen den Mistkerl auch selbst fassen und seiner gerechten Strafe zuführen.

„Sollen wir jetzt hier sitzen und abwarten, bis er sich wieder meldet?“, fragt Benjamin.

„Vielleicht findet ja die Spurensicherung etwas auf dem Brief?“, antwortet Samantha lakonisch, dabei geht sie zurück zu ihrem Schreibtisch und nimmt den Kaffee, den Tiffany mitgebracht hat. Mittlerweile ist der brennend heiße Kaffee lauwarm und lässt sich gut trinken. Die Donutschachtel ist dafür schon bis zur Hälfte geleert, obwohl sie noch kein einziges Stück genommen hat. Sie nimmt sich ein Stück mit viel Schokolade, ja, das kann sie jetzt ganz dringend gebrauchen.

Tiffany wirft einen Blick auf ihre Uhr und meint dann: „Ich habe in einer Stunde einen Termin und muss mich leider von Ihnen verabschieden. Vorher gehe ich noch schnell zu Mr. Link, damit ich ihm die Sache erklären kann und Sie diesbezüglich keine Probleme bekommen.“ Sie nimmt ihre Tasche und schultert diese. „Falls es neue Informationen gibt, melden Sie sich bitte wieder gleich bei mir“, sagt sie dann mit einem Lächeln in Richtung Samantha. Diese nickt nur und beißt schnell in die Köstlichkeit in ihrer Hand, damit sie nicht antworten muss. Stattdessen hebt sie nur ihre linke Hand für einen kleinen Gruß. Sie weiß nicht wirklich, wie stabil ihre Stimme unter den intensiven Blicken von Tiffany sein würde. Diese Frau wirbelt die Hormone in ihrem Körper einfach durcheinander. Ihre Libido meldet sich wieder mit einem begehrenden Pochen, obwohl sie erst eine lange Nacht mit Dana Miller hinter sich hat. Normalerweise sollte sie wie gelähmt sein, weil ihr Verfolger es auf sie abgesehen hat, stattdessen schnüren ihr die Blicke der Psychologin die Kehle zu. Sie kennt solche Reaktionen von sich nicht und kann damit auch nur schwer umgehen.

„Vielleicht schafft mich der Fall doch mehr als ich zugeben möchte, sonst würde ich nicht so nervös und verwirrt sein, nur weil mich eine überaus attraktive Frau mal anlächelt“, versucht sie eine lahme Entschuldigung für das Auf und Ab ihres Hormonhaushaltes zu finden.

Als Tiffany im Büro von Howard Link verschwunden ist, gehen sie alle an ihre Schreibtische, um ein bisschen Papierkram zu erledigen.

„Ben?“, ruft Samantha.

Ben dreht den Kopf um sie anzusehen.

„Ich gehe schnell eine rauchen!“

Er nickt nur und wendet sich wieder seiner Arbeit zu. Samantha hofft, dass sie durch die paar Minuten Entspannung, die sie sich von der Zigarette verspricht, ihre Gedanken wieder von der dunkelhaarigen Schönheit ablenken kann.

Als sie draußen steht, zündet sie die Zigarette an und inhaliert den ersten Zug tief in ihre Lingen. Sie lehnt sich mit geschlossenen Augen an die Hausmauer und versucht sich wieder voll und ganz auf den im Moment aussichtslosen Fall zu konzentrieren. „Wie können sie nur auf seine Spur kommen? Wie können sie ihn nur dingfest machen?“ Sie nimmt einen weiteren Zug und hält dabei ihre Augen geschlossen. Sie ist so in Gedanken versunken, dass sie die Schritte neben sich nicht wahrnimmt. Eine sanfte Berührung an der Schulter lässt sie zusammenzucken. Sie hat schon einen weniger schmeichelnden Spruch auf den Lippen, als sie in die unverkennbar grünen Augen von Tiffany Clark blickt.

„Es tut mir leid, ich wollte Sie nicht erschrecken“, entschuldigt diese sich.

„Schon in Ordnung. Ist ja nichts geschehen“, stammelt Samantha.

„Ich wollte ihnen nur sagen, dass mit Ihrem Chef alles geklärt ist. Er war, wie Sie sicher annehmen, nicht sehr begeistert davon, dass der Fall nicht an ein anderes Team abgegeben wird, aber er versteht, warum Sie weitermachen müssen.“

„Danke“, mehr fällt Sam nicht ein. Schnell wendet sie sich ab, um noch einen Zug von ihrer Zigarette zu nehmen. Sie merkt, dass diese in der Zwischenzeit ausgegangen ist. Leise fluchend wirft sie den Stummel in den Aschenbecher. Mit einem zerknirschten Ausdruck im Gesicht sagt sie an Tiffany gerichtet: „Ich glaube, ich sollte wieder reingehen und einen Schlachtplan kreieren, wie die Prinzessin zur Königin wird.“

„Ich würde gerne dabei helfen!“, bietet ihr Tiffany an.

„Sie helfen doch schon.“

„Ja schon, aber ich merke doch, dass ich nicht wirklich willkommen bin. Normalerweise stört mich das nicht, weil ich es mittlerweile schon gewohnt bin, aber jetzt … “ Sie lässt ihre weiteren Worte in der Luft stehen.

„Aber das hat doch niemand gesagt.“

„Man muss nicht immer etwas sagen um zwischen den Zeilen lesen zu können.“

Samantha kann dem Blick nicht weiter standhalten. Sie fühlt sich schuldig und ertappt. Es stimmt, was Tiffany sagt. Sie ist kein Freund von Psychologen und von deren theoretischen Ausführungen, aber sie hat nicht gewusst, dass sie so leicht zu durchschauen ist.

„Es tut mir leid, ich hätte nichts sagen sollen. Bitte machen Sie sich keinen Vorwurf, denn von meiner Seite sollte das auch kein Vorwurf sein.“

Samantha hebt langsam den Kopf, um sie wieder anzusehen.

„Wie wäre es, wenn wir das Kriegsbeil beiseitelegen und zum Feierabend ein Bier auf eine gute Zusammenarbeit trinken?“

Samantha muss kurz über ihre Worte nachdenken. Sie hat schon einmal einen Abend mit der schönen Psychologin verbracht und es fühlte sich ganz und gar nicht gut an. Schlecht auch nicht, nur eben so verwirrend. Samantha will Tiffany aber nicht vor den Kopf stoßen und willigt in die Verabredung ein.

„Super“, antwortet die externe Mitarbeiterin. „Ich hole Sie um sechs hier ab? Wenn Sie wollen, können wir dann gerne wieder etwas essen gehen?“

„Essen klingt super.“ Samantha ist gerade nicht fähig, eine anständige Unterhaltung zu führen. Ihre Gedanken kreisen jetzt schon um den Feierabend. Sie blickt

Richtung Eingangstür zum Revier und meint, dass sie sich jetzt wirklich wieder an die Arbeit machen sollte.

Somit verabschieden sie sich voneinander und gehen in entgegengesetzte Richtungen.

14. Kapitel

Kurz nach sechs Uhr sind sie im Lokal. Diesmal hat Tiffany ein kleines griechisches Restaurant gewählt. Sanfte, wehmütige griechische Musik strömt aus den Lautsprechern und der Duft von Knoblauch und Gegrilltem hängt in der Luft. Samantha gefällt das Restaurant auf Anhieb. Beim Eintreten spürt sie, wie groß ihr Hunger in Wirklichkeit ist. Sie wählen einen Tisch an der Rückseite des Raumes. Beim Durchqueren des Lokals werfen die meisten Männer einen lustvollen Blick auf Tiffany. Samantha kann es ihnen nicht verübeln. Ihre Begleiterin strahlt eine Arroganz und Kühle aus und doch nimmt sie mit ihrer Präsenz den ganzen Raum ein. Ein gewisser Stolz wächst in Samantha heran, da sie diejenige ist, die diese Frau zum Essen ausführen darf. Als sie Platz nehmen, kommt gleich ihr Kellner, der sich als Dimitri vorstellt. Er reicht ihnen die Karte und wartet auf die Getränkebestellung. Sie bestellen beide ein Glas Rotwein und Wasser. Tiffany legt als erste die Karte beiseite. Kurz darauf weiß auch Samantha, was sie bestellen will. So geben sie, gleich nachdem der

Kellner die Getränke serviert, die Essensbestellung auf. Moussaka für Tiffany und einen Inselteller, bestehend aus gebackenen Garnelen und Kalamari, für Samantha.

Tiffany hebt ihr Weinglas und blickt abwartend zu der Polizeibeamtin. Da nimmt die blonde Frau ebenfalls ihr Weinglas in die Hand und erwidert den Blick der Psychologin.

„Auf die Niederlegung des Kriegsbeils“, prostet Tiffany ihr zu. Samantha prostet mit einem Lächeln zurück. Sie trinken beide einen Schluck Wein und stellen die Gläser wieder ab.

„Hat die Spurensicherung etwas rausgefunden?“

„Nein, leider. Kein einziger Fingerabdruck, keine DNA, rein gar nichts. Schade. Wir sind wirklich so ziemlich in einer Sackgasse. Wie kann ein Mensch nur so akribisch, ohne irgendeine Spur zu hinterlassen, arbeiten?“

„Keine Spuren an einem Brief zu hinterlassen ist nicht schwer. Wir haben ja auch schon festgestellt, dass der Unbekannte überdurchschnittlich intelligent ist. Ein paar Handschuhe und das Kuvert nicht mit der Zunge befeuchten, dafür muss man nicht intelligent sein. Das wissen die meisten Menschen, die sich regelmäßig Krimis ansehen oder lesen.“

Da war wieder die arrogante Art der Psychologin. Sie hat noch nie Sympathie für arrogante Menschen entwickelt, aber bei Tiffany ist das etwas anderes. Diese Art macht sie stark. Sie wirkt selbstsicher mit der Ausstrahlung eines Eisblocks. Wie würde es sich anfühlen, wenn das Eiswasser vom Berg schmilzt und sie der Grund dafür wäre? Hastig greift Samantha erneut zu ihrem Glas Rotwein, um die verwirrenden Gedanken beiseite zu schieben. Was ist nur los mit ihr?

„Wie sind Sie zur Polizei gekommen? War das schon immer der Beruf, den Sie erlernen wollten?“

Samantha, die immer noch ihr Glas Wein in der Hand hält und hineinschaut, um dort Antworten auf ihre wirren Gedanken zu finden, blickt überrascht auf. Sie hat nicht registriert, was Tiffany sie gefragt hatte.

„Einen Dollar für Ihre Gedanken!“ Ein sinnliches Lächeln überzieht ihre Lippen.

Samantha spürt, wie sie leicht errötet. Sie fühlte sich ertappt, aber sie war sich sicher, dass Tiffany eigentlich nicht wirklich eine Antwort darauf erwartete.

„Es tut mir leid, ich war gerade mit meinen Gedanken bei dem Fall“, lügt sie. Wie könnte sie auch ihr Gefühlschaos erklären? Schon gar nicht der Frau, die der Grund für das ganze Durcheinander ist.

„Möchten Sie darüber reden, was Sie so sehr beschäftigt, dass Sie fast das Weinglas zum Zerspringen bringen?“

Samantha nimmt noch einen Schluck von der köstlichen roten Flüssigkeit, bevor sie das Glas auf den Tisch zurückstellt. „Ich bin nur gedanklich kurz durchgegangen, was morgen alles so ansteht. Wir kommen leider auch keinen Schritt weiter. Niemand hat etwas gesehen. Alle drei hatten keine sozialen

Kontakte. Es ist zum Schreien, dass man nicht einmal weiß, in welche Richtung man weiter gehen soll."

„Und dann noch der Brief?"

„Ja, das auch. Aber komischerweise fühle ich mich dadurch nicht verängstigt oder so. Klar, es ist erschreckend, dass dich scheinbar jemand kennt, aber du nicht weißt, wer er ist. Kennt er dich wirklich und du ihn auch? Oder hat er dich nur einmal im Fernsehen oder in der Zeitung gesehen? Das sind schon ein paar Fragen, die mich beschäftigen, aber in erster Linie geht es mir darum, wie wir den Mistkerl zu fassen kriegen." Sie ist selbst erstaunt, wie freizügig sie ihre zweiten Gedanken gegenüber Tiffany ausspricht. Ein jeder, der Samantha kennt, weiß, dass sie selten über ihre Gefühle spricht. Es gibt nur wenige Personen in ihrem Leben, mit denen sie reden kann. Und irgendwie gehört die Psychologin ihr gegenüber gerade dazu.

„Ich verstehe, was Sie meinen. Die Ungewissheit, wer die Person ist. Die Ungeduld. Teilweise auch die Hilflosigkeit. Lassen Sie sich einen guten Rat von mir geben. Keine Angst, diesen Rat erhalten Sie von mir als Freundin, und nicht als Psychologin. Lassen Sie sich Zeit. Sie werden sehen, eines Tages werden Sie merken, dass alles ganz klar ist und die Antwort vor ihnen liegt. Rom wurde ja schließlich auch nicht an einem einzigen Tag erbaut."

In diesem Moment kommt der Kellner und bringt ihnen ihre bestellten Speisen. Sie bedanken sich und nehmen das Besteck in die Hand.

„Danke und guten Appetit“, mehr bringt Samantha nicht heraus. Sie muss kurz über die Worte von Tiffany nachdenken und da kommt ihr die Verschnaufpause mit dem Essen gerade recht.

So kommt es, dass sie beide schweigend ihre Mahlzeit zu sich nehmen. Ab und zu spürt Samantha einen Blick von Tiffany. Sie selbst versucht geradewegs ihren Blick auf das Essen gerichtet zu halten.

„Wie hat Ihnen Ihr Inselteller geschmeckt?“, fragt Tiffany plötzlich in die Stille hinein.

„Das war ausgezeichnet. Wie fanden Sie Ihr Moussaka?“

„Ebenfalls ausgezeichnet. Möchten Sie noch eine Nachspeise? Ich kann Ihnen hier die warmen Galaktoboureko empfehlen. Die sind himmlisch.“

„Vielen lieben Dank, aber ich glaube, einen Nachtisch werde ich nicht mehr schaffen.“

„Ich mache Ihnen einen Vorschlag. Wir bestellen uns noch einen Kaffee und teilen uns einen Galaktoboureko. Ich kann Sie leider nicht das Lokal verlassen sehen, ohne dass Sie einmal von diesem Traum gekostet haben.“

„Na gut“, grinst Samantha „Sie haben mich überredet. Ich werde einen Nachtisch mit Ihnen teilen.“

Als der Kellner kommt um die Teller abzuräumen, bestellen sie Kaffee und das Dessert mit zwei Gabeln.

„Vorhin, als Sie so in Gedanken versunken waren, habe ich Sie etwas gefragt.“

„Oh, das muss ich wirklich überhört haben. Verzeihen Sie mir bitte. Was wollten Sie von mir wissen?“

„Ich habe vorhin gefragt, warum Sie zur Polizei gegangen sind. Haben Sie den typischen Weg eingeschlagen? Großvater Polizist, Vater Polizist, Einzelkind, also um die Familientradition aufrecht zu erhalten?“

„Nicht ganz. Mein Großvater war bei der Navy und mein Vater war ein Collegeprofessor für Biologie und Geschichte. Und nein, ich bin kein Einzelkind. Ich habe eine Schwester, Karen, sie ist Chirurgin am hiesigen Krankenhaus. Und ich habe einen Bruder, Robert, der den langweiligsten Beruf gewählt hat, den ich mir vorstellen kann.“

„Lassen Sie mich raten. Er ist Archäologe?“, diesmal grinst Tiffany bei ihrer Antwort.

„Er wühlt zwar schon gern in Sachen herum, aber nicht in Erde, sondern in Rechnungen von seinen Klienten. Er ist Steuerberater.“

„Und das empfinden Sie als den langweiligsten Beruf, den es gibt?“

„Ja schon. Ich könnte es mir nicht vorstellen, den Leuten zu erklären, wie sie Steuern sparen können, ihnen die Buchhaltung machen und zehn Stunden oder so jeden Tag in einem Büro sitzen.“

„Aber Sie sitzen doch auch in einer Art von Büro."

„Notgedrungen. Aber das ist ein bisschen etwas anderes. Wir sind ein Team. Wir lösen Fälle. Klar, zu jedem Fall gehört eine Menge Papierkram, aber wir müssen nicht immer eingepfercht herumsitzen, sondern sind auch unterwegs. Würde ich anstatt bei der Mordkommission im Innendienst eingeteilt sein, ich glaube, ich hätte mich schon längst mit meiner Dienstwaffe erschossen."

„So schlimm?"

„Ja."

„Warum sind Sie Polizistin geworden? War es schon immer Ihr Ziel Detective bei der Mordkommission zu sein?"

„Frau Profilerin, jetzt sind sie dran. Sollten Sie eigentlich nicht mehr von mir wissen, als ich über mich selbst?"

„Ich glaube, Sie überschätzen mich ein wenig. Ich kann nur von Leuten ein Profil erstellen, die mir etwas zeigen. So wie von unserem Gesuchten. Durch seine Taten erzählt er uns seine Geschichte. Wir müssen nur etwas tiefer hineinsehen. Aber nur, weil wir zusammen arbeiten, kann ich nicht sagen, ob Sie ein Einzelkind sind oder warum Sie bei der Mordkommission arbeiten."

Tiffany nimmt ihr Glas Rotwein und trinkt den letzten Schluck aus.

„Ich glaube, ich muss mich jetzt wieder bei Ihnen entschuldigen. Es sollte eher ein kleiner Scherz sein."

„Machen Sie sich keine Gedanken darum. Wie ich Ihnen letztens schon gesagt habe, ich weiß, was die Menschen über mich, beziehungsweise über meinen Beruf, denken. Warum sollten Sie hier eine Ausnahme sein?"

„Es war trotzdem nicht in Ordnung, dass ich Ihnen auf den Schlips getreten bin. Ich weiß auch nicht…" Samantha fehlen die Worte, um zu beschreiben, warum sie eine Abneigung gegen Psychologen hat, oder eher eine Abneigung gegen Psychologen, die mit ihren Theorien versuchen, ihre Arbeit zu erledigen.

„Kann es sein, dass ich Ihnen auf den Schlips getreten bin?"

„Sie mir?"

„Ja. Nicht jetzt gerade, aber als Captain Link mich diesem Fall hinzu gezogen hat. Kann es sein, dass Sie das Gefühl haben, ich würde in ihr Territorium eindringen?"

„Nein, nein", kommt von Samantha schneller als sie denken kann. Aber hat Tiffany nicht Recht? Ist nicht genau das der Grund, warum sie nicht will, dass die Frau gegenüber an dem Fall mitarbeitet?

„Vielleicht", gibt sie dann sehr leise, kaum hörbar zu.

In diesem Moment kommt der Kellner und bringt ihnen das warme Galaktoboureko und zwei Cappuccini. Der köstlich süße Duft dringt in Samanthas Nase.

„Mhmmm, das riecht aber verdammt gut“, schnurrt sie.

„Dann bin ich aber gespannt was sie sagen werden, wenn sie es erst einmal gekostet haben.“

Das lässt sich Samantha jetzt nicht mehr zweimal sagen. Sofort nimmt sie ihre Gabel und sticht einen Bissen für sich herunter. Als die süße Nachspeise in ihrem Mund verschwindet, schließen sich wie von selbst ihre Augen. Tiffany beobachtet sie mit einem wissenden Grinsen.

„Dafür könnte man töten“, lautet das Urteil von Samantha.

Während die zwei Frauen die Nachspeise essen, erzählt Tiffany ein bisschen aus ihrem Leben. Sie selbst ist ebenfalls kein Einzelkind. Sie war zehn Jahre alt, als ihre Schwester Allison geboren wurde. Durch den großen Altersunterschied und den studienbedingten Weggang von Tiffany haben die beiden Schwestern kein sehr inniges Verhältnis. Ihre Eltern sind bereits seit fast 40 Jahren mehr oder weniger glücklich verheiratet und leben in einer großen Villa in Cleveland. Ihr Vater hat als selbstständiger Anlageberater immer gutes Geld verdient. Im Moment sind Tiffany und Allison dabei, sich wieder etwas anzunähern. Allison ist vor ein paar Monaten von New York, wo sie Sozialpädagogik studiert hat, nach Los

Angeles gezogen, weil sie hier ein Jobangebot erhalten hat. Sie arbeitet jetzt als Sozialarbeiterin hier.

Eine gute halbe Stunde später verlassen sie das griechische Restaurant.

„Wo parken Sie?“, fragt Tiffany.

„Hier links, die Straße runter, und Sie?“

„Ebenfalls.“ So schlendern sie gemeinsam zu ihren Autos. Als sie bei Samanthas Wagen ankommen, bleiben sie unschlüssig voreinander stehen. Tiffany durchbricht als erste das Schweigen.

„Ich möchte mich herzlichst bei Ihnen für den netten Abend bedanken. Ich habe ihn sehr genossen.“

„Ja, das habe ich auch. Was gibt es schöneres als vollgegessen ins Wochenende zu starten?“

„Jemanden zu haben, der einen sofort vom Restaurant auf die Couch befördert, ohne sich selbst bewegen zu müssen.“

„Oh ja, das klingt verlockend. Ich weiß nämlich leider noch nicht, wie ich es schaffen soll, meine Kugel von Bauch … “, und deutete dabei auf ihren eigenen Bauch „ … in den zweiten Stock zu bekommen.“

„Also ich würde sagen, den Aufzug nehmen?“

„Das geht leider nicht. Unser Haus besitzt keinen solchen Luxusgegenstand.“

„Dann haben Sie jetzt mein volles Mitgefühl. Ich hätte einen Aufzug!“ Dabei sehen sie sich ganz tief in die Augen. Wie von selbst bewegen sich beide einen Schritt nach vorne, ohne dabei den Blickkontakt zu verlieren. Sie berühren sich an den Händen und Tiffany streichelt mit dem Daumen über den Handrücken von Samantha. Samantha fährt sich mit der Zunge über ihre Lippen.

„Ich glaube, das wäre keine gute Idee!“ Woher Samantha die Kraft nimmt, noch etwas Ablehnendes zu sagen, versteht sie selbst nicht. So sehr sich ihr Körper auch danach sehnt, Tiffany zu küssen, weiß sie doch, dass das kein guter Augenblick dafür ist. Sie arbeiten zusammen, das geht nicht gut.

„Überhaupt keine gute Idee“, wiederholt Tiffany. Trotzdem landen ihre Lippen gleich nach diesen ausgesprochenen Worten auf Samanthas. Diese fühlen sich weich und samtig an. Die Berührung hätte gar nicht sanfter sein können. So schnell wie es begann, zieht sich Tiffany aber wieder zurück. Samantha ist wie vom Blitz getroffen. Ein wohliges Gefühl breitet sich in ihr aus. In ihrem Magen fliegen tausende Schmetterlinge. Ihr Kopf fühlt sich an, als wäre er nur mit Watte gefüllt. Sie weiß, dass es falsch ist, aber sie sehnt sich so sehr nach dieser schwarzhaarigen Frau.

„Ich wünsche dir eine gute Nacht und süße Träume“, einmal mehr landen ihre Lippen noch bei Samantha. Aber diesmal nur an der Wange.

Samantha bringt kein Wort mehr über ihre Lippen. Sie kann nur zusehen, wie sich Tiffany umdreht und zu ihrem Auto geht.

Mit leicht zittrigen Beinen steigt Samantha in ihr eigenes Auto, startet den Motor und fährt Richtung Wochenende.

15. Kapitel

Wie leicht es mir doch fällt, in das Haus von Colin Anderson zu gelangen. Einmal kurz klingeln, eine Autopanne vortäuschen und nach dem Telefon fragen. Zack, und schon bin ich in seinem Haus und er kann mir nicht mehr entkommen. Jetzt sitzt er da, nur mit seiner Unterhose und der Fußfessel bekleidet. Bis jetzt gibt er das jämmerlichste Bild von allen ab. Dieser Mann soll mindestens 27 Mädchen vergewaltigt haben! Er war einstmals ein angesehener Sportlehrer an der hiesigen High-School und der beste Trainer des Schwimmteams, den es jemals gab. Und jetzt? Alkoholiker, einsam, gefesselt und in Unterhose. Wie das Leben so spielt. Jeder erhält das, was er verdient. Und der hier, der hat nichts verdient. Er ist nur Abschaum. Ein süffisantes Lächeln umspielt meine Lippen. Ich darf den Abschaum beseitigen. Wieder einer weniger. Aber erst wird er noch zu spüren bekommen, was er den armen, unschuldigen Mädchen angetan hat. Er soll wissen, warum ihm das zustößt. Ganz so gemein bin ich nun auch nicht. Gut, dass er meine Sporttasche neben der Eingangstür nicht gesehen hat, sonst hätte er mich wahrscheinlich doch nicht reingelassen. Wer weiß?

Ohne Anderson aus den Augen zu lassen, öffne ich meine Tasche und lege mein Spielzeug auf den Wohnzimmertisch neben ihm. Er darf es ruhig ansehen. Ob er schon ahnt, was ihm droht? Meine Remington liegt schon auf den Tisch. Ich habe sie abgelegt, nachdem ich Colin Anderson mit den Kabelbindern an den Sessel gefesselt habe, auf dem er sitzt. Leider musste ich ihn auch knebeln. Seine Schreie hätten die ganze Nachbarschaft aufgeweckt und ich hätte womöglich mein Spiel nicht zu Ende spielen können. Wäre ja zu schade, wenn die Polizei ihn lebend findet, denn dann hätte ich ein kleines Problem. Nur tote Zeugen sind gute Zeugen.

Selbstsicher setze ich mich auf die Couch und mein Blick bleibt auf ihn gerichtet. Wie sehr liebe ich den Anblick von Angst in dem sicheren Wissen, dass es bald zu Ende sein wird. Er sieht aus wie eine Maus in einem Schlangenterrarium. Er weiß, es ist nur noch eine Frage der Zeit. Doch was er nicht wissen kann, ist, was ich mit all den schönen Sachen auf dem Tisch noch vorhabe. Ich weiß selber nicht genau, ob ich alles brauchen werde. Mal schauen, wohin mich meine Gefühle leiten werden.

Mit einem zufriedenen Lächeln auf den Lippen stehe ich auf und gehe langsam, ohne meine Augen von ihm zu lassen, auf ihn zu. Mittlerweile sieht er nicht mehr zum Tisch, sondern zu mir. Er fleht mich regelrecht mit seinem Blick an.

„Hattest du jemals Mitleid mit deinen Mädchen?“, frage ich ihn. Er nickt.

„Das soll ich dir glauben?“ Wieder nickt er.

„Das glaube ich dir nicht. Aber eigentlich auch egal, denn das, was du ihnen angetan hast, kannst du nicht mehr gut machen. Und falls es dich interessiert, oder du einen kleinen Hoffnungsschimmer hast, ich habe kein Mitleid mit dir und mit dem, was jetzt folgen wird. Keine Angst, ich werde nur ein bisschen Spaß mit dir haben. Und glaube mir, alle, mit denen ich bis jetzt Spaß hatte, sind tot.“ Jetzt reißt er die Augen noch weiter auf, als er sie schon aufgerissen hatte. Mit diesem Moment stirbt auch der letzte kleine Funke Hoffnung in ihm, lebend aus dieser Sache raus zu kommen.

„Doch, ein bisschen Mitleid habe ich schon. Wie kann man nur mit einer vollgepissten Hose hier sitzen. Warte, ich werde dir helfen dich ihrer zu entledigen.“ Mit einem teuflischen Lächeln und wildem Herzklopfen nehme ich das schwarze Klappmesser, halte es vor seine Nase und öffne es. Nur ein paar Zentimeter fehlen, um nicht die Nasenspitze abzuschneiden. Ich lecke über die Klinge und lasse sie dann sanft über den Oberschenkel von Anderson wandern bis ich am Rand seiner Unterhose angekommen bin. Ich spüre förmlich sein Zittern. Ich vermeine auch seinen Herzschlag zu hören, oder ist es mein eigener, der vor Aufregung wie wild rast?

Mit einer schnellen Bewegung reiße ich das Messer in die Höhe und habe den Schlüpfer durchtrennt. Das gleiche Spiel setze ich auf der anderen Seite fort. Ich merke, wie er wie wild zu schluchzen beginnt, doch der Knebel verpackt die Sprache so gut, dass es nur dumpf zu meinem Ohr dringt.

Stumm mache ich mich mit dem Messer weiter auf den Weg zur Mitte. Jetzt liegt nur das weiße Stück Stoff über den Genitalien von Colin Anderson. Ich streiche mit der Spitze der Klinge unter den Stoff und stülpe ihn herunter. Jetzt sitzt er komplett entblößt vor mir. Er gibt ein jämmerliches Bild von sich ab.

„Wie kann so ein kleines Würstchen so ein Unheil anrichten?“, entfährt es mir. „Kein Wunder, dass du dir gewaltsam junge Mädchen nehmen musstest. Jede Frau, die klar denken kann, wäre bei diesem Anblick lachend oder schreiend davongelaufen. Oder ist dir das vorher eh schon passiert und mussten deswegen die jungen Dinger dran glauben?“ Ich kann nicht anders. Ich muss ihn provozieren. Es macht mir nur allzu viel Spaß. Ich streichle dabei mit der spitzen Messerspitze rauf und runter über seinen erschlafften Penis.

„Gefällt dir das?“, frage ich zynisch. Meine Finger, die in schwarzen Lederhandschuhen stecken, zittern vor Aufregung. „Ich glaube, es gefällt dir. Du willst es doch auch, hm?“ Ich kann einfach nicht aufhören ihn zu provozieren. Normalerweise rede ich nicht viel. Normalerweise habe ich auch nicht so viel Zeit. Immer muss ich aufpassen, dass mich keiner entdeckt. Aber heute? Heute habe ich die ganze Nacht Zeit. Mir gefällt der Gedanke, diesen Bastard die ganze Nacht zu quälen, und doch kann ich es nicht erwarten, ihn richtig fertig zu machen. Ich muss mich zusammenreißen.

Versuchen, klar zu denken. Nicht, dass mir ein Fehler passiert, ich vor lauter Aufregung unaufmerksam werde. Das wäre fatal. Ich sollte mich an meinen ursprünglichen Plan halten. Jede Abweichung könnte Folgen haben.

Noch einmal streiche ich mit der Messerspitze über sein Glied. Es hängt immer noch schlaff herab. Ich nehme ihn zwischen meine Finger. Sehe kurz darauf. Positioniere mein Messer richtig. Mein Blick wandert wieder zu den Augen von Colin Anderson. Währenddessen ramme ich das Klappmesser direkt in die Harnröhre. Sein Blut quillt sofort wie ein Sturzbach über meine Hand. Ich kann seinen spitzen Schmerzensschrei hören, selbst durch den Knebel hindurch. Langsam ziehe ich das Messer wieder aus ihm heraus. Halte es direkt vor seinen Augen, damit er sieht, was ich gerade getan habe. Jetzt kommt wieder ein bisschen Leben in ihn. Er beginnt wie wild mit dem Stuhl zu wackeln, sodass ich selbst fast hinfalle. Sofort ergreife ich meine Remington und halte ihm diese an die Stirn. Ich fordere ihn auf, ruhig zu sein. Er kann die Sache ja vielleicht noch überleben, wenn er sich jetzt ruhig verhält. Wer kann bei der Aussicht, doch noch weiter zu leben, widerstehen? Langsam beruhigt er sich wieder und ich kann meine Pistole und das Messer wieder auf den Tisch zurücklegen. Dabei entdecke ich die Heckenschere, die ich eigentlich gar nicht mitnehmen wollte, und nehme sie in meine Hand. Jetzt weiß ich, wie es geschehen wird.

„Ja mein Kleiner“, sage ich eine Spur zu freundlich, „jetzt wird es sich zeigen, wie lange du überleben wirst.“ Wieder nehme ich seinen, inzwischen mit Blut verschmierten Penis in die Hand, ziehe ihn ein wenig in die Länge und öffne die Heckenschere. Nur ein kurzer, kleiner Schnitt und schon habe ich sein kleines Würstchen in der Hand. Vor Schmerz zappelt Anderson herum, sodass er mit dem Stuhl, an den er gefesselt ist, umkippt. Er windet sich, dabei schneiden sich die Kabelbinder tief in seine Hand- und Fußgelenke. Auch hier quellen mittlerweile ein paar Tropfen Blut. Ich lasse ihn für ein paar Minuten zappeln. Dann stelle ich mich hinter seinen auf dem Boden liegenden Stuhl und hebe ihn wieder auf. Immerhin bin ich noch nicht fertig mit ihm. Klar, ich könnte jetzt zusammenpacken und ihn verbluten lassen, doch wo bleibt dann der richtig gute Spaß?

Ich halte ihm sein Stück Fleisch unter die Augen, dann unter die Nase und zum Schluss nehme ich den Knebel aus seinem Mund und stecke seinen Penis hinein. Den zuvor rausgezogenen Knebel stecke ich ebenfalls wieder hinein.

Ich schneide ein Stück Paketklebeband ab und klebe ihm dieses über die Nase. Entweder er verblutet oder er erstickt zuerst. Dann nehme ich die Flasche mit der durchsichtigen Flüssigkeit.

Mit einem kurzen Blick zu ihm erkläre ich: „Desinfektion!“, was natürlich nicht ganz der Wahrheit entspricht. Ich gieße die Flüssigkeit über seine blutende Mitte, nehme eine Packung Streichhölzer, zünde eines an und schmeiße es auf die Flüssigkeit. Ein paar Sekunden später, immer nur solange ich noch alles unter Kontrolle habe, nehme ich meinen Feuerlöscher aus der Tasche und lösche den Brand. In der

Zwischenzeit hat der Gute schon seinen letzten Atemzug getan.

Ich packe sorgfältig meine Sachen zusammen. Beim Hinausgehen werfe ich noch einen letzten Blick auf ihn. Ja, das ist besser als Sex!

16. Kapitel

Samantha hält ihren Wagen vor dem Absperrband an und steigt aus. Der gewöhnliche Trubel rund um einen Tatort. Am Absperrband tummeln sich neugierige Nachbarn, die nichts versäumen möchten. Es ist fünf Uhr morgens. Sind hier etwa alle Frühaufsteher? Samantha hebt das Band ein Stück hoch, zeigt ihren Ausweis und geht auf das Haus zu, in dem vor nicht einmal einer Stunde der Zeitungsjunge die Leiche entdeckte.

„Guten Morgen, Ben. Was haben wir?“, begrüßt sie ihren Kollegen, der vor ihr angekommen ist.

„Guten Morgen, Sam. Unser Täter hat vermutlich wieder zugeschlagen. Ich war selbst noch nicht drinnen, sondern habe auf dich gewartet. Anscheinend, was ich so von den Kollegen mitbekommen habe, ist es kein besonders geschmackvoller Anblick“, antwortet Ben.

Während sie zum Haus Richtung Eingang gehen, kann Sam manch bedrückte Gesichter sehen. Sie stellt sich auf das schlimmste Szenario ein, das sie sich vorstellen kann. Beim Eintreten kann sie den unverkennbaren Geruch des Todes, von Blut und verbranntem Fleisch riechen. Sie gehen direkt auf den Raum zu, in dem sich sämtliche Polizisten und der Gerichtsmediziner befinden.

„Guten Morgen, Doc“, begrüßen beide den Arzt, der gerade dabei ist, sich die weißen Gummihandschuhe über seine Hände zu ziehen.

„Ah, Guten Morgen ihr beiden!“, antwortet Doktor David Johnson.

„Wie machen sie das nur, dass sie immer früher als wir am Tatort sind?“, wundert sich Sam.

„Keine Sorge, so viel länger bin ich auch noch nicht hier. Ich bin selbst erst vor circa zehn Minuten gekommen.“

„Trotzdem früher“, kontert Samantha.

Erst jetzt werfen die beiden Polizisten ihren Blick auf das Opfer. Angewidert rümpfen beide die Nase. Es sieht schrecklich aus. Schrecklicher als schrecklich.

„Diesmal dürfte er ein bisschen Blutrausch gehabt haben.“ Die Blutflecken, die rund um das am Sessel gefesselte Opfer verteilt sind, sind nur schwer zu übersehen.

„Er dürfte sich anscheinend so richtig ausgetobt haben“, bringt Ben nur mühsam hervor.

Zu dritt gehen sie näher an den Leichnam heran. Weit aufgerissene Augen starren ihnen entgegen. Auch ohne zu wissen, was genau er durchleben musste, ahnt man alleine durch seinen letzten Blick, wie sehr er gelitten hat.

„Wissen wir, wer er ist?“, durchbricht Benjamin das Schweigen.

Ein Beamter, etwa Mitte Dreißig, kommt zu ihnen und sagt: „Colin Anderson, achtundfünfzig Jahre, vorbestrafter Sexualtäter.“

„Sieht wirklich aus, als würde wieder unser Mann ein weiteres Mal seine Taten ausgeübt haben.“

Während sie noch kurz mit dem Polizisten sprechen, fängt Doktor Johnson mit den ersten Untersuchungen an. Sie sehen, wie er das Fieberthermometer aus seiner schwarzen Ledertasche nimmt und damit die Temperatur des Leichnams misst. Nachdem er das Thermometer wieder in die schwarze Tasche gepackt hat, notiert er sein Ergebnis auf einem Blatt Papier, das auf einem schwarzen Klemmbrett befestigt ist. Danach wendet er seine volle Aufmerksamkeit wieder dem Toten zu. Nach ein paar Sekunden hört Samantha, wie der Gerichtsmediziner nach ihnen ruft.

„Ich habe etwas gefunden“, fängt er sofort mit seinem Bericht an, als die beiden Polizisten bei ihm sind. „Ich habe hier den Knebel aus dem Mund geholt und glaube, dass sich noch etwas im Mund befindet. Ich wollte nur, dass sie dabei sind und es selber sehen.“

Samantha und Ben werfen sich einen stummen Blick zu und widmen ihre Aufmerksamkeit wieder der Tätigkeit des Pathologen. Dieser fährt mit seiner mit Latexhandschuh bedeckten Hand in den Mund des Opfers und holt ein längliches, blutverschmiertes Stück ans Licht.

„Das darf doch nicht wahr sein!“, ruft Ben.

„Jetzt wissen wir wenigstens auch, wo sein fehlendes Stück hingekommen ist“, kommentiert Doktor Johnson Bens entsetzten Ausruf und zeigt auf die verkohlte Stelle des Körpers.

„Was geht nur in einem Menschen vor, eine solche Tat zu verwirklichen? Was bewegt einen dazu?“, fragt Samantha Doktor Johnson.

„Meine Liebe, ich bin nur ein Pathologe, kein forensischer Psychologe. Ich glaube, da sollten sie lieber Frau Doktor Clark befragen. Ich habe gehört, sie hilft Ihnen bei diesem Fall?“

Samantha zuckt kurz zusammen, als sie den Namen von Tiffany hört. Sofort sieht sie die Bilder ihrer letzten Begegnung vor ihrem inneren Auge. Sie kann immer noch die Sanftheit von Tiffanys Lippen auf ihren spüren. Sie seufzt kurz und wischt mit einer kaum wahrzunehmenden Handbewegung die Erinnerung beiseite.

„Ja, nur das Profil, das wir bis jetzt haben, trifft auf halb LA zu. Ich werde umgehend Doktor Clark anrufen und sie über unseren neuen Fund unterrichten.“ Sie sieht auf die Uhr und weiß, es ist noch zu früh, aber immerhin kann sie ihr ja eine Nachricht auf der Mailbox hinterlassen. Sie geht vor die Tür und wählt Tiffanys Nummer. Umso überraschter ist sie, als sie schon nach dem zweiten Klingeln eine ihr nur allzu gut bekannte Stimme mit einem kurzen „Clark?“, im Ohr hört.

„Oh, ähem, hallo … ähem, hier spricht Detective Forster“, räuspert sie sich, immer noch überrascht, nicht auf die Mailbox zu sprechen, sondern die sanfte, erotische Stimme der Psychologin live zu hören.

„Oh, guten Morgen“, vernimmt sie die freundliche Antwort.

„Es tut mir leid, ich wollte Sie nicht wecken.“ Samantha ist immer noch leicht nervös und verunsichert. Sie hat noch keine Zeit gefunden, sich Gedanken zu machen, wie sie sich ihr gegenüber am besten verhalten soll. Ob Tiffany auch so oft an den kurzen Kuss denkt, wie sie selbst? Ob sie ebenso verwirrt ist, wie sie? „Du benimmst dich wie ein alberner Teenager“, wirft sie sich im Stillen an den Kopf.

„Sie haben mich nicht geweckt.“

„Ich wollte Ihnen nur mitteilen, dass wir wieder ein neues Opfer haben. Diesmal schlimmer als alle anderen bisher. Haben Sie heute noch Zeit?“

„Ja, ich könnte ab siebzehn Uhr? Oder ist es da schon zu spät?“

„Nein, das passt prima. Bis dahin sollten wir vielleicht schon einige Ergebnisse haben, und so wie ich unseren Gerichtsmediziner kenne, wird er so schnell als möglich unseren Leichnam noch obduzieren."

„Sehr gut. Dann sehen wir uns später."

„Ja", und Samantha bemerkt neuerlich, wie unsicher sie wieder wird. Oder freut sie sich etwa sogar, die Psychologin bald wieder zu sehen?

Nach dem Telefonat steckt sie sich noch eine Zigarette an und gönnt sich die paar Minuten um wieder zur Ruhe zu kommen, bevor sie zu den anderen in das Haus zurück geht.

Sie sehen sich noch eine Weile das Treiben um sie herum an und Samantha vereinbart wie üblich einen Termin für die Obduktion.

Während sie, bepackt mit Kaffee und Donuts, im Dezernat ankommen, fängt der übliche morgendliche Wahnsinn an. Überall schrillt das Telefon. Hektisch laufen die Polizeibeamten durch die Gänge und zwischen den Schreibtischen hindurch.

Samantha ist froh, als sie heil ihren Schreibtisch, ohne einen Zusammenstoß und ohne den Kaffee zu verschütten, erreicht und lässt sich mit einem tiefen Seufzer auf ihren Bürostuhl fallen.

Kurz darauf erscheinen auch schon ihr Kollege Benjamin Carter und der Rest der Mannschaft.

„Guten Morgen meine Herren!“, begrüßt sie ihr Team und überreicht jedem einen Becher mit dem köstlichen schwarzen Gebräu.

„Guten Morgen und danke Sam!“, bedankt sich George. „Ben hat am Parkplatz erwähnt, dass es schon wieder ein Opfer gibt?“

„Ja, leider. Die Abstände werden immer kürzer und die Vorgehensweise dafür umso brutaler.“

„So schlimm?“

„Wenn ich könnte, George, würde ich euch gerne die Einzelheiten ersparen, aber leider gehört das zu unserem Beruf dazu.“ Der älteste in der Gruppe nickt nur verständnisvoll.

„Gibt es auch wieder einen Brief?“, fragt Simon.

„Ich bin selbst soeben erst hereingekommen. Ich habe noch nichts gesehen.“

„Meinst du, es wird wieder ein Bekennerschreiben geben?“

„Ehrlich gesagt, weiß ich es nicht, aber ich hoffe es. So kommuniziert er wenigstens mit uns und wir haben eine Möglichkeit mehr, näher an ihn heranzukommen und jeder Brief ist auch eine potentielle Fehlerquelle.“ Wenn sie es nur laut und oft genug sagt, glaubt sie es vielleicht auch bald selbst. Der Fall nagt so sehr an ihnen, weil sie bei ihren Ermittlungen keinen Schritt weiterkommen. Alle Befragungen und Spuren führen sie immer wieder ins Nichts. Wer ist er? Wo ist er? Warum tut er all das?

„Ich werde in zwei Stunden in die Gerichtsmedizin fahren um bei der Untersuchung dabei zu sein. Vielleicht haben die Spurensucher bis dorthin auch schon etwas für uns“, erklärt Samantha die weitere Vorgehensweise. „Ben wird mich begleiten, und ihr zwei …“, dabei deutet sie mit dem rechten Zeigefinger zwischen George und Simon hin und her, „… könnt vielleicht etwas über unser Opfer rausfinden.“

„Wissen wir schon, wie er heißt?“, fragt der graumelierte George.

Ben nimmt sein kleines Notizbuch aus seiner Lederjacke und blättert zweimal um. „Er heißt Colin Anderson.“

„Colin Anderson?“, wiederholt der Rookie.

„Ja, kennst du ihn?“

„Naja, kennen wäre hier zu viel gesagt. Wenn es der ist, den ich meine, dann ist das doch der Sportlehrer von der hiesigen High-School. Meine Cousine, sie ist zehn Jahre älter als ich, hatte ihn damals in der Schule in Sport. Kurz nachdem sie die Schule verlassen hatte, stellte sich heraus, dass er zahlreiche Schüler missbraucht hat. Er wurde diesbezüglich angeklagt und rechtmäßig verurteilt, aber nach acht Jahren wurde er wegen guter Führung wieder aus der Haft entlassen.“

„War deine Cousine unter diesen Mädchen?“, fragt Samantha.

„Nein, Gott sei Dank nicht. Er hatte wohl keine Schwäche für schwarze, kurzhaarige Mädchen. Seine Vorliebe waren, was man anhand der offiziellen Opfer sehen konnte, Blondinen."

„Das würde zumindest zum Täterprofil passen. Bitte erkundigt euch!"

Somit steht die Aufgabenverteilung für den größten Teil des Tages fest. Etwa eine halbe Stunde später kommt eine Schreibkraft vom Dezernat zu Samantha und überreicht ihr ein Kuvert.

„Danke!" Mit einem Lächeln im Gesicht bedankt sich Samantha bei der etwa Mitte Fünfzigjährigen und nimmt den Brief entgegen. „Ist der abgegeben worden?"

„Nicht persönlich, also nicht bei uns. Der lag heute bei uns im Büro, mehr weiß ich auch nicht." Sie verabschieden sich und die Frau geht wieder an ihren gewohnten Arbeitsplatz. Samantha kennt sie nur flüchtig, aber sie freut sich immer, wenn sie sich sehen. Die ältere Dame hat fast immer ein Lächeln auf den Lippen und ist stets gut gelaunt.

„Jungs, ich glaube er hat sich soeben wieder gemeldet", ruft sie die anderen Kollegen zu sich und wedelt mit dem Brief, den sie soeben erhalten hat, in der Luft herum.

Als sie den Brief öffnet, versammeln sich die Herren um ihren Tisch und warten gespannt auf dessen Inhalt:

Bezaubernde Detective,

meine Bewunderung zu Ihnen wächst von Tag zu Tag. Wie verbissen und hartnäckig Sie versuchen mich zu finden. Genau so sehr, wie Sie sich wünschen, mir nahe zu kommen, wünsche ich mir ebenfalls, Ihnen nahe zu sein. Und doch wissen wir beide, dass dies niemals der Fall sein wird. Es wäre ein Spiel mit dem Feuer und wir würden uns beide nur daran verbrennen. Doch schon der Gedanke, dass wir beide die gleichen Wünsche hegen und die gleiche Sehnsucht von uns Besitz nimmt, erregt mich. Ich kann nur noch sehr schwer an mich halten, um Sie nicht zu umarmen, Sie zu halten und unserer Begierde freien Lauf zu lassen.

Meine Bezaubernde, sie haben Colin Anderson gefunden. Es tut mir unendlich leid, dass Sie diesen Anblick ertragen mussten. Doch ich hatte keine andere Wahl. Ich musste es tun. Dieser Mann und all die anderen waren Abschaum in unserer Gesellschaft. Sie hatten kein Recht, die gleiche, unschuldige Luft zu atmen wie alle anderen, vor allem die gleiche Luft zu atmen wie ihre Opfer. Ich hätte mir so sehr gewünscht, heute Morgen bei Ihnen zu sein und Sie davor zu beschützen, obwohl ich weiß, Sie sind eine starke und tapfere Frau. Nichts und niemand kann Sie unterkriegen.

Sie sind eine Kriegerin für das Gute und gegen das Böse. Doch vermischt sich nicht manchmal das Gute mit dem Bösen? Kann etwas Böses nicht auch etwas Gutes sein und etwas Gutes dann etwas Böses?

Sie werden wieder von mir lesen. Bis dahin werde ich in Gedanken immer bei Ihnen sein!

In ewiger Verbundenheit

Samantha macht zwei Kopien von dem Bekennerschreiben und lässt den Originalbrief umgehend an die Spurensicherung schicken. Sie hat zwar wenig Hoffnung, dass sich irgendwelche Fingerabdrücke darauf befinden, aber sie muss es zumindest versuchen.

17. Kapitel

Pünktlich um siebzehn Uhr betritt Doktor Tiffany Clark das Dezernat. Sie wirft einen Gruß in die Runde und nimmt sich einen Sessel um sich zu den anderen, die sie bereits erwarten, zu setzen. Sie sieht an der Wand die neuesten Fotos von Opfer Nummer vier, betrachtet sie kurz und schaut wieder zu Samantha. Die hat die Neuangekommene keinen Augenblick aus den Augen gelassen. Sie merkt, wie ihr Herzschlag wieder einen Takt höher schlägt. Aber kein Wunder! Ist es überhaupt erlaubt, sich als Psychologin so zu kleiden? Trägt sie diese Kleidung auch, wenn sie Patienten empfängt? Wie soll da jemand bei klaren Gedanken bleiben? Ob sie weiß, welche Wirkung sie auf ihr Gegenüber hat? Ganz sicher. Denn mit so einem Selbstbewusstsein und einer Arroganz, weiß man auf alle Fälle, wie die Umwelt auf einen reagiert. Samantha kann nicht anders. Sie muss sich mit den Fingern an die Lippen fassen. Immer noch kann sie den sanften Druck der weichsten Lippen, die sie jemals geküsst hat, spüren. In diesem Moment sieht Tiffany wieder zu ihr hin. Sofort senkt sie ihre Hand und fühlt sich schon wieder ertappt.

Sie kann spüren, dass auch ihre Wangen wieder von einer leichten Röte überzogen werden. Ein wissendes Lächeln bildet sich auf Tiffanys Gesicht.

Sie räuspert sich kurz, nimmt einen Schluck von ihrem Kaffee, der mittlerweile wieder einmal kalt geworden ist, und berichtet kurz über das letzte Opfer. Tiffany hört ihr aufmerksam zu und macht sich kurze Notizen. Nach etwa zwanzig Minuten ist die Detective fertig mit ihren Ausführungen.

„Und wie schon letztes Mal hat sich unser Gesuchter wieder gemeldet.“ Sam greift auf ihren Schreibtisch und reicht Doktor Clark eine Kopie des Schreibens. Während die Psychologin den Brief durchliest, klingelt das Telefon.

„Carter“, nimmt Ben das Telefonat entgegen. „Wie?“, und nach längerem Zuhören „Ja, alles klar!“, und „Super, vielen Dank!“, können die Anwesenden nur verstehen. Ben legt auf und sieht in die Runde.

„Das war die Spurensicherung. Sie haben am Tatort drei weiße Haare gefunden. Katzenhaare!“

Er kann die Fragezeichen in jedem einzelnen Gesicht erkennen.

„Die drei weißen Haare befanden sich im Wohnzimmer, wo die Tat geschah. Im ganzen Haus ließ sich aber ansonsten nichts in Verbindung mit einer Katze finden. Kein Katzenfutter, keine Katzentoilette und auch sonst in keinem Raum Katzenhaare. Sie sind gerade dabei, herauszufinden, von welcher Katzenrasse die Haare sind. Das Ergebnis sollten wir morgen im Laufe des Vormittages erhalten."

„Bist du sicher, dass die Haare vom Täter stammen?"

„Zu einhundert Prozent kann man nie sicher sein, aber einer von der Spurensicherung ist extra noch einmal zum Haus gefahren, um sicher zu gehen, dass sich keine Katze dort aufhält."

„Und was ist, wenn sich die Nachbarskatze heimlich reingeschlichen hat? Immerhin stand die Tür offen?" Samantha ist immer noch skeptisch und kann sich noch nicht über diesen kleinen Schritt des Erfolges freuen. Sie sieht, dass die Freude auch ein klein wenig aus dem Gesicht von Ben verschwindet.

George, der dies ebenfalls mitbekommt, meint daraufhin gleich: „Simon und ich werden morgen noch einmal die Nachbarschaft unsicher machen. Wir haben heute nicht alle Nachbarn angetroffen und vielleicht ist dem einen oder anderen noch etwas eingefallen. Da können wir auch gleich nach einer weißen Katze Ausschau halten."

„Gute Idee! Danke euch!", antwortet Ben. „Aber mein Gefühl sagt mir, dass die Katze unserem Täter gehört!", gibt er seine Hoffnung noch nicht auf.

„Haben Sie den Brief gelesen?", richtet Samantha ihre Aufmerksamkeit wieder auf die Psychologin.

„Ja!"

„Und was denken Sie darüber?"

„Der Mann hat eine sehr große Schwäche für Sie. Aber das haben wir beim ersten Brief schon festgestellt. Dieser Brief hier weicht ein bisschen von dem anderen ab. Dieser hier, verzeihen Sie mir, wenn ich das jetzt so direkt sage, aber, dieser Brief hier, der ist schon eine Art Liebesbrief. Der Täter lebt in einer Welt, in der er die Wahrheit ein klein wenig verdreht. Ihr Suchen nach ihm versteht er aber so, dass Sie ihn suchen, weil Sie ebenfalls Gefühle für ihn haben. Er fordert Sie heraus, stellt Ihnen Fragen und weiß genau, dass Sie sich darüber Gedanken machen. Damit will er sicherstellen, dass Sie an ihn denken. Und ich traue mich genauso zu behaupten, dass Sie ihm schon mehrmals, zumindest aber auf jeden Fall schon einmal begegnet sind, ihn aber dabei nicht erkannt haben. Das kann der Mann vom Café oder Diner sein, ihr Nachbar, ein Kollege. Irgendwo sind Sie ihm schon über den Weg gelaufen. Für Sie total unauffällig, unscheinbar und kaum wahrgenommen, aber für ihn war es wohl alles andere."

Sie steht auf und geht ein paar Schritte auf und ab, dann dreht sie sich wieder um und blickt Sam direkt in die Augen als sie auf die Polizistin zugeht. „Es ist nur eine vage Vermutung, aber er scheint Sie wirklich zu kennen, sehr gut oder zumindest ansatzweise. Er wusste genau, dass Sie am Morgen Colin Anderson finden werden, beziehungsweise, dass Sie am Morgen dort waren. Der Brief wurde erst nach dem Fund geschrieben."

„Aber der Brief wurde schon am Vormittag abgegeben", kommt der Einwand von Samantha.

„So ein Schreiben ist schnell gemacht - oder wurde der Brief geschickt?“

„Nein! Der wurde einfach ins Postfach gesteckt.“

„Gibt es Überwachungskameras vor dem Dezernat mit Blick auf den Briefkasten?“

„Nein, leider nicht. Die Kameras zeigen fast alles, was vor dem Dezernat stattfindet, aber der Bereich des Briefkastens ist nicht erfasst.“

„Kann man womöglich die Kamera so drehen, dass man einen Blick darauf hat?“

„Ja! Das wurde heute schon veranlasst.“

„Die nächste Frage lautet dann aber auch, ob der Täter den Brief selbst abgegeben hat, oder ob er jemanden ein paar Dollar zugesteckt hat, um das Schreiben für ihn abzugeben.“

Das waren auch die Überlegungen, die sie sich selbst vor ein paar Stunden gestellt hat.

„Ich hätte noch eine Frage“, meldet sich jetzt Simon zu Wort. Meistens, wenn Doktor Clark im Raum ist, wirkt er sehr ruhig und schüchtern. Es scheint Samantha, als hätte auch er eine kleine Schwäche für sie. Es wundert sie nicht. Es passiert automatisch. Mann und auch Frau sind ihr reihenweise verfallen. Ohne es zu wollen.

„Ja bitte?“, fordert Tiffany den jungen Mann auf.

„Warum hat er den Tatort gewechselt?“

„Sehr gute Frage. Unser Gesuchter hat jedes einzelne Opfer, wie man an den Tatorten gesehen hat, lange beobachtet. Er kennt alle Gewohnheiten. Wann, wo und wie lange es sich irgendwo aufhält. Dann sucht er sich die günstigste Gelegenheit aus. Entweder nach der Arbeit oder nach einer Zechtour, auf dem Weg nach Hause oder, wenn derjenige stets nur zu Hause ist, eine Fußfessel hat und weiß, dass der oder diejenige keinen oder kaum Besuch erhält - dann ist es am unauffälligsten, zu Hause bei ihm zuzuschlagen.“

„Verstehe! Aber warum diesmal so viel gewalttätiger?“ Es interessiert ihn wirklich.

„Dieses Mal muss er weniger Angst gehabt haben, entdeckt zu werden. Im Auto gab es immer die Möglichkeit eines anderen, vorbeifahrenden Autos oder eines Passanten. Also hat er Colin Anderson lange genug beobachtet, um dessen Gewohnheiten herauszubekommen. Er ließ sich dann auch bei der Ausführung Zeit, hat alles ausgekostet. Es hat ihn sicherlich sehr befriedigt.“

„Ist es aber bei den meisten Serienmörder nicht so, dass sie irgendein Andenken mitnehmen? Eine Haarsträhne, ein Kleidungsstück oder ähnliches? Aber bei unserem Täter fehlt nichts. Warum?“

„Vielleicht hat er seine Andenken und wir haben es nur noch nicht entdeckt. Es könnte sich aber auch um eine Ausnahme handeln. Nicht alle Serienmörder brauchen etwas, um sich stets an ihre Taten zu erinnern. Er folgt einem Zwang, das ist schon richtig. Im Großen und Ganzen ist die Vorgehensweise immer gleich, aber er ist auch auf einer Mission. Er meint, dass alle Sexualverbrecher Abschaum sind und sie dafür sterben müssen. Diese Art von Serienmörder brauchen keine Devotionalien. Sie sehen ihr Vorgehen als eine Art Arbeit an. Wie Batman oder Superman."

„Da er eine Schwäche, wie Sie es genannt haben, für mich hat, wie kann ich mit ihm in Kontakt treten? Oder wäre das der falsche Ansatz? Soll ich ihn lieber ignorieren?"

„Um direkt mit ihm in Kontakt zu treten, würde ich noch ein bisschen warten. Er schreibt hier, dass er sich wieder bei Ihnen melden wird. Sonst könnten Sie ihn vielleicht in die Enge treiben, und das wäre fatal."

So diskutieren sie noch eine weitere halbe Stunde über die Vor- und Nachteile, wenn sich der Täter meldet und offenbar in Samantha Forster verliebt ist.

Erst als keiner mehr so richtig aufnahmefähig ist und alle sich müde die Augen reiben, machen sich die Männer schon einmal auf den Heimweg.

Samantha bleibt noch und packt ihre Sachen zusammen. Sie dachte, dass die ihnen zugeteilte Profilerin ebenfalls schon aus dem Haus ist, als sie sie mit einer dampfenden Pizzaschachtel auf dem Arm wieder um die Ecke biegen und direkt auf ihren Platz zusteuern sieht.

„Haben Sie mich jetzt erschreckt!", entfährt es Samantha.

„Oh, das tut mir wirklich leid, das wollte ich nicht. Ich nahm nur an, dass Sie, soweit habe ich Sie mittlerweile schon kennengelernt, sicher noch im Büro bleiben werden. Da dachte ich mir, ich organisiere uns noch schnell eine Pizza von gegenüber. Haben Sie Lust darauf, mit mir eine Pizza zu teilen? Eine Ganze ist mir heute einfach zu viel“, schlägt Tiffany Samantha vor.

„Wie kann ich zu einer Pizza nein sagen? Vielen lieben Dank!“, nimmt Sam das Angebot an. Tiffany setzt sich ihr gegenüber an den Schreibtisch, stellt die Pizzaschachtel hin und öffnet sie.

„Mhmmm, das riecht aber lecker“, kann sich die Blondine nicht verkneifen. Als sie den Geruch der köstlich duftenden Mahlzeit in sich aufnimmt, merkt sie erst, wie hungrig sie eigentlich schon wieder ist.

Sie nehmen sich gleichzeitig ein Stück und dabei berühren sich ungewollt ihre Hände. Samantha zieht hastig ihre Hand zurück, als hätte sie sich verbrannt.

„Entschuldigung!“, murmelt sie. Tiffany sieht sie nur mit einem wissenden Lächeln an, hält ihr Stück an den Mund und beißt herzhaft hinein. Die Polizistin kann ihre Augen nicht von der Psychologin lassen. Kurz keimt der Gedanke wieder auf, wie gerne sie jetzt das Pizzastück wäre. Gleich schnell wie der Gedanke kam, schiebt sie ihn aber auch wieder beiseite. Sie kann und darf sich nicht von ihren Gefühlen leiten lassen. Hastig nimmt sie ebenfalls ein Stück Pizza und beißt schnell hinein, um sich abzulenken. So essen sie schweigend, während sie aber oft, so oft es nur geht, Augenkontakt halten. Keine zehn Minuten später ist das runde Gericht aufgegessen und sie lassen sich, satt wie sie sind, in ihrem Sessel nach hinten gleiten.

„Vielen lieben Dank, das hat echt gut getan!“, bedankt sich Detective Forster noch einmal.

„Nichts zu danken! Ein kleiner Hintergedanke war ja schon dabei.“

„Hintergedanke?“, wiederholt Samantha. Plötzlich wird sie nervös. Wird Tiffany sie wieder küssen? Wird sie vielleicht mehr erwarten?

„Ich wäre selbst fast umgefallen vor Hunger und in Gesellschaft isst es sich nun mal besser.“

„Ja, ja da haben sie Recht!“ Schön langsam beruhigt sich ihr Herzschlag wieder. Warum missversteht sie nur immer alles? Warum gleiten ihre Gedanken immer wieder in die eine Richtung? Samantha ist so mit ihren Gedanken beschäftigt, dass sie nicht mitbekommt, wie Tiffany von ihrem Platz aufsteht, um den Schreibtisch herumgeht und plötzlich neben ihr steht. Sie erschrickt, als sie eine Hand auf ihrer Schulter spürt. Mit leichtem Druck auf ihre Schulter dreht Tiffany Sam in ihrem Drehstuhl herum, sodass sie jetzt direkt vor der Psychologin sitzt. Mit großen Augen sieht sie die Dunkelhaarige fragend an. Diese sieht sie ebenso schweigend an, bis sie ihren Kopf leicht senkt und ihre Lippen auf Sams legt. Samantha schließt automatisch ihre Augen und legt ihre Hände an Tiffanys Hüften. Wie ferngesteuert steht Samantha auf und zieht Tiffany näher zu sich heran. Sie spürt, wie ihr Herz kräftig in ihrer Brust schlägt.

Als Samantha steht, wird aus dem erst zärtlichen Kuss ein leidenschaftlicher. Tiffany lehnt sich dichter an sie und Samantha hält sie fest. Mit der rechten Hand streicht sie sanft über ihren Rücken. Ein kaum hörbarer Seufzer entweicht Tiffany. Es klingt fast so als würde eine Katze zu schnurren beginnen.

Langsam lösen sie sich wieder voneinander und sehen sich dabei tief in die Augen.

„Das wollte ich schon den ganzen Tag machen“, erklingt die leicht raue Stimme von Tiffany.

In diesem Moment weiß Samantha, dass sie sich genauso danach gesehnt hat. Ihre Gedanken sind schon die ganze Zeit beim letzten Kuss gewesen.

„Ich auch“, gesteht Samantha dann doch. „Ich glaube es ist besser, wenn ich jetzt nach Hause fahre“, versucht sie dabei der Situation zu entfliehen. Im Büro über Tiffany herzufallen ist dann doch nicht eine so gute Idee und die Polizeibeamtin weiß nicht, wie lange sie sich noch beherrschen kann. Sie spürt deutlich, dass sie Tiffany will und zwar am liebsten jetzt sofort! Das Risiko, von einem Kollegen, der Nachtdienst hat, überrascht zu werden, ist sehr hoch.

„Obwohl ich das wirklich sehr bedaure, stimme ich dir zu. Ich muss noch etwas arbeiten, und morgen habe ich um acht Uhr schon meinen ersten Termin.“

Obgleich sie sich einig sind nach Hause zu fahren, kann sich keiner von beiden bewegen. Sie blicken sich gegenseitig in die Augen und halten dabei ihre Hände. Wie von Magneten angezogen bewegen sich ihre Köpfe wieder aufeinander zu und sie geben sich einen zärtlichen, langen Kuss.

„Besser ich gehe jetzt, Tiffany“, sagt Samantha und unterbricht die knisternde Stimmung zwischen ihnen. Hastig dreht sie sich um, um ihre Sachen einzupacken, aber da steht ihr der Schreibtischsessel im Weg. Sie versucht noch sich daran festzuhalten, doch er hat diese Rollen. Statt stehen zu bleiben, rollt der Sessel weg und sie landet mit einem dennoch eleganten Bauchfleck auf dem Boden. Am liebsten möchte sie jetzt im Erdboden versinken, als sie das Lachen von Tiffany bemerkt. Diese eilt aber schnell mit zwei Schritten an ihre Seite und hilft ihr aufzustehen.

„Es tut mir so leid“, sagt sie immer noch lachend. „Aber das sah jetzt wirklich zu komisch aus. Ich hoffe, du hast dich nicht verletzt?“

„Nein, nein. Alles gut, geht schon. Mann ist das peinlich!“

„Das muss dir doch nicht peinlich sein. So etwas kann doch jedem passieren.“

Peinlich berührt von der Situation kratzt Sam sich am Hinterkopf und fällt dann ebenfalls in das Lachen von Tiffany ein.

Als sie wenig später das Gebäude verlassen und auf dem Weg zu ihren Autos sind, küssen sie sich noch zwei Mal und fahren dann getrennt voneinander nach Hause.

18. Kapitel

Samantha lässt sich mit einem tiefen Seufzer in ihr Auto fallen. Sie startet das Auto, schiebt die CD einer ihrer Lieblingsbands in den CD-Player, reguliert die Lautstärke um fünf Stufen höher, legt den Kopf zurück, schließt die Augen und atmet tief ein und aus. Bevor sie das Auto auf die Straße lenkt, muss sie sich erst einmal beruhigen. Wie konnte es nur soweit kommen, dass sie Tiffany wieder geküsst hat? Oder hat Tiffany sie geküsst? So genau weiß sie das nicht mehr. Sie weiß nur, dass es sich himmlisch angefühlt hat, aber sie weiß auch, dass es falsch war. Und zwar so was von falsch. Warum nur? Warum reagiert sie so? Jahrelang hat sie ihre Gefühle unter Verschluss gehalten. Sie weiß, dass es wieder nur schmerzhaft sein wird. Sie ist nicht dazu geboren, um zu lieben! Wer redet hier von lieben? Ist sie vielleicht verliebt in Tiffany? Quatsch! Sie ist nur verwirrt, aber das ist kein Wunder, wenn man sich diese Frau genau ansieht. Die grünen Augen sind ein so schöner Kontrast zu den dunklen Haaren, die Figur ein Traum. Ob sie viel Sport macht? Wie sie wohl aussieht, wenn sie sich verschwitzt, mit erhitztem Gesicht, engen

Shorts und anliegendem Shirt verausgibt? Vielleicht sogar bauchfrei? Samantha war nur eine Haaresbreite davon entfernt, die Psychologin auf ihrem Schreibtisch im Büro zu verführen. Das darf kein zweites Mal passieren. Sie muss sich auf den neuen Fall konzentrieren. Sie hat oft genug miterlebt, wie sich Gefühle im Beruf auswirken. Man ist nicht mehr ganz bei der Sache. Der Kopf ist mit anderen Dingen beschäftigt, und man ist nicht mehr in der Lage, Gefahren richtig einzuschätzen. Ablenkung ist niemals gut. Aber warum fühlt es sich so schön an? Warum verursacht allein nur ein Blick eine solche Gänsehaut? Sie beschließt, dass alleine ihr Schlafmangel daran schuld ist. Immerhin hat sie in den letzten Nächten nicht besonders viel Schlaf abbekommen. Entweder sie denkt an den Fall, an den Täter und warum er meint, in sie verliebt zu sein, oder an Tiffany. Sie weiß nur nicht, welche dieser Gedanken sie öfters um den Schlaf bringen. Ein paar Minuten später, als sie sich wieder fit genug fürs Fahren fühlt, lenkt sie ihr Auto auf die Hauptstraße in Richtung ihrer Wohnung.

Dort angekommen geht sie sofort unter die Dusche. Auch dabei wird sie gedanklich von Tiffany begleitet. Sie wäscht sich die Haare und kann Tiffanys Gesicht deutlich vor sich sehen. Als sie sich einseift, hat sie das Gefühl, dass sie eingeseift wird. Sofort reagiert ihr Körper. Sie kann nicht anders. Zärtlich umfasst sie ihre Brüste mit beiden Händen und sofort richten sich ihre Nippel auf. Ein leises Stöhnen entfährt ihr. Ihre Hände wandern weiter hinunter und sie berührt ihre Klitoris. Sie braucht nicht lange, bis sich diese wohligen Wellen in ihrem Körper ausbreiten, sie zu beben beginnt und sie mit einem lauten Schrei kommt. Sie muss sich an der Wand in der Duschkabine abstützen, sonst wäre sie wie ein nasser Sack zu Boden gestürzt. Sie atmet heftig ein und aus. Das war sogar für sie ein Rekord. Es hat keine Minute gedauert, bis sie gekommen ist. Sind das nur die Gedanken an Tiffany? Was ist nur los mit ihr? Als sie wieder zu Atem kommt, wäscht sie sich fertig, steigt aus der Dusche und trocknet sich ab.

Mit einem Bademantel bekleidet, geht sie durch den Flur Richtung Schlafzimmer, um ihren Pyjama zu holen. Auf dem Weg dorthin entdeckt sie einen braunen Umschlag vor ihrer Eingangstür. Sofort setzt ihr Herz für eine Sekunde aus. Was war das? Das Kuvert erinnert sie an die zwei Briefe des Täters. Sie sahen identisch aus. Sie geht mit klopfendem Herzen zum Kuvert, hebt es auf und sieht durch den Türspion. Es ist niemand zu erkennen. Schnell läuft sie zurück ins Wohnzimmer und holt ihre Dienstwaffe aus der Schublade. Zurück an der Wohnungstür öffnet sie diese und bleibt stehen um in den Flur hinaus zu schauen. Auch dort entdeckt sie niemanden. Es ist auch kein Geräusch im Treppenhaus zu hören. Enttäuscht geht sie wieder zurück in ihre Wohnung und versperrt die Tür hinter sich. Hat sie wirklich gedacht, dass der Täter bei ihr klopft und sagt: „Hallo, hier bin ich!“?

Nein, so dumm wird er nicht sein. Leider, das hätte ihre Arbeit erheblich erleichtert. Sie geht wieder ins Wohnzimmer und verstaut ihre Dienstwaffe. Sie beschließt, erst einmal ihren Pyjama anzuziehen, bevor sie sich dem Schreiben zuwendet.

Sie nimmt sich eine Flasche Bier aus dem Kühlschrank, den Brief, den sie auf die Kommode gelegt hatte, und setzt sich auf ihre Couch. Sie sieht sich das Kuvert genau an, doch es war nichts darauf zu erkennen, nicht einmal ein kleiner Schmutzfleck. Ohne besonders darüber nachzudenken und ohne zu wissen warum, riecht Samantha daran. Er riecht neutral, wie eben Umschläge riechen. Behutsam öffnet sie das Kuvert mit einem Brieföffner und zieht das Schreiben heraus. Er ist einmal gefaltet:

Bezaubernde Detective!

Ich musste Ihnen einfach schreiben. Meine Gedanken sind die ganze Zeit bei Ihnen. Wie schön wäre es, Sie in meinen Armen zu halte,. Ihre weichen Lippen zu küssen. Dabei würden meine Hände auf Wanderschaft entlang Ihres erotischen Körpers gleiten. Ich würde Sie so gerne in eine andere Welt entführen. Doch ich habe noch ein bisschen was zu tun. Sie wissen schon ;-)

Aber ich verspreche Ihnen, wir werden das nachholen. Eines Tages. Ich hoffe, wir müssen nicht mehr so lange warten!

In ewiger Verbundenheit

Samantha liest den Brief noch ein paar Mal. Auf merkwürdige Weise hat sie keine Angst vor dem Täter, das einzige, das sie ein klein wenig ängstigt, ist, dass er sie kennt, sogar weiß, wo sie wohnt, sie aber absolut keine Ahnung hat, wer er ist. So nah und doch so fern.

„Wer bist du? Warum ausgerechnet ich?“, fragt sie sich, als sie in die Dunkelheit der Nacht schaut. Sie bleibt noch ein paar Minuten am Fenster stehen und schaut auf die Straße unter sich. „Bist du womöglich da unten und siehst auch zu mir rauf? Woher kenne ich dich?“ Sie ist verzweifelt. Sie mag das Gefühl nicht, dass jemand sie kennt, offensichtlich sogar Gefühle für sie hat, aber sie keine Ahnung hat, wer dieser Mensch ist. Und in diesem Fall ist sie noch verzweifelter. Er ist ein Mörder. Kein normaler Mörder, der gerade aus Eifersucht seine Frau ermordet hat. Nein, es ist einer der gefährlichsten. Ein Serienmörder. Er bringt seine Opfer auf bestialische Weise um und sieht sich auch noch als Retter der Welt. Er ist ein Psychopath. Unberechenbar. Sie weiß selbst, dass sie besser Angst haben sollte, aber auf irgendeine, auch ihr selbst unerklärliche Weise, hat sie keine.

Sie geht wieder zurück zur Couch, trinkt ihr Bier aus und geht ins Bett.

Am nächsten Morgen im Dezernat erzählt sie ihren Kollegen von dem Fund des neuen Briefes. Diese blicken sie mit großen Augen an. Sie können nicht glauben, was sie von ihrer Vorgesetzten hören. Der Täter war bei ihrer Wohnung. Er weiß, wo sie wohnt. Dann weiß er auch, dass sie alleine ist. Im Grunde genommen wäre sie schutzlos, dachten die Kollegen, wenn sie ihre Kollegin nicht mittlerweile gut genug kennen würden, um zu wissen, dass sie sich wehren kann. Sie wissen auch, dass sie immer ihre Dienstwaffe mit nach Hause nimmt und nicht, so wie manche Kollegen zum Schutz ihrer Kinder, die Waffe im Dezernat lässt.

Sie macht wieder Kopien vom Schreiben und scannt es ein. Nur um den Brief zu sehen braucht Tiffany nicht extra herzukommen. Sie wird ihr diesen hier per Mail zuschicken. Sie weiß im Moment sowieso nicht, wie sie ihr unter die Augen treten soll. Vor allem so schnell wieder, nach den letzten Küssen, und nach den Nachwirkungen zu Hause unter der Dusche. Ein wenig schämt sie sich, dass sie sich so gehen lässt. Sie weiß, dass sie sich wie ein Teenager benimmt. Doktor Tiffany Clark ist Psychologin und Profilerin, aber Gedanken und Träume kann sie nicht bei den anderen sehen. Wie soll sie sich aber das nächste Mal verhalten? Sie weiß, sie müssen miteinander reden. Aber worüber? Dass sie sich zwar zu ihr hingezogen fühlt, aber diesen Gefühlen keinen freien Lauf lassen darf? Was ist, wenn sie sich damit lächerlich macht und Tiffany gar nicht die gleichen Gefühle hegt wie sie? Wird sie lachen, oder gar entsetzt sein? Jetzt ist aber nicht der günstigste Zeitpunkt, um darüber nachzudenken. Definitiv! Sie wird am Abend genug Zeit dazu haben, sich Gedanken zu machen. Vielleicht wäre ein Telefonat mit Karen hilfreich. Sie hat sehr einen guten Rat, den Samantha schon das eine oder andere Mal befolgt hat. Sie schließt kurz die Augen, zählt langsam bis zehn und geht wieder zu ihren Kollegen.

„Ich werde kurz zu Howard gehen und ihm ebenfalls von den neuesten Ereignissen berichten!“ Mit diesen Worten begibt sie sich in sein Büro. Sie kann sich schon sehr gut vorstellen, was er dazu sagen wird. Dass dies alles viel zu gefährlich sei, und dass sie jetzt einen Beschützer abgestellt bekommen werde, es aber noch besser wäre, wenn sie und ihr Team von dem Fall abgezogen würden. Doch sie weiß auch ganz genau, mit welchen Worten sie ihn wieder beschwichtigen kann. Sie würde die gleiche Argumentation benützen, wie Tiffany vor wenigen Tagen.

Etwa zwanzig Minuten später kommt sie wieder aus dem Büro heraus. Die Diskussion verlief genauso, wie sie es sich zuvor schon gedacht hatte. Doch sie konnte ihn beruhigen und wird vorerst nicht vom Fall abgezogen. Er besteht aber darauf, dass am Abend, wenn sie zu Hause ist, mindestens stündlich ein Wagen der Streife bei ihrer Wohnung vorbei fährt. Zu wissen, dass wenigstens das passieren wird, wird ihm helfen, ruhiger zu schlafen, erklärte Howard Samantha. Sie willigte ein. Dagegen konnte sie sich nicht mehr wehren. Es rührt sie, dass ihr Vorgesetzter sich Sorgen um sie macht, obwohl sie weiß, dass es nicht nötig ist. Weiß sie das wirklich? Wodurch kann sie sich so sicher sein, dass er ihr nichts tun wird? Sie will nichts von ihm, zumindest nicht das, was der Mann sich wünscht. Ja, sie will ihn fassen, aber nur, um ihm seine gerechte Strafe zu Teil werden zu lassen.

Auf ihrem Platz zurück, erinnert sie sich, dass sie die Kopie des Schreibens noch nicht an die Psychologin geschickt hat. Dies wird sie umgehend tun. Währenddessen läutet das Telefon. Benjamin hebt mit einem kurzen „Carter“ ab.

„Ja, da sind Sie richtig!“ „Unsere Kollegen sind heute wieder bei Ihnen für eine weitere Zeugenbefragung!“ „Ja Sie können auch gerne zu uns aufs Revier kommen.“ „Wann würde es bei Ihnen passen?“ „Um vierzehn Uhr passt uns auch gut. Super, vielen lieben Dank Frau, entschuldigen Sie bitte, ich habe Ihren Namen am Anfang leider nicht ganz verstanden." „Frau Michaels." „Ja, ich werde auch hier sein." „Gerne können Sie mit mir auch alleine sprechen." „Dann bis vierzehn Uhr, Frau Michaels." Ben legt den Telefonhörer auf, dreht sich zu Samantha und grinst sie an. Diese antwortet mit einem fragenden Gesichtsausdruck und will dann wissen: „Wer war das?"

„Das?", und Ben zeigt zum Telefon „Das war unsere erste Zeugin. Sie hat gestern in der Nacht etwas beobachtet."

„Okay, aber Simon und George sind doch jetzt in der Gegend und machen nochmals eine Zeugeneinvernahme. Warum kommt sie her?"

„Frau Michaels, so heißt unsere Zeugin, ist gestern in der Früh zu ihrer Tochter gefahren und hat dort übernachtet. Die Tochter wohnt am anderen Ende der Stadt und sie musste auf ihre Enkelin aufpassen, deswegen kann sie erst heute. Sie wird dann so um vierzehn Uhr hier sein."

„Das klingt gut. Ich hoffe, sie hat wirklich etwas Brauchbares gesehen, aber immerhin, endlich jemand, der uns etwas erzählen kann."

„Ja, das hoffe ich auch. Zumindest ist sie sehr redselig, wie ich bisher mitbekommen habe."

Samantha nickt nur und widmet sich wieder ihrer Arbeit. Im Laufe des Vormittages kommt, wie versprochen, der Bericht der Spurensicherung. Sie konnten die drei weißen Haare einer bestimmten Rasse zuordnen. Hierbei handelt es sich um eine sibirische Katze. Samantha googelt diese Katzenart um sich ein Bild zu machen, wie sie aussieht. Die Katze gefällt ihr. Sie druckt sich ein Foto aus und legt es mit dem Bericht zu den Akten. Ansonsten haben sie leider keine wirklich brauchbaren Spuren gefunden. Samantha ist froh, dass sie die Haare haben, ansonsten wären die Jungs dort ebenfalls ziemlich verzweifelt. Immerhin, sie drehen jeden Stein um, suchen akribisch jeden Millimeter des Tatortes ab. Sie brauchen ebenso Erfolge wie sie selbst. Dieser Mann ist intelligent, aufmerksam und weiß genau, wie er sich verhalten muss, um keine Spuren zu hinterlassen. Sei dir nicht so sicher, denkt sich Sam, eines Tages wirst du einen Fehler machen und dann werden wir hier sein, um dich zu schnappen.

Samantha erhält eine Lesebestätigung. Aha, Frau Doktor hat ihre Mail also jetzt gelesen, freut sich Samantha. Sie kann sich selbst nicht erklären, warum das ihr Herz höher schlagen lässt. Es dauert nicht lange, bis sie eine Antwort erhält:

„Liebe Samantha,

vielen lieben Dank für Ihre Mitteilung. Sie haben die Nachricht bei Ihnen zu Hause gefunden? Er weiß, wo Sie wohnen? Wie geht es Ihnen? Brauchen Sie Hilfe?

Tiffany"

Samantha muss schmunzeln. Sie hat nur mit einem „Danke“ gerechnet oder ein „Vielen Dank“ erwartet, aber Tiffany zeigt aufrichtig ihre Anteilnahme. Trotz der heißen Küsse, die noch nicht einmal vierundzwanzig Stunden hinter ihnen liegen, siezt die Psychologin sie noch. Aber sie versteht. Küssen ist Privatsache aber einen Mörder zu fangen ist beruflich und dieser Mailverkehr hat mit ihrem Mörder zu tun. Also war es beruflich. Tiffany erwartet eine Antwort von ihr, immerhin hat sie einige Fragen geschrieben. Was soll sie ihr antworten? Ohne viel darüber nachzudenken, verfasst sie ihren Text:

„Liebe Tiffany,

von Ihrer Fürsorge fühle ich mich geehrt. Aber bitte, machen Sie sich meinetwegen keine Gedanken. Mir geht es wirklich sehr gut. Es ist ja nichts passiert. Es war doch nur eine Frage der Zeit, bis er weiß, wo ich wohne. Der Chief wollte mich von dem Fall abziehen, aber ich bin ihm mit Ihren Argumenten entgegen getreten. Aber er besteht drauf, dass am Abend öfters ein Streifenpolizist an meiner Wohnung vorbeifährt. Wie Sie sehen, es wird und kann mir nichts passieren.

Samantha“

Sie liest sich ihre Antwort noch einmal durch und klickt auf den Senden-Button.

Mit einem Blick auf Ben fragt sie: „Wie wäre es mit einem saftigen Burger und triefend fetten Pommes?“

„Immer her damit!“

So gehen sie zu ihrem Stammlokal. In zwei Stunden wird Frau Michaels bei ihnen auf dem Dezernat sein, um eine Aussage zu machen.

19. Kapitel

Zurück im Dezernat geht Samantha direkt an ihren Computer. Sie hat gehofft, dass Tiffany ihr eine Antwort schreibt. Doch diese bleibt aus. Aber was hat sie gehofft? Tiffany hat ihre Hilfe angeboten, und sie hat sie ausgeschlagen. Sie liest sich noch einmal schnell ihre letzte Mail durch. Darauf gibt es eigentlich auch nichts zu antworten. Enttäuscht geht sie zu Ben, der soeben erfahren hat, dass die Zeugin Lynn Michaels gerade eingetroffen ist.

„Frau Michaels, schön dass Sie gekommen sind. Ich bin Benjamin Carter und das ist meine Kollegin, Detective Samantha Forster. Ich hoffe, es geht in Ordnung, wenn Frau Forster beim Gespräch anwesend ist?“

Es ist immer gut, Zeugen, oder auch Verdächtigen, das Gefühl zu vermitteln, sie könnten selbst entscheiden und hätten die Fäden in der Hand. Manche Zeugen wollen einfach nur im Mittelpunkt stehen, machen Aussagen, die nichts zur Aufklärung beitragen, aber behaupten dann trotzdem, ohne sie wäre der Stein niemals ins Rollen gekommen. Die würden alles tun, um dafür nur für ein paar Minuten Ruhm zu ernten. Doch diese Zeugin, Lynn Michaels, scheint nicht besagter Typ zu sein. Ihre Augen scheinen ehrlich zu sein.

„Ich habe kein Problem damit, Detective Carter. Ich hoffe, ich stehle Ihnen nicht wertvolle Zeit", antwortet die Frau ihnen gegenüber.

„Jeder auch noch so kleine Hinweis, für manche sogar unscheinbar, kann sehr wichtig für uns sein. Lassen Sie uns doch in den Raum dort vorne gehen, …", sagt er und zeigt dabei den Flur entlang „… da sind wir ungestört und Sie können uns alles berichten, was Sie gesehen haben."

„Vielen lieben Dank!"

So gehen sie den schmalen Flur entlang zu der von Ben angedeuteten Tür. Der Raum ist sehr klein geschnitten. Darin befindet sich ein Tisch mit drei Stühlen und schräg oberhalb der Sitzgelegenheit ist eine Videokamera angebracht. Jede Aussage und Vernehmung wird mitgeschnitten. Es kam in der Vergangenheit nicht nur einmal zu falschen Anschuldigungen von Verdächtigen. Man hätte sie geschlagen oder unter Druck gesetzt, ihnen Worte in den Mund gelegt, die sie niemals gesagt hätten. Daraufhin hat die Polizei vor vielen Jahren bereits überall Videokameras mit Mikrofonen installieren lassen. So wie es das Protokoll vorschreibt, werden alle

Anwesenden darüber aufgeklärt. So auch Frau Michaels in diesem Fall.

„Frau Michaels“, fängt Ben mit der Unterredung an, „habe ich das am Telefon richtig verstanden, Sie sind die direkte Nachbarin von Herrn Colin Anderson?“

„Ja. Mein Haus steht direkt neben Herrn Anderson. Da wir keine Hecke als Trennwand haben, kann ich direkt von meinem Küchenfenster aus durch das Wohnzimmerfenster von Herrn Anderson sehen. Bitte denken sie jetzt nicht, dass ich eine von diesen alten Frauen wäre, die in Nachbars Fenstern spionieren geht. Man sieht auch nicht sehr viel. Eben nur, wenn gerade jemand an dem Fenster vorbei geht, oder ob Licht brennt, oder wenn jemand im Dunkeln fernsieht. Solche Dinge kann ich sehen. Genauso wie Herr Anderson es auch bei mir kann bzw. konnte.“

„Frau Michaels, können Sie uns etwas über Colin Anderson sagen?“

„Ja, wie soll ich sagen? Eigentlich kaum zu glauben, welche Vergangenheit er hatte. Als ich erfuhr, dass er eigentlich ein verurteilter Straftäter ist, was ich erst ein paar Wochen nach seinem Einzug von einer anderen Nachbarin hörte, passte das gar nicht zu dem Mann, den ich als Nachbar bereits kennen und schätzen gelernt hatte.“

„Also hatten Sie eine gute Nachbarschaft?“, mischt sich jetzt auch Samantha in die Unterhaltung mit ein. Eigentlich wollte sie Ben die Vernehmung überlassen, aber sie ist nun ein wenig geschockt, das ist das erste

Mal, dass jemand etwas Positives über eines der Opfer sagt.

„Ja Detective, das kann man schon so sagen. Es war aber alles rein freundschaftlich. Falls man eine gute Nachbarschaft als Freundschaft bezeichnen kann. Wie gesagt, der Mann von früher hatte nichts mehr mit dem Mann zu tun, den ich kennengelernt habe. Ich glaube, ich sollte ein bisschen weiter vorne beginnen. Als ich von seinem Vorleben erfuhr, habe ich mich natürlich zurückgezogen. Ich habe versucht, Colin aus dem Weg zu gehen. Ich war so enttäuscht von ihm. Ehrlich gesagt, ich war nicht nur enttäuscht, sondern es hat mich angeekelt. Es gibt Dinge, die kann ich nur schwer bis gar nicht nachvollziehen und schon gar nicht für gut heißen. Und das, was Colin damals getan hat, gehört hier definitiv dazu. Natürlich merkte er auch, dass ich mich von ihm fernhielt. Er konnte sich auch sofort einen Reim darauf machen. So etwas blieb bei uns in der Straße ja nicht lange geheim. Und wenn es ein paar noch nicht mitbekommen hatten, wussten sie es spätestens dann, als ein Unbekannter in der Nacht mit einer roten Spraydose die ganze Vorderseite des Hauses und Colins Auto mit bösen Wörtern verschmiert hat. Da standen so Sachen wie Schwein, Vergewaltiger, und sowas. Auch wenn mich dieser Teil von ihm angeekelt hat, so tat er mir auch ein klein wenig leid. Er hat seine Strafe verbüßt und trug auch immer noch die Fußfessel.“ Lynn Michaels nimmt sich ein Taschentuch aus ihrer Hosentasche, wischt sich die Tränen, die sich in ihren Augen gesammelt haben, weg und räuspert sich, bevor sie weiter fortfährt. „Er hatte über zwei Tage nur geputzt, um die Schmiererei wegzubekommen. Am zweiten Tag konnte ich einfach nicht mehr zusehen. Ich empfand wirklich Mitleid mit ihm. Also kramte ich mein Putzzeug zusammen und ging hinüber, um zu helfen. Dabei kamen wir ins Gespräch. Ich sagte ihm auch klar ins Gesicht, dass ich seine Vergangenheit nicht gut hieß. Er verstand mich. Er schüttete mir dann, als wir fertig waren, und er mich als Dankeschön zu einem Grillabend einlud, sein Herz aus. Dass er jahrelang über seine eigenen Taten nachgedacht habe und er trotzdem keine Antwort darauf fand, warum er dies getan hat. Er sagte, damals, bei dem ersten Mädchen war es einfach, weil er sie hübsch fand und sie ihn an seine erste große Liebe erinnerte, die aber leider nicht gut für ihn ausging, da sich das Mädchen nicht für ihn interessierte. Daraufhin war er ziemlich verschlossen und wollte keinen Korb mehr bekommen. Das hatte ihn damals ziemlich hart getroffen. Bei seinem ersten Mädchen, das er bekam, meinte er, da wäre eine gegenseitige Anziehung dagewesen und er hätte sie zu nichts gezwungen. Nur leider blieb es nicht bei dem einen Mädchen. Colin bereute dies bis zum Schluss. Aber er meinte damals, es sei wie eine Sucht. Ihm gefielen die jungen, unschuldigen Mädchen. Er wusste, dass es falsch war. Er versprach ihnen alles Mögliche, nur damit sie einwilligten, mit ihm zu schlafen.“ Lynn Michaels schüttelt es. Man kann ihr deutlich ansehen, dass es sie anwidert, was Colin Anderson getan hat.

„Ich will ihn nicht verteidigen, …“, setzt sie ihre Erzählung fort, „… aber Sie haben mich nach ihm gefragt. Als Nachbar war er sehr angenehm und brauchte ich Hilfe, so war er sofort zur Stelle. Wirklich ein Jammer. Er hätte sicher eines Tages eine wundervolle Frau gefunden, die ihn liebt und die er hätte lieben können."

„Hätten Sie gerne ein Glas Wasser?", fragt Samantha. Sie sieht, dass die Zeugin mit den Tränen kämpft. Sie will ihr ein paar Minuten geben, um sich wieder zu sammeln.

„Ja, bitte!" Samantha steht auf, verlässt den Raum und holt etwas zu trinken. Als sie wieder zurück ist, stellt sie das Glas vor Lynn Michaels ab und setzt sich wieder an den Platz, an dem sie vorhin schon saß. Frau Michaels trinkt einen Schluck und sieht fragend, aber mit einem leichten Hauch von Traurigkeit in den Augen, zu ihnen. Ben nimmt die Unterhaltung wieder auf.

„Frau Michaels, was haben Sie in der Nacht beobachtet?"

Unruhig rutscht sie auf ihrem Sitzplatz hin und her, als sie schließlich zu erzählen beginnt. „Wenn ich gewusst hätte, was im Nachbarshaus passiert, bitte glauben Sie mir, ich hätte sofort die Polizei gerufen. Ich hätte ihn retten können." Man sah ihr deutlich an, dass sie von Schuldgefühlen geplagt wird.

„Sie können nichts dafür", beschwichtigt Ben sie. „Jetzt sind sie hier und helfen Herrn Anderson ebenso."

„Danke, aber leider ein bisschen zu spät. Jetzt ist er tot." Wieder schießen Tränen in ihre Augen. Sie räuspert sich kurz um ihren Bericht sodann fortzusetzen. „Es dürfte so um halb zwölf herum gewesen sein. Ich lag schon im Bett und habe gelesen. Als ich Durst bekam, ging ich in die Küche, um etwas zu trinken. Wie vorhin schon erwähnt, sieht man ein bisschen ins Wohnzimmerfenster von Colin. Ich wunderte mich, warum kein Fernseher lief, sondern nur ein kleines Licht brannte. Das war nicht üblich bei ihm. Ich wusste, dass er jeden Tag bis weit nach Mitternacht ferngesehen hat, dabei aber nie Licht brannte. Zu dem Zeitpunkt machte ich mir noch nicht wirklich Gedanken. Vielleicht war er müde und ging gerade ins Bett? Doch auf einmal sah ich ein Feuer. Mitten im Wohnzimmer. Da bin ich natürlich gleich um mein Telefon gerannt, aber so schnell konnte ich gar nicht wählen, da war das Feuer auch schon wieder erloschen. Vielleicht war er mit der Zigarette vor dem Fernseher eingeschlafen und hatte es früh genug bemerkt und gelöscht?“ Wieder nimmt Lynn Michaels einen Schluck von ihrem Wasser und redet weiter: „Ich war so aufgewühlt von dem Beobachteten, dass ich mir dann ein Eis genommen und mich ans Küchenfenster gesetzt habe. Ich dachte mir, falls es wieder zu brennen anfängt, könnte ich immer noch den Notruf wählen. Ich hätte nicht mit ruhigem Gewissen ins Bett gehen können. Als nach einer guten halben Stunde auch das Licht im Wohnzimmer ausging, konnte ich beruhigt schlafen gehen. Ich dachte, Colin sei ebenfalls ins Bett gegangen und ich bräuchte keine Angst mehr zu haben, dass es wieder brennen würde. Als ich mein Eis und das Geschirr wegräumte, sah ich eine dunkle Gestalt aus seinem Haus gehen. Ich dachte mir: oh, endlich hat Colin jemanden kennengelernt!“

„Sie haben also den Täter gesehen?“, fragt Samantha erstaunt und aufgeregt. „Können Sie ihn uns beschreiben?“

„Dazu kann ich leider nicht allzu viele Angaben machen. Ich dachte auch zuerst, dass es eine Frau ist, aber da habe ich mich wohl geirrt. Ich sah eine in schwarz gekleidete Gestalt. Schwarze, enganliegende Hose und schwarzen Kapuzenpullover. Die Kapuze war über den Kopf gezogen.“

„Wieso dachten Sie zunächst, es sei eine Frau?“, fragt Benjamin.

„Die Person, die ich sah, war sehr schlank. Zumindest was man von den Beinen her sehen konnte. Beim Gehen wirkte der Gang sehr elegant. Aber es war dunkel. Und in der heutigen Zeit … “, sie lächelt kurz „ … weiß man ja nie. Es gibt ebenfalls sehr viele Männer, die elegant gehen, sich weiblich verhalten, oder eben so aussehen.“

„Ja, da haben Sie Recht. Konnten Sie Stimmen hören? Oder haben Sie sonst noch etwas bemerkt?“

„Nein Detective. Das war leider alles, was ich sah. Hätte ich doch auf mein erstes Gefühl gehört und den Notruf gewählt. Dann hätte ich Colin gerettet und sie hätten höchstwahrscheinlich auch den Mörder gefasst.“

„Es ist wirklich nicht Ihre Schuld. Ich verspreche Ihnen, wir werden alles tun, was in unserer Macht steht, um den Mörder zu finden.“

„Ich habe in der Zeitung gelesen, dass es in jüngster Zeit zu einer Mordserie an Männern mit Sexualdelikten gekommen ist. Glauben Sie, dass auch Colin vom gleichen Täter ermordet wurde?“

„Von dieser Annahme müssen wir momentan ausgehen. Es tut uns wirklich sehr leid.“

„Nein, Detective Carter, Ihnen muss es nicht leid tun. Ich weiß, dass Sie und ihre Partnerin alles tun werden um den Mann zu fassen.“

Ben massiert sich sein linkes Ohrläppchen. Er dürfte sich in Gedanken den Mörder vorstellen.

„Sie haben uns sehr geholfen. Können Sie uns vielleicht noch sagen, wie groß die Person war, die Sie gesehen haben?“

„Das ist schwer zu sagen, da es ja dunkel war und der Täter ein bisschen weiter weg war. Aber ich könnte mir vorstellen, dass er größer ist als ich. Ich bin 1,65 Meter groß. Also vielleicht um die 1,70 Meter. Aber zu hundert Prozent kann ich das nicht einschätzen.

„Na, zumindest wissen wir jetzt, dass wir niemanden suchen müssen, der vielleicht zwei Meter groß ist und hundert Kilo wiegt!“, versucht Ben die Zeugin ein klein wenig aufzumuntern. Samantha kann ihre Schuldgefühle verstehen. Die hätte mit Sicherheit jeder gefühlt, der vermeintlich einen Mord hätte verhindern können, ganz egal, welches Vorleben das Opfer geführt hat.

„Eine Frage hätte ich noch, Frau Michaels. Hat Herr Anderson oder einer ihrer Nachbarn eine weiße Katze mit langen Haaren? Eine sibirische Katze?“ George und Simon hatten leider bei der Befragung nach der Katze keinen Erfolg.

Die Zeugin denkt einen kurzen Moment nach. „Nein. Colin hatte überhaupt keine Haustiere und ich kann mich nicht erinnern, schon jemals eine weiße Langhaar-Katze gesehen zu haben. Bei uns in der Nachbarschaft laufen schon etliche Katzen herum, aber keine, auf die diese Beschreibung passen würde.“

Nach der Unterhaltung gibt Samantha Frau Michaels noch ihre Karte, falls ihr noch etwas einfallen sollte.

„Ben, ich gehe einmal kurz vor die Türe.“ Benjamin Carter versteht, was seine Kollegin ihm damit mitteilen will.

„Warte bitte noch kurz, ich werde mitgehen!“

Zusammen gehen sie vor das Dezernat um eine zu rauchen. In Stressmomenten raucht Benjamin auch. Deshalb bietet ihm Samantha nun eine Zigarette an und so stehen sie stumm da und hängen ihren Gedanken nach.

20. Kapitel

Ein paar Tage sind seit dem letzten Mord vergangen. Sie haben jetzt zwar eine Zeugin und auch ein paar Spuren, aber bisher brachten sie diese dem Täter auch nicht näher. Sie haben auch seit dem letzten Schreiben keine weitere Nachricht mehr von ihrem Gesuchten erhalten. Samantha freut sich schon auf das Wochenende, auch wenn sie vorhat sich ihre Unterlagen mit nach Hause zu nehmen. Es wäre nicht das erste Mal, dass sie mitten in der Nacht aufwacht und einen Zusammenhang sieht, und dann würde sie es bereuen, wenn sie die Akte nicht bei sich hat. Als sie ihren Computer gerade runterfahren will, klingelt das Telefon.

„Forster!“, meldet sie sich kurz.

„Hallo Samantha. Hier spricht Tiffany. Störe ich gerade?“

Samantha ist verwirrt und sie spürt, wie sie sofort nervös wird. Sie schließt die Augen und antwortet:

„Nein, nicht wirklich. Sie haben noch Glück. Ich wollte gerade den Computer herunterfahren und nach Hause."

„Ja, da habe ich wirklich Glück."

„Womit kann ich Ihnen helfen?"

„Eigentlich rufe ich mehr aus privaten Gründen an."

„Achja?", Samantha ist sichtlich irritiert.

„Ich esse so schrecklich ungern alleine. Würden Sie mir die Ehre erweisen und mit mir Essen gehen? Ich sterbe fast vor Hunger, mal wieder." Samantha kann das Lächeln durch das Telefon erahnen. Mit der Aussicht, alleine zu Hause zu essen, kommt ihr die Einladung gerade recht und ohne lange zu überlegen, willigt sie ein.

„Ich werde Sie in einer Stunde von zu Hause abholen. Lassen Sie sich überraschen." Ohne eine Reaktion abzuwarten, hat Tiffany das Telefonat abgebrochen. Samantha hält noch den Telefonhörer, aus dem ein lautes Tut-Tut-Tut erklingt, in der Hand und starrt ihn an. „Was war das jetzt?", fragt sie sich. Obwohl Tiffany sie ein wenig überrumpelt hat, muss sie sich eingestehen, dass ihr das gefällt und sie sich freut. Ein Ruck fährt durch Samantha. In einer Stunde will Tiffany sie doch abholen. Jetzt muss sie sich sputen, wenn sie noch unter die Dusche will.

Pünktlich eine Stunde später klingelt es an Samanthas Haustür. Sie öffnet und beim Anblick von Tiffany bleibt ihr die Luft weg. Sie sieht einfach umwerfend aus. Tiffany trägt ein kurzes, schwarzes Kleid. Ihre langen Beine tragen hohe Pumps. Damit wirken ihre Beine noch länger, als sie ohnehin schon sind. Um ihre Taille ziert ein schmaler, silberfarbener Gürtel das Kleid.

„Ich glaube, ich habe etwas Falsches an.“ Samantha selbst trägt eine dunkelblaue Jeans, eine weiße Bluse und einen beigefarbenen Blazer. „Nein, Sie sind perfekt.“ Obwohl sie sich jetzt schon zwei Mal geküsst haben, bleiben sie noch immer beim Siezen. „Ich war heute nur bei einer Tagung und musste eine Rede halten. Deswegen bin ich etwas overdressed.“ Samantha kennt Tiffany nur in eleganter Kleidung. Sie kann sich nicht vorstellen, dass sie jemals eine Jeans oder gar eine Jogginghose in ihrem Schrank finden würde bzw. dass Tiffany solche Kleidung trägt. Ein Lächeln breitet sich auf ihrem Gesicht aus.

„Habe ich etwas Falsches gesagt?“ Tiffany weiß nicht, warum Samantha plötzlich lächelt.

„Nein, überhaupt nicht. Meine Gedanken sind nur gerade ein bisschen mit mir durchgegangen. Ich bitte vielmals um Entschuldigung.“ Plötzlich schießt wieder eine kleine Röte in ihre Wangen.

„Darf ich an Ihren Gedanken teilhaben?“ Das ist Samantha ihr jetzt schuldig. Sie glaubt womöglich, sie würde sie auslachen.

„Na gut. Ich habe nur versucht, Sie mir in Jeans oder gar in einer Jogginghose vorzustellen. Ich habe Sie immer nur so schick gesehen. Nie in bequemerer Kleidung.“ Samantha überlegt kurz, ob sie selbst überhaupt ein Kleid in ihrem Kasten hätte. Aber da befindet sich keines. Ihre komplette Garderobe besteht aus Jeans oder Leinenhosen, T-Shirts, Blusen, Blazer und für zu Hause die gemütlichen Varianten von Jogginghosen und Pyjamas.

„Oh, da kann ich Sie beruhigen. Auch ich habe, genauso wie vermutlich jeder andere Bürger auf dem Planeten, Wohlfühlklamotten. Und glauben Sie wirklich, dass ich in diesem Outfit ins Fitnessstudio gehe?“

„Nein, das eher nicht. Ich hoffe, Sie nehmen es mir nicht übel?“

„Nein, überhaupt nicht. Warum auch? Ich empfinde es als schöne Vorstellung, dass Sie sich Gedanken um mich machen.“ Bildet es sich Samantha nur ein, oder flirtet Tiffany mit ihr?

Im Restaurant angekommen, ist Samantha überrascht. Es ist eher klein gehalten, strahlt aber eine Gemütlichkeit aus. Auch hier fühlt sich Samantha auf Anhieb wohl. Tiffany dürfte hier öfters zu Gast sein. Ob sie dabei immer alleine ist?

„Hallo Frau Doktor, freut uns, dass Sie uns wieder besuchen. Darf ich Sie zu ihrem Tisch begleiten?“ Ein überaus höflicher Kellner begleitet sie an das Ende des Raumes in eine eher versteckte Ecke. Somit können sie ungestört eine Unterhaltung führen. Der Kellner überreicht ihnen die Speisekarte und nimmt die Getränkebestellung auf. Für den Anfang bestellen sie eine Karaffe Wasser. Mit dem Wein wollen sie warten, bis sie wissen, was sie essen werden. Unabhängig voneinander wählen beide ein Steak und ein Glas Rotwein aus. Da sich die zwei Frauen schon ein paar Tage nicht gesehen und gesprochen hatten, informiert Samantha Tiffany über den Stand der laufenden Ermittlungen. Tiffany hört gespannt zu und stellt zu dem einen oder anderen Punkt eine Frage. Danach erzählt Tiffany von ihrer Tagung zum Thema „Warum Kinder und Jugendliche zu Mördern werden“. Tiffany meint, das Thema an und für sich sei sehr spannend, aber so ein Treffen sei endlos langweilig und ziehe sich in die Länge. Es habe gestern begonnen und erst heute geendet. Sie war in einem Tagungshotel in San Francisco. Es wurde sehr viel heiße Luft geredet. Alle gaben ihre Erfahrungen preis. Sie selber hat einen kleinen Vortrag gehalten. Da sie eine forensische Psychologin ist, befasst sie sich ja ausschließlich mit derartigen Themen und hat bisher fünf Kinder und Jugendliche im Alter zwischen acht und fünfzehn Jahren betreut. Sie meint, vom fachlichen Aspekt her sei dies schon sehr interessant, aber auch bedrückend, wenn man bedenkt, dass alle eigentlich noch Kinder sind, die besser mit ihren Freunden Fahrrad fahren oder in die Schule gehen sollten, als in der geschlossenen Psychiatrie zu sitzen. Ein normales Leben ist für sie, wenn überhaupt, nur mit Medikamenten möglich. Sie tragen bereits in jungen Jahren eine gewaltige Last auf ihren Schultern. Sie haben schon Menschen getötet. Menschen aus der Familie. Einer von ihnen war ein Amokläufer. Der hat in einer Privatschule in der Nähe von Los Angeles acht Mitschüler und eine Lehrerin erschossen, bevor die Polizei ihn überwältigen konnte. Zwei von ihnen haben ihre gesamte Familie ermordet.

Darunter ein Achtjähriger, der seine gesamte Familie, Vater und Mutter erschossen und seinen zweijährigen Bruder erstickt hat. Das ist für Tiffany der tragischste Fall. Es ist traurig. Er hat alles auf einmal verloren. Seine Großeltern haben leider den Kontakt abgebrochen. Sie konnten nicht mit dem Wissen umgehen, dass der Kleine ihre Tochter beziehungsweise ihren Schwiegersohn und ihren anderen Enkel ermordet hat. Für sie ist es leichter so zu tun, als sei er ebenfalls gestorben. Man kann es ihnen nicht verübeln. Es ist schwer zu sagen, wie man richtig damit umgehen soll. Tiffany kann nicht aufhören, von ihrer Arbeit zu erzählen und Samantha kann nicht aufhören, interessiert zuzuhören. Sie hängt förmlich an Tiffanys Lippen.

Als sie mit dem Essen fertig sind, beschließen sie, das Restaurant zu verlassen. Tiffany bezahlt die gesamte Rechnung unter Protest von Samantha und sie gehen zum Auto. Als sie einsteigen, fragt Tiffany: „Sind Sie schon müde und wollen nach Hause oder darf ich Sie noch zu einem gemütlichen Bier einladen?“

„Ein gemütliches Bier klingt sehr verlockend“, antwortet Samantha. Sie will nicht, dass der schöne Abend schon vorbei ist. Sie genießt die Nähe der mehr als attraktiven Psychologin. So startet Doktor Clark das Auto und fährt ein paar Straßen weiter, um es an einem kleineren Parkplatz abzustellen. Samantha kennt das Lokal. Früher war sie fast jedes Wochenende hier. In der letzten Zeit sind ihre Besuche im Sappho´s leider immer weniger geworden. Sie schaut zu Tiffany hinüber, um zu erfahren, ob das tatsächlich ihr Ernst ist.

Diese entgegnet ihren Blick mit einem einfach umwerfenden Lächeln.

„Wissen Sie, dass das früher einmal mein Stammlokal war?“

„Im Ernst? Nein, das wusste ich nicht. Ich kenne es nur vom Vorbeifahren, aber ich war noch nie drinnen. Ich bin leider nicht der Typ, der alleine unterwegs ist und ich habe noch niemanden gefunden, der mit mir hierher gehen würde.“

„Na, jetzt haben Sie jemanden gefunden.“

Da es Freitagabend ist, ist es kein Wunder, dass die Frauenkneipe gerammelt voll ist. Sie ergattern mit Müh und Not noch zwei nebeneinanderliegende Plätze an der Bar, setzen sich hin und bestellen zwei Bier. Wie üblich hier, bekommen sie das Bier in Flaschen serviert.

Als sie sich zuprosten, fragt Samantha: „Worauf trinken wir?“

„Wie wäre es, wenn wir einmal das Sie weglassen und uns duzen?“

„Gute Idee!“

„Tiffany!“

„Samantha!“

Mit einem Pling stoßen sie die Flaschen gegeneinander und trinken.

Sie sehen sich dabei tief in die Augen.

„Weißt du Samantha, zur Brüderschaft gehört normalerweise auch ein Kuss!“

Samantha schluckt, unfähig, ihrer Stimme zu trauen, nickt sie nur mit dem Kopf. Tiffany kommt ihr entgegen und für einen kurzen Augenblick berühren sich ihre Lippen. Für Samantha ist dieser Augenblick viel zu kurz. Von ihr aus darf er sich gerne ein bisschen mehr in die Länge ziehen.

„Wie wäre es mit einem Tanz?“, fordert Tiffany Samantha auf.

Samantha sieht sich um. Einige Frauen wiegen ihre Körper zur Musik von Pink. Diesmal schüttelt sie den Kopf.

„Tut mir leid, aber ich kann nicht tanzen.“

„Das glaube ich dir nicht. So wie hier manche herumzappeln, denke ich mal, wirst du das schon auch hinbekommen.“ Mit diesen Worten nimmt die Psychologin einfach Sams Hand und zerrt sie auf die Tanzfläche. Samantha hat keine Chance auf Gegenwehr. Sie folgt einfach Tiffany zur Tanzfläche. Wie von selbst fängt ihr Körper an, sich im Takt der Musik zu bewegen. Tiffany tanzt vor ihr her. Ihre Bewegungen sind viel anmutiger als Sams. Sie kann, wie die meiste Zeit, ihre Augen nicht von Tiffany wenden. Sie bemerkt, dass die Frauen rund um sie herum ebenfalls Tiffany mustern. Unter allen Anwesenden war Tiffany einfach eine Göttin. Nach dem Ende des Liedes beginnt „She´s like the wind“, von Patrick Swayze. Samantha will sofort an die Bar zurück, als Tiffany sie wieder einfängt. Mit einem kurzen Ruck findet sich Sam in den Armen von Tiffany wieder und langsam bewegen sich ihre Hüften im Takt. Ihre Körper verschmelzen zu einer Einheit. Samanthas Herz fängt wild und laut an zu klopfen. Sie verliert sich in den grünen Augen von Tiffany. Nach ein paar Takten vergisst sie vollkommen, dass sie nicht alleine sind. Für sie gibt es im Moment nur noch sie beide. Tiffany schlingt ihre Arme fester um Samantha und schmiegt sich noch enger an sie. Jetzt passt nicht einmal mehr ein Blatt Papier dazwischen. Ihre Münder sind nur wenige Zentimeter voneinander entfernt. Wie von selbst bewegen sich ihre Lippen aufeinander zu und sie verschmelzen, eingehüllt von der Musik, mit einem tiefen, leidenschaftlichen Kuss. Samantha verliert mit dem Gefühl abzuheben den Boden unter den Füßen und Tiffany muss ihren Griff noch verstärken. Wenig später lösen sie sich voneinander und mit einem tiefen Blick in die Augen wissen sie, was sie beide wollen. Tiffany nimmt Samanthas Hand und führt sie geradewegs raus aus der Bar und zum Auto. Den ganzen Weg lang lässt die Psychologin Samantha nicht los. Kurz vor dem Auto gibt Tiffany Sam dann doch frei, um den Autoschlüssel aus der Tasche zu nehmen und das Auto aufzusperren. Mit krächzender Stimme sagt die Polizistin nur: „Zu mir!“ und Tiffany weiß Bescheid.

Samantha wühlt vor der Haustüre mit zitternden Fingern in ihrer Tasche auf der Suche nach dem Schlüssel. Als sie ihn endlich findet, zittern ihre Finger nicht weniger, als sie versucht ihn ins Schlüsselloch zu führen. Tiffany legt ihre Hand auf Sams, um ihr zu helfen. Endlich in der Wohnung, stehen sich die beiden Frauen gegenüber. Samantha ist zu aufgeregt, um den Blickkontakt fortzusetzen. Sie ist unschlüssig, was sie tun soll. Sie ist eigentlich nicht die Person, die verführt, sie ist eher die, die verführt werden will.

„Möchtest du vielleicht etwas trinken?“, fragt sie dann, um das Schweigen zu brechen und von der peinlichen Situation und von ihrer Unfähigkeit abzulenken.

„Nein“, sagte Tiffany. Sie geht einen Schritt auf Samantha zu und nimmt sie wieder in die Arme. Sie blicken sich tief in die Augen. „Das, was ich jetzt gerne hätte, das findest du ganz sicher nicht im Kühlschrank!“

Während sie dies sagt, fährt sie zärtlich mit der rechten Hand über Samanthas Wange. Wie von alleine bewegen sich ihre Köpfe zueinander und sie versinken in einem tiefen, leidenschaftlichen Kuss. Tiffanys Zunge streicht sanft über die Lippen der blonden Polizistin und wartet auf Einlass, welchen Sam ihr nur gerne gewährt. Nach ein paar Sekunden presst Tiffany Samantha an die gegenüberliegende Wand. Ihre Hand, die zuvor noch an ihrer Wange lag, streicht über das Kinn hinunter zum Dekolletee. Der Kuss wird immer leidenschaftlicher. Tiffanys Hand bewegt sich hinunter zur linken Brust von Samantha und drückt sie sanft. Sie kann ihre Erregtheit fühlen. Die hart aufgerichteten Knospen von Samantha sind spitz durch ihren BH spürbar. Langsam kommt auch Leben in Samantha. Diese streicht Tiffany über den Rücken und öffnet dabei den Reißverschluss ihres Kleides. Mit einer sanften Berührung schiebt sie die Träger von den Schultern und lässt den schwarzen Stoff zu Boden fallen. „Schlafzimmer … jetzt!“, presst Tiffany zwischen zwei Küssen hervor. Da nur Samantha den Weg kennt, geleitet sie Tiffany dorthin.

Vor dem Bett angekommen, schlüpft Tiffany schnell aus ihrer restlichen Kleidung. Samantha will es ihr gleich tun. „Warte!“, hört sie die rauchige, vor Leidenschaft noch tiefere Stimme. „Ich möchte das gerne machen!“ Schon steht die Psychologin wieder ganz nah bei der Polizistin. Sie scheint keine Eile zu haben – erst küsst sie Samantha wieder ganz zärtlich. Nach ein paar Augenblicken widmet sie sich ihrem schlanken Hals. Dort verteilt sie kleine Küsse. Ihre Zunge fährt hinauf zum Ohr. Die Kriminalbeamtin kann sich nicht mehr länger zurückhalten und ihr entfährt ein tiefes Stöhnen. Sie ist gefangen von der Leidenschaft, die sie einhüllt wie ein Mantel. Sie hat dabei ganz das Gefühl für Raum und Zeit verloren. Sie spürt nur ihre Erregtheit. Langsam fängt Tiffany an, Samanthas Bluse aufzuknöpfen. Knopf für Knopf, dabei haucht sie an jeder Stelle, an der sich zuvor noch ein Knopf befand, einen Kuss auf die darunterliegende nackte Haut. Als die Bluse zu Boden gleitet, öffnet die Psychologin gekonnt mit einer Hand schnell Samanthas BH und lässt ihn ebenfalls zu Boden fallen. Sie beugt sich ein kleines Stück hinunter, um die aufgerichteten Knospen, die ihr einladend entgegenfunkeln, in Empfang zu nehmen. Sanft leckt sie mit der Zunge darüber. Erst die rechte, dann die linke Brustwarze. Eine kleine Gänsehaut breitet sich über Samanthas ganzen Körper aus. Tiffany spürt ihren keuchenden

Atem. Schnell öffnet sie die Hose von Sam und zieht sie mitsamt dem Slip von ihren Hüften. Mit einer schnellen Bewegung liegt Samantha dann auf dem Rücken im Bett. Tiffany beugt sich über sie und sie versinken in einem Kuss. Dabei streichelt Samantha Tiffanys nackte Schulter und Tiffany widmet sich dabei wieder den Brüsten. Langsam und mit kleinen Küssen, zieht sie einen Weg von den Lippen hinab über das Kinn zum Busen. Samantha findet sich unter ihr.

„Bitte!“, stöhnt sie.

„Bitte was?“, grinst Tiffany Clark.

„Ich kann nicht mehr. Bitte mach schneller!“

Tiffany denkt nicht im Traum daran, ihr diesen Wunsch zu erfüllen.

So verbringen sie die restliche Nacht und den ganzen nächsten Tag bis zum Abend hauptsächlich im Bett. Gelegentlich verlassen sie es, um gemeinsam zu baden, etwas zu trinken oder zu essen.

Trotz der intensiven und leidenschaftlichen Stunden verabreden sie sich nicht weiter. Tiffany hat für diesen Abend ihrer Schwester Allison versprochen sie zu besuchen. Samantha weiß, dass dies nur einmalig war. Egal, was ihr Herz auch sagt. Sie wird Tiffany nicht dazu drängen, mehr Zeit mit ihr zu verbringen und womöglich eine Beziehung mit ihr zu beginnen. Den restlichen Samstagabend verbringt Sam damit, sich Gedanken über die letzten vierundzwanzig Stunden zu machen. Was war passiert? Wie konnte es so weit kommen? Und verdammt noch mal, warum hat sie es so genossen? Warum wünscht sie sich, dass es wieder passieren soll?

21. Kapitel

Gegen zwanzig Uhr klopfe ich am Haus von Frau Lynn Michaels.

„Entschuldigen Sie die späten Störung. Sind sie Frau Lynn Michaels?“

„Ja?“, gibt sie fragend zurück.

„Ich hoffe, ich habe Sie nicht erschreckt. Ich bin vom LAPD und ich hätte noch ein paar Fragen bezüglich ihrer Zeugenaussage. Dürfte ich einen kurzen Moment hereinkommen?“

Frau Michaels lässt sich die Dienstmarke zeigen und bittet den überraschenden Besuch einzutreten.

„Womit kann ich Ihnen behilflich sein?“

„Ich weiß, dass ist jetzt ein bisschen unhöflich, aber könnte ich vorher vielleicht ein Glas Wasser haben?“

„Selbstverständlich. Bitte nehmen Sie in der Zwischenzeit schon einmal Platz auf dem Sofa im Wohnzimmer. Ich bin gleich wieder da.“

Als sich Frau Michaels umdreht und Richtung Küche geht, bin ich mit schnellen drei Schritten bei ihr und packe die Dame von hinten, ziehe sie ins Wohnzimmer und schmeiße sie auf die Couch.

„Sie haben doch wohl nicht gedacht, dass Sie mir ungestraft in die Quere kommen können. Es tut mir wirklich leid für Sie, denn Sie stehen definitiv nicht auf meiner Liste, aber ich kann es mir nicht leisten, Zeugen zu haben.“

Die angegriffene Frau starrt mich mit großen Augen an. Ich kann ihre Angst darin ablesen. Es tut mir wirklich leid um sie. Sie scheint eine nette Person zu sein. Ein bisschen neugierig, aber trotzdem nett.

„Sie sind es? Sie haben Colin ermordet?“

„Ja, genau so sieht es aus. Und Sie, Frau Michaels, es tut mir wirklich leid, aber Sie haben zu viel gesehen.“

„Bitte, bitte nicht“, fängt Lynn an zu weinen.

„Ich habe leider keine andere Wahl. Jetzt, da Sie auch mein Gesicht kennen. Warum mussten Sie auch zur Polizei gehen. Können Sie sich nicht um ihre eigenen Angelegenheiten kümmern?“

„Es war doch meine Pflicht als Bürgerin und als Freundin von Colin.“

„Freundin? Sie waren mit so einem Abschaum befreundet? Wie kann man nur!“ Der Ekel in meiner Stimme war nun deutlich erkennbar. „Wissen Sie, was er getan hat?“

„Ja. Colin hat mir alles erzählt, aber er hat sich geändert. Er hat seine Strafe abgesessen. Er ist nicht mehr der, der er damals war. Er hat den Tod nicht verdient. Wenn Sie ihn nur gekannt hätten. Er war wirklich ein sympathischer, hilfsbereiter Mann. Er hat es zutiefst bereut, was er getan hat.“

„Ja, die Sprüche kenne ich. Das sagen sie alle, und doch können sie ihre Fantasien nicht mehr stoppen. Wer einmal Frauen oder Mädchen sexuell missbraucht, wird es immer wieder tun. Sie können ihre Triebe für eine gewisse Zeit steuern, aber abschalten können sie sie niemals. Sie werden es wieder tun. Es ist wie eine Sucht.“

„Nein, sie kannten Colin nicht. Er war anders. Er hat wirklich aus seinen Fehlern gelernt. Er wusste, dass es falsch war. Er hätte es bestimmt niemals wieder getan. Dafür würde ich meine Hand ins Feuer legen.“

„Dass sie sich dabei mal nur nicht ihre kleinen, zarten Finger verbrennen.“

„Was haben sie jetzt vor?“ Lynn Michaels kann nicht mehr aufhören zu weinen. Sie weiß, dass es keinen Ausweg mehr aus dieser Situation gibt.

„Bitte, ich werde alles tun, was Sie von mir verlangen. Ich werde meine Aussage zurückziehen und kein Wort mit irgendeinem Polizisten reden. Aber bitte, bitte töten

Sie mich nicht. Ich habe doch erst vor kurzem ein Enkelkind bekommen, ein Mädchen! Ich würde sie so gerne aufwachsen sehen. Die Kleine braucht doch ihre Oma."

Innerlich schüttelt es mich. Ich darf keine Emotionen zeigen. Es tut mir wirklich leid, der Kleinen ihre Großmutter zu nehmen, doch ich habe keine andere Wahl. Ich muss mich auf mein Vorhaben konzentrieren, und da kann ich eine unliebsame Zeugin einfach nicht gebrauchen. „Soll ich sie ihre Tochter anrufen lassen, um sich von ihr zu verabschieden?", überlege ich kurz, aber ich beschließe, diesen Gedanken sofort wieder zu verwerfen. Das könnte mich nur weiter in Gefahr bringen. Sie könnte ihrer Tochter einen Tipp geben und in Kürze würde dann die Polizei hier überall lauern. Nein, das kann ich mir nicht leisten. Dann würden auch Samantha Forster und ihr Partner Benjamin Carter da sein. Samantha zu sehen, wäre schön. „Stopp!", ermahne ich mich selber. Jetzt nicht abschweifen.

„Frau Michaels", fange ich wieder an, mit der Frau vor mir zu reden. „Sie müssen mir wirklich glauben, dass mir dies hier genauso wenig Spaß macht wie Ihnen. Sie müssen verstehen, ich versuche nur die Welt ein kleines bisschen sicherer zu machen. Aber Sie, Sie wissen jetzt, wer ich bin. Sie erkennen mich. Detective Forster und Carter machen auch nur ihre Jobs. Im Grunde bewundern sie mich. Sie finden meine Arbeit toll. Deswegen stochern sie auch nur im Dunkeln, weil sie gar nicht wollen, dass sie mich aufhalten müssen. Aber, jetzt kommen Sie ins Spiel: Wenn Sie ihnen erzählen, wie ich aussehe, dann bleibt ihnen gar nichts anderes übrig und sie müssen mich verhaften. Können Sie verstehen, was ich damit meine?“

„Aber die beiden Detectives, hmmm … “, hört Lynn Michaels dann auf zu weinen.

„Was hmmm?“

„Ich hatte schon das Gefühl, dass sie das nicht für Gut heißen, was Sie da machen. Sie wollen Sie kriegen, und sie werden sie kriegen.“ „Aha, die kleine Frau zeigt ihre Krallen“, schießt es mir durch den Kopf.

„Aber ohne Ihre Hilfe Frau Michaels.“

Mit einer schnellen Bewegung ziehe ich mein Klappmesser aus der Gürteltasche und ehe Lynn Michaels noch etwas sagen kann, habe ich ihre Kehle aufgeschlitzt. Das Blut spritzt nur so aus ihr heraus. Mit weit aufgerissenen Augen röchelt sie ihre letzten Atemzüge, bevor sie stirbt.

Ich stehe auf, nehme den Brief, den ich schon zuvor für Samantha Forster geschrieben habe und lege ihn auf den Wohnzimmertisch, an eine Stelle, die nicht mit Blut voll ist. „Ich hoffe, sie nimmt meine Entschuldigung an und versteht es“, denke ich mir noch, bevor ich das Haus verlasse, um in die Dunkelheit der Nacht zu entschwinden.

22. Kapitel

Den ganzen Sonntag hat Samantha nichts von Tiffany gehört. Sie hat den ganzen Tag über ihre Wohnung auf Vordermann gebracht und dabei das Für und Wider einer Beziehung mit Tiffany abgewogen. Immer wieder lässt sie die letzten Stunden Revue passieren und spürt, wie ihr dabei wieder heiß wird und sie vor Sehnsucht fast zerrinnt. Sie muss sich selbst eingestehen, dass sie Tiffany vermisst. Nicht nur körperlich. Sie können wunderbar miteinander reden, Gedanken austauschen. Sie beschließt ihren besten Freund Charly in San Francisco, oder wo auch immer er gerade ist, anzurufen. Vielleicht weiß er einen Rat. Der Anruf bei ihrer Schwester vor ein paar Tagen hat sie nicht weiter gebracht. Ihr Rat war, sie soll endlich einmal auf ihr Herz hören, und die Gefühle für Tiffany zulassen. Ja, das hat sie auch getan. Sie hatten wundervolle Stunden zusammen, aber was ist jetzt? Sie haben nicht darüber geredet, wie es mit den beiden weitergehen soll. Ohne weiter lange darüber nachzudenken nimmt sie ihr Handy in die Hand und wählt die Nummer von Charly. Nach ein paar Mal läuten wird endlich das Gespräch angenommen. Charly ist hörbar erfreut über den Anruf. Nach einer ausführlichen Erklärung, wie es Charly mit der Neueröffnung seines Shops ergangen ist, berichtet Samantha über ihr Gefühlschaos, und dass sie keine Ahnung hat, wie es mit den beiden weitergehen soll. Besser gesagt, ob es mit den beiden überhaupt weiter gehen wird. Der Rat ihres besten Freundes bringt sie auch keinen Schritt weiter. Sie soll einfach abwarten und schauen, wie sich die Dinge weiterentwickeln und er würde sich sehr für sie freuen, wenn sie endlich die Frau ihres Herzens getroffen hat. Er wünscht ihr dabei viel Glück und sie soll sich öfters bei ihm melden, um zu erzählen, wie sich die Sache mit Tiffany weiter entwickelt. Sie gibt ihm das Versprechen und bleibt mit mehr Fragen als vorher zurück in ihrer einsamen Wohnung.

Grübelnd sitzt sie am Montagvormittag an ihrem Schreibtisch. Ihre Gedanken kreisen immer wieder zu der sympathischen und heißen Psychologin. Sie ist verwirrt. Solche Gefühle hat sie erst einmal erlebt. Damals mit Nataly am College und das nahm ein übles Ende. Am liebsten möchte sie gar nicht mehr darüber nachdenken. Deswegen hat sie in der Nacht auch beschlossen, dass ihr Kontakt zu Tiffany künftig auch nicht mehr über den Fall hinausgehen soll. Sie weiß nur nicht, wie sie Tiffany das erklären soll. Sie weiß aber auch nicht, welche Gefühle diese hat oder was sie von ihr erwartet. Vielleicht macht sie sich umsonst Gedanken und Tiffany wollte selbst lediglich ein paar Stunden Spaß haben - und den hatten sie ja. Reichlich.

„Erde an Sam! Erde an Sam!“, hört die Polizistin plötzlich die Stimme von Ben. Verwirrt schaut sie zu ihrem Kollegen.

„Ich würde jetzt so gerne deine Gedanken kennen!“

„Ich habe an nichts Besonderes gedacht, Ben!“

„Ja, so sahst du aus. Du bist meine beste Freundin und ich weiß, wie du aussiehst, wenn du an irgendetwas denkst. Also was ist los? Du bist heute schon den ganzen Morgen so … hm … ich weiß nicht, wie ich sagen soll, also, du bist heute so still! Ist irgendetwas passiert?“

„Nein, nein“, erwidert Sam und schüttelte dabei den Kopf. Sie kann Ben jetzt nicht in die Augen sehen. Ben ist auch ihr bester Freund und er weiß sofort, wenn sie ihn anlügt. Sie können über alles reden, aber wie soll sie ihm erklären, dass sie sich in Tiffany verliebt hat und dass da auch schon mehr passiert ist? Er würde ihr den Kopf abreißen. Sie weiß, dass Ben Tiffany nicht besonders sympathisch findet. Er würde ihr raten, die Finger von der dunkelhaarigen Frau zu lassen, bevor sie sich selbst verletzt. Sie weiß auch, dass er es nur gut mit ihr meint. Aber warum etwas ansprechen, wenn sie sich selbst schon entschieden hat? Sie muss ja nicht auch noch Benjamin Sorgen bereiten.

„Warum glaube ich dir das jetzt nicht?“

„Ich habe einfach nur schlecht geschlafen. Weißt du, der Fall, der lässt mir keine Ruhe. Es ist so, als würden wir etwas übersehen“, versucht sie das Thema auf neutraleren Boden zu lenken und ganz gelogen sind diese Worte ja auch nicht.

„Ich verstehe, was du meinst, aber ich glaube dir nicht, dass sich deine Gedanken jetzt um den Fall gedreht haben. Aber gut, meine Liebe, wenn du nicht darüber reden willst. Aber du weißt, falls dich irgendetwas beschäftigt, ich bin immer für dich da und wenn es ein bisschen hilft, können wir heute Abend noch auf ein Bier gehen. Was hältst du davon?“

„Das klingt gut. Da sage ich sicher nicht nein.“

„Was genau hast du damit gemeint, dass wir irgendetwas übersehen?“

„Irgendwo zwischen den Opfern steckt der Hinweis, wer unser Täter ist. Die Tatsache, dass er mich kennt und verehrt sollte uns doch sagen, dass wir ihn auch kennen, oder? Was ist, wenn es einer von uns ist?“

„Ja, an diese Möglichkeit habe ich auch schon gedacht, aber wenn ich ehrlich bin, ich traue es niemandem von uns zu. Also niemandem, den ich vom Revier näher kenne. Und dann diese Katzenhaare - ich kenne auch keinen, der so eine Katze oder eine ähnliche hätte.“

„Warum fragen wir nicht alle Tierärzte, ob sie eine sibirische Katze in Behandlung haben?“

„Weißt du, wie viele Tierärzte es in Los Angeles gibt?“

„Hundert?“, antwortet sie achselzuckend.

„Warte mal“, sagt Ben und setzt sich an seinen Schreibtisch und tippt schnell etwas in den Computer.

„Zweihunderteinundzwanzig Tierärzte in der Nähe vom Culver Boulevard. Und glaubst du, sie würden uns irgendwelche Namen geben? Ich glaube nicht, denn das unterliegt der Verschwiegenheit und dem Datenschutz.“

„Ja, das weiß ich, aber wir können es trotzdem probieren. Und vielleicht bekommen wir so zumindest eine Ahnung, ob diese Katze bei uns häufig vorkommt oder eher selten. Weißt du, was ich meine?“

„Ah, jetzt verstehe ich. Wenn wir uns die Ärzte aufteilen, dann sollten wir vielleicht heute Nachmittag ungefähr wissen, wie beliebt diese Rasse ist.“

„Genau das meinte ich. George? Simon?“, ruft Samantha ihre anderen beiden Kollegen zu sich. Diese kommen sofort zu ihnen.

„Ja?“, fragen sie fast gleichzeitig.

„Uns bleibt nichts anderes übrig, als einmal alle Tierärzte in der Umgebung anzurufen.“

„Weißt du, wie viele das sind?“, fragt George ungläubig.

„Ja, laut Google zweihunderteinundzwanzig“, gibt sie grinsend Antwort.

„Okay. Ein bisschen viel, aber kein Problem.“

„George, keine Sorge. Wir teilen uns die einfach auf, dann hat jeder um die fünfundfünfzig Ärzte. Mir ist schon klar, dass wir keine Auskunft über die Besitzer bekommen, aber uns geht es hauptsächlich darum, ob diese Rasse bei uns häufig oder selten vertreten ist. Wir suchen nach der Stecknadel im Heuhaufen.“

Während Sam noch weitere Einzelheiten mit den beiden Polizeibeamten durchgeht, hat Ben die Liste mit den ansässigen Tierärzten ausgedruckt und überreicht jedem von ihnen ein Exemplar. Sie teilen sich ein, wer welche Veterinäre anruft und machen sich dann an die Arbeit.

Am späteren Nachmittag haben sie alle Ärzte durchgerufen und treffen sich an Samanthas Schreibtisch für eine Besprechung.

„Also Jungs, wie schaut es bei euch aus?“, beginnt Sam.

„Vor ein paar Jahren gab es bei den besser Betuchten einen Boom mit sibirischen Katzen. Also mehr als die Hälfte meiner Tierärzte haben mindestens eine Katze dieser Rasse in Behandlung. Das wird wirklich die Suche nach der berühmten Stecknadel im Heuhaufen“, antwortet George. Die anderen nicken zustimmend.

„Es wäre auch einfach nur zu schön gewesen, wenn es in ganz LA nur eine Handvoll dieser Tiere geben würde.“ Samantha verliert mittlerweile die Hoffnung.

„Hast du das wirklich gedacht?“, fragt Simon misstrauisch. Sogar dem Rookie war klar, dass diese Aktion eher zu nichts führen würde.

„Nein, gedacht habe ich mir schon, dass es mehrere Besitzer geben wird. Immerhin - es ist wirklich eine wunderschöne Katze, aber ich hatte trotzdem Hoffnung. Es gibt ja unzählig viele Rassen. Es war halt ein kleiner Hoffnungsschimmer, an den ich mich geklammert habe. Aber wie gesagt, im Grunde habe ich mir nicht wirklich viel davon versprochen.“

„Was ist mit der Aussage dieser Frau Michaels? Konnte sie eine nähere Täterbeschreibung abgeben?“

„Nein, sie hat ihn leider nur von hinten gesehen. Er dürfte eine ziemlich schlanke Figur haben, denn sie dachte zuerst, es sei eine Frau.“

„Na, dann können wir die Hälfte der männlichen Einwohner hier ausschließen“, versucht George die Stimmung ein wenig zu heben und klopft sich auf seinen Bauch.

„Aber die andere Hälfte, George, ist immer noch um viele Männer zu viel!“

„Was haltet ihr davon, wenn wir jetzt Feierabend machen und versuchen, uns bei einem Bier ein bisschen zu entspannen? Ich glaube, wir werden heute auch nicht mehr viel schlauer“, schlägt Benjamin vor.

Sie stimmen alle zu und machen sich gemeinsam auf den Weg in ihre Stammkneipe. Dort werden sie freundlich begrüßt und sie bestellen Bier für alle. Die Kellnerin überreicht ihnen eine Speisekarte und geht zurück zur Theke.

„Ich wusste gar nicht, dass ich hungrig bin. Erst jetzt, nachdem ich die Karte in den Händen halte“, lächelt Simon.

„Ja, geht mir genauso“, erwidert George.

„Kein Wunder, wir haben heute keine Mittagspause gemacht“, ergänzt Samantha.

Ben lächelt, schaut Samantha an und erwidert spitzbübisch: „Und was waren die vielen Donuts, die heute in deinen Mund gewandert sind? Nicht, dass ich sie dir nicht gönnen würde, Sam, aber wir armen, schwachen Männer mussten ziemlich schnell sein um wenigstens noch einen zu ergattern!“

Samantha genießt die ungezwungene Beziehung zu ihren Kollegen. Sie weiß, sie hat ihren Respekt, aber sie können sich auch gegenseitig necken und die Sicherheit geben, sich ab und zu auch einmal fallen zu lassen. Sie weiß aber auch, dass Ben nur darauf wartet, dass sie alleine sind, um mit ihr zu reden. Sie hat sich immer noch nicht entschieden, ob sie Ben reinen Wein einschenken soll. Aber das hat noch mindestens eine Stunde Zeit. Sie macht sich erst Gedanken, wenn es soweit ist und entscheidet, dass sie spontan darauf antworten würde.

So sind alle vier Polizisten in ihre Speisekarten versunken.

George kratzt sich an seinem Hinterkopf und schüttelt den Kopf.

„George, was ist los?“, fragt Samantha, der seine Gestik aufgefallen ist.

„Ich habe so einen Hunger, dass ich mich nicht entscheiden kann, was ich nehmen soll. Am liebsten würde ich alles hier bestellen.“

Sie kennen das Dilemma von George. Eigentlich ist er immer hungrig und kann sich selten entscheiden, was er bestellen soll. Deswegen wartet er immer ab, was die anderen bestellen, damit er dann etwas ganz anderes nehmen kann - das gefällt ihm irgendwie. Er hofft auch immer, dass die anderen etwas übrig lassen. Liebevoll wird er daher auch Müllschlucker genannt.

„Was haltet ihr davon, wenn wir eine Grillplatte für vier Personen nehmen? Da wäre zumindest schon einmal die halbe Karte abgedeckt?“, fragt Benjamin.

Alle sind einverstanden und sie bestellen die Grillplatte für vier Personen.

„Ich wollte euch am kommenden Samstag zum Barbecue zu uns einladen“, sagt Ben.

„Wolltest du? Jetzt etwa nicht mehr?“, empört sich George.

„Jetzt auch noch“, grinst Ben. „Debbie meinte, sie will noch einmal einen entspannten Abend unter Freunden verbringen, bevor das zweite Baby da ist und Junior wird bei seinen Großeltern übernachten. Kommt ihr?“

„Klar doch!“, bejahen sie die Einladung.

„Wann soll es losgehen?“, fragt Simon. Es ist das erste Mal, dass er bei einem seiner Kollegen privat eingeladen ist. Normalerweise veranstalten sie alle zwei Monate eine kleine Feier bei Ben. Er liebt es, den Grillmeister heraushängen zu lassen. Aber eines muss man ihm lassen, im Grillen war er wirklich unschlagbar.

Sie reden über den bevorstehenden Samstagabend, bis das Essen kommt. Samantha wird schon am frühen Vormittag vorbeikommen, um Debbie Carter bei den Vorbereitungen zu helfen.

Als sie die Grillplatte aufgegessen haben, bestellen sie sich noch eine Runde Bier und danach verabschieden sich George und Simon von den beiden anderen Kollegen.

„Also Sam, was ist los? So nachdenklich und teilweise richtig in Gedanken versunken habe ich dich nur sehr selten bis, glaub ich, noch gar nicht gesehen. Manchmal, wenn du so in dich gekehrt warst, hattest du ein Lächeln auf den Lippen, weshalb ich nur eine Erklärung für dein Verhalten habe: Du bist verliebt!“

Samantha wundert sich aufs Neue, wie gut Ben sie kennt und wie feinfühlig er außerdem für einen Mann ist. Sie sieht ihn an und weiß, sie kann ihn nicht anlügen. Sie muss ihm erzählen, was passiert ist. Bevor sie zu reden beginnt, trinkt sie ihr Glas Bier aus und bestellt sich gleich ein Neues.

„Ja, du hast Recht!“

Ben strahlt sie an. „Wer ist sie? Kenne ich sie? Wann und wo hast du sie kennengelernt? Wie hast du sie kennengelernt? Und warum erfahre ich das erst jetzt und auch nur, weil ich nachfrage? Und überhaupt, warum siehst du jetzt dabei nicht glücklich aus? Meint sie es nicht ernst?“

„Halt, halt, halt! Nun mal langsam und nicht so viele Fragen auf einmal. Puuuhhh, du bist ja schlimmer als jedes Tratschweib beim Frisör.“

„Es tut mir leid, Sam, aber ich freue mich so für dich. Oder gibt es hier nichts zu freuen? Jetzt erzähl schon, was dich bedrückt. Und lass keine Einzelheiten aus“, zwinkert er ihr zu.

„Also gut. Ich habe sie kennengelernt, als wir den Fall übernommen haben. Am Anfang fand ich sie ziemlich überheblich, arrogant und sowas von unsympathisch, aber gleichzeitig fühlte ich mich von ihr wie magisch angezogen. Sie hat so eine gewisse Ausstrahlung. Unnahbar, gefühllos und kalt. Aber mit der Zeit lernte ich sie besser kennen. Sie hat zwar immer noch eine harte Schale, aber einen weichen inneren Kern, wenn du verstehst, was ich meine.“

„Ja, ich verstehe.“

„Am Freitag waren wir abends wieder unterwegs und da ist es passiert.“

„Was ist passiert?“

„Wir haben miteinander geschlafen. Blieben dann bis Samstag am späten Abend zusammen und seitdem habe ich nichts mehr von ihr gehört. Sie hat sich nicht mehr gemeldet. Ich weiß nicht, was ich tun soll. Ja, ich habe mich verliebt. Ich empfinde etwas für sie, aber ich weiß nicht, ob das auf Gegenseitigkeit beruht. Vermutlich wohl eher nicht, weil sie sich ja nicht mehr gemeldet hat. Keine E-Mail, keine SMS und schon gar kein Anruf. Und das Blöde daran ist, ich vermisse sie! Ich habe sie schon vermisst, als sie am Samstag gegangen ist."

„Hast du dich denn seither bei Doktor Tiffany Clark gemeldet?", fragt Ben wissend.

„Wie kommst du jetzt auf die Frau Doktor?"

„Sam, ich kenne dich schon ein paar Jährchen. Ich habe deine Blicke gesehen, und auch ihre. Wenn es jemand anderes wäre, hättest du nicht immer nur von „ihr" geredet, sondern du hättest einen Namen gesagt."

Samantha nickt nur und trinkt einen Schluck von ihrem Bier.

„Schau mal, Sam. Es ist nicht schlimm, wenn du Gefühle für Tiffany entwickelt hast. Aber warum hast du dich nicht bei ihr gemeldet, wenn du sie so vermisst? Was ist, wenn sie jetzt genauso denkt oder fühlt wie du. Willst du die Chance wirklich verpassen? Oder hast du Angst, herauszufinden, dass es für sie nur einmalig war? Oder hast du eher Angst davor, dass sie ebenfalls Gefühle entwickelt hat?"

Samantha weiß keine Antwort darauf. Auch die Idee, dass Tiffany doch Gefühle für sie entwickelt haben könnte, kommt ihr nicht wirklich wahrscheinlich vor.

Sie hat sich nicht gemeldet, ergo will sie nichts von mir, sind ihre Gedanken.

„Du meinst, ich soll mich bei ihr melden?"

„Das habe ich nicht gesagt. Ich kann dir nicht raten, was du tun sollst oder nicht, das steht mir nicht zu. Egal wie es kommt, du musst damit leben können. Ich weiß nur, was ich tun würde."

„Was würdest du tun?"

„Ganz einfach: Ich würde mich bei ihr melden. Alleine schon wegen der Ungewissheit."

„Aber was ist, wenn ich mich dabei lächerlich mache?"

„Was ist, wenn sie dich ebenfalls vermisst?"

„Warum meldet sie sich dann nicht bei mir?"

„Da gibt es viele Gründe. Du bist Polizistin. Du weißt, dass manchmal etwas dazwischen kommen kann. Ich weiß, dass Tiffany sehr viel arbeitet. Was ist, wenn sie zu einem Notfall gerufen wurde? Oder sie hat vielleicht genauso Angst wie du?"

„Ich glaube nicht, dass sie Angst hat. Zumindest kann ich mir das nicht vorstellen. Sie ist immer so taff. Steht über allen Dingen."

„Sam, eine zwischenmenschliche Beziehung kann einem Angst einflößen. Du kennst doch die Geschichte wie ich Debbie kennengelernt habe. Ich hatte solche Angst, sie um ein Date zu bitten, dass es fast zu spät war, als ich es wagte. Ich habe drei Wochen meinen ganzen Mut zusammengerauft, um sie zu fragen. Ich hatte solche Angst, dass sie nein sagen würde. Aber als ich sah, dass sie jemand Neuen kennengelernt hatte, ging ich auf sie zu und fragte sie. Weißt du, was sie geantwortet hat?"

„Ich vermute mit „ja", weil ihr sonst jetzt nicht verheiratet wärt und euer zweites Kind erwarten würdet?"

„Sie hat ja gesagt, aber nicht einfach nur ja, sondern mit den Worten: Ich dachte, du würdest nie fragen. Sie war sogar ein klein wenig enttäuscht von mir, dass ich nicht schon früher gefragt hatte."

Sie müssen beide lachen.

„Ach Ben, es ist einfach so kompliziert."

„Liebe ist nie einfach, und das macht es doch auch so wunderbar."

„Liebe? Von Liebe bin ich noch weit entfernt!"

„Verliebt sein ist eine Art von Liebe. Es ist das Vorspiel. Aber wenn ich ihre Blicke richtig deute, dann wird sie sich freuen, wenn du dich bei ihr meldest. Und wenn es für sie nur ein einmaliges Erlebnis war, dann weißt du ebenfalls, woran du bist. Dann wirst du ein paar Wochen deine Wunden lecken, aufstehen, deine Krone richten und weitermachen."

„Du hast Recht. Ich werde darüber nachdenken. Danke Ben!"

„Nichts zu danken, Sam. Dafür sind Freunde da. So, jetzt wird es für mich aber auch Zeit. Ich muss zu Debbie und ihr mitteilen, dass am Samstag das Barbecue stattfinden wird.“

„Lass sie lieb von mir grüßen!“ Samantha sucht in ihrer Tasche nach der Geldbörse.

„Lass mal gut sein, Sam. Du bist eingeladen.“

„Danke.“

23. Kapitel

Drei Tage nach dem Gespräch mit Ben hält es Samantha nicht mehr länger aus. Auf dem Weg nach Hause entschließt sie, sich bei Tiffany zu melden. Die richtigen Worte zu finden ist schwer. Es soll nicht zu schnulzig klingen oder gar flehend. Soll sie die Psychologin vielleicht besser anrufen und ihr nicht schreiben? Würde das einfacher sein? Ganz in Gedanken versunken parkt sie mechanisch auf ihrem Parkplatz und geht zur Haustür. Sie sieht den Schatten neben der Tür nicht und erschrickt, als sie plötzlich angesprochen wird.

„Hi Sam!“ Ein kleiner Schrei entfährt der Polizistin und sie dreht sich zu der Stimme um, die ihr bekannt vorkommt und eine Gänsehaut verursacht. Nach ein paar Sekunden und einigen tiefen Atemzüge erwidert Samantha den Gruß.

„Hi Tiffany!“ Die Psychologin kommt aus dem Schatten hervor und tritt vor Samantha.

„Wie geht es dir?“, fragt diese dann.

„Danke, sehr gut, und dir?“

„Auch gut. Es tut mir leid, dass ich mich nicht eher gemeldet habe. Ich hoffe, du kannst mir verzeihen.“

„Schon in Ordnung. Hast du Lust mit hoch zu kommen und vielleicht einen Kaffee zu trinken?“

„Das klingt wunderbar.“ Zusammen treten sie durch die Haustür und gehen schweigend die drei Stockwerke hoch. Samanthas Herz schlägt immer noch schnell. Sie weiß nicht, ob das noch der Schrecken ist oder die Freude, dass Tiffany bei ihr aufgetaucht ist.

In der Wohnung angekommen, ziehen sie die Schuhe aus und gehen in die Küche. Immer noch schweigend bereitet Samantha den Kaffee zu. Als sie zwei Tassen unter die Kaffeemaschine gestellt und den Knopf gedrückt hat, dreht sie sich um und sieht Tiffany an.

„Ich wollte dich eben anrufen“, gesteht Samantha. Tiffany weiß nicht, ob sie das glauben soll oder nicht, aber sie weiß, dass die Polizistin eigentlich niemand ist, der irgendetwas erfindet.

„Ich hätte mich sehr darüber gefreut. Es tut mir leid, dass ich mich nicht eher bei dir gemeldet habe. Ich wollte es. Ich wollte es so sehr, aber ich muss gestehen, ich hatte ein bisschen Angst. Ich wusste nicht, wie du reagieren würdest. Um ehrlich zu sein, ich wusste, also ich weiß nicht, was das zwischen uns ist oder sein soll oder noch wird“, stammelt Tiffany und winkt mit der Hand hin und her. „Ich fand das Letztens wunderschön.

Es fiel mir am Samstag total schwer, zu gehen, aber ich musste irgendwie auch weg von hier.“

„Du meinst, weg von mir?“

„Ja, das auch. Aber bitte, glaub mir. Es hatte nichts mit dir zu tun oder vielleicht indirekt schon … . Ich weiß nicht, wie ich das erklären kann.“

„Wenn du das nicht weißt, liebe Frau Psychologin, wer dann?“

„Bitte Samantha, mach es mir nicht so schwer.“ Nervös fährt sich Tiffany Clark mit der Hand durch die Haare. Samantha kann sehen, wie schwer es ihr fällt. Sie geht zu ihr, setzt sich ihr gegenüber hin und nimmt ihre Hand.

„Es tut mir leid, das war jetzt nicht fair von mir. Ich hätte mich auch früher melden können. Aber warum musstest du weg von hier?“

„Ich weiß wirklich nicht, wie ich das erklären soll. Also das, was am Freitag passiert ist, das ist mir noch nie passiert.“

„Du willst mir jetzt sagen, du hast noch nie mit einer Frau geschlafen?“

„Nein, ich habe schon öfters mit einer Frau geschlafen. Ich meinte, das, was ich dabei empfunden habe, habe ich noch nie erlebt. Es war so, mir fehlen dafür die richtigen Worte … gigantisch.“

Samantha huscht ein Lächeln über die Lippen. „Ja, es war gigantisch. Das stimmt."

„Und es machte mir Angst. Das, was ich dabei empfunden habe. Das war mir neu. Ich genoss es, es fühlte sich gut an. Besser als gut. Aber ich hatte Angst. Ich wusste nicht, wie ich damit umgehen soll. Also fiel mir nur die Flucht ein. Und nachdem du dich nicht gemeldet hast, dachte ich, ich interpretiere da nur zu viel hinein. Ich versuchte, die Gefühle zu vergraben. Aber das ging nicht. Ich musste jede Sekunde an dich denken und dabei fing mein Herz immer wild an zu schlagen. Als ich dann heute Feierabend machte, fuhr ich automatisch zu dir und warte nun schon seit einer Stunde. Das klingt jetzt alles ziemlich albern und kindisch. Es tut mir leid."

Samantha kann sie nur anstarren. Hat sie richtig verstanden? Hat Tiffany sich auch verliebt? Und sie hat das noch nie erlebt? Aber warum ausgerechnet sie? Tiffany dürfte ihr Schweigen falsch verstehen, denn sie macht Anstalten aufzustehen. Sie entzieht Samantha die Hand und erhebt sich.

„Ich verstehe, was du meinst, Tiffany", bringt Samantha doch noch hervor. „Bitte gehe jetzt nicht. Lass uns noch darüber reden. Oder willst du meine Meinung nicht wissen?"

„Du bist jetzt nicht enttäuscht von mir?"

„Enttäuscht? Warum bitte soll ich enttäuscht sein?" Jetzt steht Samantha auf, geht um den Tisch herum und drück Tiffany sanft an den Schultern, damit sie sich wieder setzt.

„Jetzt setz dich bitte nochmal hin. Der Kaffee ist auch schon fertig und ich habe dir einen versprochen. Dabei können wir darüber reden."

Samantha hat Tiffany noch nie so erlebt. Sie ist verletzlich, angreifbar, menschlich. Mit leicht zittrigen Händen trägt sie die Kaffeetassen zum Tisch und holt noch eine Flasche Milch. Schweigend nehmen sie den ersten Schluck.

„Tiffany, ich hätte mich auch früher melden können. Die letzten paar Tage waren nicht einfach für mich. Ich hatte so gehofft, dass du dich melden würdest. Ich war enttäuscht, dass du es nicht getan hast. Ich hätte auch anrufen können. Doch ich hatte ebenfalls Angst. Tiffany, eines sollst du bitte wissen: Das, was zwischen uns passiert ist, ist für mich nicht eine einmalige Nacht. Ich würde mir wünschen, dass wir das öfters hätten."

„Wovor hattest du Angst?"

„Dass du mich für lächerlich hältst. Ich wollte dich nicht bedrängen, besser gesagt, ich wollte mich nicht aufdrängen. Ich dachte, wenn du dich nicht meldest, dann wäre das Antwort genug auf meine Frage, ob es für dich auch etwas Besonderes war."

„Ja, das war es. Ich bin froh, dass ich Zeit hatte um nachzudenken, aber ich hätte mich auch gefreut, von dir zu hören."

„Je länger ich gewartet habe, umso lächerlicher kam ich mir selber vor. Ich habe dich vermisst, Tiffany. Ich habe mir sogar gewünscht, dass sich irgendetwas Neues in dem Fall auftun würde, nur damit ich dich bald wieder sehen könnte."

„Ich habe dich auch vermisst, Samantha. Du weißt gar nicht, wie oft ich mein Handy in der Hand hatte, um dich anzurufen. Aber ich wusste nicht, was ich sagen sollte. Und dieses Gefühl ...", dabei deutet sie mit dem rechten Zeigefinger auf ihre Brust „ ... macht mir immer noch Angst und ich kann es nicht erklären."

„Möchtest du mir beschreiben, welche Gefühle das sind?"

„Samantha, du darfst bitte nichts Falsches von mir denken. Oder glauben, dass ich dir nur etwas vormache. Das ist es wirklich nicht. Schau, ich bin jetzt sechsunddreißig Jahre alt und meine längste Beziehung hielt gerade einmal zwei Jahre. Irgendwann werde ich dir darüber mehr erzählen, aber im Moment kann ich es leider nicht. Mir war das nie wichtig. Bei mir war die Karriere immer die Nummer eins. Ich wollte etwas erreichen. Ich hatte auch nicht wirklich Zeit für eine Partnerin und ehrlich gesagt, ich habe auch nie jemanden gefunden, bei dem es sich gelohnt hätte. Aber vielleicht lag es auch nur an mir, weil mir der Beruf immer das Wichtigste war. Dann traf ich dich. Und plötzlich habe ich Empfindungen, die ich vorher noch nie erlebt habe. Wenn ich nur an dich denke, dann klopft mein Herz wie wild und in meinem Bauch ist ein Gefühl, das sich so gut anfühlt. Wenn wir alleine sind, dann fühle ich mich wie ein Teenager. Ich muss dich einfach ununterbrochen ansehen. Samantha, du bist so wunderschön. Ich sagte ja schon, ich weiß nicht, was los ist mit mir. Ich kenne mich so überhaupt nicht, und das macht mir Angst."

Samantha kann ihren Ohren nicht trauen. Tiffany hat sich wirklich in sie verliebt. Überglücklich steht sie auf und geht zu ihr. Sie blickt ihr tief in die Augen, nimmt ihre Hände und zieht sie vom Sessel hoch.

„Tiffany!" Samanthas Augen werden leicht feucht. Sie ist im Moment einfach nur überglücklich. Als Tiffany ebenfalls steht, sagt Samantha mit leiser Stimme: „Ich habe mich ebenfalls in dich verliebt." Sie fallen sich in die Arme. Als Tiffany Samantha ein Stückchen von sich schiebt, um sie anzusehen, kann sie erkennen, dass Samantha eine einzelne Träne über die Wange läuft.

„Nicht weinen, Süße."

„Keine Sorge, ich bin einfach nur glücklich!" Dabei suchen Samanthas Lippen die von Tiffany und sie verschmelzen in einem langen Kuss. Als der Kuss immer leidenschaftlicher wird, zieht Tiffany, die nun den Weg schon kennt, Samantha ins Schlafzimmer. Auf dem Weg dorthin entledigen sie sich ihrer Kleider, ohne dabei die Lippen voneinander zu lassen.

Sie fallen ins Bett. Samantha kann nicht mehr anders: Sie muss Tiffany überall berühren. Sie dreht sich so um, dass die Psychologin jetzt unter ihr liegt. Ihr gefällt, was sie sieht. Die festen, kleinen Brüste, die sich hart aufrichten, sobald sie mit der Zunge über die Knospen fährt. Der flache, durchtrainierte Bauch, die langen, schlanken Beine, die sich einladend um Samantha kreuzen. Sie küsst sie von den Brüsten abwärts hinunter zum Zentrum der Lust. Sie kann deutlich sehen, wie erregt Tiffany ist. Sie streichelt die Innenseite der Schenkel um die Lust in Tiffany weiter zu steigern. Diese windet sich unter Samantha. Sie will sie nicht länger warten lassen. Sie beugt sich hinunter und fährt mit ihrer Zunge kurz und sanft über ihre Lustperle. Tiffany bäumt sich auf. Samantha kann sich selbst nicht mehr zurückhalten. Sie ist ebenfalls so stark erregt, dass sie fast alleine von diesem Anblick zum Orgasmus kommt. Wieder fährt sie mit der Zunge langsam über die bereits geschwollene Knospe. Gleichzeitig gleitet sie dabei mit zwei Fingern in Tiffany hinein. Es dauert nicht lange, bis Tiffany immer lauter zu atmen beginnt, sich immer rhythmischer bewegt, schließlich mit einem lauten Stöhnen kommt und dann keuchend zusammensinkt. Samantha schmiegt sich dicht an ihr zurück nach oben und haucht ihr einen zärtlichen Kuss auf die Stirn. Sie kann ihren rasenden Herzschlag deutlich spüren, betrachtet das selige Lächeln in ihrem Gesicht und hält sie solange im Arm, bis Tiffany wieder bei Kräften ist.

„Du bist so wunderschön!“, haucht Samantha ihr ins Ohr. „Du fühlst dich so gut an und schmeckst so süß!“

„Danke, aber jetzt würde ich gerne wissen, wie du schmeckst! Ich wette du schmeckst noch viel süßer!“

Sofort lässt Tiffany ihren Worten Taten folgen. Sie schlafen erst spät in der Nacht ein. Bis dahin sind noch mehrmals lustvolle, erlösende Schreie zu hören. Tiffany fährt erst nach einem ausgiebigen Frühstück zu ihr nach Hause, um sich frische Kleidung anzuziehen. Dabei setzt sie Samantha an ihrer Dienststelle ab. Diesmal verabreden sie sich für den Abend und vereinbaren, dass Tiffany sie nach der Arbeit vom Dezernat abholt.

24. Kapitel

„Detective Carter“, hebt am Freitagvormittag Benjamin sein klingelndes Telefon ab. „Hallo Frau Miller, was kann ich für Sie tun?“ Samantha sieht, wie sich Bens Haut zwischen den Augenbrauen in Falten legt. Das macht er normalerweise nur, wenn er über etwas sehr irritiert ist. „Nein, Frau Miller, wir haben seit der Zeugenaussage ebenfalls nichts mehr von ihrer Mutter gehört. Vielleicht ist sie für ein paar Tage auf Urlaub gefahren?“ Samantha weiß nicht, mit wem ihr Kollege und Freund da spricht. Sie kennt keine Frau Miller. Anscheinend macht sich die Frau um jemanden Sorgen, der bei ihnen eine Zeugenaussage gemacht hat. „Okay, dann werden wir kurz einmal bei Ihrer Mutter vorbeischauen. Sobald wir Näheres wissen, werden wir uns bei Ihnen melden. Könnten Sie mir nur bitte kurz Ihre Nummer durchsagen, damit ich Sie erreichen kann?“ Ben nimmt einen Stift und notiert sich ein paar Zahlen auf einem Blatt Papier und legt nach einer kurzen Verabschiedung den Telefonhörer auf. Mit einem sorgenvollen Blick sieht er seine Kollegin an und massiert dabei sein linkes Ohrläppchen.

„Wer war das?“, kann Sam ihre Neugier nicht mehr zurückhalten.

„Das war eine Frau Sarah Miller. Sie ist die Tochter unserer Zeugin Lynn Michaels.“

„Was wollte sie?“

„Sie macht sich Sorgen um ihre Mutter!“

„Warum?“

Ben atmet einmal tief aus. Anscheinend teilt er die Besorgnis von Frau Miller.

„Sie hat seit der Zeugenaussage nichts mehr von ihrer Mutter gehört. Normalerweise telefonieren sie alle zwei Tage miteinander. Und jetzt macht sie sich Sorgen, weil es nicht die Art von Frau Michaels ist, sich nicht zu melden.“

„Und dass sie wirklich ein paar Tage in den Urlaub gefahren ist?“

„Sie sagt, das sei unwahrscheinlich, da ihre Mutter am Dienstag eine wichtige Untersuchung hatte. Eine Gastroskopie. Frau Miller hat auch bei dem behandelnden Arzt angerufen und ihre Mutter hat den Untersuchungstermin nicht wahrgenommen und auch nicht abgesagt.“

„Dann ist es das Beste, wenn wir selber schnell bei Frau Michaels vorbeifahren. Danach können wir irgendwo einen kleinen Happen Essen gehen, ja?“

„Ja, das klingt gut.“ Sie holen ihre Sachen, geben George und Simon darüber Bescheid, was sie vorhaben und verlassen zusammen das Dezernat.

„Wo ist dein Auto, Sam?“, fragt Ben am Parkplatz. „Ist es kaputt gegangen?“ Ben sieht, wie Samanthas Gesicht sich erhellt und sie zu lächeln beginnt.

„Nein, es ist nicht kaputt und es steht bei mir zu Hause!“

„Ich glaube, du musst mir auf dem Weg zu Frau Michaels etwas erzählen. Du bist heute wie ausgewechselt und deine Trauermine ist wie weggefegt.“

Sie steigen in ihr Dienstauto. Ben sitzt am Steuer und startet den Wagen. Bevor er losfährt, dreht er sich zu seiner Kollegin: „Jetzt spann mich nicht auf die Folter und schieß los! Ich habe bis zum heutigen Tag noch nie erlebt, dass du nicht selbst zur Arbeit gefahren bist. Habe ich etwas verpasst? Hast du dich endlich bei unserer Frau Doktor gemeldet? Seit heute Morgen sprechen deine Augen Bände, aber ich konnte dich nicht vor den anderen fragen.“

„Ich habe mich nicht bei ihr gemeldet“, gibt Samantha zur Antwort.

„Sam!“, entfährt es Ben. „Warum nicht? Ich dachte, du wolltest dich schon vor Tagen bei ihr melden? Was hast du schon zu verlieren?“

„Jetzt warte mal bitte, bevor du mich weiter schimpfst.“ Ben nickt ihr zu und gibt ihr zu verstehen, dass er jetzt ruhig sein wird und sie reden kann. Während sie vom Parkplatz fahren, beginnt Samantha zu erzählen. Sie fängt damit an, dass sie sich, als sie gestern heimgefahren war, fest vorgenommen hat, sich bei Tiffany zu melden. Sie endet damit, dass sie Ben erzählt, warum ihr Auto nicht auf dem Parkplatz steht und wie sehr sie sich freut, dass Tiffany dieselben Gefühle für sie hegt wie umgekehrt. Sie kommt aus dem Erzählen gar nicht mehr raus. Ab und zu wirft Ben ein „Aha“ und „Soso“ ein. Er weiß, wenn Sam einmal erzählt, dann kann man sie kaum stoppen. Dann sprudelt sie wie ein Wasserfall. Leider kommt das sehr selten bei ihr vor, aber er liebt es, sie so glücklich zu sehen wie jetzt.

Als sie gut zwanzig Minuten später beim Haus von Frau Michaels ankommen, dreht sich Ben noch einmal zu Samantha und sagt in brüderlichem Ton: „Sam, ich freue mich total für dich. Ich hoffe, dass das Glück lange anhält. Du weißt, dass wir morgen bei Debbie und mir grillen. Was hältst du davon, wenn du deine Frau Doktor mitbringst? Dann lernen wir sie alle besser kennen. Wer weiß, vielleicht ist sie dann für uns auch nicht mehr so unnahbar?“

„Ich weiß nicht, Ben!“

„Was weißt du nicht?“

„Was ist, wenn sie das nicht möchte? Ich will sie zu nichts drängen oder so. Ich meine, sie soll mitgehen, weil sie es gerne tut und nicht, weil sie mir vielleicht etwas beweisen möchte. Sie hat mir gestern gesagt, dass sie solche Gefühle noch nie für jemanden hatte und dass sie damit ein bisschen überfordert ist."

„Was hältst du davon, wenn du sie einfach fragst, bevor du dir wieder irgendwelche Gedanken machst?"

„Du hast Recht. Ich kann sie ja fragen und ihr auch gleich sagen, dass sie, wenn sie nicht möchte, nicht mitgehen muss und das auch kein Problem ist."

„Mach das. So, und jetzt schauen wir mal, was mit Frau Michaels los ist. Hoffentlich ist nichts passiert."

Mittlerweile hat auch Samantha das Gefühl, dass irgendetwas faul an der ganzen Sache ist. Sie gehen gemeinsam den Weg hinauf zur Haustür. Ben klingelt. Doch es rührt sich nichts. Sie klingeln nochmal. Wieder kommt keine Reaktion. Sie sehen sich an. Dann machen sie sich auf den Weg zur Garage, um zu schauen, ob das Auto darin geparkt ist. Als sie gerade um die Ecke gehen, werden sie von einer Nachbarin, die gegenüber wohnt, angehalten.

„Hallo! Sie sind doch die beiden Detectives die den Fall von Colin Anderson bearbeiten, oder?"

„Ja, Madam, sind wir und wer sind Sie?"

„Ich heiße Amanda Sanchez und ich wohne gegenüber von Frau Michaels in dem blauen Haus."

„Hallo Frau Sanchez", meldet sich Samantha zu Wort. „Wie können wir Ihnen helfen Frau Sanchez?"

„Ich wollte nur sagen, dass ich mir Sorgen um Frau Michaels mache. Ich weiß, dass sie letzte Woche bei Ihnen eine Aussage gemacht hat, aber ich habe sie seit dem Wochenende nicht mehr gesehen, und das ist seltsam.“

„Warum seltsam?“

„Normalerweise ist Lynn, also Frau Michaels, fast den ganzen Tag über im Garten. Es vergeht eigentlich kein Tag, an dem ich sie nicht mindestens einmal sehe, wie sie an ihren Blumen herumzupft oder den Rasen mäht oder Pflanzen gießt. Aber jetzt tut sie das schon seit ein paar Tagen nicht mehr. Schauen sie sich nur ihre Blumen an. Die sahen in den sieben Jahren, die wir nun schon Nachbarn sind, niemals so aus. Und wenn sie verreist, also sie fährt fast immer nur zu ihrer Tochter, bittet sie mich, dass ich mich um die Blumen im Garten und im Haus kümmere. Doch diesmal tat sie es nicht. Ich dachte mir bis heute noch nichts dabei. Vielleicht hat sie einen Teenager in unserer Straße beauftragt, damit er sich ein paar Dollar dazu verdienen kann. Es sind ja jetzt Sommerferien. Das machte sie meistens im Sommer. Aber das sagte sie mir dann auch immer, damit ich trotzdem ein wachsames Auge auf alles habe.“

„Warum dachten Sie sich bis heute noch nichts dabei? Ist etwas vorgefallen?“

„Also vorgefallen nicht wirklich. Meine Tochter hat am Vormittag mit dem Ball gespielt und der ist ihr in den Vorgarten von Lynn gefallen. Als sie den Ball wieder geholt hat sah sie, dass die meisten Blumen die Köpfe hängen lassen. Das hat sie mir erzählt. Jetzt wollte ich schnell einmal nach dem Rechten sehen und gleich die Blumen gießen."

„Frau Sanchez, haben Sie einen Schlüssel für das Haus?"

„Ja, den hat mir Lynn gegeben, als ich mich das erste Mal um ihre Pflanzen gekümmert habe. Dann meinte sie, ich solle ihn doch bitte aufheben für den Notfall."

„Würden Sie uns bitte aufschließen? Wir wollen ebenfalls nach Frau Michaels sehen, da uns ihre Tochter informiert hat. Wir haben schon bei ihr geklingelt, aber alles blieb ruhig."

„Sam? Ich sehe mal zur Garage, ob ihr Auto da steht, ja?", sagt Ben und lässt die beiden Frauen stehen.

„Jetzt mache ich mir aber auch Sorgen!", sagt Frau Sanchez.

„Das brauchen Sie nicht. Vielleicht ist sie ja wirklich für ein paar Tage zu einer Freundin gefahren und hat vergessen, Sie zu informieren", versucht Samantha die Nachbarin zu beruhigen.

„Ja, vielleicht haben Sie Recht." Sam merkt, dass sie Amanda Sanchez damit die Angst nicht nehmen konnte. Sie sehen beide Ben nach. Als er zurückkommt, sagt er: „Das Auto steht in der Garage!"

„Oh mein Gott", entfährt es der Nachbarin. Sie streicht sich sichtlich nervös durch ihre Haare. „Hier haben Sie den Schlüssel. Ich nehme einmal an, dass ich hier warten soll?“

„Wenn Sie so nett wären. Wir rufen Sie dann, wenn Sie kommen können.“

Sie nehmen den Schlüssel an sich und gehen wieder zurück zum Haus. Bevor sie aufschließen, probieren sie noch einmal zu klingeln. Als sie wieder kein Geräusch vernehmen, entsperren sie die Haustür. Schon beim Öffnen kommt ihnen ein bestialischer Gestank entgegen. Sie sehen sich an und wissen, dass sie hier nicht mehr viel ausrichten können. Sie legen sich den Arm über Mund und Nase, versuchen, in die Armbeuge zu atmen und gehen ins Haus. Links vom Flur geht es direkt ins Wohnzimmer. Dort sehen sie eine blutüberströmte Gestalt auf dem Sofa liegen.

„Ich rufe die Spurensicherung und unseren Pathologen gleich an!“, sagt Samantha und geht wieder aus dem Haus. Da sieht sie Frau Sanchez immer noch wartend. Sie gibt ihr ein Zeichen, dass sie zu ihr kommen soll, während sie die Nummer der Spurensicherung wählt. „Forster hier. Wir brauchen dringend ein Team von euch.“ Sie nennt Straße und Hausnummer und legt auf. Die Nachbarin hat sich zu der Polizistin gestellt. Sie vernimmt, wie Detective Forster ein Team anfordert und zieht ihre Schlüsse. Sie wagt es aber nicht, zu fragen.

„Frau Sanchez, darf ich Sie bitten, dass Sie zu sich nach Hause gehen. Mein Kollege und ich werden später zu Ihnen kommen und Ihnen den Schlüssel wieder bringen.“

„Ist sie … Ist sie … “, stottert die schon schwer mitgenommene Frau.

„Ja. Wir werden später bei Ihnen vorbeikommen.“ Die Frau dreht sich um und geht davon. Sam kann noch sehen, wie sich ihre Augen mit Tränen füllen. Als die Frau außer Hörweite ist, wählt Samantha die Nummer des Pathologen David Johnson. Sie teilt ihm knapp die Eckdaten mit und geht wieder zurück zu ihrem Kollegen.

„Schau mal Sam!“, sagt Ben und reicht ihr einen, in einen Umschlag gesteckten, Brief. „Ich befürchte, das ist die Handschrift unseres Täters. Er dürfte irgendwie erfahren haben, dass es eine Zeugin gibt, und so extrem wie es hier riecht vermute ich, dass Frau Michaels schon ein paar Tage tot ist.“

Samantha nimmt den ihr soeben überreichten Umschlag und öffnet ihn. Bevor sie den Brief liest, sieht sie zu Ben und sagt: „Ich vermute auch. Aber wie hat er das erfahren? Es lief nie in den Medien, dass wir einen Augenzeugen haben. Warum?“

„Vielleicht findest du die Antwort in dem Brief?“ Samantha nickt ihm zu, öffnet das zusammengefaltete Blatt und liest vor:

Bezaubernde Detective!

Als erstes möchte ich Sie wissen lassen, dass es mir verdammt leid tut, dass Lynn Michaels sterben musste. Doch es ging leider nicht anders. Sie sah zu viel. Sie sah mich und das konnte ich mir nicht leisten. Ich wollte keinen Mord begehen und es tut mir verdammt weh, dass ich es doch tun musste. Ich hatte mit mir gehadert, aber es ging nicht anders. Sie hatte mich gesehen. Es wäre besser gewesen, sie hätte den Mund gehalten, dann wäre nichts passiert. Sie war eine sehr nette, ältere Frau. Ich werde sie niemals vergessen. Vor Gott habe ich meine Sünden schon gebüßt. Er hat mir vergeben. Werden Sie mir ebenfalls vergeben, Detective? Ich hoffe es inständig, denn so kann eine Beziehung sehr in Schieflage geraten. Wie soll es dann mit uns weitergehen, wenn Sie mir dieses Vergehen nicht verzeihen können? Wenn es Gott kann, dann können Sie es vielleicht auch?

In ewiger Verbundenheit

Samantha liest den Brief nochmals und sieht dann ihren Kollegen an. Sie faltet das Blatt zusammen und steckt es in das Kuvert zurück, bevor sie sagt: „Es scheint, als würde er Reue zeigen. Er wusste, dass dies ein Mord war und er scheint gläubig zu sein." „Vielleicht solltest du Doktor Clark anrufen?", antwortet Ben. Samantha nickt und verlässt das Haus. Benjamin folgt ihr und wartet draußen auf die Spurensicherung, die wenige Minuten später erscheint. Samantha wählt Tiffanys Nummer und wartet, bis abgehoben wird. Sie will schon auflegen, als sie ihre tiefe, erotische Stimme vernimmt, die einen geschäftsmäßigen Unterton hat. „Doktor Tiffany Clark!"

„Hallo Tiffany, ich bin es Sam!"

„Oh hallo. Welche Ehre verschafft mir deinen Anruf?"

„Ehre wäre hier, glaube ich, das falsche Wort. Du hast mir gesagt, ich soll dich anrufen, falls wir wieder ein Mordopfer von unserem Täter haben. Wir haben Lynn Michaels, unsere Zeugin, von der ich dir erzählt habe, heute tot aufgefunden."

„Und ihr seid sicher, dass es derselbe Täter wie bei den anderen Opfer ist?"

„Ja. Er hat wieder einen Brief an mich geschrieben. Möchtest du herkommen?"

„Ja. Ich werde so in einer halben Stunde bei euch sein."

„Super, vielen lieben Dank!"

„Nichts zu danken. Ich danke dir, dass du mich informiert hast."

Samantha legt auf und geht wieder zu ihrem Kollegen, der bereits die Spurensicherung und den Pathologen in Empfang genommen hat. „Hallo, Doc!", begrüßt sie den Pathologen und nickt den anderen zu.

„Hallo, Sam! Wie sieht es aus?"

„Ich hoffe, Sie haben noch nicht Mittag gemacht. Es sieht schlimm aus, aber schlimmer ist der Geruch. Wir vermuten, dass sie schon länger tot ist."

Sie gehen in das Haus und die Neuankömmlinge machen sich sofort an die Arbeit. Eingehüllt in weißen Anzügen arbeitet die Spurensicherung Millimeter für Millimeter den Raum ab. Der Pathologe stellt seinen Koffer neben der Leiche ab und zieht sich weiße

Latexhandschuhe an. Sein Assistent, Doktor Kevin Brown, tut es ihm gleich. Kurz darauf sieht Doktor David Johnson die beiden Polizeibeamten an und nickt ihnen zu. Diese folgen seiner Einladung und gehen zu ihm. „Sie hatten Recht mit Ihrer Einschätzung. Die Frau ist seit mindestens fünf Tagen, wenn nicht sogar schon länger, tot. Es haben sich bereits Fliegen in der Wunde angesammelt. Todesursache ist ein Schnitt in der Kehle - dieser hat die Halsschlagader durchtrennt. Sie ist innerhalb weniger Minuten verblutet. Aber den genauen Todeszeitpunkt kann ich erst nach der forensischen Untersuchung mitteilen. Möchtest du wieder bei der Obduktion mit dabei sein, Sam?"

„Ich glaube, diesmal wird sich nicht viel Neues tun. Mir würde nur der Bericht reichen und eben der genaue Todeszeitpunkt."

„Wirst du so schnell als möglich erhalten. Ist es der gleiche Täter, der euch seit Wochen schon beschäftigt?"

„Ja."

„Ist diese Frau auch eine Sexualverbrecherin?", kann der junge Assistent seine Neugierde nicht verbergen.

„Nein, Doktor Brown. Frau Michaels war unsere einzige Augenzeugin."

„Oh", kommt es nur von dem jungen Pathologen.

„Sobald die Spurensicherung mit den Fotos fertig ist, werden wir sie in die Pathologie bringen."

„Ist in Ordnung. Ah, wartet bitte noch kurz. Doktor Clark wollte noch vorbeikommen und einen Blick auf den Tatort werfen."

„Ist das eure Profilerin?"

„Ja. Sie hat mich gebeten, beim nächsten Opfer am Tatort zu sein, um sich ein genaueres Bild machen zu können. Sie sollte aber schon in ein paar Minuten hier sein."

„Sobald ihr alles habt, was ihr braucht, werden wir sie dann mitnehmen. Wir können hier nicht mehr viel ausrichten. Habt ihr Lust mit mir eine rauchen zu gehen?"

„Gerne, Doc! Wir können im Moment ja auch nur hier rumstehen."

Zu viert gehen sie in den Vorgarten und hängen qualmend einen kurzen Augenblick ihren jeweiligen Gedanken nach.

„Den Bericht kann ich aber nicht vor Montag schicken. Wir haben vor zwei Stunden noch jemanden bekommen!", berichtet Doktor Johnson.

„Kein Problem, Doc! Ich glaube, dass wir letztendlich nicht viel mehr erfahren werden, als wir schon wissen. Das letzte Lebenszeichen von Frau Michaels war am Samstag ein Telefonat mit ihrer Tochter und seitdem hat niemand mehr etwas von ihr gehört oder gesehen", klärt Samantha die beiden Ärzte auf. Als sie mit der Zigarette fertig sind und gerade ausgedämpft haben, parkt ein paar Meter weiter ein schwarzer Porsche 911.

Samantha erkennt das Auto sofort und im gleichen Augenblick schlägt ihr Herz eine Spur schneller und in ihrem Magen beginnen Tausende von Schmetterlinge zu fliegen. Den Männern entfährt ein leiser Pfiff, als sie den Wagen sehen. Tiffany steigt elegant mit ihren langen schlanken Beinen aus dem Auto. Vor dem Absperrband, das die Polizei mittlerweile angebracht hat, zieht sie ihren Ausweis aus der Tasche und geht gebückt unter dem Band hindurch.

„Hallo“, begrüßt sie die Gruppe.

„Hallo Tiffany“, wird sie von einer strahlenden Polizistin begrüßt.

„Hallo Doktor Clark!“, erwidert Benjamin ebenfalls den Gruß.

„Darf ich dir unsere Pathologen Doktor David Johnson und seinen Assistenten Doktor Kevin Brown vorstellen?“, sagt Sam und zeigte damit auf die beiden beeindruckten Männer. „Meine Herren, das ist unsere Profilerin und Psychologin Doktor Tiffany Clark!“

„Angenehm“, sagt Doktor Johnson und reicht Tiffany die Hand. Sein Kollege macht es ihm nach. Nach der Vorstellungsrunde gehen sie gemeinsam zurück ins Haus, damit Tiffany sich ein eigenes Bild vom Tatort machen kann.

Nach etwa einer Viertelstunde können die Pathologen den Leichnam zusammenpacken und abtransportieren. Die beiden Polizeibeamten und die Psychologin machen sich ebenfalls auf den Weg zu ihren Autos.

„Doktor Clark, darf ich Sie etwas fragen?“, ergreift Benjamin die Initiative.

„Nennen Sie mich doch bitte Tiffany“, bietet sie ihm das Du an.

„Okay Tiffany. Ich bin Ben“, erwidert er ihr Angebot.

„Was willst du mich fragen?“

„Meine Frau und ich machen morgen ein Barbecue und es sind alle aus meinem Team eingeladen. Und da du jetzt auch zu uns gehörst, wollte ich dich fragen, ob du Lust und Laune hast zu kommen?“ Ben kann den tadelnden Blick von Samantha förmlich spüren. Sie räuspert sich. „Wenn du nicht möchtest, Tiffany, dann ist es sicherlich kein Problem für Ben“, versucht sie die Situation zu entspannen. „Warum sollte ich keine Lust dazu haben? Ich liebe Barbecue. Ich nehme an, du wirst auch kommen?“, fragt sie Samantha mit einem eindringlichen und auffordernden Blick. Diese nickt nur zustimmend.

„Na dann, Ben, dann werden wir uns morgen sehen. Wann und wo soll ich erscheinen?“

„Samantha wird schon am Vormittag kommen, um uns zu helfen. Die anderen werden so um vierzehn Uhr erscheinen.“

„Wenn ihr noch eine helfende Hand gebrauchen könnt, dann würde ich gerne, wenn es dir nichts ausmacht, Samantha, mit dir mitfahren?“

„Je mehr helfende Hände, desto weniger Stress bei den Vorbereitungen. Super, vielen lieben Dank. Ich freue mich, dass du dabei bist.“

„So, ich muss leider los. Ich habe um sechzehn Uhr noch einen Termin im Gefängnis. Ich hole dich dann später ab? Ich werde so um sechs Uhr bei der Dienststelle sein können. Passt das?“

„Ja, das passt super. Bis später“, verabschieden sie sich voneinander. Ben und Samantha gehen zum Haus von Amanda Sanchez und setzen sie kurz ins Bild. Sie stellen ihr noch die eine oder andere Frage, aber sie kann sich auch nicht an mehr erinnern, als sie den beiden ein paar Stunden vorher schon gesagt hat.

Zurück im Dezernat klärt Ben George und Simon über den Tod von Lynn Michaels auf und ruft dann, wie vereinbart, ihre Tochter an. Samantha macht indessen Meldung an ihren Captain Howard Link. Sie erzählt ihm auch, dass sie Tiffany an den Tatort geholt haben.

25. Kapitel

Samantha genießt den Vormittag mit Tiffany bei Familie Carter. Sie hantieren in der Küche wie ein jahrelang eingespieltes Team. Sie schneiden nebeneinander Gemüse für den Salat, wobei sich immer wieder wie durch Zufall ihre Finger berühren. Dabei wird Samantha jedes Mal am ganzen Körper von einer Gänsehaut überzogen. Ab und zu werfen sie einander intensive Blicke zu. Jeder kann sehen, welche Verliebtheit sie verbindet. Sie müssen nichts erklären, es ist offensichtlich, was zwischen ihnen läuft. Von Samantha weiß zwar jeder, dass sie sich zu Frauen hingezogen fühlt, aber umso mehr überrascht es sie, dass Tiffany ebenfalls offen zu ihr steht, was sie wiederum sehr freut und ihre Gefühle wachsen lässt. Sam wünschte sich immer schon eine Frau, die sich auch in der Öffentlichkeit bekennt. Ihre Liebe offen leben zu können, sodass sie nicht das Gefühl hat, nur ein kleines, schmutziges Geheimnis zu sein. Als es soweit ist, sich für die Feier umzuziehen, werden sie von Debbie in ein Gästezimmer geführt, in dem sie ungestört ihre Kleidung wechseln können.

„Ich glaube es macht euch nichts, wenn ihr euch ein Zimmer teilt, oder?“, fragt die Hausherrin die beiden frisch Verliebten und zieht sich sofort, ohne eine Antwort abzuwarten, zurück, um sich selbst frisch zu machen. Als Debbie die Tür hinter sich schließt, sehen sich die beiden Frauen an und fangen an zu lachen. „Ist das so offensichtlich?“, fragt Tiffany dann ungläubig.

„Ja, ich denke, du hast mir den einen oder anderen sehr eindeutigen Blick zugeworfen!“, antwortet Samantha.

„Ich dir? Wohl eher du mir!“

„Ich?“, echot die Blondine. „Ich bin mir keiner Schuld bewusst.“

In dem Moment hören sie die Türglocke und kurz darauf auch schon die Stimme von George und seiner Frau.

„Ich glaube, wenn wir nicht weiter die Aufmerksamkeit auf uns ziehen wollen, dann sollten wir uns fertig machen!“, rät Samantha Tiffany.

„Ich könnte mir gerade aber etwas viel Besseres vorstellen!“, ertönt die flirtende Stimme von Tiffany als Antwort.

Samantha nimmt ein kleines Kopfpolster vom Bett und wirft es zu der Psychologin, die sich gerade noch im richtigen Moment ducken kann.

Die Party bei Benjamin und Debbie ist bereits in vollem Gange. Es sind rund zwanzig Gäste anwesend. Ben steht am Grill und wendet die Steaks, während

Debbie sich um die Getränke kümmert. An den verschiedenen Plätzen stehen kleinere Gruppen. Es werden angeregte Unterhaltungen geführt und hier und da hört man lautes Lachen. Samantha und Tiffany sind gerade in der Küche, um die Maiskolben, Kartoffeln und Salate fertig zu machen. Samantha steht mit dem Rücken zu Tiffany und will gerade die Kartoffeln aus dem Ofen nehmen, als Tiffany sich von hinten an sie drückt.

„Weißt du eigentlich wie unglaublich heiß und sexy du in diesem Kleid aussiehst, das ich dir mitgebracht habe? Du könntest ruhig öfters Kleider tragen!“, raunt ihr die Psychologin ins Ohr.

Samantha erschrickt und zuckt zusammen. Eigentlich fühlt sie sich eher unbehaglich in einem für sie so ungewohntem Outfit. Sie dreht sich um und liegt sofort in den Armen von Tiffany.

„Nein, aber wenn du mir das sagst, dann muss ich es wohl glauben?“

„Ja, das musst du und tu nicht so, als würdest du um die Wirkung, die du dabei bei mir erzielst, nicht wissen!“ Nach einem kleinen Kuss fährt sie weiter fort: „Und außerdem ist so ein Kleid so schön praktisch“ grinst Tiffany und lässt dabei ihre Hände an Sams Schenkeln unter dem Kleid nach oben gleiten. „Ganz uneigennützig war es also nicht, mein Geschenk.“

„Und was ist mit dir? Ich meine, ich kenne dich nur mit geschlossenem Rücken, aber heute. Wow. Du machst mich sprachlos. Wenn ich mich nicht schon längst in dich verliebt hätte, dann hättest du es heute auf alle Fälle mit diesem rückenfreien Kleid geschafft." Sam streicht dabei mit ihren Fingerspitzen zärtlich über die nackten Schulterblätter Tiffanys.

Sie sehen sich in die Augen und fangen an, sich heftig zu küssen. Ein paar Augenblicke später hören sie ein Räuspern hinter sich. Es ist George. Er schaut von Samantha zu Tiffany und dann wieder zu Samantha. Samantha fühlt sich gerade wie ein kleines Schulmädchen, das beim Schummeln erwischt wurde.

„Also ihr zwei?", fängt er an und wedelt mit seinem rechten Zeigefinger zwischen den beiden Frauen hin und her.

„Ertappt!", antwortet Samantha.

„Ja, das ist einmal eine Überraschung. Das hätte ich mir nicht gedacht. Also, von dir wusste ich es ja schon Samantha, aber dass unsere liebe Frau Doktor auch in deiner Mannschaft spielt, hätte ich niemals geahnt. Aber hey, ihr zwei! Ich freue mich für euch! Ihr gebt echt ein schönes Paar ab. Schöner Anblick für ein paar ältere Augen wie meine."

„Danke, George", sagt Sam, geht zu ihrem älteren Kollegen und umarmt ihn.

Tiffany geht ebenfalls die zwei Schritte zu den beiden und reicht George die Hand.

„Nennen Sie mich Tiffany. Frau Doktor klingt, als wäre ich eine alte, schrumpelige Jungfrau."

„Und das bist du bei weitem nicht“, gibt George ihr ebenfalls die Hand.

„Kann ich euch Mädels bei irgendetwas helfen?“, zwinkert er den beiden Damen zu.

„Ja, du könntest die Salatschüsseln schon einmal hinaustragen. Ich war gerade dabei, die Kartoffeln aus dem Ofen zu nehmen.“

„Ja das habe ich gesehen“, sagt er lachend, nimmt die zwei Schüsseln Salat und geht wieder zu den anderen auf die Terrasse. Die Frauen kichern und machen sich an die restliche Arbeit. Zusammen tragen sie die Maiskolben und Kartoffeln zu der hungrigen Meute, die sich größtenteils schon an den verschiedenen Biertischen und Bierbänken niedergelassen hat. Sie stellen die Beilagen auf dem extra dafür vorgesehen Tisch ab und gehen zu Ben, um ihm zu sagen, dass soweit alles fertig ist. Er bedankt sich bei den beiden und weist sie an, sich ebenfalls zu setzen und etwas zu essen. Schließlich haben sie es am meisten verdient, wie er meint. So gehen sie zu dem Tisch, an dem bereits George mit seiner Frau und ihr jüngerer Kollege Simon Jefferson, der leider alleine gekommen ist, sitzen. George kann sein breites Grinsen nicht verheimlichen. Er benimmt sich immer wie ein kleiner Junge, wenn er meint, ein Geheimnis zu kennen. Seine Frau, die ihn bereits seit über fünfundzwanzig Jahren kennt und liebt, bemerkt es sofort.

„Bin ich froh, dass mein Mann zwei Ohren hat, weil sonst sein Grinsen rund um seinen Kopf reichen würde.

Sag mal George, was ist denn los mit dir?“, versucht sie den Grund für seine extrem gute Laune zu eruieren.

Er sieht die beiden Frauen an und fragt mit einem stummen Blick Samantha um Erlaubnis.

„Na los, du alter Mann. Du darfst es sagen, sonst platzt du noch“, ermutigt Samantha ihn. Sie kann sein Grinsen ebenfalls nicht mehr länger mitansehen. Manchmal ist er schlimmer als jede Dorftratsche, aber das Gefühl hat sie irgendwie bei allen ihren männlichen Kollegen.

George genießt sichtlich, dass jeder, der am Tisch sitzt, ihn erwartungsvoll ansieht und alle darauf warten, dass er sein Wissen mit ihnen teilt. Um die Spannung noch etwas zu steigern, nimmt er seine Bierflasche und trinkt erstmal einen kräftigen Schluck. In dem Moment als er die Flasche abstellt, kommt Debbie zu ihnen an den Tisch.

„Ist es in Ordnung, wenn ich mich zu euch geselle?“, fragt sie.

„Klar doch. Es wäre uns sogar eine Ehre mit der Hausherrin zu essen.“

„Du übertreibst mal wieder, George. Oh, meine zwei fleißigsten Helferinnen haben nichts zu trinken. Darf ich euch etwas bringen?“

„Lass mal, Debbie. Bleib du mal sitzen. Du bist schon länger als wir auf den Beinen. Ich werde uns etwas holen. Möchtest du ebenfalls ein Bier?“ fragt Samantha ihre dunkelhaarige Freundin.

„Gerne.“

Samantha erhebt sich von ihrem Platz und geht Richtung Kühlschrank. Dabei wirft sie George nochmal einen Blick über die Schulter zu und muss dabei lächeln. Sie weiß, dass er mit seiner Enthüllung warten wird, bis sie wieder bei ihnen ist. Kaum dass sie mit den zwei geöffneten Bierflaschen wieder bei ihren Kollegen ist, fängt George an: „Ihr könnt euch nicht vorstellen, was ich gerade herausgefunden habe!“

„George, hast du endlich in den Spiegel geblickt und gesehen, dass deine Haare immer weniger werden?“, erwidert Ben.

„Haha, sehr witzig! Nein, du Klugscheißer, das weiß ich schon seit Jahren. Wisst ihr, was ich gerade gesehen habe? Oder besser gesagt, wen ich gerade gesehen habe?“

„George, bitte, mach es nicht so spannend. Sag es endlich!“, fordert ihn seine Frau Kate auf.

Mit wissenden und lächelnden Augen sieht er seine Kollegin und die Psychologin an. Ihm ist klar, dass es nicht in Ordnung ist, wenn er die Bombe platzen lässt, aber er freut sich so sehr für Samantha, dass sie nun vielleicht wirklich ihr Glück gefunden hat. Er kennt Samantha doch schon etliche Jahre, aber er hat selten eine Frau an ihrer Seite gesehen, und wenn, dann sah er diese Frau kein zweites Mal wieder.

„Samantha und unsere Frau Doktor sind ein Liebespaar!“ Das Grinsen in seinem Gesicht wird dabei immer größer und größer.

Die restlichen Anwesenden lassen langsam das Kinn zur Brust fallen und sehen ungläubig zu den beiden Frauen. In ihrem Blick liegt die stumme Frage: „Stimmt das, was George herausposaunt hat?“

Sam und Tiffany schauen sich lächelnd tief in die Augen und stoßen mit ihren Bierflaschen an. Um allen eine Antwort zu geben, küssen sich die beiden Damen gelassen und tun so, als wäre dies keine weitere, größere Sache.

26. Kapitel

Mittlerweile sind seit der Gartenparty von Ben Carter ein paar Tage vergangen. Seither gibt es keine weiteren Erkenntnisse und sie stecken immer noch in einer Sackgasse fest. Weder gibt es einen neuen Mord, noch ist ein weiterer Brief für Sam eingetroffen.

Samantha ist mit ihren Kollegen alle Befragungen nochmals durchgegangen. Gemeinsam haben die Kollegen neue Gedankengänge ausgetauscht und Gemeinsamkeiten von jedem Blickwinkel aus betrachtet, aber sie treten trotzdem immer wieder auf der Stelle. Es gibt keinen konkreten Hinweis, der sie zum Täter führen könnte. Sie haben nur die vage Beschreibung von Lynn Michaels, die leider mit ihrem Leben dafür bezahlen musste. Eine schlanke, zierliche Person, die auch eine Frau sein könnte. Aber würde eine Frau wirklich solche Verbrechen ausführen? Hat eine Frau überhaupt die Kraft dazu, Männer, die eindeutig stärker sind als sie, zu überwältigen? Egal, welchen Ansatz sie verfolgen und wie angestrengt sie versuchen, immer neue Theorien zu finden, es werden immer nur noch mehr Fragen aufgeworfen. Es ist zum Verzweifeln.

„Simon?“, erklingt die Stimme von Samantha. Der junge Kollege blickt von seiner Akte hoch und sieht seine direkte Vorgesetzte fragend an.

„Ich habe eine Aufgabe für dich“, sagt sie und wirft ihm ein verschmitztes Lächeln zu. „Ich bitte dich, in allen Bundesstaaten die ungeklärten Mordfälle aufzurufen. Vielleicht haben wir Glück und es wurden schon einmal ähnliche Fälle gemeldet. George? Kannst du ihn dabei bitte unterstützen? Je schneller wir Antworten erhalten, desto besser.“ Sofort machen sich Simon und George an die Arbeit und starten die Suchanfragen. Sie müssen dazu das interne Netz öffnen und ihre Suchbegriffe eingeben. Im Normalfall erhalten sie in den nächsten achtundvierzig Stunden eine Antwort der einzelnen Departments.

Samantha hat das Gefühl, dass ihr Täter nicht zum ersten Mal gemordet hat. Dafür waren seine Taten zu perfekt und präzise ausgeführt.

„Ich würde vorschlagen, dass wir alle Feierabend machen. Was haltet ihr davon?“, fragt Samantha ihre Kollegen. „Hier kommen wir heute sowieso mal wieder nicht weiter!“ In ihrer Stimme schwingt die Frustration mit, die alle von ihnen verspüren.

„Gehen wir noch auf ein Bier?“, fragt Ben in die Runde. Die anderen beiden männlichen Kollege nicken eifrig mit ihrem Kopf. Als Samantha nichts erwidert, sieht Benjamin Carter sie an: „Samantha, was ist mit dir? Kommst du auch mit?“

„Nein, es tut mir leid, aber ich kann heute leider nicht mitkommen!“ Das ist neu für ihr Team. Normalerweise schlägt Samantha nie ein gemütliches Feierabendbier aus. Egal wie müde sie ist oder wie chaotisch der Tag auch war. Samantha ist immer mit von der Partie.

„Lass mich raten. Der Grund dafür hat dunkle Haare, ist verdammt attraktiv und hat dir gehörig den Kopf verdreht? Du triffst dich mit unserer lieben Frau Doktor?!“

„Mir hat niemand den Kopf verdreht. Wie du siehst, mein lieber Ben, sitzt der noch schnurgerade auf meinen Schultern.“

„Ha, ha, sehr witzig, Sam. Wir kennen dich wahrscheinlich besser als du dich selbst. Und du bist verliebt, und zwar bis über beide Ohren!“

Samantha Forster wirft ihrem Kollegen und guten Freund einen bösen Blick zu. Dieser zieht seinen Kopf ein, wendet sich ab und meint selbstsicher: „Ich habe es ja gewusst!“

„Wenn du es genau wissen möchtest, ja, ich treffe mich mit Tiffany. Sie stellt mir heute ihre Schwester vor!“

„Ist es schon so ernst zwischen euch?“ Benjamin ist jetzt sichtlich verwirrt. Normalerweise geht Samantha gewisse Dinge sehr ruhig und langsam an. Die Familie der Freundin kennenlernen, das ist ein großer Schritt.

„Ich weiß es nicht genau! Ich fühle mich wohl in ihrer Nähe und ihre Schwester ist erst vor ein paar Monaten nach Los Angeles gezogen und kennt hier noch fast niemanden. Sie möchte ihre Schwester nicht alleine lassen und ihr helfen, damit sie sich nicht zu einsam fühlt." Samantha weiß selber nicht genau, was das zwischen ihnen bedeutet. Ist sie schon so weit, den nächsten Schritt zu gehen? Die Familie kennenzulernen? Muss jetzt Samantha im Gegenzug Tiffany auch ihre Familie vorstellen? Ist das alles nicht noch ein bisschen zu früh? Immerhin gehen sie erst seit ein paar Wochen miteinander aus. Auf der anderen Seite freut sich Samantha aber auf das Treffen. Tiffany ist die meiste Zeit in sich gekehrt, wenn es um sie selbst oder ihre Vergangenheit geht. Sam muss ihr da fast immer alles aus der Nase ziehen und wenn es zu persönlich wird, dann blockt Tiffany ab und wechselt das Thema.

Es ist definitiv ein guter und großer Schritt in die richtige Richtung, um vielleicht doch an eine gemeinsame Zukunft zu glauben!

Keine zwei Stunden später, umgezogen und frisch geduscht, läutet die Polizistin an der Haustür ihrer Freundin. Kaum hat das Läuten die Stille des Abends durchbrochen, öffnet sich bereits die Tür und eine umwerfend schöne Frau blickt ihr entgegen. Tiffany trägt heute ein enganliegendes rotes Kleid, das bis zu den Knöcheln reicht. Samantha steht der Mund offen und sie kann sie nur fasziniert ansehen. Sie spürt, wie sich bestimmte Regionen in ihrem Körper regen. Tiffany beobachtet sie mit einem süffisanten Lächeln.

„Ich würde vorschlagen, dass du erst einmal reinkommst“, kann sie es sich nicht verkneifen. „Und wenn du brav bist, dann darfst du mir heute vielleicht auch noch dieses Kleid ausziehen.“ Samantha schüttelt kurz ihren Kopf, um wieder in die Realität zu gelangen.

„Verzeihung“, stottert sie verlegen ohne dabei den Blick von Tiffany zu wenden. „Aber du siehst umwerfend aus! Wenn ich das gewusst hätte, …“, dabei sieht sie an sich selbst hinab, „… dann wäre ich noch schnell shoppen gegangen. Ich, naja, ich fühle mich jetzt ein bisschen underdressed?“ Wie immer trägt Samantha eine blaue Jeans, eine Bluse in einem zarten Grünton und dazu einen schwarzen Blazer.

„Nein, das bist du ganz und gar nicht! Du siehst wie immer hinreißend aus. Ich liebe deinen Look. Er sieht sehr selbstsicher und, naja, auch heiß aus. Wenn meine Schwester nicht schon im Wohnzimmer auf uns warten würde, würde ich dich auf direktem Weg in mein Schlafzimmer entführen! Apropos meine Schwester, wir sollten uns wirklich auf den Weg zu ihr machen. Nicht, dass sie noch auf dumme Gedanken kommt.“ Tiffany geht einen Schritt zur Seite und lässt Samantha in den Eingangsbereich eintreten. Sie küssen sich kurz zur Begrüßung und sehen sich dabei tief in die Augen. Nervös folgt Samantha Tiffany in das angrenzende Wohnzimmer, in dem sie bereits von Tiffanys Schwester erwartet werden.

„Samantha, das ist meine kleine Schwester, Allison. Allison, das ist Samantha“, stellt Tiffany die beiden Frauen einander vor. Sie begrüßen sich höflich und schütteln sich dabei die Hände. Allison sieht ihrer

Schwester sehr ähnlich. Ihre schwarzen Haare trägt sie länger und hat sie zu einem Pferdeschwanz gebunden. Anstatt grüner Augen, die Samantha immer wieder aufs Neue an Tiffany fesseln, trifft ihr Blick bei Allison auf graue. Sie ist ebenfalls leger gekleidet und trägt wie Samantha eine Jeans und dazu ein weit ausgeschnittenes, schwarzes Top. Es ist hier also eindeutig Tiffany overdressed, denkt sich Samantha und grinst.

„So, wenn wir jetzt die Vorstellung hinter uns haben, könnt ihr euch bitte schon einmal an den Esstisch setzen, damit ich das Essen servieren kann, bevor es noch anbrennt. Samantha, Wein steht auf dem Tisch. Bitte bedien‘ dich.“ Dabei dreht sich Tiffany auch schon um und verschwindet in der Küche. Somit lässt sie die beiden Frauen alleine, die sich ziemlich nervös gegenüberstehen. Es ist irgendwie eine bizarre Situation. Was soll Samantha nur sagen? Muss sie etwas sagen? Was erzählt man der Schwester der Freundin, wenn man diese gerade erst eine Minute kennt? Samantha fühlt sich sichtlich unwohl in der Situation. Da erinnert sie sich, dass Tiffany etwas von Wein gesagt hat.

„Ich glaube, wir sollten lieber tun, was sie sagt und ins Esszimmer gehen“, versucht Samantha die peinliche Stille zu durchbrechen.

Allison nickt nur, dreht sich um und geht in den nächsten Raum voran. Samantha folgt ihr und als sie beim Tisch angekommen sind, nimmt sie die bereits geöffnete Flasche Rotwein.

„Möchtest du auch ein Glas Wein?“, fragt sie die Schwester der Gastgeberin. Diese hebt ihr Glas an, um ihr zu zeigen, dass sie schon welchen hat. Da sieht Samantha, dass auch ein zweites Glas, welches wahrscheinlich Tiffany gehört, bereits gefüllt ist. Sie schenkt sich ein, nimmt ihr Weinglas in die Hand und prostet Allison zu.

„Auf einen schönen Abend“, sagt Samantha. „Auf einen schönen Abend“, erwidert Allison. Währenddessen kommt Tiffany mit zwei Tellern Steaks und Folienkartoffeln zu ihnen.

„Soll ich dir helfen?“, fragt Allison. Sie scheint ebenfalls mit der Situation überfordert zu sein und nach einer Fluchtmöglichkeit zu suchen.

„Nein, liebe Schwester. Ihr könnt euch schon einmal hinsetzen, ich bin gleich bei euch. Ich hole nur noch meinen Teller und den Salat.“

Kaum eine Minute später ist Tiffany wieder bei ihnen. Sie setzt sich Samantha gegenüber und nimmt ebenso ihr Weinglas in die Hand.

„Ich hoffe, es wird euch schmecken! Vielen lieben Dank, dass ihr beide gekommen seid. Es bedeutet mir sehr viel, dass ihr euch kennenlernt“, dabei führt sie ihr Glas zur Mitte des Tisches und prostet den anderen beiden Frauen zu. Jetzt, da Tiffany auch im Raum ist, weicht die Nervosität von Samantha - Stück für Stück beginnt sie sich wohler zu fühlen.

Nach ein paar ersten, schweigenden Bissen gelingt es Tiffany eine Unterhaltung in Gang zu bringen. Das

Gespräch verläuft anfangs etwas holprig, entwickelt sich im Laufe der Zeit aber zu einer angeregten und witzigen Konversation zwischen den drei Frauen.

Samantha erfährt dabei, dass Allison siebenundzwanzig Jahre alt ist - also zehn Jahre jünger als ihre Schwester - in New York studiert hat und seit gut einem halben Jahr in Los Angeles lebt. Sie hat in New York begonnen, Rechtswissenschaften zu studieren, aber nach dem fünften Semester endgültig festgestellt, dass sie es sich nicht vorstellen kann, später ihr Leben lang als Anwältin zu arbeiten. Sie will nicht bei Scheidungen an Rosenkriegen beteiligt sein und dabei den Exmann oder die Exfrau über den Tisch ziehen oder noch schlimmer, irgendeinen Mörder verteidigen, um diesen frei zu bekommen oder für einen solchen Menschen eine milde Strafe zu erwirken. Nein, sie fühlte sich bei diesen Gedanken und Vorstellungen nicht wohl, wechselte zur Soziologie und ist jetzt Sozialarbeiterin. Schon während des Studiums hat sie in einem Obdachlosenheim als Freiwillige gearbeitet und wurde dadurch nur darin bestärkt, mit dem Wechsel die richtige Entscheidung getroffen zu haben.

Während der offenherzigen Erzählungen fängt Samantha an, die jüngere Schwester von Sekunde zu Sekunde sympathischer zu finden. Auch Tiffany erzählt von ihrer gemeinsamen Jugend und davon, wie nervig es war und ist, eine kleine Schwester, die noch dazu um zehn Jahre jünger ist, zu haben und im Gegenzug erzählt Allison, wie ätzend es war und ist, eine ältere Schwester zu haben, der auch noch alles gelingt, was sie sich vornimmt oder was ihr sonst wie zwischen die Finger kommt, sei es ein brillanter High-School-

Abschluss, ein bravouröses Studium und dann auch noch der Werdegang zur angesehenen Psychologin mit etlichen, hochgepriesenen Veröffentlichungen. Allison wurde schon immer mit ihrer Schwester verglichen, und das nervt sie bis heute am meisten. Insgeheim war und ist sie stolz auf Tiffany. Samantha kann diesen Stolz auch umgekehrt in den Augen von Tiffany sehen. Stolz darauf, dass ihre kleine Schwester ihren Weg gegangen ist und sich nicht hat unterkriegen lassen. Ihre Eltern waren damals nicht erfreut über die Entscheidung, das Studium zu wechseln. Es dauerte Monate, bis sie sich damit abgefunden hatten, aber mittlerweile verstehen sie es und sie wollen - wie wohl alle Eltern - nur, dass ihre Kinder glücklich und zufrieden sind.

„Und Allison, wo arbeitest du hier in Los Angeles? Bist du wieder in einem Obdachlosenheim?“, fragt Samantha.

„Nein, als ich gerade meinen Abschluss in New York gemacht hatte, erzählte mir Tiffany von einem Pilotprojekt hier in Los Angeles, das mich total interessierte und wofür ich mich sofort beworben habe. Und diese Bewerbung hat auch gleich geklappt. Es handelt sich dabei um die Organisation HAPPY KIDS. Ich weiß nicht, ob du schon einmal davon gehört hast?“

„Nein, da muss ich leider passen. Das sagt mir im Moment gar nichts. Ein Pilotprojekt wofür? Worum geht es da genau?“ Jetzt hat Allison Samantha neugierig gemacht.

„Das ist eine Beratungs- und Hilfsstation für misshandelte Kinder, für Kinder, die psychische oder physische Gewalt erleiden mussten. Wir bieten Therapien als Einzelsitzungen und in Gruppensitzungen an. Bei uns geht es nicht nur um die Therapie mit Psychologen, sondern wir verstehen uns als erste Anlaufstelle, auch als eine Art Jugendzentrum, wohin die Kinder jederzeit kommen können. Es geht dabei auch viel darum, dass sie sich untereinander kennenlernen. Damit sie sehen, dass sie nicht alleine sind. Oft können sie sich gegenseitig sogar besser unterstützen, als ein Erwachsener Hilfe anbieten kann. Sie öffnen sich unter Leidensgenossen schneller und leichter, und auch die Therapieerfolge gelingen den Psychologen häufiger, weil sie so schneller einen Zugang zu den Kindern finden. Wir veranstalten öfters Workshops oder verschiedene Ausflüge. Unser Ziel ist, dass die Kinder ein paar Stunden an etwas anderes denken und sehen, dass die Welt um sie herum auch wieder bunter wird." Man kann Allison die Begeisterung für ihre Arbeit bei jedem einzelnen Wort ansehen. Sie scheint wirklich Feuer und Flamme für ihre Tätigkeit zu sein. Irgendwie kann Samantha ihre Entscheidung verstehen, dass sie nicht Rechtsanwältin geworden ist, obwohl sie dabei sicherlich viel mehr verdienen würde als derzeit als Sozialarbeiterin. „Das klingt wirklich sehr interessant. Klingt auch ein bisschen nach Hilfe zur Selbsthilfe?"

„Ja, genau so. Das ist im Grunde der Leitgedanke der Organisation. Wir wollen den Kindern nicht das Gefühl geben, dass sie mit den schlechten Erfahrungen einfach irgendwie zurechtkommen müssen, sondern, dass sie genau diese Erfahrungen nutzen können, um anderen zu helfen. Dass sie sich nicht verstecken müssen. Dass sie keine Schuld trifft. Auch wenn sie diese negativen Erfahrungen erleben mussten, gibt es etwas Positives, nämlich, dass sie damit anderen helfen können - etwas Negatives in etwas Positives verwandeln: Darum geht es.“

Trotz der anfänglichen Schwierigkeiten entwickelt sich der Abend zu einem entspannten Treffen. Als sich Allison ein paar Stunden später verabschiedet, versprechen sie sich, das Treffen so schnell, als möglich zu wiederholen. Kaum ist Allison aus der Tür, verschmelzen die beiden verbliebenen Frauen in einem langen und leidenschaftlichen Kuss. Samantha kann es kaum erwarten, ihrer Geliebten - wie zuvor versprochen – den roten Traum eines Kleides vom Körper zu ziehen und mit ihren Lippen auf Wanderschaft zu gehen.

27. Kapitel

Das Schreien eines Kauzes durchbricht die Stille der Nacht. Der Vollmond legt sein sanftes Licht über die Lichtung des kleinen Waldes. Man könnte die Situation als romantisch bezeichnen, manch andere Menschen würden sie vielleicht als Kulisse eines schlechten Horrorfilmes ansehen, ich sehe sie als den perfekten Ort, den perfekten Zeitpunkt. Vor mir liegt das kleine Holzhaus. Weit und breit sind keine Nachbarn. Abgeschieden von der Außenwelt. „Du hast dir wohl gedacht, hier könnte dich niemand finden! Hier die Überraschung! Ich habe dich gefunden und du weißt davon noch nichts. Du liegst jetzt sicher friedlich in deinem Bett und träumst von den kleinen Mädchen, die dich mit ihren blonden Locken und blauen Augen hoffnungsvoll ansehen. Träum nur mein Süßer, träume nur, denn dies wird dein letzter Traum sein."

Mit lautlosen Schritten schleiche ich mich an die Holzhütte an. Auch wenn ich der Meinung bin, dass er mittlerweile im Bett liegt und schläft, möchte ich nicht Gefahr laufen, dass er doch wach ist und mich vorher entdeckt. Das wäre eine Katastrophe. Meine große Sporttasche habe ich mir lässig über die rechte Schulter geworfen. Ich spüre, wie das Adrenalin immer stärker durch meine Blutbahn schießt. Kurz bleibe ich im Schatten der großen Tanne vor dem Haus stehen und ermahne mich, ruhig zu bleiben. „Ich habe die ganze Nacht Zeit. Niemand wird mich stören. Ich werde mir Zeit lassen … und wie ich mir Zeit lassen werde. Wir werden sehr viel Spaß haben. Das verspreche ich dir!“

Da es eine kleine Holzhütte ist, liegen alle Zimmer im Erdgeschoss - Es gibt gar kein weiteres Stockwerk. Bei den letzten Beobachtungen war das Fenster zum Schlafzimmer immer komplett geöffnet. Es gibt auch keinen Einbruchschutz, aber wer denkt hier in dieser Abgeschiedenheit schon an einen Einbruch. Außer Wölfen, Käuzen oder anderen Wildtieren verirrt sich sicher niemand in diese Gegend. Die letzten Male musste ich mich schon sehr zurückhalten, doch man soll nichts überstürzen, um ja keinen Fehler zu machen! Aber heute ist der Tag. Unser Tag! Spürst du genauso wie ich, dass es etwas Besonderes sein wird? Ich verspreche es dir, du wirst leiden! Deiner gerechten Strafe bist du entkommen, nur weil du Pfarrer warst. Schützlinge wurden dir anvertraut in gutem Glauben! Du durftest einen Kindergarten im christlichen Glauben leiten. Aber anstatt deiner Pflicht nachzugehen, hast du deine Macht ausgenutzt und deine Triebe an den armen, unschuldigen Geschöpfen ausgelassen! Sie waren wehrlos! Schutzlos! Was war deine Strafe? Du hast kirchliches Asyl gewährt bekommen. Hast zwar deine Arbeit und deinen Status verloren, aber du konntest nicht strafrechtlich verfolgt werden. Wurdest hier in diese Hütte abgeschoben, nur ein paar Kilometer entfernt von der Außenwelt. Das ist nicht fair. Überhaupt nicht fair.

Ich gehe noch die paar Schritte weiter zu dem Fenster, das zum Schlafzimmer führt. Auch heute ist es wieder ganz geöffnet. „Du dürftest mich schon erwarten, oder?“, denke ich mir erfreut.

Lautlos steige ich durch das Fenster hinein, setze mich auf den Fensterrahmen und stelle die Tasche der Freude auf den Fußboden. Ich rutsche vom Fenstersims hinunter und greife in das Seitenfach meiner Tasche, um meine geliebte Remington R51 herauszuziehen. Ich fühle das kalte Metall in meiner Hand und eine leichte Erregung zieht durch meinen Körper. Was für ein herrliches Gefühl zu wissen, dass ich damit die Macht besitze. Niemand wird es wagen, dagegen anzukämpfen. Auf leisen Sohlen, mit der Remington R51 in der Hand, schleiche ich zum Bett, wo der ehemalige Pfarrer Eric Penn noch friedlich schläft. Ich setze mich auf seine Bettkante und beobachte ihn ein paar Sekunden lang. Er dürfte meine Anwesenheit spüren, denn plötzlich schlägt er die Augen auf und sieht mich sofort an.

„Was wollen Sie?“, fragt er mich. Seine Stimme klingt noch ein wenig schläfrig.

„Sie fragen, was ich möchte?“, erwidere ich.

„Ja. Was machen Sie in meinem Haus?“

Ich kann die aufsteigende Wut in ihm spüren. Er dürfte meinen kleinen Freund noch nicht entdeckt haben, denn er setzt sich auf und versucht mich vom Bett zu schieben. Ich halte meine Waffe ein Stückchen höher, damit er sie sehen kann. Im selben Moment, als er das Ding erkennt, wird sein Blick ängstlich. Das Licht des Vollmondes erhellt sein Gesicht mit einem silbernen Schimmer. So kann ich jede Regung darin genau erkennen.

„Ich würde vorschlagen, wir gehen ins Wohnzimmer und Sie hören auf mit Ihren Fragen. Sie werden einfach tun, was ich von Ihnen verlange, dann wird Ihnen nichts passieren.“ Ich kann wirklich lügen, ohne dabei mit einer Wimper zu zucken. Wenn er nur wüsste, wie weit meine Aussage von der Wirklichkeit entfernt liegt.

Während ich von der Bettkante aufstehe, zupft er verlegen an seiner Decke.

„Das war keine Bitte!“ Um meine Worte zu unterstreichen halte ich ihm meine Remington an die Schläfe. Mit weit aufgerissenen Augen sieht er zu mir hoch.

„Dürfte … dürfte … ich ähem … ich habe nichts an. Dürfte ich mir vielleicht noch eine Hose anziehen?“

Mit einem diabolischen Lächeln erwidere ich seinen Blick und schüttle den Kopf.

„Komm jetzt“, sage ich und werfe dabei seine Bettdecke auf den Boden. In dielsem Moment weiß er genau, dass er keine Chance mehr hat. Gefügig steht er vom Bett auf und geht vor mir in den angrenzenden Raum. Ich schnappe mir noch schnell meine Tasche und gehe ihm hinterher.

Das Wohnzimmer ist spärlich eingerichtet. Ein blaues Sofa steht an der langen Wand und gegenüber befindet sich ein Fernseher. Auf dem kleinen Couchtisch liegt die Tageszeitung vom Vortag. An der rechten Seite befindet sich eine Fensterfront und davor steht ein Esstisch mit zwei Holzsesseln. Ich weise ihn an, sich einen Sessel zu nehmen und sich darauf zu setzen. Ich stelle meine Tasche auf die blaue Couch und öffne sie. In keiner Sekunde lasse ich Eric Penn aus den Augen. Nur ein unbeobachteter Moment und alles kann sich ändern. Diese Chance werde ich ihm nicht einräumen. In der freudigen Erwartung, meine neuen Spielzeuge auszuprobieren, nehme ich die Kabelbinder aus der Tasche und binde Eric mit Händen und Füßen am Sessel fest. Ich sehe einige Augenblicke zu ihm hinab und erkenne seine stark pulsierende Halsschlagader. Er hat Angst. Ich kann es nicht nur sehen. Ich bilde mir fest ein, dass ich sie auch riechen kann. Wie beruhigend, zu wissen, dass er jetzt keine Gefahr mehr für mich ist. Er kann sich nicht mehr bewegen.

Wieder zurück bei meiner Tasche nehme ich eine Tablettendose, eine Flasche Wodka, Penispumpe und Penisring heraus.

„Was hast du vor?“, fragt mich der ängstliche, ehemalige Pfarrer. Die anfängliche Höflichkeit mit dem Siezen hat er bereits abgelegt.

„Ich glaube nicht, dass du in der Position bist, mir Fragen zu stellen. Aber zur Beruhigung: Du wirst es gleich erfahren, und ich hoffe, es wird dir genauso viel Spaß machen wie mir!“

Ich nehme vier Tabletten, die einen schönen Blauton haben, aus der Dose und öffne die Wodkaflasche. Normalerweise soll man nur eine Tablette einnehmen, also mal schauen, was passiert, wenn man die vierfache Dosis auf einmal nimmt. Mit der offenen Flasche und den Tabletten in der Hand gehe ich die paar Schritte zu Eric.

„Damit wir ein bisschen Spaß haben, würde ich vorschlagen, du schluckst das jetzt ganz schnell. Glaube mir, es wird dir gefallen. Diese Pillen hier kennst du sicherlich, oder?"

„Sind das Potenzmittel?"

„Du bist ein schlaues Kerlchen, Herr Pfarrer! So, jetzt mach schön brav den Mund auf und runter damit!"

Eric Penn schluckt hart und atmet dreimal tief ein und aus, bevor er seinen Mund aufmacht. Ich lasse die blauen Wunderpillen in seine Mundhöhle fallen und schütte langsam den Wodka dazu. Als ich merke, dass er die Pillen geschluckt hat, schütte ich noch mehr und schneller mehr Wodka hinterher. Der Mann auf dem Sessel prustet und schreit mich wütend an: „Spinnst du?"

Ich schüttle den Kopf: „Wir wollen doch höflich bleiben, nicht wahr? Dir wäre wohl ein roter Messwein lieber?", frage ich amüsiert und stelle dabei die Flasche auf den Couchtisch. Ich merke, dass ihm der Alkohol schnell zu Kopf steigt und er leicht glasige Augen bekommt. Er dürfte wohl keinen Alkohol gewöhnt sein.

„Hast du so etwas schon einmal gesehen?“, frage ich ihn, als ich den Penisring und die Penispumpe zur Hand nehme. Diesmal nickt er nur bejahend.

„Hast du es schon einmal ausprobiert?“

Wieder nur mit dem Kopf verneint er meine Frage.

„Das freut mich, dass ich dir etwas Neues zeigen darf. Freust du dich schon darauf? Normalerweise sollte man dabei keine Schmerzen spüren. Schauen wir mal, ob das wirklich stimmt!“, grinse ich ihn an. Wenn man es richtig anwendet, wird es wahrscheinlich wirklich nicht zu Schmerzen führen.

Ich ziehe ihm den Penisring über das noch schlaffe Glied und stülpe dann die Penispumpe darüber.

„Schon ein bisschen klein dein Ding! Solltest dich schämen. Aber warte, ich werde dir helfen, dass er ein bisschen größer wird!“, sage ich süffisant. Mit der dazugehörigen Manschette pumpe ich sein erschlafftes Glied auf. Mit jedem Pumpen schwillt das Glied mehr und mehr an. Der Unterdruck ist schnell erreicht und ein angenehmes Gefühl rasch überschritten, was ich an seinem schmerzverzerrten Gesicht erkenne.

„Zu viel?“, frage ich, ohne auf eine Antwort zu warten.

Ich verringere den Sog wieder ein wenig und höre sein erleichtertes Ausatmen. Ohne ihm aber eine längere Pause zu gönnen, pumpe ich gleich wieder weiter. Diesmal erhöhe ich den Unterdruck mehr als beim ersten Mal. Nachdem ich dieses Spiel gut zehn Mal hintereinander ausgeübt habe und immer stärker und länger pumpe, höre ich ihn schreien. Er kann die Schmerzen kaum ertragen. Nach einem kurzen Blick auf die Uhr muss ich feststellen, dass die Wirkung des Potenzmittels mittlerweile ebenfalls einsetzt. Ein letztes Mal pumpe ich mit aller Kraft, was den Schmerz nochmal erhöht und gehe dann zum Couchtisch, um die Flasche Wodka zu holen. Dicke Schweißperlen stehen ihm auf der Stirn. Ich halte ihm die Flasche auf Augenhöhe, ziehe ihm das Kinn hinunter und kippe noch mehr Alkohol in ihn hinein.

Er hustet und keucht: „Nein, bitte aufhören!“ Er wimmert richtig. Doch diesen Gefallen werde ich ihm sicher nicht tun.

Ich erhöhe nochmals den Sog an der Penispumpe. Dann hole ich aus der Tasche mein kleines schwarzes Klappmesser. Es ist frisch poliert und glänzt im Schein der Stehlampe. Zurück bei Eric halte ich es ihm vor die Augen und grinse dabei teuflisch. Ich fahre mit der Klinge über sein Gesicht, ohne ihm dabei einen Schnitt zuzufügen. Als ich am Hals angekommen bin, bin ich nicht mehr so zögerlich. Leichte, oberflächliche Schnitte zieren nun seine Haut. Ich merke, wie er mit der Bewusstlosigkeit kämpft. Nein, so leicht soll er nicht davonkommen. Das wäre doch schon sehr langweilig. Deswegen verringere ich den Sog an der Penispumpe ein klein wenig und stelle mich breitbeinig vor ihn hin. Mit der Spitze der Klinge meines Klappmessers fahre ich über das Brustbein hinunter zum Bauchnabel. Dann nehme ich seine rechte Brustwarze zwischen die Finger und ziehe sie lang. Dasselbe mache ich auch mit der linken Brustwarze. Dann, mit einem Griff hinter mich, drücke ich wieder zweimal auf die Pumpe. Ich höre nur noch ein kraftloses Stöhnen. Seine Augen sind nun geschlossen und der Schweiß, der vorher nur perlenförmig auf der Stirn zu sehen war, rinnt mittlerweile über das Gesicht. Ich nehme wieder die rechte Brustwarze zwischen die Finger, ziehe daran und schneide sie ab.

„Aaaahhhhh“, höre ich den schmerzvollen Schrei des ehemaligen Pfarrers. Da gerade der Mund offen steht, werfe ich den blutverschmierten Knuppel, der die Brustwarze war, in seinen Mund.

„Schlucken!“, fordere ich ihn auf. Ohne Widerstand schluckt er sein eigenes Körperteil. Mittlerweile weiß er, er hat keine andere Wahl. Mit einem erneuten Griff nach hinten pumpe ich nochmals und widme mich mit einer schnellen Bewegung der linken Brustwarze, ziehe daran und schneide auch diese ab. Der jetzige Schrei ist nicht mehr so laut wie der erste, trotzdem steht der Mund wieder offen und ich schiebe wieder das abgeschnittene Stück in den Mund und deute mit einem Kopfnicken an, diese ebenfalls zu schlucken. Lange wird er nicht mehr durchhalten. Das Blut rinnt von den beiden Schnittstellen über den Brustkorb und seinen Bauch. Sein Blick, der mir schon kraftlos erscheint, drückt blankes Entsetzen aus. Jetzt ahnt er wohl, dass er nicht mehr lebend aus dieser Sache rauskommt. Kurz darauf fällt sein Kopf langsam zum Kinn und er wird ohnmächtig. Langsam gehe ich zurück zur Couch und lasse mich selbst kraftlos darauf fallen. Der Anblick vor mir erfüllt mich mit Freude, doch ich darf mich noch nicht ausrasten. Ein paar Minuten genieße ich noch den Anblick. Es erregt mich, doch ich muss dieses Gefühl unterdrücken. Als ich wieder bei ihm bin, lasse ich die

Penispumpe mit demselben Druck wo sie war und schneide ihm den Hodensack ab. Schade dass sich Eric Penn bereits in Ohnmacht befindet. Er würde sicher seinen Spaß daran haben. Den Hodensack schiebe ich in seinen Mund, schütte noch den Rest vom Wodka hinzu und klebe alles mit einem Isolierband zu. Die Blutlache rund um den Sessel wird größer und größer. Ich lege noch ein benzingetränktes Taschentuch auf seinen Bauch und lasse ein angezündetes Streichholz darauf fallen. Während ich meine Sachen zum Auto bringe und dabei den Feuerlöscher hole, hat er Zeit, ein bisschen zu brutzeln.

Mit einem Gefühl der Erleichterung und Zufriedenheit fahre ich zurück in den Süden. Ich merke, wie sich langsam die Müdigkeit in meinen Knochen ausbreitet. Es wird Zeit für mich, meinen wohlverdienten Schlaf zu finden. Es war lange und anstrengend. Ich bin nur froh, dass morgen Sonntag ist. Wer weiß, was der Tag noch bringen wird!

28. Kapitel

Um kurz nach sieben Uhr morgens klingelt Samanthas Handy. Schlaftrunken sucht sie nach dem lärmenden Gerät und tastet sich Zentimeter für Zentimeter über ihren Beistelltisch neben dem Bett. Neben ihr liegt Tiffany Clark, die sich mürrisch auf die andere Seite des Bettes dreht. Als Sam endlich das Telefon ertastet hat, stöhnt sie kurz auf und nimmt das Gespräch an.

„Forster!“

„Sam, tut mir leid, dass ich dich an einem Sonntagmorgen störe, aber wir haben wieder eine Leiche.“

„Ich habe heute keine Bereitschaft! Ruf bitte das Bereitschaftsteam an!“

„Das würde ich tun, aber es ist eindeutig das nächste Opfer deines Mörders!“

Jetzt ist Samantha vollständig wach und setzt sich im Bett auf. Sie reibt sich kurz über die Augen, während ihr der Gesprächspartner bereits die Adresse nennt.

„Danke! Ich werde in gut dreißig Minuten da sein. Bitte informiert auch Benjamin Carter!“

Sie blickt auf ihre linke Seite, wo Tiffany mittlerweile ebenfalls wach geworden ist. Mit einem Blick zu ihrer Partnerin weiß Tiffany bereits, dass der Mörder wieder zugeschlagen hat.

„Ich werde mitkommen!“, sagt sie nur und steht auf.

Wie versprochen sind die Polizeibeamtin und die Psychologin eine gute halbe Stunde später beim Tatort. Kurz darauf kommt Ben ebenfalls an. Nach einer knappen Begrüßung, die nur aus einem Kopfnicken besteht, betreten die drei die Hütte und können sofort ihr neuestes Opfer sehen. Der übliche Anblick: Eine halb verkohlte Leiche, festgebunden an einem Sessel und weißer Schaum, der den Leichnam überzieht, wahrscheinlich wieder von einem Feuerlöscher. Der Geruch von verkohltem Fleisch liegt in der Luft. Und es riecht nach verbranntem Plastik. Im Genitalbereich der Leiche lassen sich bei genauerem Hinsehen schwarze Überreste von geschmolzenem Kunststoff erkennen. Die drei Neuankömmlinge gehen zu dem Pathologen, der ebenfalls gerade erst angekommen ist und seine Tasche auf dem Wohnzimmertisch ablegt.

„Guten Morgen, Doc“, begrüßt Samantha den Gerichtsmediziner.

„Guten Morgen, Sam und Benjamin“, erwidert Doktor David Johnson. „Oh, und guten Morgen Frau Doktor Clark. Sie heute auch hier?“

„Guten Morgen Doktor Johnson. Ja, ich habe darum gebeten, dass ich beim nächsten Fundort gerne selbst sofort vor Ort dabei sein möchte, um einen genaueren Blick auf die gesamte Situation werfen zu können!“

Wissend nickt der Pathologe mit dem Kopf und wendet sich wieder seiner Tasche zu.

„Heute alleine hier? Wo ist Kevin?“, fragt Samantha.

„Der hat heute seinen freien Tag. Seine Mutter hat Geburtstag. Da wollte ich ihn auch nicht extra stören. Ich werde ihn dann morgen ins Bild setzen.“

„Ich hoffe, Sie können uns heute schon ins Bild setzen, Doc?“

„Ich werde mein Bestes geben, Sam!“

„Das weiß ich und wir sind ihnen auch sehr dankbar. Wir schätzen es sehr, dass sie dieser Mordserie ebenfalls oberste Priorität einräumen.“

Doktor Johnson geht einen Schritt auf Samantha zu, nickt mit dem Kopf, drückt kurz ihren Oberarm und wendet sich dann dem Opfer zu. Rund um den Sessel ist eine tiefrote, riesige Pfütze Blut. Der Pathologe hat leichte Schwierigkeiten, einen sauberen Platz zu finden, um mit seiner Erstaufnahme zu beginnen. In der Zwischenzeit sind die Forensiker beim Tatort eingetroffen.

„Guten Morgen Detectives!“, begrüßt der Leiter der Forensiker die Polizeibeamten. „Wir wären soweit!“

„Guten Morgen“, erwidern Sam und Benjamin. „Wir haben hier gleich etwas sehr Interessantes“, informiert Samantha John Phelps, den Leiter der Spurensicherung. Interessiert, aber mit einem fragenden Blick, schaut er zu Samantha. Die zeigt mit dem rechten Zeigefinger auf den Boden.

„Entweder war unser Täter diesmal in Eile, oder er fängt an, unvorsichtig zu werden.“

John beugt sich hinunter und betrachtet die blutigen Schuhabdrücke, die von der Leiche zur Tür führen. Er winkt seinen Mitarbeiter heran, der davon ein paar Fotos schießen soll.

In dem Moment kommt einer der Polizisten herein, der schon am Tatort war, als die Kriminalbeamten und die Psychologin eingetroffen sind.

„Wer hat das Opfer gefunden?“, fragt Benjamin sofort nach.

„Ein gewisser Pater Benedict. Er gehört der katholischen Kirche an. Alle drei Tage fährt er zu Eric Penn, so heißt unser Opfer, um nach dem Rechten zu sehen und ihn mit Lebensmitteln und anderen Utensilien zu versorgen.“

„Warum fährt Herr Penn nicht selbst in die Stadt und kauft ein?“

„Das weiß ich leider nicht, aber Pater Benedict wartet draußen auf Sie, wenn sie noch Fragen an ihn haben.“

„Danke!“, erwidert Samantha.

Mit einem Nicken zu Ben sagt sie an die Psychologin gewandt: „Tiffany?“

„Ja?“, antwortet diese.

„Wir sind kurz draußen und werden uns mit Pater Benedict unterhalten.“

„Ist in Ordnung. Ich werde mich hier noch ein bisschen umsehen und mir Notizen machen!“

Als die beiden Beamten aus dem Haus gehen, sagt Ben: „Sie tut dir gut. Du siehst glücklich aus!“

„Danke, das bin ich auch. Ich kann dir gar nicht beschreiben, wie es mir geht. So …“, und macht dabei mit der rechten Hand eine Kreisbewegung, „… habe ich mich noch nie gefühlt. Ich fühle mich so geborgen bei ihr. Ich kann mich fallen lassen und weiß, dass da jemand ist, der mich auffängt. Und glaub mir Ben, das …“, Samantha atmet einmal tief ein um sich selbst Mut zu machen für die nächsten Worte, „… macht mir verdammt viel Angst.“

Benjamin kennt seine Kollegin gut genug, um die besondere Bedeutung dieser Worte zu begreifen. Samantha ist niemand, der offen zugeben würde, vor irgendetwas oder vor irgendjemandem Angst zu haben. Nach außen hin spielt sie immer die Starke, aber wenn man einmal ihre Schale geknackt hat, dann weiß man, welch weichen Kern sie hat. Sie ist auch niemand, der schnell jemanden an sich heranlässt. Doktor Tiffany Clark dürfte Superkräfte besitzen, dass sie sich schon nach so kurzer Zeit einen Weg zu Samantha gegraben hat.

„Ich weiß Sam." Mehr braucht er eigentlich gar nicht dazu sagen. Leider haben sie auch nicht die Zeit, das Gespräch zu vertiefen, denn nach wenigen Schritten sind sie bereits bei Pater Benedict angekommen, wissen aber, dass sie in naher Zukunft das eben geführte Gespräch ausführlicher zu Ende führen sollten.

„Guten Morgen, Pater Benedict. Ich bin Detective Forster und das hier ist mein Kollege, Detective Carter", stellt Sam sie beide vor.

„Guten Morgen Detectives. Wer hat das getan?"

„Wir wissen es leider noch nicht, aber allem Anschein nach ist Pfarrer Eric Penn einer Mordserie zum Opfer gefallen. Sie haben ihn gefunden?"

„Ja. Etwa vor einer Stunde. Ich komme immer zwei bis dreimal in der Woche zu Eric und bringe ihm seine Einkäufe vorbei."

„Warum? Ich meine, warum fährt Herr Penn nicht selber in die Stadt und geht einkaufen und warum lebt er hier so einsam, beziehungsweise so abgeschieden von der Außenwelt? War er ein Eremit?"

„Nein, das hat leider einen sehr traurigen Hintergrund."

„Würden sie uns diesen verraten?“, mischt sich Ben in das Gespräch ein.

„Ich weiß nicht, ob ich darüber sprechen darf!“

„Pater Benedict …“, dabei sieht Samantha ihren Gesprächspartner sehr eindringlich an, „… wir haben es hier mit einer der grausamsten Mordserien der letzten Jahre zu tun. Alles was Sie darüber wissen, kann es uns ermöglichen, den Täter schneller zu fassen! Verstehen Sie, was ich meine?“

„Das ist mir sehr bewusst, Detective Forster, aber es geht hier um einen ehemaligen Kollegen und auch in erster Linie um den Ruf unserer Kirche.“

„Ehemaliger Kollege? Ist Pfarrer Penn kein Pfarrer mehr?“

„Nein, Madam!“

„Aber das Haus und das Grundstück gehört doch der hiesigen katholischen Kirche, oder irre ich mich da?“

„Nein, das tun Sie nicht. Das alles, was Sie hier sehen, gehört unserer Kirche.“

„Wenn Herr Penn kein Pfarrer mehr war, warum wohnte er dann hier? Und warum fuhr er nicht selbst seine Einkäufe besorgen?“

Nervös und sichtlich mit sich selbst ringend massiert Pater Benedict seinen Nacken. Sein Blick ist gen Boden gerichtet. Samantha und Benjamin können sehen, dass sein rechtes Auge nervös zuckt. Solche Reaktionen kennen die beiden Detectives nur zu gut. Egal, ob es Verdächtige oder Zeugen waren: Es ist eine jener Reaktionen, die auftritt, wenn jemand über etwas sehr Heikles sprechen soll.

„Machen wir es anders, Pater Benedict und bitte, entschuldigen Sie meine Direktheit.“ Sam probiert nun, auf direktem Weg, etwas von dem Zeugen zu erfahren:

„War Eric Penn ein Sexualstraftäter?“

Pater Benedict atmet tief ein und aus.

„Das wird zumindest behauptet!“

„Behauptet? Sie glauben nicht an seine Schuld?“

„Schon, nur …“, man kann die Verzweiflung, die ihn quält, förmlich spüren. „Ich kenne Eric schon seit der Grundschule. Wir sind quasi zusammen aufgewachsen. Da wir als Kinder schon in dieselbe Kirche gingen, hat uns das nur noch mehr zusammengeschweißt. Wir verehrten beide Gott und die heilige Mutter Maria. Als wir Teenager waren, wuchs in uns beiden der Wunsch, Priester zu werden. So zogen wir an demselben Strang. Wir absolvierten die High-School, wurden auf derselben Universität angenommen und haben gemeinsam Theologie studiert. Wir wohnten zusammen in einem Studentenwohnheim, im selben Zimmer. Wir haben uns gegenseitig unterstützt. Der eine hat den anderen immer wieder aufgebaut, wenn der Weg zu steinig geworden war. Wir waren wie Brüder. Ich glaubte damals, ich kenne ihn besser als mich selbst und dann, als die schlimme Sache herausgekommen ist, konnte ich es gar nicht glauben. Diese Neigung, ich konnte es nicht verstehen, warum er zu solch abscheulichen Taten fähig war. Wenn man ihn damals nicht auf frischer Tat ertappt hätte, dann denk ich mir, würde ich es immer noch nicht glauben."

„Was ist dann passiert? Und wie lange ist es mittlerweile her, dass seine Taten bekannt wurden?"

„Das war vor gut zwei Jahren."

„Warum ist er auf freiem Fuß? Ich konnte keine Fußfessel an ihm erkennen."

„Es gab damals keine Gerichtsverhandlung."

„Kam es denn nicht zu einer Anzeige?"

„Nein. Sie müssen wissen, die katholische Kirche steht in solchen Dingen über dem Gesetz. Das Ganze wurde intern geregelt."

„Indem man Herrn Penn dann in die Abgeschiedenheit abgeschoben hat?"

„Ja, so kann man es sagen. Eric, er war im Grunde genommen ein … ein toller Mensch. Er war immer hilfsbereit, hatte für jeden ein offenes Ohr. Dann kam die ganze Geschichte ans Tageslicht. Von einem Tag auf den anderen wurde ihm seine Pfarre genommen und ab diesem Tag war er auch kein Geistlicher mehr, sondern einfach nur Herr Eric Penn. Damit er aber trotzdem für seine Sünden büßt, musste er sein ganzes Leben hier in der Einsamkeit verbringen. Kein Kontakt zur Außenwelt. Es wurde dann kirchenintern ein freiwilliger Helfer gesucht, der Eric beisteht. Natürlich meldete ich mich sofort. Ich konnte ihn nicht einfach fallen lassen. Aber bitte, glauben Sie mir, die Entscheidung fiel mir trotzdem nicht leicht und unsere Freundschaft hat dadurch einen sehr tiefen Einschnitt erfahren. Solche Taten heiße ich nicht gut und finde es ebenfalls nicht gut, dass die Kirche hier ihre eigenen Gesetze hat. Aber das alles habe ich Ihnen niemals erzählt, wenn Sie verstehen, was ich meine?“

„Natürlich. Vielen Dank für ihre Erklärung.“ Während sich Samantha weiter mit Pater Benedict unterhält macht sich Benjamin nebenbei ein paar Notizen, um das Gespräch später besser in Erinnerung zu haben.

„Als Sie heute hierher kamen, ist ihnen da irgendetwas aufgefallen, irgendetwas, das nicht so war, wie es sein sollte?“

„Außer, dass Eric nicht mehr lebt?“

„Ja. Stand die Haustür offen? Oder waren Fenster offen, die im Normalfall nicht geöffnet waren. Sei es auch nur die geringste Kleinigkeit!“

„Als ich gekommen bin, war die Haustür geschlossen, aber nicht versperrt. Normalerweise sperrte Eric die Haustür immer zu. Er hatte Angst, dass jemand plötzlich hereinkommen könnte, aber in der Nacht, vor allem wenn es so schwül ist, wie in den letzten Nächten, musste er das Schlafzimmerfenster immer öffnen.“

„Haben Sie gesehen, ob das Schlafzimmerfenster offen war?“

„Das war geschlossen. Ich habe an der Haustür geklopft, weil es hier keine Klingel gibt. Und als er nicht geöffnet hat, dachte ich mir, dass er vielleicht noch schläft und bin dann gleich zum Schlafzimmerfenster gegangen. Das war aber verschlossen. Ich konnte durch das Fenster sehen, dass er nicht mehr im Bett lag. Deshalb bin ich dann zurück zur Haustür gegangen und habe wieder geklopft. Als diesmal keine Reaktion kam, habe ich probiert, ob die Haustür vielleicht doch offen ist. Und sie war offen. Das hat mich gewundert, aber auch da dachte ich mir noch nichts. Vielleicht hat er ja einen Morgenspaziergang gemacht.“

„Ich dachte, er durfte nicht hinaus?“

„Er durfte sich auf dem Grundstück frei bewegen.“

„Okay!“

„Als die Tür dann aufging, bin ich hinein und da sah ich ihn sofort. Erst dachte ich mir, er macht nur einen seiner blöden Scherze. Doch als ich näher zu ihm trat, erkannte ich sofort, dass es kein Scherz war. Ich bin sofort aus der Hütte rausgestürmt und habe die Polizei gerufen.“

Mittlerweile kämpft Pater Benedict mit den Tränen. „Egal, was er damals getan hat, Detectives, das hier, das hat er nicht verdient. Er war doch mein bester Freund.“ Die ersten Tränen laufen über Benedicts Wangen.

Nickend stimmen sie ihm zu. Sie können seine Traurigkeit verstehen. Der beste Freund. Der Freund, mit dem man aufgewachsen ist und der so etwas wie ein Bruder ist. Erst ein Sexualstraftäter und dann selbst ein Opfer. Ein Opfer einer grausamen Tat. Und diesen Freund, deinen Wegbegleiter, findest du dann auch noch selbst in diesem Zustand auf. Sie können nur annähernd erahnen, welch schmerzliche und qualvolle Gefühle Pater Benedict gerade durchlebt. Sie lassen ihm ein paar Augenblicke, um sich wieder zu sammeln. Erst als Samantha merkt, dass er wieder aufnahmefähig ist, stellt sie ihm die letzte Frage:

„Welche Schuhgröße haben Sie, Pater Benedict?"

„Schuhgröße?"

„Ja, in der Hütte haben wir Schuhabdrücke gefunden. Wir wollen nur sichergehen, dass es nicht Ihre sind. Da Sie in der Hütte waren, kann es durchaus sein, dass sie von Ihnen stammen. Wenn nicht, dann haben wir vielleicht Glück und sind wieder ein Stück weiter gekommen."

„Ich verstehe. Ich habe Schuhgröße dreiundvierzig. Wollen Sie auch sicherheitshalber einen Abdruck von meinen Schuhen machen?"

„Wenn es Ihnen nichts ausmacht, wäre dies für uns sehr hilfreich."

„Sollen wir den Abdruck gleich hier machen?"

„Nein. Ich würde Sie bitten, dass Sie heute Nachmittag zu uns ins Dezernat kommen. Wir müssen Ihre Aussage auch noch schriftlich aufnehmen. Sie wissen schon, für die Berichte."

„Kein Problem. Wann genau soll ich bei Ihnen sein?“

„Würde es ihnen um vierzehn Uhr passen?“

Der Pastor nickt zustimmend. Nach einer kurzen Verabschiedung gehen die beiden Beamten wieder zurück zur Hütte. Vor dem Eingang wartet Tiffany bereits auf sie.

„Bist du fertig, Tiffany?“, fragt Ben.

„Ja. Es ist etwas anderes, ob man nur die Berichte liest oder selbst am Tatort ist. Ein grauenhafter Anblick. Aber vielen lieben Dank, dass ich dabei sein durfte. Nur eine Frage: Wie schafft ihr es, Tag ein Tag aus solchen Anblick zu ertragen?“

Samantha und Benjamin sehen sich erst an, bevor sie sich wieder zu Tiffany wenden. Wie abgesprochen antworten beide gleichzeitig: „Man gewöhnt sich mit der Zeit daran.“

„Es ist auch nicht jeder Tatort so brutal. Manche sind schlimmer, manche sind weniger schlimm. Am schlimmsten ist es aber, wenn Kinder involviert sind.“

„Das kann ich mir vorstellen!“, erwidert Tiffany.

„Ich werde noch Doktor Johnson Bescheid geben, dass ich heute ausnahmsweise mal nicht bei der Obduktion dabei sein werde, dann können wir zurück ins Dezernat fahren, oder?“

„Du willst nicht dabei sein? Warum? Sonst lässt du dir das Spektakel doch nie entgehen!“, meint Benjamin fassungslos. So kennt er seine Kollegin nicht.

„Ich würde gerne beim Gespräch mit Pater Benedict dabei sein. Ich habe so ein Gefühl, dass wir hier einen großen Schritt weiter kommen könnten und da kann ich ruhigen Gewissens eine weitere Obduktion ausfallen lassen“, erklärt sie augenzwinkernd und geht in die Hütte hinein.

29. Kapitel

Beim Dezernat verabschiedet sich Tiffany Clark von Samantha und Benjamin, da sie ihr erfasstes Profil nochmals überarbeiten müsse. Falls die Schuhabdrücke wirklich zu einer Frau gehören, und das sollten sie mit einer neunundneunzigprozentigen Wahrscheinlichkeit von der Größe her, sind ihre Einschätzungen und das Täterprofil falsch. Sie braucht auch etwas Zeit, um sich zu sammeln und die eben gesehenen und erlebten Dinge zu verarbeiten. Die anderen beiden haben zudem wahrlich im Moment einiges zu tun. Samantha und Benjamin haben sich dazu entschieden, George Smith und Simon Jefferson nicht Bescheid zu sagen und ihnen ein freies Wochenende zu gönnen. Sie können die anderen beiden Detectives immer noch am nächsten Tag informieren. Bevor sie in das Gebäude gehen, raucht Samantha noch eine Zigarette, um dabei ihre Gedanken ein wenig zu sortieren.

Ben fragt: „Darf ich heute ausnahmsweise auch eine haben?“

Sam hebt ihre rechte Augenbraue und stellt die Gegenfrage: „Seit wann rauchst du wieder? Ich dachte, du hättest letztes Jahr damit aufgehört?"

„Habe ich auch." Wie ein kleiner Schuljunge fährt Ben mit dem rechten Fuß vor und zurück über den Gehsteig. „Aber an so Tagen wie diesen brauche ich wirklich eine. Es ist okay Sam. Ich werde deshalb nicht wieder damit anfangen. Aber ab und zu mal eine rauchen ist doch nicht schlimm. Und ich glaube, dir brauche ich nicht zu erklären, was ich damit meine, oder?"

Nein, in der Tat braucht Benjamin ihr das nicht zu erklären. An manchen Tagen, an denen es nur stressig ist oder wenn sie in einem verflixten Fall festhängen, so wie bei diesem hier, gönnt man sich ab und zu ein paar Minuten, um kurz an die frische Luft zu gehen und den total ungesunden Rauch durch die Lungen strömen zu lassen. Andere trinken Alkohol oder essen zu viel Schokolade. Als ob Samantha nicht auch das tut ... Aber genug darüber nachgedacht! Im Moment haben sie eindeutig wichtigere Probleme zu bewältigen, als sich mit einzelnen Lastern zu beschäftigen.

Während sie schweigend ihre Zigarette rauchen, hängt jeder von ihnen den eigenen Gedanken nach. Sie sortierten die Bilder in ihren Köpfen und versuchen, gedanklich schon einmal Zusammenhänge zu erkennen. Als sie beide zu Ende geraucht haben, gehen sie ins Dezernat hinein und direkt zu ihren Schreibtischen.

„Soll ich uns einen Kaffee organisieren?", fragt Ben.

„Da fragst du noch? Du weißt doch, dass ich ohne meinen stündlichen Koffeinschub zu nichts zu gebrauchen bin“, antwortet Samantha. Er macht sich sofort auf den Weg in die kleine Kaffeeküche. Samantha atmet tief ein und aus. Als sie sich ein Stück nach rechts dreht, entdeckt sie plötzlich einen weißen Umschlag. Aus fein säuberlich ausgeschnittenen Buchstaben diverser Zeitungen und Zeitschriften ist ihr Name auf das Kuvert geklebt. Mit klopfendem Herzen nimmt sie den Umschlag in die Hand, schließt die Augen und atmet noch ein paar Mal tief ein und aus. Ihr Herzschlag galoppiert, als sei es auf einer Rennbahn. Warum ist sie jetzt auf einmal so nervös? Sie hat doch gewusst, dass sie früher oder später wieder einen Brief bekommen wird. Aber wie ist er auf ihrem Schreibtisch gelandet? Sicherlich hat ihn einer der Beamten hier hingelegt.

Als Benjamin mit dem Kaffee zurückkommt, stellt er Samanthas Tasse vor ihr ab. Ein kurzer Blick genügt und er weiß sofort Bescheid, als er den immer noch ungeöffneten Brief in ihren Händen sieht.

„Der lag auf meinem Schreibtisch. Ich werde einmal kurz durchfragen, wer den Umschlag hier hingelegt hat. Vielleicht erfahren wir, wie die Briefe hierher gelangen. Falls es ein Fahrradkurier ist, dann muss es doch auch einen Auftraggeber geben!“

Samantha steht von ihrem Platz auf und geht zu den ersten Kollegen, um sich der Reihe nach durchzufragen. Zehn Minuten später kommt sie wieder zu ihrem Kollegen zurück.

„Und? Hattest du Glück?“

Sie schüttelt wortlos den Kopf und setzt sich wieder hinter ihren Schreibtisch. Sie hält den noch immer ungeöffneten Brief in ihren Händen.

„Danke für den Kaffee!“

„Gerne“, erwidert Ben ihr Dankeschön und gesellt sich zu ihr.

„Weißt du Ben, es ist schon merkwürdig. Keiner der Kollegen hat den Brief hingelegt oder jemand Verdächtigen gesehen. Niemand hat etwas mitbekommen, da heute ziemlich viel Hektik herrschte. Es ist, als komme er von einem Geist.“

„Vielleicht wurde der Brief auch schon gestern abgegeben?“

„Vermutlich! Irgendetwas stimmt hier nicht. Im Moment fühle ich mich so machtlos und ich hasse dieses Gefühl.“ Ben weiß genauestens Bescheid. Ihm geht es auch nicht anders.

„Er ist nicht nur einen Schritt vor uns, weil er sein nächstes Opfer kennt. Nein, er ist uns gleich um zwei Schritte voraus. Er kennt uns. Schickt mir Briefe. Ich bin für ihn greifbar, aber für uns … für uns ist er ein Phantom. Wir jagen immer nur hinter ihm her, ohne zu wissen, wo sein Weg hinführt. Grrrrrrrr …“, lässt sie ihren Frust aus sich heraus und schlägt mit der Faust kräftig auf die Tischplatte.

Nach einem weiteren Schluck schwarzen Kaffees öffnet sie den Umschlag und zieht ein weißes Blatt heraus. Genauso wie bei den anderen Briefen ist es auch diesmal wieder ein computerverfasstes Schreiben.

Bezaubernde Samantha!

Ich hoffe, es ist in Ordnung, wenn wir mittlerweile zum Du übergehen. Da wir füreinander bestimmt sind, wäre es doch sinnlos und auch lächerlich, wenn wir uns weiterhin Siezen würden. Findest du nicht auch, meine wunderschöne Geliebte? Geliebte ist hier leider auch noch der falsche Ausdruck, da ich dir noch nicht zeigen konnte, wie schön meine Liebe sein kann. Aber bald ... ganz sicher, ganz bald ... wirst du in meinen Armen liegen. Ich werde dich für immer auf Händen tragen und manchmal, oder vielleicht auch öfters, werde ich dich in andere Sphären schicken. Es wird die Erfüllung all unserer Träume sein, auch wenn ich im Moment ein bisschen böse auf dich bin. Doktor Tiffany Clark??? Meine Bezaubernde, wie konntest du nur? Was hast du dir dabei gedacht? Du gehörst doch zu mir. SIE wird dir niemals das geben können, was du dir verdienst. SIE wird dich niemals so lieben können und werden, wie ich es tue. Hast du dich schon einmal gefragt, warum eine Frau wie sie noch zu haben ist? Meine Bezaubernde, ein klein wenig kann ich schon verstehen, warum du auf sie hereingefallen bist. Ich muss leider zugeben, Doktor Tiffany Clark ist eine wunderschöne Frau. Aber das war es dann auch schon. Außen hui, innen pfui! So sagt man doch, oder? Keine ihrer Beziehungen hielt länger als ein paar Wochen. Außer einmal, aber naja ... im Enddefekt ist auch diese gescheitert. Und glaube mir, wenn du sie nach dem Grund fragen wirst, du wirst mit Sicherheit niemals die Wahrheit erfahren. Samantha! Liebling! Bitte, lass' nicht noch weiter mit dir spielen. Sie wird dich verletzen und dann werde ich es noch schwerer haben, zu dir durchzudringen. Ich weiß doch, dass du eine harte Schale hast. Ich weiß auch, dass es nur deine Art ist, nicht verletzt zu werden, aber SIE wird dich verletzen. Früher oder später und das hast du nicht verdient. Wir gehören zusammen. Du und ich. Wir beide. Ich bin die Person, nach der du dich verzehrst. Auf die du dein Leben lang gewartet hast. Bitte lass' dich nicht verletzen. Es wird auch mich verletzen. Aber keine Sorge, mein Liebling. Ich werde immer in deiner Nähe sein und dich beschützen. Es tut nur so verdammt weh, euch beide zu sehen. Wie ihr gemeinsam lacht, euch berührt und küsst. Solche Bilder sind der wahre Albtraum. Samantha, du gehörst mir! Zu mir! Genauso, wie ich dir gehöre! Zu dir gehöre! Mach' es bitte nicht noch schlimmer für uns beide! Ich habe dir mittlerweile schon so viele Geschenke gemacht und ich spüre, dass deine Aufmerksamkeit von Geschenk zu Geschenk immer größer wird. Die Anziehungskraft immer stärker. Hast du Eric Penn schon gefunden? Den ehemaligen Pfarrer! Ein Pfarrer! Er hätte niemals für seine Sünden büßen müssen, aber in der Kirche immer schön brav predigen, dass man für seine Sünden büßen muss, damit man irgendwann mit reiner Seele ins Reich Gottes kommt. Er musste nichts büßen. Ob Gott ihn noch haben möchte? Ob ihm der Zutritt ins ewige Paradies verweigert wird? Wer weiß ... Damit muss sich jetzt aber nur er beschäftigen.

Meine Bezaubernde, bald werden wir uns sehen. Ich kann es kaum noch erwarten. Bist du genauso nervös, wie ich es bin? Du kannst dir gar nicht vorstellen, wie sehr ich dich liebe.

In ewiger Verbundenheit

Dieses Schreiben ist anders als die anderen Briefe, die Samantha bislang erhalten hat. Persönlicher. Ihr ist natürlich nicht entgangen, dass der Verfasser sehr eifersüchtig ist.

„Was soll das?", fragt sie ihren Kollegen, der immer noch auf ihrer Schreibtischkante sitzt und ebenfalls fassungslos ist. Mit beiden Händen fährt er ein paar Mal über sein Gesicht, bis er Worte findet: „Er kennt Tiffany! Oder hat sich schlau über sie gemacht!"

Dieser Gedanke ist Samantha beim Lesen ebenfalls gekommen. Langsam und unaufhaltsam kriecht die Angst in ihr hoch. „Meinst du, er wird ihr etwas antun? Glaubst du, sie ist in Gefahr?"

„Ich weiß es nicht … wirklich nicht. Er ist ein Psychopath und wir wissen beide, da ist mit allem zu rechnen. Ich will dir keine Angst machen, Sam."

„Ich weiß. Er beobachtet uns. Er ist immer in unserer Nähe. Aber wo? Immer, wenn ich irgendwo bin, halte ich meine Augen offen, nehme meine Umgebung doppelt so stark wahr wie sonst, aber mir fällt niemand auf, der zufälligerweise immer da ist, wo ich mich auch befinde."

„Was ist, wenn es jemand ist, den du vielleicht kennst? Fällt dir irgendjemand ein, der dir Avancen gemacht oder übertrieben geflirtet hat? Jemand, der neu in deinem Umfeld ist, dem du aber keine besondere Beachtung geschenkt hast?“

„Außer den Leuten, die wir während dieses Falles befragt haben?“

„Ja. Hast du in den letzten Monaten jemanden kennengelernt? Kann auch nur flüchtig in einer Bar gewesen sein.“

„Eigentlich niemanden.“

„Eigentlich?“

„Wir haben Tiffany kennengelernt. Aber ich glaube nach diesem Brief hier, können wir sie ausschließen, und sie ist kein Mann. Und vor kurzem habe ich ihre Schwester kennengelernt.“

„Aber du weißt selber, dass wir jetzt auch damit rechnen müssen, dass es eine Frau ist, oder?“

„Ja, aber Tiffany ist es auf keinen Fall. Der Brief hier beweist es.“ „Sam, beruhige dich doch. So war es nicht gemeint. Ich habe und wollte Tiffany nicht beschuldigen. Ich glaube auch nicht, dass sie etwas mit unserem Fall zu tun hat. Und du hast Recht. Dieses Schreiben hier beweist nur ihre Unschuld. Außer vielleicht …“

„Außer? Komm schon Benjamin. Wenn du etwas zu sagen hast, dann spuck es aus. Du weißt, wie mich das

Herumdrucksen nervt.“ Samantha wird langsam ärgerlich. Solche Worte und Anschuldigungen kann und will sie nicht glauben – und auch nicht hören. Wie kommt Benjamin nur auf solche Ideen?

„Samantha Forster. Du bist meine beste Freundin und die beste Partnerin, die ich je hatte und haben werde. Du weißt selber, und du ermutigst uns auch immer dabei, dass wir in alle Richtungen denken müssen. Der Verfasser hier …“, und zeigt dabei auf den Brief, der vor Samantha am Schreibtisch liegt, „… hat Tiffany ins Spiel gebracht. Es kann mehrere Bedeutungen haben. Ich möchte dich dabei nicht verletzen. Bitte glaube mir.“

„Ich weiß, und es tut mir auch leid. Es ist nur … endlich habe ich jemanden kennengelernt, eine Frau, bei der ich mich wohl fühle, mich fallen lassen kann. Seit langer Zeit bin ich endlich wieder glücklich. Und dann kommt so ein Wahnsinniger oder vielleicht auch eine Wahnsinnige, der oder die mir alles wieder kaputt machen möchte. Aber du hast wirklich vollkommen Recht. Wir müssen in alle Richtungen denken. Auch wenn es manchmal unvorstellbar ist.

„Was ist mit ihrer Schwester, könnte sie vielleicht die Täterin sein?“, denkt Ben laut weiter nach. „Das habe ich auch in Erwägung gezogen, aber das kann ich mir beim besten Willen nicht vorstellen, du hast sie doch auch kennengelernt, wirkt sie für dich wie eine solch verrückte Person? Lass uns weiter über deine Gedanken reden, aber erst, wenn ich wiederkomme. Ich brauche erst ganz dringend eine Zigarette“, dabei steht sie auf und geht Richtung Ausgang. Ben folgt seiner Kollegin nicht. Er kennt sie lange genug, um zu wissen, dass sie ein paar Minuten für sich braucht, um wieder klar denken zu können. In der Zwischenzeit kopiert er das Schreiben, scannt es ein und lässt den Brief zur Spurensicherung bringen.

30. Kapitel

Doktor Tiffany Clark sitzt bei sich zu Hause am Schreibtisch und versucht, ihr Täterprofil zu überarbeiten. Sie ist leicht frustriert. Wie kann sie mit ihrem Profil nur so falsch gelegen sein? Es war doch alles so stimmig. Warum ging sie sofort von einem männlichen Täter aus? Sie hat die ganze Zeit keine Zweifel daran gehabt, dass es nur ein Mann sein kann. Ein Anfängerfehler, über den sich Tiffany ziemlich ärgert. Aber so eine brutale Art zu morden und dann auch noch in Serie, dazu sind normalerweise nur Männer in der Lage. Marilyn Manson, Ted Bundy, Jeffrey Dahmer oder Jack the Ripper. Ja, es gibt sehr wohl auch weibliche Serienmörderinnen. Doch die meisten von ihnen töteten mit Gift, mit Arsen, wie Mary Ann Cotton – auch genannt „Dark Angel“. Aber klar, es gibt auch brutale Serienmörderinnen, wie etwa Aileen Wuornos. Innerhalb eines Jahres konnte man ihr sechs Mordopfer zuordnen. Ein siebtes Opfer, dessen Leiche man niemals fand, sollte ebenfalls ihr zugeschrieben worden sein. Alle starben an zwei bis neun Schüssen. Nicht zu vergessen: Lavinia Fisher. Sie gilt als erste Serienmörderin der USA.

Tiffany schüttelt ihren Kopf. Wie kann man nur so blind sein. Doch die Taten sprachen bisher eine eindeutige Sprache. Eine männliche Sprache. Normalerweise kann sie es überhaupt nicht leiden, wenn man in Schubladen denkt. Ihr geht der kleine Fußabdruck nicht aus dem Kopf. Wahrscheinlich Schuhgröße achtunddreißig. Es gibt aber auch Männer, die klein sind und somit auch kleine Schuhe tragen.

Es wurde doch von einer Zeugin erwähnt, dass sie an dem Abend, als Colin Anderson starb, eine in dunklen Farben gekleidete Frau gesehen habe. Diese Zeugin schloss ihre Vermutung daraus, dass die Person sehr zierlich gewesen sei und der Gang sehr weiblich gewirkt habe. Tiffany hat diesen Gedanken damals tatsächlich abgeschmettert und ist bei ihrem Standpunkt, dass für diese Serie nur ein Mann in Frage kommen kann, geblieben. Sie hat sich nicht einmal ein paar Minuten Zeit genommen, um darüber nachzudenken, ob es nicht doch auch eine Frau sein könnte. „AAAAAhhhhhhh“, schreit Tiffany innerlich. „Warum? Warum? Warum?“ Sie hatte damals doch so einen schweren Stand bei Samantha und ihren Kollegen. Sie wollten nicht viel von einer psychologischen Beratung wissen. Und sie wollte sich beweisen. Sie wollte sich Sam beweisen. Vom ersten Augenblick an, als Samantha ins Büro von Howard Link getreten ist, war sie von ihr fasziniert. Sie verspürte damals schon eine so starke Anziehung zu der blonden Polizistin. Verwirrt von ihren eigenen Gefühlen, konnte sie sich nicht mehr richtig auf ihre

Arbeit konzentrieren. Wer weiß, welche Hinweise sie noch übersehen hat? „Tiffany, reiß dich zusammen. Ja, du bist davon ausgegangen, dass es nur ein Mann sein kann, aber es ist nun mal nicht so. Der Rest vom Profil passt doch trotzdem. Nur müssen wir eben nach einer Mörderin suchen oder vielleicht doch nach einem kleinen Mörder", bestätigt sie sich selbst.

Um wieder auf klare Gedanken zu kommen gießt sie sich ein Glas Whisky ein und lässt zwei Eiswürfel hineinfallen. In einem Zug leert sie das Glas.

„Bling", hört sie von ihrem Computer. Der Eingang einer neuen Nachricht wird angekündigt. „Sicherlich irgendeine Werbung oder ein Patient, der ganz dringend einen Termin braucht", denkt sie und gießt sich noch einen weiteren Whisky ein. Sie hat es im Moment nicht sehr eilig zu lesen, wer etwas braucht oder ihr etwas verkaufen möchte. Ein paar Minuten verstreichen, bis Tiffany sich wieder an ihren Arbeitsplatz setzt. Sie klickt auf das E-Mail-Symbol um die eingegangene Nachricht zu lesen. Eine Mail von Samantha! Vor ihr tanzten sechs Worte, die ihr die Tränen in die Augen treiben: „Wir sollten uns nicht mehr sehen!" Tiffany ist fassungslos. Was soll das heißen? Immer und immer wieder liest Tiffany diesen einen Satz und kann es nicht glauben. Wir sollten uns nicht mehr sehen! Warum? Was ist passiert? Was habe ich diesmal falsch gemacht? Eine einzige Träne kullert über ihre Wange. Mit zitternden Fingern nimmt sie das leere Whiskyglas in die Hand und will es mit voller Wucht an die Wand werfen, doch in letzter Sekunde kann sie sich noch stoppen. Das ist keine gute Idee. Tiffany ist von dem plötzlich aufkommenden Schmerz sehr überrascht. Ja, so schwer es noch vor einigen Tagen war, aber sie hat akzeptiert, dass sie sich in Samantha verliebt hat. Sie wollte es nicht. Nein, auf gar keinen Fall. Sie wollte nie wieder jemanden zu nah an sich herankommen lassen. Was hat sie sich dabei nur gedacht? Wie konnte das nur passieren? Sie weiß doch, dass solche Gefühle nur Schmerzen verursachen! Schon einmal musste sie es auf die harte Tour lernen. Auf einmal fühlt sich Tiffany sieben Jahre zurückversetzt. An den schrecklichsten Tag ihres Lebens. Es war, als würde es gerade wieder passieren. Holly! Sie hört immer noch die Schreie von damals. Hollys Schreie, oder waren es ihre eigenen? Ja, es waren ihre eigenen Schreie. Denn Holly konnte nicht mehr schreien. Holly war tot! Von einer Sekunde zur anderen! Einfach tot. Einfach weg. Tiffany sieht klar das Bild ihrer damaligen Lebensgefährtin, die blutüberströmt neben ihr auf dem Beifahrersitz lehnt und sie mit leblosen Augen ansieht. Tiffany hatte damals bei dem Unfall nur eine Platzwunde am Kopf gehabt und geprellte Rippen, aber es fühlte sich so an, als wäre sie mit Holly gestorben. Bis zu dem Tag, als sie Samantha zum ersten Mal sah. Da fing sie wieder an zu leben. Sie fing an, wieder Glück zu verspüren, fröhlich zu sein. Sie fing damit an, sich Samantha zu öffnen. Sie sah einen kleinen Funken Hoffnung, dass sie eine zweite Chance bekommen hatte. Tiffany hatte keine Schuld an dem Unfall. Ein betrunkener Autofahrer war ihnen frontal hineingefahren, doch sie konnte die Schuldgefühle nicht abschütteln. Wie ein Wasserfall laufen Tiffany die Tränen über das Gesicht. Sie fühlt sich zu kraftlos, um sie abzuwischen, also lässt sie sie frei laufen. Wann hat sie das letzte Mal geweint? Sie denkt nach und merkt, dass es bei der Beerdigung von Holly gewesen sein muss. Seitdem hat sie sich nur in die Arbeit gestürzt und flüchtige Bekanntschaften gemacht. Ein Date, aber nicht mehr, und bitte auch keinen Kaffee danach. Es würde nur unangenehm werden für beide beim Abschied.

Tiffany weiß im Moment nicht, ob sie mehr wegen Holly weint oder wegen Samantha. Als sie wieder ein bisschen Kraft geschöpft hat, geht sie zum Computer und ohne ihr Postfach eines weiteren Blickes zu würdigen, fährt sie das elektronische Gerät hinunter und schlürft ins Badezimmer, um sich ein heißes Bad einzulassen. Wieder einmal stirbt alles in ihr! Sie kann nicht mehr! Sie will nicht mehr. Die Erinnerungen an Holly und die letzten Worte von Samantha sind im Moment zu viel für sie.

31. Kapitel

Wie vereinbart erscheint Pater Benedict um vierzehn Uhr im Dezernat bei Samantha und Benjamin. Der Pater scheint noch mitgenommener zu sein als am Morgen. Seine blasse Gesichtsfarbe fällt ihnen schon bei seinem Eintreten auf. Sam kann nicht anders, sie hat Mitleid mit dem Mann. Eric Penn war, egal was vorgefallen ist, von Kindesbeinen an sein bester Freund. Pater Benedict strafft noch einmal seine Schultern und kommt hoch erhobenen Hauptes zu ihnen.

„Hallo Detectives! Ich würde ja gerne sagen, dass es mich freut Sie wiederzusehen, aber bei dem Hintergrund unseres Treffens ist es dann doch nicht so eine große Freude.“ Er wirkt sehr schwach, als würde er, trotz seiner straffen Haltung, womöglich jeden Moment vor ihnen zusammenbrechen.

„Hallo Pater Benedict“, erwidern erst Benjamin und dann Samantha seinen Gruß, bevor Ben weiter spricht: „Wir verstehen, was Sie gerade durchmachen. Wir haben Sie heute nicht hergebeten um Sie noch mehr zu verletzen, es ist nur, je frischer die Erinnerungen sind, desto klarer sind sie auch, und Sie können sich an Kleinigkeiten erinnern, die Ihnen vielleicht unwichtig erscheinen, aber uns entscheidend weiterbringen könnten."

„Ich weiß. Es tut mir auch leid. Ich möchte Sie mit allem, was in Gottes und meinen Kräften liegt, unterstützen."

Die beiden Polizeibeamten führen Pater Benedict in ein Vernehmungszimmer, klären ihn über die Ton- und Videoaufnahme auf und fangen mit der Zeugenaussage an. Pater Benedict erzählt ihnen das Gleiche noch einmal, was er schon am Morgen gesagt hat. In seiner Trauer war er die restlichen Stunden immer und immer wieder den Ablauf durchgegangen, um sich vielleicht doch noch an etwas zu erinnern, was ihm entfallen sein könnte. Aber er kann sich nicht an mehr erinnern, als er schon zur Aussage gebracht hat.

„Pater, wir haben noch die eine oder andere Frage", kommt es nach gut einer halben Stunde von Samantha. „Geht es für Sie noch oder brauchen Sie eine kurze Pause?"

„Nein, Detective Forster. Mir geht es gut. Bitte stellen Sie mir Ihre Fragen. Ich möchte wirklich mit allem in meiner Macht Stehenden dazu beitragen, den Killer, der meinen besten Freund ermordet hat, zu fassen. Können Sie mir versprechen, dass Sie ihn schnappen werden?"

„Pater Benedict, wir werden unser Bestes geben."

„Haben Sie schon eine Spur? Gibt es schon Verdächtige?“

„Es tut mir sehr leid, aber über den Stand der momentanen Ermittlungen dürfen wir leider keine Auskunft geben. Ich hoffe, Sie können das verstehen?“

„Selbstverständlich … es ist nur gerade ein bisschen schwer und viel, aber Gott hat mir diese Aufgabe gestellt und ich werde sie nun genauso gut meistern wie all die Aufgaben, die er mir schon auferlegt hat und noch auferlegen wird. Bitte fahren Sie fort, Detective!“ Pater Benedict sitzt kampfesbereit vor ihnen. Sie wussten, dass er ihnen behilflich sein würde.

„Es geht um die Mädchen, die Eric Penn missbraucht hat. Kennen Sie hier auch die Familien beziehungsweise die Mädchen selbst?“

„Ja. Nachdem Eric sein Titel aberkannt wurde und er dann kein Pfarrer mehr war, brauchte die Gemeinde einen neuen Pfarrer. Damals war ich in der Nachbarskirche tätig. Wie gesagt, wir waren nie wirklich voneinander getrennt. Wir trafen uns mindestens einmal die Woche. Also nochmal zurück … damals hat die Kirche nach seinem Abgang einen neuen Pfarrer gesucht. Ich habe mich beworben und bekam die Stelle.“

„Warum haben Sie Ihre Gemeinde aufgegeben, wenn es doch gleich die Nachbarsgemeinschaft ist?“

„Ich fühlte mich wohl, wo ich war. Es hat mir dort sehr gut gefallen. Die Menschen, mit denen ich zu tun hatte, waren sehr freundlich und zuvorkommend. Als Pfarrer hat man damit sein großes Los gezogen. Die Kirche war sonntags auch immer sehr gut besucht. Als dann aber die Geschichte mit Eric an die Öffentlichkeit kam, wusste ich nicht, was ich tun sollte. Ich war doch sein Freund und musste ihn unterstützen. Er war ja nicht nur mein bester Freund, er war doch wie ein Bruder für mich, also sah ich mich in der Pflicht, für ihn einzuspringen. Eine Art Wiedergutmachung. Die Menschen in der Gemeinde haben sehr viel Schlimmes erfahren, und ich wollte auch wirklich sicher gehen, dass dies nicht noch ein weiteres Mal geschieht. Verstehen Sie mich bitte nicht falsch. Ich vertraue den Menschen, aber mich selbst kenne ich am besten. Obwohl ich keine Mitschuld trage, fühlte ich mich schuldig. Ja, so kam es dann, dass ich meine Versetzung beantragte und nach kurzer Prüfung war ich zwei Wochen später in der Pfarrei von Eric. Somit lernte ich dann auch die Familien von den armen Mädchen kennen. Nicht alle, muss ich auch sagen. Wie viele Mädchen es damals waren, das weiß, besser gesagt wusste, nur Eric." Ungeniert kullert nun eine Träne über die rechte Wange des Paters. Entweder er bekam es nicht mit, oder er war anders als die meisten Männer, die zur Aussage kamen. Viele von ihnen weinten, aber sie schämten sich ihrer Tränen. Pater Benedict scheint sich für seine Gefühle nicht zu genieren. Er lässt die Tränen weiter ungehindert über seine Wangen laufen. Wortlos schiebt Benjamin eine Packung Taschentücher über den Tisch.

„Danke!"

Nachdem Benedict ein paar Augenblicke für sich hat, fährt Samantha weiter fort: „Sind die Familien nicht aus der Kirche ausgetreten?"

„Manche von ihnen schon, manche sind aber geblieben. Die Kinder weigerten sich am Anfang teilweise, wieder in die Kirche zu gehen. Ich verstand die Kleinen. Wenn man so jung ist und so etwas erleben musste, warum soll man dann immer wieder zurück an den Ort gehen, an dem einem nur Schlechtes widerfahren ist?" Die rhetorisch gestellte Frage von Pater Benedict bleibt unbeantwortet. Was soll man auch darauf sagen?

„Warum sind die Familien weiterhin in Ihre Kirche gegangen?"

„Das, Detective Forster, kann ich Ihnen nicht beantworten. Ich habe mich aber sehr darüber gefreut, dass trotz dieser Geschichte vielen der Glaube an Gott nicht abhandengekommen ist."

„Das verstehe ich. Gerade in der heutigen Zeit wissen wir, dass es immer weniger Menschen gibt, die in die Kirche gehen oder gar irgendeiner Religion angehören", mischt sich Benjamin in die Unterhaltung mit ein.

„So ist es, Detective Carter. Ich freue mich über jedes Schäfchen, dass bei uns eine Heimat oder einen Rückzugsort gefunden hat."

„Können Sie uns sagen, wie die Familien diese ganze Geschichte verarbeiten? Wissen Sie vielleicht, ob die Mädchen in psychologischer Behandlung sind?"

„Zu welchen Psychologen die Mädchen gehen, kann ich ihnen leider nicht sagen. Ich habe nur ein paar Mal aufgeschnappt, dass einige von ihnen einmal die Woche zu dieser neuen Einrichtung gehen.“

„Um welche Einrichtung handelt es sich?“

„HAPPY KIDS. Diese Einrichtung gibt es jetzt ungefähr seit einem Jahr. Ein Pilotprojekt. Hier bekommen Kinder und Jugendliche, die psychisch oder physisch misshandelt werden Unterstützung. Es gibt dort auch Psychologen. Aber das Hauptaugenmerk liegt darauf, dass die Kinder und Jugendlichen erfahren, dass sie nicht alleine sind. Dass es leider viel zu viele kleine Erdenbürger gibt, die schon in ihrer frühen Kindheit Grausames erleben müssen. Sie können sich gegenseitig austauschen, einander helfen, miteinander spielen. Es ist so eine Art Jugendzentrum, aber eben mit dem traurigen Hintergrund von Misshandlungen. Es arbeiten auch sehr viele Freiwillige in der Einrichtung. Erwachsene, die ebenfalls so ein trauriges Schicksal erlebt haben.“

„Waren Sie schon einmal dort?“

„Ja. Bei der Eröffnung wurde ich eingeladen. Ich finde diese Einrichtung sehr gut. Es geht dort nicht so steril zu wie in manchen Psychologenpraxen. Nach dem Motto: Jeder kann, keiner muss. Es soll als Zufluchtsort dienen.“

Samantha konnte den Blick von Benjamin spüren, als das Wort HAPPY KIDS gefallen ist. Kürzlich hat sie ihre Kollegen gefragt, ob jemand von ihnen diese

Einrichtung kennt. Sam hofft, dass Ben nicht glaubt, dass sie etwas zu verschweigen hat. Um so zu tun, als würde sie die Blicke ihres Kollegen nicht bemerken, notiert sie noch ein paar Stichpunkte, die sie vom Pastor Benedict erfahren hat.

„Kennen Sie vielleicht jemanden, dem Sie so eine Tat zutrauen würden? Hatte Eric Penn Feinde?"

„Solch grausame Taten traue ich niemanden zu", gibt der Pater kopfschüttelnd zur Antwort.

„Und Feinde? Hmmm … Jeder könnte ein Feind sein, wenn man bedenkt, was Eric getan hat. Aber niemanden, wirklich absolut niemanden von meiner Kirchengemeinde, könnte ich mit so einer grausamen Tat in Verbindung bringen. Und auf der anderen Seite: Es könnte jeder gewesen sein. Wenn einem mal die Sicherungen durchbrennen, wie man so schön sagt … "

Nach gut zwei Stunden Gespräch mit dem Priester verabschieden sie sich voneinander, ohne vergessen zu haben, ihn einige Türen weiter zur Spurensicherung zur Abnahme seiner Schuhabdrücke zu bitten und ihn darauf hinzuweisen, dass er noch einmal ins Dezernat kommen muss, um seine Aussage zu unterschreiben. Kaum ist der Pfarrer durch die Tür hinausgetreten, dreht sich Ben zu seiner Kollegin um und sieht sie eindringlich an. Samantha ahnt sofort, was in ihm vorgeht.

„Zigarette?"

„Jetzt tu doch nicht so. Aber klar komme ich mit und du erzählst mir draußen sofort, was es mit dieser

Einrichtung HAPPY KIDS auf sich hat. Vorher habe ich noch nie davon gehört, und in dieser Woche fiel schon zwei Mal der Name. Das erste Mal sogar von dir. Hat der Verein irgendetwas mit unserem Fall zu tun?“

Während sie draußen zusammen stehen und sich genüsslich eine Zigarette gönnen, erzählt Samantha von Allison, dass sie Tiffanys Schwester ist und dort arbeitet. Sie hat diese Woche nur gefragt, ob jemand die Einrichtung kennt, weil das wohl eine gute Sache ist und sie davon noch nie etwas gehört hat. Sie hat vorgeschlagen, dass sie diese Einrichtung ja bei der diesjährigen Weihnachtsspende bedenken könnten und alle waren von dem Vorschlag begeistert. Trotzdem vereinbaren die beiden jetzt, dass sie am nächsten Tag zu der Einrichtung fahren werden, weil einige Opfer von Eric Penn dort vielleicht ihre Zeit verbringen. Leider kennen sie keine Namen. Die Daten sind seitens der Kirche unter Verschluss und nicht frei zugänglich. Aber vielleicht kann ihnen ja Allison dabei helfen, mehr herauszufinden. Wegen der Verschwiegenheitspflichten stehen die Chancen zwar schlecht, aber einen Versuch ist es allemal wert.

32. Kapitel

„Hier ist die Mailbox von Doktor Tiffany Clark. Leider erreichen Sie mich außerhalb der Ordinationszeiten. Bitter hinterlassen Sie mir Ihren Namen und Ihre Telefonnummer. Ich werde Sie sobald als möglich zurückrufen! Piep!“ Sam weiß nicht, wie oft sie schon probiert hat bei Tiffany anzurufen, doch es schaltet sich immer wieder automatisch die Mailbox ein. Auch unter ihrer privaten Nummer ist sie nicht erreichbar. „Guten Tag, dies ist die persönliche Mailbox von Tiffany Clark. Leider kann ich Ihren Anruf im Augenblick nicht entgegennehmen, rufe aber gerne zurück. Bitte hinterlassen Sie mir eine kurze Nachricht nach dem Signalton. Vielen Dank! Piep!“

Zum wiederholten Male checkt Samantha ihr Handy, ob sich Tiffany schon bei ihr gemeldet hat. Nach wie vor bleibt ihr Telefon stumm. Auch keine E-Mail. Nichts! Sie würde so gerne heute noch ihre Stimme hören. Mit ihr über das Schreiben reden, das sie wieder bekommen hat. Das würde ihr vielleicht die Angst nehmen, dass Tiffany in Gefahr ist. Aber wie? Tiffany ignoriert jeden Anruf und jede Nachricht. Schnell verfasst sie noch eine letzte SMS:

Hi Tiff! Bitte melde dich! Ich mache mir Sorgen. Wie siehst du das Schreiben? Ich vermisse dich und hätte heute Abend noch so gerne deine Stimme gehört, doch anscheinend bist du beschäftigt. Hoffentlich höre ich morgen etwas von dir! Kuss, Sam

Völlig in Gedanken an Tiffany versunken geht Samantha ins Bett. Ihre Gedanken kreisen um ihre Geliebte. Sie versteht das Stillschweigen überhaupt nicht und doch kriecht eine kleine Angst ihren Nacken hoch, wenn sie daran denkt, dass ihr vielleicht etwas zugestoßen sein könnte. Schnell schüttelt sie die Gedanken wieder beiseite. Vielleicht arbeitet Tiffany noch an dem neuen Profil oder wurde für einen Notfall ins Gefängnis gerufen? Es gibt viele Möglichkeiten, warum sie im Moment nicht erreichbar ist.

Am nächsten Vormittag trifft der erste Bericht der Spurensicherung ein. Der Träger oder die Trägerin der Schuhabdrücke hat Schuhgröße achtunddreißig. Höchstwahrscheinlich eine Frau. Sie konnten den Schuhabdrücken auch einen speziellen Schuh zuordnen. Jede Firma hat ihre eigenen Schuhsohlendesigns. Hierbei handelt es sich um einen Schuh der Firma Sketchers – ein Damenmodell. Sie hatten das Glück, dass sie ziemlich schnell zu Ergebnissen kamen, da eine Kollegin gerade selbst diesen Schuh getragen hat. Sie können auch ausschließen, dass die Kollegin die Abdrücke hinterlassen hat, da sie nicht am Tatort war und das Blut bei den Abdrücken schon genauso eingetrocknet war, wie rund um die Leiche. Eindeutig müssen die Fußabdrücke also vom Täter, in diesem Fall der Täterin stammen.

Jetzt haben sie Gewissheit und sind einen Schritt weiter gekommen. Sie wissen nun, dass sie nach einer Frau fahnden müssen und nicht nach einem Mann. Eine Frau mit einer weißen, sibirischen Katze, die Sketchers Schuhe trägt. Ja, nichts leichter als das!

Die vier Kollegen waren etwas ratlos. Eine Frau! Eine etwas unübliche Vorgehensweise einer Frau. So brutal! So kalt! So blutrünstig! Im Normalfall töten Frauen aus Liebe, Eifersucht oder des Geldes wegen, und dann eher auf die sanftere, stillere Art und Weise. Ratlosigkeit und Fassungslosigkeit herrschen im Team.

„Na gut Jungs.“, motiviert Samantha ihre Kollegen. „Ich glaube wir sollten weiter machen. Wir haben noch ein ganz schönes Stückchen Arbeit vor uns. Simon? Hast du schon eine Nachricht aus den anderen Bundesstaaten bekommen, ob solche oder ähnliche Fälle bei ihnen passiert sind?“

Simon Jefferson steht mit einem Blatt Papier von seinem Schreibtisch auf und geht zu Samantha.

„Ja. In New York waren bis vor gut einem halben Jahr ähnliche Fälle gemeldet worden. Also besser gesagt, sie haben nur eine einzige Berührung. Ähem … ich weiß nicht, ob das wirklich dazu passt … aber …“ Samantha muss einfach nur grinsen. Diese Unsicherheit - Der Rookie verhält sich wie ein kleiner Welpe, der ins Haus gepinkelt hat und geschimpft wird, aber einfach nicht weiß, was er falsch gemacht hat.

„Simon, schon gut“, versucht sie ihm mehr Mut zu machen. „Es war nur so eine Idee von mir.“ „Lass einfach mal hören, was du rausgefunden hast. Ob es für uns wichtig ist oder mit unserem Fall zu tun hat, darüber sprechen wir danach. Also, jetzt raus damit. Was war bis vor gut einem halben Jahr in New York los?“

„Also … ähem … danke Sam … also gut … in New York … wurden vier Obdachlose gefunden … innerhalb eines Jahres.“ Zwischen den einzelnen Teilen des Satzes atmet Simon immer wieder tief durch. Nach ein paar Sekunden hat er sich so weit unter Kontrolle, dass er ruhig und ohne weiter zu stottern festhält: „Todesursache ist immer ein Schuss direkt zwischen die Augen!“

„Da ist noch mehr, oder? Unsere Opfer wurden niemals erschossen.“

„Ja, ich weiß, aber … das war ja nur die Todesursache. Postmortal wurde dann der Penis abgeschnitten und in die jeweiligen Münder gesteckt.“

„Gab es Verdächtige?“

„Nein. Es gab auch keine Zeugen. Eine Spur führte ins dortige Obdachlosenheim, weil alle vier dort regelmäßig verkehrt hatten, aber das war es dann auch schon.“

„Okay, danke. Bis auf den Penis haben die nichts miteinander zu tun. War auf jeden Fall ein Versuch wert. Vielleicht bekommen wir ja noch mehr Informationen oder Fälle. Manchmal dauern die Antworten auch ein paar Wochen. Bitte bleib da noch dran, Simon."

„Ja", antwortet er und setzt sich wieder hinter seinen Schreibtisch.

Kurz darauf folgt der Obduktionsbericht von Doktor David Johnson. Dass Eric Penn verdammt viel Blut verloren hat, davon konnten sie sich schon am Tatort selbst ein Bild verschaffen. Todesursache: Blutverlust. Der Penis war vermutlich mit einem Staubsauger oder einer Vakuumpumpe malträtiert worden, deren Kunststoff hatte sich infolge des Feuers verflüssigt und war durch das Gewebe des Schwellkörpers, die offenbar zuvor stark überdehnt und mit enormer Blutmenge gefüllt waren, geschmolzen. Die Brustwarzen und der Hodensack wurden abgetrennt. Den Hodensack fand man im Mund und die Brustwarzen wurden im Magen gefunden. Im Magen und in der Blutanalyse konnten auch Rückstände von Potenzmittel festgestellt werden. Offenbar ließ sie ihn tatsächlich die eigenen Brustwarzen schlucken. Leichte Übelkeit steigt in Samantha hoch. Sie lässt den Bericht der Reihe nach an ihre Kollegen weitergehen.

„Und zu guter Letzt, weil es gestern ja nicht schon genug zu tun gab, hab ich natürlich wieder ein Schreiben erhalten. Ich habe es an euch weitergeleitet. Diesmal ist sie persönlicher geworden. Und sie kennt Tiffany. Zumindest hat sie den Anschein erweckt."

„Was sagt die Frau Doktor dazu?“, fragt George, nachdem er den Brief gelesen hat.

Das war die Sache, die Samantha ebenfalls brennend interessiert.

„Um ehrlich zu sein, ich weiß es nicht“, gibt sie leise zur Antwort. Ben sieht sie eindringlich an.

„Was heißt, du weißt es nicht?“

„Nach meiner Mail gestern hat sie auf keine meine Anrufe oder SMS mehr reagiert. Ich weiß nicht, was passiert ist. Aber wahrscheinlich wurde sie nur aufgehalten.“

„Was hast du ihr geschrieben, Samantha?“, fragt jetzt George.

„Ich habe ihr natürlich auch den neuen Brief weitergeschickt und in die Mail schrieb ich: Wir sollten uns nicht mehr sehen! Ich dachte, sie versteht es. Ich will sie nur schützen. Die Irre beobachtet uns.“

„Sam!“, ruft Ben.

„Ich will nur wissen, ob es ihr gut geht. Was ist, wenn die Mörderin sie schon hat?“, traut sich Sam es fast nicht auszusprechen.

„Jetzt mal bitte nicht gleich den Teufel an die Wand. Bist du dir sicher, dass du die Mail an sie geschrieben hast?“, fragt George.

„Klar bin ich sicher.“

„Soll ich sie mal anrufen?“, bietet Ben seine Hilfe an.

„Wenn sie bei dir abhebt, was willst du ihr dann sagen?“

„Ob sie schon mit ihrem neuen Profil weitergekommen ist? Oder ob wir sie bewachen lassen sollen, falls die Irre ihr zu nahe kommt!“

„Sie wird sich schon melden, wenn sie Zeit hat.“ Samantha kennt sich im Moment selbst nicht mehr. Wie kann ein einfaches Schreiben sie so aus ihrer Ruhe und Gelassenheit bringen. Im Normalfall ist sie kein allzu ängstlicher Mensch. Malt sich nicht bei jeder kleinsten Kleinigkeit das Schlimmste aus. Warum war es hier anders? Warum ist sie auf einmal so besorgt?

Nachdem das Team zusammen Mittag gegessen hat, gehen Simon und George zurück ins Dezernat. Benjamin und Samantha fahren zu der Einrichtung HAPPY KIDS. Vor ihnen erscheint ein großes, rotes Haus. Oberhalb der Tür ist ein auffälliges Schild mit dem Namen der Einrichtung in bunten Buchstaben angebracht. Das Gebäude wird von einem schön gepflegten Rasen umgeben. Zwei in weiß gehaltene Stufen führen zur Eingangstüre hinauf. Als sie gerade die Klingel betätigen wollen, öffnet sich die Tür. Vor ihnen stehen zwei junge Mädchen im Alter von etwa zehn Jahren, die sie mit großen Augen ansehen.

„Mädchen, wir wollten euch nicht erschrecken. Geht es euch gut?“

„Ja“, kommt die Antwort von beiden und sie gehen an den zwei Polizeibeamten vorbei. Da die Eingangstür bereits offen steht, betreten sie das Haus. Sie werden von einem hellen, freundlichen und großzügigen Flur empfangen. Das Sonnenlicht strahlt von den beiden bodentiefen Fenstern ins Innere. Sam und Benjamin gehen den Flur entlang. Vor der ersten Tür mit der Aufschrift „Sekretariat“ bleiben sie stehen, klopfen an und treten ein.

„Guten Tag!“, werden sie freundlich von der Sekretärin empfangen. „Kann ich Ihnen helfen?“

Die zwei Beamten ziehen ihre Marke heraus und stellen sich vor. „Wir würden gerne mit der Leiterin sprechen, wenn das bitte möglich wäre!“

„Gerne. Elizabeth müsste in ihrem Büro sein. Sie finden sie am Ende des Ganges.“

„Danke.“ Sie verabschieden sich und machen sich auf den Weg. An der Tür mit der Aufschrift „Elizabeth Connell – Einrichtungsleiterin“ klopfen sie. Diesmal bleiben sie vor der geschlossenen Tür stehen und warten, bis sie ein „Herein“ hören.

„Frau Connell?“

„Ja?“

„Wir sind Detective Samantha Forster und Detective Benjamin Carter.“ Auch diesmal weisen sie ihre Dienstmarken vor.

„Hallo, ich bin Elizabeth Connell, wie kann ich Ihnen helfen?“

„Hätten Sie vielleicht ein paar Minuten Zeit für uns?"

„Gerne. Bitte nehmen Sie doch Platz. Hätten Sie gerne Kaffee, Tee oder etwas anderes zu trinken?"

„Ein Kaffee wäre super", antwortet Benjamin.

„Für mich auch, bitte!"

Telefonisch organisiert Elizabeth Connell für jeden eine Tasse Kaffee.

„Was kann ich für sie tun, Detectives?"

„Im Moment passiert eine grausame Mordserie in Los Angeles", beginnt Sam das Gespräch.

„Ja, davon habe ich gehört. Es wurden vier Leichen gefunden, die auf brutale Weise hingerichtet worden sind. Es soll sich dabei um Sexualstraftäter handeln. Meinen Sie das?"

„Ja. Nur sind es seit gestern mittlerweile schon mindestens fünf Opfer."

„Oh … ", kommt es von der Leiterin.

Ein kurzes Klopfen ist zu hören und der Kaffee wird von der Sekretärin gebracht. Sie stellt jedem eine Tasse hin und geht wortlos wieder aus dem Büro.

„Wie kann ich Ihnen dabei helfen?"

„Das letzte Opfer ist der ehemalige Pfarrer Eric Penn. Kennen Sie ihn?"

„Ja. Ich gehöre der Kirchengemeinde an, in der Herr Penn gepredigt hat. Aber ich glaube nicht, dass Sie das gemeint haben, oder?“

„Um ehrlich zu sein, Frau Connell, nein. Das Problem ist, dass Herr Penn unter dem Schutz der Kirche stand und es deswegen niemals zu einer Anzeige gekommen ist. Somit gibt es hier keine Akte für uns und wir wissen auch nicht, welche Mädchen seine Opfer waren. Uns ist aber zu Ohren gekommen, dass ein paar dieser Mädchen hier bei ihnen zu Gast sind.“

„Das ist richtig, aber ich kann und darf Ihnen darüber keine Auskunft erteilen. Ich unterliege hier einer Schweigepflicht.“

„Das haben wir uns schon gedacht. Wir versuchen uns an jeden Strohhalm zu klammern, der uns gegeben wird. Sie wissen ja selbst, Sexualstraftäter gibt es viel zu viele bei uns in der Stadt, aber wir würden gerne wissen, warum genau diese fünf als Opfer auserkoren wurden und versuchen herauszufinden, wo es hier einen Zusammenhang gibt. Könnten sie uns vielleicht sagen, ob Ihnen die anderen vier Sexualstraftäter ebenfalls ein Begriff sind?“

„Ich muss Ihnen ganz ehrlich sagen, ich halte nichts von Gewalt, aber ich empfinde auch absolut kein Mitgefühl für diese fünf Männer. Wenn Sie täglich mit den Traumata der Kinder arbeiten, dann können Sie vielleicht meine Gefühle gegenüber diesen Herren verstehen. Ich weiß auch ehrlich gesagt nicht, ob ich den „Rächer“, wie er bei uns genannt wird, ebenfalls verabscheuen soll oder vielleicht sogar ehren? Die

Kinder, die Leid durch einen der fünf erfahren haben, können jetzt zumindest sicher sein, dass der böse Mann ihnen nichts mehr antut. Natürlich ist auf der anderen Seite Selbstjustiz auch nicht die beste Lösung. Ich befinde mich in einem Zwiespalt“, lauten die zögerlichen, aber ehrlichen Worte der Einrichtungsleiterin. Es klingt fast so, als würde Elizabeth Connell zum ersten Mal ihre wahren Gedanken und Gefühle laut aussprechen.

„Sind Ihnen die Namen: Harry White, Fernando Martinez, Steven Coleman und Colin Anderson ebenfalls ein Begriff?“

„Ja … macht mich das jetzt zu einer Verdächtigen?“, fragt jetzt ängstlich die vor wenigen Minuten noch selbstbewusste Elizabeth.

„Nein, wie gesagt, wir versuchen nur eine Verbindung zwischen den Opfern zu finden. Vielleicht ist es auch nur eine falsche Spur, der wir nachgehen. Es kann gut möglich sein, dass die fünf auch nur zufällig aus der Verbrecherliste auserkoren wurden.“

„Dann bin ich ja beruhigt. Ich kann Ihnen versichern, ich habe damit absolut nichts zu tun, auch wenn ich alle diese Männer kenne.“

„Ich weiß nicht, ob Sie mir meine nächste Frage beantworten dürfen, aber wir würden gerne wissen, ob die Opfer der anderen Männer ebenfalls öfters zu Ihrer Einrichtung kommen? Manche Fälle liegen zwar schon einige Jahre zurück, aber wir haben gehört, dass auch

Erwachsene herkommen, die hier freiwillige Arbeit leisten."

„Da sind Sie richtig informiert. Es hat sich bereits kurz nach der Eröffnung herausgestellt, dass viele, die hier freiwillige Arbeit leisten, ebenfalls Opfer von psychischem oder physischem Missbrauch sind. Diese Frauen, aber auch Männer, erzählen ihre Geschichten, und wie sie es geschafft haben, damit umzugehen - ein neues Leben zu beginnen und die Vergangenheit hinter sich zu lassen."

„Also sind von jedem der Herren Opfer hier in der Einrichtung?"

Mit sich selbst ringend versucht Elizabeth abzuschätzen, in wie weit sie hier Auskunft geben darf. Die Polizisten haben Recht mit ihrer Annahme.

„Ja. Ein paar Frauen beziehungsweise Mädchen besuchen uns. Manche von ihnen einmal die Woche, manche nur einmal im Monat."

Die beiden Polizisten nicken. Nachdem Samantha einen Schluck von ihrem Kaffee genommen hat, setzt sie die Unterhaltung weiter fort.

„Könnten Sie vielleicht so freundlich sein und uns eine Liste erstellen, von den Ihnen bekannten Tätern, deren Opfer in irgendeiner Weise mit der Einrichtung in Verbindung stehen? Wenn möglich, bitte ich auch zu unterteilen, ob der Straftäter Mädchen oder Jungen missbraucht hat."

„Das lässt sich sicher einrichten, solange ich keine Namen von meinen Schützlingen oder betroffener freiwilliger Helfern nennen muss.“

„Nein, die können anonym bleiben. Die damaligen Opfer, die Anzeige erstattet haben, sind bei uns in den Akten zu finden. Nur leider gibt es keine Akte vom Fall Eric Penn.“, ergänzt Ben.

„Sind Sie der Meinung, dass einer von uns hier etwas mit der Sache zu tun hat?“

„Das können wir Ihnen leider nicht sagen. Es ist nur eine Spur, die wir verfolgen. Und wenn ich ehrlich sein darf, es ist im Moment die einzige Spur, die wir haben. Der einzige Zusammenhang zwischen den ermordeten Tätern, den wir kennen, ist, dass sich viele deren Opfer hier treffen. Im Moment suchen wir die Nadel im Heuhaufen.“

Selten ist Samantha außerhalb ihres Teams so ehrlich, was den Ermittlungsstand anbelangt, doch bei Elizabeth hat sie ein gutes Gefühl, dass sie ihr Vertrauen kann.

„Dürfte ich Sie vielleicht noch zusätzlich um einen kleinen Gefallen bitten? Wir würden es für gut heißen, wenn Sie unser Gespräch niemandem gegenüber erwähnen.“, ersucht Samantha abschließend.

„Das ist für mich eine Selbstverständlichkeit. Alles, was hier in diesen vier Wänden besprochen wird, bleibt auch hier drinnen.“

„Vielen lieben Dank! Es ist nur, falls wir auf der richtigen Spur sind und die Person, die wir suchen, davon Wind bekommt, dass wir vielleicht schon sehr dicht dran sind, … Sie verstehen?“

„Das kann ich sehr gut nachvollziehen. Da brauchen Sie sich bei mir keine Gedanken zu machen! Sie sagten aber gerade „Person“ - das ist sehr geschlechtsneutral. Suchen Sie nicht einen Mann?“

„Dazu können wir leider nichts sagen.“ Elizabeth nickt wissend.

Nach dem Gespräch erheben sich Samantha und Benjamin von ihren Stühlen und verabschieden sich. Samantha gibt Elizabeth Connell noch ihre Visitenkarte, falls ihr etwas auffällt oder sie die Liste zusammengestellt hat, kann sie sich bitte jederzeit bei ihr melden. Es reicht, wenn sie ihr die Liste per E-Mail zukommen lässt. Beim Verlassen des Büros bittet Samantha die Einrichtungsleiterin noch um eine weitere Liste, mit allen Angestellten und freiwilligen Helfern.

Als die beiden Kollegen den Flur wieder Richtung Ausgang entlang gehen, bleiben sie noch beim Sekretariat stehen um sich zu verabschieden. Da erblickt Samantha ein bekanntes Gesicht.

„Allison! Schön dich wiederzusehen!“

„Samantha! Hallo! Was machst du denn hier?“

Benjamin blickt zwischen seiner Kollegin und der fremden Frau hin und her, bis bei ihm der Groschen fällt. Das dürfte also die Schwester von Tiffany Clark sein. Während er sie einen Augenblick betrachtet, fällt ihm auch die Ähnlichkeit sehr rasch ins Auge.

„Allison, darf ich dir meinen Kollegen, Benjamin Carter, vorstellen? Benjamin, das ist Allison Clark, die Schwester von Tiffany!“

Die beiden begrüßen sich mit einem Handschlag.

„Jetzt sagt mal, warum seid ihr hier? Ist wieder etwas passiert?

„Ich habe Benjamin von der Einrichtung hier erzählt und wir wollten sie uns einmal ansehen. Jedes Jahr an Weihnachten müssen bei uns alle Abteilungen einen Vorschlag machen, an wen wir etwas spenden sollen. Als du mir von der Einrichtung erzählt hast, dachte ich mir, das wäre auf jeden Fall etwas, das man unterstützen sollte.“

„Das ist aber sehr nett. Soll ich mit euch einen Rundgang durchs Haus machen?“

„Wenn du im Moment nichts Besseres zu tun hast, würden wir uns freuen. Benjamin?“

Mit einem Blick auf seine Uhr sagt er dann: „Es tut mir leid, die Damen zu enttäuschen, aber ich muss pünktlich zu Hause sein. Debbie hat heute ihren letzten Frauenarzttermin und ich habe ihr versprochen, dass ich sie begleiten werde. Vielleicht können wir den Rundgang auf ein anders Mal verschieben?“

„Tut mir leid, Allison. Wir können aber einen Termin für morgen ausmachen? Benjamin wird in zwei Wochen wieder Vater."

Samantha kann den kurzen Anflug von Enttäuschung in den Augen von Allison sehen. Lässt sich darin ein Anflug von Interesse für ihren Kollegen erkennen? Sieht sie deshalb so enttäuscht aus, weil Ben verheiratet ist und Vater wird? Samantha kann das Interesse verstehen. Benjamin ist ein gutaussehender Mann. Er zieht so manchen Blick auf sich. So schnell diese Gefühlsregung zu sehen war, so schnell ist sie aber auch schon wieder verschwunden. Gefasst gratuliert Allison Benjamin zum bevorstehenden Familienzuwachs.

„Ich bin mit Ben mitgefahren, und wenn ich jetzt hierbleibe, dann komme ich leider nicht mehr zurück ins Dezernat, um mein Auto zu holen", erklärt Samantha, warum auch sie weg muss.

Allison versucht, Samantha zu überreden, dass sie noch bleibt: „Was hältst du davon, wenn wir Benjamin zu seiner Frau fahren lassen. Ich zeige dir alles und weil ich sowieso in einer halben Stunde Feierabend habe, kann ich dich ja zu deinem Auto bringen. Was hältst du davon?" Sie will Allison nicht enttäuschen, vor allem aber will sie ihre Tarnung nicht auffliegen lassen. Erst zu sagen, dass sie hergekommen seien, um die Einrichtung anzusehen und für die Weihnachtsspende zu nominieren, aber dann keine Zeit zu haben, um diese genauer anzusehen, klingt nicht besonders glaubwürdig.

Mit einem kurzen Blick zu ihrem Kollegen willigt sie in den Vorschlag der Schwester ihrer Freundin ein. Es kann sicher nicht schaden, einen genaueren Blick auf die Einrichtung zu werfen. Sie hat zwar wenig Hoffnung, bei der Führung tatsächlich irgendeinen Anhaltspunkt zu finden, aber wer weiß? Sie verabschieden sich von ihrem Kollegen und gehen durch das Haus. Allison zeigt ihr den Turnsaal, in dem sich gerade ein paar Kinder an den Ringen und am Barren versuchen. Ihr Weg führt sie weiter in die Küche, wo Allison erklärt, dass hier zwei Mal die Woche ein Kinderkochkurs stattfindet. Auch die Küche ist genauso hell und freundlich gestaltet wie die anderen Räume. Die Küchenzeile besteht aus bunten Schränken, die mit ein paar Aufklebern verziert sind. In zwei Therapieräume können sie ebenfalls einen Blick werfen, nur in den dritten Raum im Moment nicht, da dort gerade eine Sitzung stattfindet. Allison erklärt ausführlich, was hier alles geschieht und wie der Tagesablauf im Groben aussieht. Die Einrichtung ist von Montag bis Samstag geöffnet. Am Sonntag haben sie Ruhetag, außer es gibt einen Notfall, der dringend einen Psychologen erfordert. Obwohl sie sonntags geschlossen haben, finden an diesem Tag öfters Gartenpartys statt. Oder sie veranstalten einen Flohmarkt, der dann meist das ganze Wochenende dauert. Die Öffnungszeiten haben sie anfangs festgelegt, aber nach und nach wurde alles anders, sodass mittlerweile schon fast an jedem zweiten Sonntag irgendetwas los ist. Da die Einrichtung nur mit privaten Spenden und durch Unterstützung einer Dachorganisation finanziert wird, müssen sie auch immer wieder etwas machen, damit Geld in die Kassa fließt.

Samantha ist von dem Haus und der Atmosphäre darin total begeistert. Sie kann sich vorstellen, wie glücklich die Kinder hier sein könnten, wenn sie nicht alle ein so trauriges Schicksal begleiten würde. Eine Weile sehen die beiden Frauen den Kindern im Garten beim Spielen zu.

„Allison, magst du mit uns Fußball spielen?“, fragt ein rothaariger, etwa zehn Jahre alter Junge die Sozialarbeiterin. „Nächstes Mal Jonas.“

„Okay“, erwidert er, nimmt seinen Ball und läuft zu seinen Freunden.

„Das sind die schönsten Augenblicke in meinem Beruf … “, erklärt Allison. „ … wenn die Kinder wieder zu lachen beginnen. Was wäre die Welt schön, wenn es jeden Tag und bei allen von ihnen so wäre.“

„Da hast du Recht.“

„Es bricht einem fast das Herz, wenn man täglich die Tränen der Kinder trocknen muss. Für viele ist es ein sehr langer Weg, bis sie wieder auf dem Level wie Jonas sind.“

„Du erlebst hier sicher einiges, oder?“

„Oh ja! Und glaube mir, es ist nicht leicht. Trotzdem schöpft man die Kraft, die man braucht, genau von den kleinen Menschen hier. Sie weinen dir die Bluse voll und mit jeder Träne sammelst du all deine Energie, um ihnen zu helfen, weil du weißt, du kannst es. Weil du ihnen wieder zeigst, dass das Leben auch eine Sonnenseite hat. Der Weg dorthin ist steinig und hart, aber wenn du es dann geschafft hast, …", sagt Allison mit einem Blick auf den rothaarigen Jungen, „… dann ist das Lachen das schönste Geschenk, das du bekommen kannst. Es ist, als würden sie bei jedem Lächeln Dankeschön sagen!"

Samantha lässt sich diese Worte ein paar Sekunden lang durch den Kopf gehen. Waren ihre Berufe vielleicht doch nicht so unterschiedlich? War es bei ihnen nicht genauso? Die Schattenseite, das Entsetzen eines Angehörigen, wenn ein geliebter Mensch stirbt, und dann der steinige Weg, bis man das Verbrechen aufgeklärt hat? Die Sonnenseite, wenn dann der Schuldige für seine Strafe büßen muss?

Plötzlich wird Samantha aus ihren Gedanken gerissen. Ein kleines Mädchen mit blonden, langen Haaren sitzt auf der Wiese und weint. Allison läuft sofort zu ihm, kniet sich hin und nimmt es in den Arm. Sanft streicht die Sozialarbeiterin der Kleinen über das Haar. Das Mädchen zeigt auf sein Knie. Samantha kann auch von ihren Platz aus sehen, dass es sich das Knie aufgeschlagen hat. Allison hebt das Mädchen hoch und trägt es ins Haus. Da Samantha nicht weiß, was sie machen soll, folgt sie den beiden ins Innere. In dem großen Gemeinschaftsraum steht eine grüne Couch. Allison setzt die Kleine dort ab und geht an die gegenüberliegende Wand, um den Verbandskasten zu holen. Nach ein paar Minuten ist die kleine Schramme am Knie gesäubert und verbunden und die letzten Tränen von Michelle – so der Name des Mädchens, wie

Samantha währenddessen erfahren hat - getrocknet. Allison wiegt die Kleine immer noch sanft im Arm und flüstert ihr beruhigende Worte zu.

„Wie wäre es jetzt mit einem Glas kalter Limonade?“, fragt Allison in die Runde. Mit einem Lächeln nickt Michelle. Samantha lehnt dankend ab.

33. Kapitel

Eine dreiviertel Stunde später sitzen Allison und Samantha im Auto und fahren Richtung Dezernat. An ihrer rechten Seite erstreckt sich das blaue Meer. Die Sonne strahlt über das Wasser und lässt es dabei silberfarben glitzern. Der Anblick des Ozeans erzeugt in Samantha immer eine gewisse Ruhe. Während der ganzen Fahrt über wechseln die beiden Frauen kein Wort miteinander, bis Allison dann in die Stille hineinfragt: „Hast du Hunger?" Genau in diesem Moment gibt Samanthas Magen einen beinah kläglichen Laut von sich. Die beiden Frauen sehen sich an und fangen an zu lachen.

„Das jetzt abzustreiten wäre wahrscheinlich kompletter Unsinn, oder?"

„Jepp", kommt es salopp von der Fahrerin entgegen. „Da wir jetzt schon am Strand sind, ich kenne hier in der Nähe ein sehr gutes Restaurant. Darf ich dich einladen?"

„Ich gehe sehr gerne mit dir etwas essen. Dann probieren wir dein Restaurant aus.“

Keine zehn Minuten später parkt Allison ihren BMW X3 auf dem Parkplatz, der zum Restaurant gehört. Es sind noch nicht sehr viele Besucher zu sehen, sodass sie noch auf der leicht erhöhten, hölzernen, weißen Terrasse einen Tisch ergattern. Sie nehmen so Platz, dass sie sich gegenübersitzen und trotzdem beide den Blick aufs Meer genießen können. Die Möwen kreischen über ihnen und am Strand liegen noch etliche Leute auf ihren Handtüchern, andere wiederum schwimmen im Meer oder surfen mehr oder weniger geschickt auf den leichten, sich ständig wiederholenden Wellen. Gedämpft dringen die Stimmen der Strandbesucher zu ihnen herauf. Aus dem Lokal strömen verschiedenste Gerüche. Der dominanteste Geruch ist der nach Knoblauch und Gegrilltem. Sie bestellen sich etwas zu trinken, Samantha ein Bier und Allison ein Glas Weißwein.

„Ein Glas ist erlaubt“, zwinkert die sympathische Dunkelhaarige Samantha zu, die es mit einem Nicken erwidert. Kurz werfen sie einen Blick in die Speisekarte. Samantha hat sich sofort für ein Steak mit selbstgemachten Pommes Frites entschieden und Allison nimmt einen Caesar Salat.

„Wenn es nur halb so gut schmeckt, wie es riecht, dann war es absolut die richtige Entscheidung, hier Essen zu gehen“, meint Sam.

„Glaub es mir. Es schmeckt nicht nur halb so gut … “, antwortet Allison, nimmt ihr Glas in die Hand und möchte mit Sam anstoßen. „Auf was sollen wir trinken?“, fragt sie dann aber doch.

„Auf einen herrlichen Feierabend?“, schlägt Samantha vor.

„Oder auf die bezauberndste Polizistin, die ich je getroffen habe?“ Kurz zuckt Sam bei dem Wort „bezauberndste“ zusammen, doch schnell löst sich ihre Anspannung wieder auf - aber nicht, ohne vorher doch ihren gewohnten Blick um sich kreisen zu lassen. Niemand da, den sie schon einmal gesehen hat.

„Dann trinken wir einfach auf uns!“

„Das klingt gut“, sagt Allison. „Auf uns!“, ruft sie und wirft Samantha dabei einen sehr intensiven Blick zu.

„Es ist so schön hier am Strand“, versucht Samantha dem Blick zu entgehen. Er ist ihr ein wenig unangenehm. Wäre Allison nicht die Schwester von Tiffany und würde Sams Herz nicht schon für die Psychologin schlagen, würde sie sich wahrscheinlich geschmeichelt fühlen und mit ihr flirten. Sam erzählt weiter, dass sie öfters, meistens in der Nacht, wenn sie nicht schlafen kann, an den Strand fährt, um ihre Gedanken zu sammeln und sich zu entspannen. Leider war das in der letzter Zeit ziemlich selten der Fall, da sie tagsüber ziemlich mit Arbeit eingedeckt ist und sie zu Hause teilweise wie ein Stein ins Bett fällt und schläft.

„Jeder braucht seinen Ausgleich. Die einen schöpfen Kraft am Strand, die anderen beim Sport oder beim Malen“, meint Allison.

„Was machst du? Deine Arbeit ist ja recht anstrengend und geht auch ziemlich an die Psyche, wenn man bedenkt, dass du täglich mit dem Leid von anderen zu tun hast.“

„Ich mache Sport“, gibt sie freizügig zur Antwort. „Vor zwei Jahren gab es an der Uni einen Workshop, bei dem verschiedene Kampfsportarten vorgestellt wurden. Das hat mich vom ersten Augenblick an fasziniert, sodass ich mit Tai-Chi angefangen habe.“

„Oh, das klingt interessant. Davon habe ich schon einiges gehört, also ... naja, eigentlich nur, dass es eine sehr meditative Kampfkunst sein soll.“

„Ja, das ist es. Jeden Morgen, bevor ich mein Frühstück esse, mache ich ein paar Übungen und schon kann ich ganz ruhig in den Tag starten. Wenn du möchtest, können wir gerne einmal gemeinsam eine Stunde machen. Ich würde mich darüber sehr freuen.“

„Ich weiß nicht“, stammelt Samantha überrascht über die Einladung. „Wir hatten an der Akademie Kampfsportunterricht, damit wir auf Einsätze vorbereitet werden. Ich bin mir da teilweise vorgekommen wie so ein Affe. Und ich habe dann irgendwann aufgehört zu zählen, wie viele blaue Flecken ich davongetragen habe.“

„Das ist aber etwas ganz anderes. Tai-Chi hat nichts mit einer Verteidigung zu tun, wie du es vielleicht von der Akademie kennst. Es ist eine Meditationsart. So ähnlich wie Yoga.“

„Wo man so komische Verrenkungen machen muss, die auch noch einen komischen Namen haben, wie „gedrehter seitlicher Wind“ oder „herabschauender Hund“?“

Allison kann sich jetzt ein Lachen nicht verkneifen. Man merkt sofort, dass Samantha überhaupt keinen Zugang zu Yoga hat.

„Früher, als ich noch Teenager war, als Yoga ziemlich im Vormarsch war, war ich ein Yogianer“, erzählt sie der Polizistin ganz offen. „Ja, ich kann also mit Begriffen wie „gedrehter seitlicher Wind“ oder „herabschauender Hund“ etwas anfangen. Auch beim Tai-Chi gibt es für die Übungen einzelne Begriffe, aber die sind nebensächlich. Hauptsache ist doch, dass man die Übungen macht und dabei die Verspannungen und den Stress abbauen kann“, klärt Allison Samantha auf.

Während Allison weiter über ihren Sport redet, serviert der Kellner ihr Essen. Schweigend, jede in ihre Gedanken versunken, essen sie ihre Portionen.

„Du hattest vollkommen Recht, Allison …“, sagt sie, nachdem auch das letzte Pommes von ihrem Teller verschwunden ist.

„Womit hatte ich vollkommen Recht? Nicht, dass das selten der Fall wäre, aber wobei jetzt genau?“ Bescheiden ist Allison auf keinen Fall.

„Damit, dass das Essen nicht nur halb so gut schmeckt, wie es riecht. Es war fantastisch. Ich glaube, ich werde jetzt öfter hier zu Gast sein. Ein richtig - ich meine, ein richtig, richtig gutes Steak zu bekommen, ist extrem schwer. Meistens ist es zu gut durchgebraten, zu dick oder zu dünn. Aber dieses Meisterwerk, da … das war ein Gedicht. Vielen lieben Dank nochmals für deinen Vorschlag, dass wir hier essen sollten."

„Keine Ursache. Möchtest du noch einen Kaffee oder noch ein Bier?"

„Puhhhh, nein danke, ich bin vollkommen satt. Ich bekomme im Moment nichts mehr hinunter. Schade nur, dass ich noch ins Präsidium muss. Am liebsten würde ich sofort nach Hause fahren, mich auf die Couch schmeißen und spüren, wie mein Steak verdaut. Ich kann mich nämlich auch kaum bewegen, so voll bin ich", und streicht sich mit der Hand dabei über den Bauch.

„Du weißt aber schon, was gut nach dem Essen ist?"

„Außer einfach nur gemütlich auf der Couch zu liegen und die Atmung die einzige Bewegung sein lassen, die man erledigen muss?"

„Ja, außer dem?"

„Da gibt es noch mehr? Was kann man schon tun mit einem so vollen Bauch? Ich schaffe es ja noch nicht einmal, vom Sessel hoch zu kommen."

„Dann wirst du aber auch nicht auf die Couch kommen, wenn du es nicht einmal schaffst, vom Sessel aufzustehen", lacht Allison. Na, die hat gut reden, denkt sich Samantha. Sie hat ja nur einen Salat gegessen. Da kann man ja nicht so voll und satt werden. Mann, Mann, Mann, sie hätte auch einen Salat essen sollen, gingen ihre Gedanken weiter.

„Ich schlage vor, wir trinken jetzt noch einen Grappa und dann gehen wir ein Stück am Strand entlang spazieren."

„Das ist jetzt nicht dein Ernst! Das ist mir gerade viel zu anstrengend."

„Jetzt komm schon. Sei doch keine Spielverderberin."

„Das bin ich ja nicht. Aber du hast echt leicht reden, du hast ja nur ein paar Salatblätter gegessen. Du hast ja nicht einmal alles Grünzeug aufgegessen."

„Ich habe heute schon ausgiebig zu Mittag gegessen", erwidert Allison. „Deswegen darf ich auch etwas übrig lassen. Also, erweist du mir nun die Ehre und begleitest mich an den Strand?"

Samantha denkt kurz nach. So etwas hat sie das letzte Mal vor einer Ewigkeit gemacht. Wie lange ist es her, dass sie einen Strandspaziergang auch noch bei Sonnenuntergang gemacht hat? Heute ist das Spektakel wieder einmal sehr kitschig. Die mittlerweile in orange gewechselte Farbe der Sonne schimmert sanft über die Weiten des Meeres. Wer weiß, wann sie das nächste Mal Zeit dazu hätte? Sie sollte also die Chance ergreifen, die ihr soeben geboten wird. Und es stimmt ja schon, dass ein Spaziergang die Verdauung anregt. Eigentlich kann Sam also nur davon profitieren.

„Na gut“, antwortet sie: „Dann trinken wir noch schnell einen Grappa und machen einen kleinen Spaziergang am Strand.“

Allison winkt dem Kellner zu und bestellt zwei italienische Verdauungsschnäpse.

Am Strand angekommen, der mittlerweile von den meisten Besuchern bereits verlassen wurde, zieht Samantha ihre Schuhe und Socken aus. Sie liebt das Gefühl vom warmen Sand zwischen ihren Zehen. Schon als Kind konnte sie es kaum erwarten, ihre Schuhe abzustreifen und mit dem großen Zeh Löcher in den Sand zu buddeln. Diese Angewohnheit hat sie auch als Erwachsene nicht ablegen können. Mit einem süffisanten Grinsen sieht Allison ihr dabei zu. Samantha spürt den Blick ihrer Begleiterin. Mit einer leichten Schamesröte im Gesicht erzählt sie ihr, dass sie dies schon seit Kindertagen gerne tut. Gemeinsam schlendern sie am Wasser entlang und tauschen Anekdoten über ihre Arbeit aus. So erfährt Samantha mehr von HAPPY KIDS. Sie ist erstaunt, welche bürokratischen Hürden sie nehmen mussten und zum Teil immer noch nehmen müssen, um so eine caritative Einrichtung am Leben zu halten.

„Du musst unseren Hausmeister kennenlernen. Er ist eine Perle. Es gibt einfach nichts, was dieser Mann nicht reparieren kann. Als ich von New York hierher gezogen bin, hat er mir spontan und ohne Gegenleistung geholfen, meine Möbel aufzubauen. Barry ist ein Traum von einem Mann“, schwärmt Allison weiter von ihrer Arbeit. Sie ist sichtlich begeistert von diesem Handwerker. Samantha muss schmunzeln. Klingt ein bisschen nach einer Schwärmerei, aber sie hakt nicht weiter nach.

Allison erzählt ihr auch von ihrem Leben in New York. Vom Studium, und dass sie froh ist, früh genug erkannt zu haben, besser doch nicht Anwältin zu werden. Dass dies immer noch ein Streitthema zwischen ihr und ihren Eltern ist, erwähnt sie noch am Rande, aber dass sie sich auch damit abgefunden hat, nicht deren Ansprüchen gerecht geworden zu sein. Es gehe in ihrer Familie immer wieder nur um Leistung und Geld.

„Wie war Tiffany als Kind?“

„Da kann ich dir leider nicht viel dazu sagen. Sie ist zehn Jahre älter als ich. Ich weiß nur, was mir unsere Eltern erzählt haben. Sie war immer schon eine Einzelgängerin. Ziemlich in sich gekehrt und sehr strebsam. Oh ja, das war sie. Hast du gewusst, dass sie die High-School und auch ihr Studium mit einem Notendurchschnitt von 1,0 bestanden hat?“

„Nein, aber jetzt weiß ich, was du mit „sehr strebsam“ meinst. Warst du auch so eine Streberin?“, fragt Sam mit einem Augenzwinkern.

„Ohhh, nein. Ich war lieber mit meinen Freundinnen unterwegs. Shoppen oder ins Kino oder so einfach irgendwo chillen. Das hat unsere Eltern zur Weißglut gebracht. Dann hieß es wieder, Tiffany hier, Tiffany da. Ich verstand überhaupt nicht, was sie wollten. Ich war trotz allem gut in der Schule. Gut, ich hatte keine 1,0, aber wer braucht das schon? Niemand fragt später einmal nach deinen Noten. Als ich ihnen verkündet habe, dass ich Jura studieren werde, da waren sie auch stolz auf mich. Kaum hatte ich mit dem Studium begonnen, hatte mein Vater schon einen Praktikumsplatz für mich. Einer seiner Freunde hat eine Kanzlei", erzählt Allison frei heraus.

„Lass mich raten! Dieses Praktikum wolltest du unbedingt machen!", sagt Samantha mit sarkastischem Unterton.

„Ja klar, und wie. Ich konnte kaum noch schlafen, weil ich so nervös war, obwohl das erste Semester gerade anfing und das Praktikum erst für den Sommer geplant war", erwidert sie in demselben sarkastischen Ton.

„Du hast dann das Praktikum gemacht, oder? Letztens hast du erzählt, dass du fünf Semester studiert hast."

„Ja, alle zwei Sommer während des Studiums arbeitete ich bei dem Freund meines Vaters. Aber glaube bloß nicht, dass ich dort viel gelernt hätte. Dafür kann ich jetzt den besten Kaffee kochen, und kopieren und scannen sind für mich auch keine Fremdwörter mehr. Und welches Lächeln am besten bei den Herren zieht, weiß ich auch. Im Grunde war ich nichts weiter, als eine billige Empfangsdame. Davon wollte mein Vater natürlich nichts hören. Jeder fängt einmal unten an und muss sich hocharbeiten, waren seine Worte, als ich ihm von meiner allerersten Woche erzählte. Ich stimme ihm ja auch zu, aber einem Arzt in der Ausbildung zeigt man auch nicht nur, wie man Bettpfannen auswäscht. Verstehst du, was ich meine?"

„Ja!"

Eine Weile stehen sie nebeneinander und lassen den Blick in die Ferne schweifen. Gedankenverloren sehen sie zu, wie langsam die Sonne hinter dem Horizont im Wasser untergeht. Die einsetzende Flut umspielt die Füße der beiden Frauen. Allison hat mittlerweile ihre Schuhe ebenfalls ausgezogen.

„Ich glaube, wir sollten jetzt schön langsam wieder zurückgehen. Ich muss noch einen Bericht schreiben und schauen, ob noch irgendetwas Wichtiges reingekommen ist."

„So, da wären wir!" Eine halbe Stunde später sind die beiden Frauen am Parkplatz des Präsidiums angekommen. „Vielen lieben Dank, dass du mir Gesellschaft geleistet hast. Ich hätte echt nicht gewusst, was ich heute sonst machen soll. Ich würde mich sehr freuen, wenn wir uns wieder sehen könnten, Samantha!" Allison sieht sie mit einem hoffnungsvollen Blick an.

„Ich sage auch vielen lieben Dank für das köstliche Essen. Wir werden uns sicher wieder sehen" - daran hat Samantha keine Zweifel. Immerhin ist Allison die Schwester ihrer Freundin. Da ist mit Sicherheit nicht zu verhindern, dass sie sich des Öfteren treffen werden. Plötzlich spürt Samantha die Lippen von Allison auf ihren. Von dem plötzlichen Überfall ist sie so überrascht, dass sie zunächst gar nicht darauf reagieren kann. Völlig perplex sitzt Sam da und lässt sich von der Schwester ihrer Freundin küssen. Als ihr Gehirn wieder anspringt, stößt sie Allison von sich.

„Was soll das, Allison?"

„Es tut mir leid, ich dachte … es ist … es tut mir leid“, stottert die dunkelhaarige Frau.

„Schon gut, Allison. Es ist ja nichts passiert. Ich fühle mich auch geschmeichelt, aber ich habe Gefühle für deine Schwester“, versucht Samantha die Situation zu retten. Sam streicht ihrem Gegenüber über den Oberarm. „Bitte sei mir nicht böse, Allison. Du bist wirklich eine tolle Frau. Lass uns die letzten paar Sekunden einfach vergessen.“

„Ich glaube es ist besser, wenn du jetzt gehst“, bugsiert Allison leise die blonde Polizistin aus dem Auto. Um die Situation nicht noch peinlicher zu gestalten, folgt Sam der Anweisung. Sie wünscht Allison noch einen schönen Abend und steigt aus dem Auto. Mit quietschenden Reifen fährt Allison Clark davon. Sam ist ratlos und versteht nicht, was gerade passiert ist. Erst lernt sie monatelang niemanden kennen, und dann verlieben sich gleich drei Frauen in sie. Erst Tiffany, dann Allison und dann auch noch ihr Stalker und Serienmörder. Sie versteht die Welt nicht mehr. Mit diesen Gedanken dreht sie sich um und geht in das Polizeigebäude hinein.

34. Kapitel

„Was machst du denn hier?“, wird Allison von ihrer Schwester beim Türöffnen empfangen.

„Darf ich meine Schwester nicht einfach besuchen?“, erwidert sie.

„Schon, aber normalerweise muss ich dich immer dazu überreden, dich mit mir zu treffen.“

„Na, so schlimm ist es auch nicht. Ich war gerade in der Gegend und ich dachte mir, ich würde bei dir vielleicht noch einen Kaffee bekommen?“

Tiffany fühlt sich im Moment überhaupt nicht danach, Besuch zu empfangen. Wider ihrer Natur hat sie sich heute krank gemeldet. Eigentlich möchte sie alleine sein. Sich weiter ihrem Liebeskummer ergeben. Sie wollte doch nur einfach einen Tag alleine sein. Kann sie ihrer Schwester einfach sagen, dass sie verschwinden soll? Nein, das kann sie nicht. Seit Jahren bemüht sie sich um den Kontakt zu ihr. Jetzt, wo sie einmal von sich aus zu ihr kommt, da kann sie ihr nicht einfach die Tür vor der Nase verschließen. Sie öffnet die Tür ganz, damit Allison eintreten kann.

„Ich werde uns Kaffee machen“, sagt die Psychologin und geht in die Küche. Sie schaltet ihren Vollautomaten ein, nimmt zwei Tassen vom Hängeschrank und wartet, bis die Kaffeemaschine aufgeheizt ist. Währenddessen schließt sie die Augen, atmet tief durch und zählt in Gedanken bis zehn. Eins – zwei – drei – vier – fünf – „Ist alles okay bei dir?“, wird sie von ihrer Schwester unterbrochen. Sie stößt die angehaltene Luft aus, dreht sich um und antwortet: „Ja, alles in Ordnung. Warum?“

„Ich weiß nicht, du siehst heute gar nicht gut aus!“

„Na vielen lieben Dank für das Kompliment!“

„Hey, so war es nicht gemeint, aber du siehst krank aus. Fehlt dir etwas?“

„Nein, alles bestens. Ich habe nur ein wenig Kopfschmerzen.“ Damit hat sie nicht gelogen. Sie hat tatsächlich Kopfschmerzen, die wahrscheinlich von ihren Heulkrämpfen stammen.

Die Kaffeemaschine gibt ihr letztes Brummen von sich. Tiffany widmet sich wieder ihrer Aufgabe, Kaffee zuzubereiten. Selten ist sie froh über eine so einfache Tätigkeit, nur um sich abzulenken. Sie liebt ihre Schwester, auch wenn sie nie wirklich einen guten Draht zueinander hatten, was wohl dem Altersunterschied zuzuschreiben ist, doch über ihre Gefühle würde sie nicht mit ihr sprechen. Sie ist zwar Psychologin, ermuntert ihre Patientin auch immer wieder dazu, über ihr Innenleben zu reden, aber sie selbst war noch nie ein Mensch, der mit anderen über ihre Gefühle gesprochen hat. Sie ist jemand, der lieber alles mit sich selbst ausmacht, als mit anderen etwas zu teilen. Sie weiß auch nicht, was sie ihrer Schwester überhaupt sagen sollte. Ach übrigens, Samantha, du kannst dich an sie erinnern? Ja, die Polizistin. Wir gehen zwar erst seit ein paar Wochen aus, aber ich habe mich verliebt und gestern hat sie mit mir so mir nichts dir nichts einfach Schluss gemacht und deswegen geht es mir gerade beschissen. Nein, das kann sie ihrer Schwester nicht sagen. Außerdem, so wie sie ihre Schwester kennt, interessiert sie sich ohnehin kaum für sie.

Als der Kaffee fertig durchgelaufen ist, dreht sie sich mit den beiden Tassen um und fragt: „Sollen wir ins Wohnzimmer gehen, oder möchtest du hier in der Küche bleiben?“

„Ins Wohnzimmer.“ Jede nimmt eine Tasse und sie gehen in den angrenzenden Raum hinüber, wo sie gedämpftes Licht empfängt. Aus der Stereoanlage erklingen die traurigen Klaviermelodien von Frederic Chopin. Gerade wird *Prelude Opus 28 Nr. 4* gespielt. Tiffany möchte gerade die Musik abstellen, als Allison sie davon abhält.

„Lass es doch. Das klingt schön und entspannend!“ Daraufhin setzen sich die beiden auf die Couch.

„So Allison, jetzt verrate mir, warum du mich wirklich besuchen kommst. Du warst doch schon öfters in der Gegend und bist nicht einfach hier hereingeschneit.“

„Ich wusste doch, dass es ein Fehler ist, dich zu besuchen. Egal was man bei dir macht, es ist schlichtweg falsch. Melde ich mich, passt es nicht, weil es doch einen Grund haben muss, warum. Melde ich mich nicht, passt es auch nicht, weil ich dann immer wieder nur den Vorwurf höre, ich könnte ruhig öfters von mir hören lassen. Tiffany, was willst du eigentlich von mir?"

„Es tut mir leid. So habe ich es nicht gemeint. Es ist schön, wenn du mich spontan besuchst. Ich bin einfach nur überrascht, weil du das bis jetzt nur ein einziges Mal getan hast. Und du weißt, dass du damals auch nur gekommen bist, um dir Geld auszuborgen."

„Hältst du mir das jetzt vor? Ich war neunzehn Jahre jung und wollte doch unbedingt mit meinen Freunden ein Wochenende verbringen. Und außerdem habe ich dir das Geld wieder zurückgegeben, oder etwa nicht?"

„Das war doch kein Vorwurf. Ich wollte dir doch nur … ach, vergiss es einfach wieder. Es ist schön, dass du hier bist. Wie geht es dir? Was macht die Arbeit?", versucht Tiffany die Wogen wieder zu glätten. Sie kennt zur Genüge die Gefühlsausbrüche ihrer kleinen Schwester. Sie hat sie zwar fast nie miterlebt, aber sie weiß, dass es besser ist, sie nicht zu reizen. Teilweise können ihre Worte so spitz werden, dass sie ernsthafte Wunden verursachen.

„In der Arbeit läuft alles bestens, danke der Nachfrage. Ich fühle mich nach wie vor sehr wohl und bereue es keine einzige Sekunde, dass ich von New York hierher gezogen bin. Die Arbeit mit den Kindern und auch mit den Kollegen macht sehr viel Spaß, trotz des ganzen Leids, das man täglich erlebt, aber das dürfte bei dir ja auch nicht anders sein, oder?"

„Nein. Manchmal fragt man sich wirklich, wie viel ein Mensch noch ertragen kann."

Allison nickt ihr zu, nimmt die Kaffeetasse zur Hand und trinkt einen Schluck. Als sie die Tasse wieder zurück auf den Tisch stellt, sagt sie: „Aber um ehrlich zu sein, geht es mir im Moment gerade nicht wirklich gut. Gefühlstechnisch stecke ich gerade in einem Dilemma."

Tiffany wusste es doch, dass es für den spontanen Besuch von Allison einen Grund gibt.

„Welches Dilemma?" Aufmerksam lauscht Tiffany den Worten von Allison.

„Ich weiß nicht, ob ich es dir erzählen darf!"

„Hat es etwas mit der Arbeit zu tun?"

„Nein, nichts mit der Arbeit. Es ist, wie soll ich es sagen, rein privat?"

„Und warum glaubst du dann, dass du es mir nicht erzählen kannst?"

„Weil es nicht so einfach ist, Tiffany. Ich weiß auch nicht, wie ich es dir erklären soll."

„Hast du dich verliebt? Hast du eine Affäre mit einem verheirateten Mann? Allison, es gibt nichts, was du mir nicht anvertrauen kannst. Ich würde dich niemals verurteilen. Du kannst mir vertrauen."

„Naja, die Sache ist kompliziert. Ehrlich gesagt, es geht hier weniger um mich."

„Weniger um dich? Was ist los? Ich verstehe gerade nämlich gar nichts", sagt Tiffany, nimmt ihre Tasse, nur um festzustellen, dass sie mittlerweile ihren Kaffee ausgetrunken hat. „Was hältst du davon, wenn ich uns erst etwas Stärkeres zu trinken hole, und dann erzählst du mir die ganze Geschichte, die dich so bedrückt?" Allison stimmt ihrem Vorschlag zu. Tiffany holt eine Flasche Whisky mit zwei Gläsern und schenkt ihnen ein. Sie reicht ihrer Schwester ein Glas und sie stoßen an.

„Und jetzt raus mit der Sprache Ally. Was bedrückt dich so?"

Sichtlich mit sich selbst ringend sucht Allison nach den richtigen Worten. Tiffany merkt ihre Unentschlossenheit und stößt weiter vor: „Wenn es nicht um dich geht, um wen geht es dann? Um einen anderen Mann?"

„Nein, ganz weit verfehlt. Tiffany, es geht hier um dich", fängt Allison dann doch noch an.

„Um mich?", kommt es verwirrt zurück. „In was für ein Dilemma habe ich dich gebracht?"

„Du selbst hast mich nicht in ein Dilemma gebracht. Hach, es ist so schwer zu sagen. Ich weiß auch nicht, ob ich überhaupt etwas sagen soll."

„Allison …“, Tiffany rutscht näher an ihre kleine Schwester heran und nimmt ihre Hand. „Ich sehe doch, wie du dich damit quälst. Wenn es um mich geht, dann habe ich doch ein Recht darauf zu erfahren was los ist, oder?“

Allison nimmt ihr Whiskyglas, setzt es an die Lippen und leert den Inhalt in einem Zug, bevor sie anfängt: „Samantha betrügt dich!“

Allison sieht, wie sich in diesem Moment eine starre Maske über das Gesicht ihrer älteren Schwester legt.

„Was sagst du da? Woher weißt du das?“

„Ich war dabei, Tiffany. Glaub mir, es tut mir alles so leid.“

„Wie du warst dabei? Was tut dir leid?“

Allison erzählt Tiffany von dem Abend mit Samantha, wie sie am Strand zu Abend gegessen und dann noch einen romantischen Spaziergang bei Sonnenuntergang gemacht haben und dass Allison Samantha dann zurück ins Dezernat gefahren hat. „Als wir dann am Parkplatz waren, dachte ich mir, sie steigt gleich aus dem Auto aus, aber sie hat sich plötzlich zu mir herübergebeugt und mich geküsst. Dabei hat sie ihre Hand auf meinen Busen gelegt. Ich habe sie natürlich sofort von mir gestoßen und gefragt, was das soll, dass sie doch schließlich mit meiner Schwester befreundet ist.“ Dabei drückt Allison eine Träne aus den Augen. „Weißt du, was sie gesagt hat? Du brauchst es doch nicht zu erfahren. Dass ich die bessere Wahl wäre, so jung, so dynamisch, nicht so zugeknöpft. Und, dass sie am liebsten gleich die Sache mit dir beenden möchte, nur um mit mir zusammen zu sein. Ich habe gesagt, dass sie spinnt und sie sofort aus meinem Auto gebeten.“ Tiffany kann ihre Besucherin nur unglaubwürdig ansehen. Sie kann es einfach nicht glauben, was sie gerade zu hören bekommt. Das war nicht das Bild das sie von Samantha hatte, aber welches Bild hat sie eigentlich von ihr? Jetzt kann sie ihre Worte: „Wir sollten uns nicht mehr sehen“ verstehen. Deswegen hat sie mit ihr Schluss gemacht. Sie möchte Allison, nicht Tiffany. Sie hat alles nur vorgespielt.

„Aber du stehst doch auf Männer?“, ist alles was Tiffany im Moment sagen kann.

„Nein, seit meinem Jurastudium weiß ich, dass ich mich mehr zu Frauen hingezogen fühle als zu Männern, aber das tut hier doch nichts zur Sache. Kannst du mir verzeihen?“

„Du hast doch nichts gemacht!“

„Ich weiß, aber ich fühle mich so schuldig. Und ich möchte auch nicht mit dem Wissen leben, dass du nichts davon weißt, dass Samantha dich betrügt. Ich möchte nicht, dass sie dich verletzt. Tiffany, mach‘ Schluss mit ihr, bevor du mehr Gefühle für sie bekommst. Sie tut dir nicht gut.“

„Ich kann das einfach nicht glauben!“

„Es tut mir so leid, Tiffany. Ich wollte dich nicht verletzen, aber ich konnte auch nicht mit dem Wissen weiterleben, dass Samantha dich nur benutzt.“

„Sie hat gesagt, dass ich zugeknöpft sei?“

„Ja, nicht nur das. Sie hat dich richtig runtergemacht. Ich habe sie gestoppt, habe sie gefragt, ob ihr nicht bewusst ist, dass ich deine Schwester bin. Da hat sie nur gelacht und gemeint, dass bleibt doch in der Familie, und dass sie sich schon bei unserem ersten Treffen verliebt hat. Sie hat mir dann auch gestanden, dass sie unter einem Vorwand bei HAPPY KIDS aufgetaucht sei, in der Hoffnung, mich dort zu treffen. Bitte, Tiffany, sei nicht traurig. Sie ist es nicht wert! Glaube mir. Es fällt mir auch nicht leicht, dir das zu sagen. Ich habe mich so sehr für dich gefreut, dass du endlich wieder jemanden gefunden hast, nachdem Holly nicht mehr da ist.“

Allisons Tränen sind mittlerweile wieder getrocknet. Mit einem aufrichtigen Blick sieht sie ihre Schwester an. „Mach‘ Schluss mit ihr, Tiffany. Jetzt weißt du, dass du wieder bereit bist, jemanden in dein Herz zu lassen, aber so einen Menschen wie Samantha, der dich nur ausnutzt und betrügt, hast du nicht verdient.“

„Allison, bitte verzeihe mir, aber ich glaube dir kein Wort von dem, was du mir eben gesagt hast“, Tiffany spürt, dass irgendetwas daran nicht richtig ist. Sie versteht zwar immer noch nicht den Abschied von Samantha, aber dass sie so verlogen und heuchlerisch sein soll, das kann nicht sein. Sie hat sie die letzten Wochen erlebt. Die, von der ihre Schwester eben gesprochen hat, das muss eine andere Person gewesen sein.

„Willst du mir jetzt unterstellen dass ich dich anlüge? Aus welchem Grund denn bitteschön soll ich so eine Geschichte erfinden? So etwas kann man sich doch nicht einfach ausdenken."

„Ich möchte dir doch nicht unterstellen, dass du lügst, aber ich kenne Samantha. Sie würde niemals so handeln."

„Kennst du Samantha oder meinst du sie zu kennen?" Eine berechtigte Frage. Wie gut kennt sie die Polizistin wirklich? Sie treffen sich erst seit ein paar Wochen. Anfangs konnten sie sich auch nicht ausstehen und auf einmal sollen Gefühle im Spiel sein? War sie einfach nur zur rechten Zeit am rechten Ort? War sie womöglich nur eine Lückenbüßerin oder ein Spielball der Lust? Sie konnte doch die Zuneigung in den Augen der smarten Blondine sehen. War das alles nur gelogen und vorgespielt? Aber warum sollte sie das wirklich tun? Warum hat sie dann gestern diese Mail geschrieben? Anscheinend weiß Allison davon nichts. Irgendetwas ist hier faul. Normalerweise ist Tiffany kein Gefühlsmensch. Für sie müssen die Fakten stimmen, aber in diesem Fall hört sie auf ihr Herz, das immens laut schreit, dass die ganze Geschichte erlogen ist. Sie muss jetzt dringend mit Samantha reden. Sie muss endlich erfahren, was hier gespielt wird.

Tiffany springt von der Couch auf und stürmt Richtung Eingangstür, als ihr Allison nachschreit: „Wo willst du hin?"

„Ich muss mit Samantha reden. Ich kann das einfach nicht glauben. Ich möchte es von ihr persönlich hören.

Sie soll mir ins Gesicht sagen, was sie von mir hält und warum sie sich hinter meinen Rücken an meine kleine Schwester ranmacht."

„Aber ich sage dir doch die Wahrheit. Glaubst du wirklich, dass du von ihr erfährst, was tatsächlich passiert ist? Glaubst du wirklich, dass sie dir sagen wird, dass du ihr zu prüde bist, und sie lieber mit deiner kleinen, heißen Schwester zusammen sein möchte? Glaubst du das wirklich? Wer würde das schon tun? Sie wird sich herausreden. Sie wird mir die Schuld an allem geben. Sie wird dir vorlügen, dass ich mich an sie rangemacht hätte, nur weil ich sie abgewehrt habe." Allison hat natürlich Recht. Falls Sam sich wirklich an Allison rangemacht hätte, würde sie es ihr selber ins Gesicht sagen? Nein, vermutlich nicht. Sie zieht ihre Schuhe wieder aus, in denen sie mittlerweile schon gesteckt ist, geht zurück zur Couch, greift sich die Whiskyflasche und schenkt sich noch ein Glas ein.

„Ich glaube du bist mit dem Auto da, oder?"

„Ja, und ich glaube es ist wohl besser, wenn ich jetzt gehe. Kommst du zurecht?"

„Ja, danke."

Die beiden Schwestern verabschieden sich voneinander. Kaum ist die Tür hinter Allison zugefallen, übermannen Tiffany die Tränen. Sie wundert sich, dass sie noch Tränen hat, nachdem sie seit gestern fast nur noch weint. Erst vor Schmerz, dann vor Wut und jetzt wieder vor Schmerz. Ihre Gefühlswelt steht Kopf. Sie weiß wirklich nicht mehr, was sie glauben soll. Diesmal macht sie sich nicht die Mühe, den Whiskey ins Glas einzuschenken, sie trinkt gleich aus der Flasche. Mit jedem Schluck, den sie zu sich nimmt, werden ihre Gefühle mehr und mehr betäubt und langsam gleitet sie in einen traumlosen Schlaf.

35. Kapitel

Am nächsten Morgen hat Samantha bereits eine Liste von Elizabeth Connell erhalten. Es ist die Aufstellung aller Mitarbeiter und freiwilliger Helfer. Sie hat nicht damit gerechnet, nach den offenen, sympathisierenden Worten der Einrichtungsleiterin gegenüber ihrem gesuchten Täter, so schnell etwas zu bekommen. Frau Connell weist sie darauf hin, dass sie von den freiwilligen Helfern leider nur die Vornamen wüsste, da sie alle per Du miteinander seien. Kurz schreibt Samantha eine Antwortmail zurück und bedankt sich für die zugesandte Liste und dass diese bereits sehr helfen würde. Samantha überfliegt kurz die Liste und druckt je eine für ihre Kollegen aus. Diese Einrichtung ist im Moment der einzige Zusammenhang zwischen allen Opfern. Sie müssen hier jeden Stein umdrehen. Sam hat es im Gefühl, dass sie hier auf der richtigen Spur sind.

„Wie ihr wisst, waren Ben und ich gestern bei HAPPY KIDS und haben uns dort kurz umgesehen und mit der Leiterin, Elizabeth Connell, gesprochen. Sie hat uns heute schon einmal eine Liste mit all ihren Mitarbeitern und Freiwilligen geschickt. Wir müssen uns über jede einzelne Person darauf genau schlau machen", erklärt Detective Forster ihren Kollegen. „Wir werden wohl auch nicht darum herumkommen, jeden einzelnen zu uns aufs Präsidium zu bitten für ein Verhör. Simon, kannst du bitte mit ihnen einen Termin vereinbaren?"

„Ja", antwortet er.

Stirnrunzelnd blickt Sam auf ihre eigene Liste und schüttelt kurz ihren Kopf. George, der sie gerade in diesem Moment ansieht fragt: „Was ist los Sam?"

„Ich weiß nicht so genau", beginnt sie vorsichtig. Sie braucht einen kurzen Moment, um die richtigen Worte zu finden. „Der Hausmeister, Barry Cameron … mit mir ging ein Barry Cameron zur Schule. Das ist jetzt sicher nur ein Zufall. Es gibt wahrscheinlich hunderte Männer mit diesem Namen und ich weiß auch nicht, ob er noch in Los Angeles wohnt. Aber, könnten wir möglicherweise mit ihm anfangen?"

„Würde denn dein Barry Cameron von der Schule ins Profil passen?", fragt Ben sie.

„Ja … leider", antworte Sam wahrheitsgetreu.

„Inwiefern würde er als Täter passen?"

„Barry war ein stiller Junge. Sehr in sich zurück gezogen. Er wurde ständig von den anderen Mitschülern verspottet, weil er nicht groß gewachsen war. Als wir die High-School beendet hatten, … hm … wie groß war er da? Ich schätze einmal, er war damals vielleicht wenn es hoch kommt einen Meter sechzig groß. Also kleiner, als die meisten Mädchen damals. Ja, und dann fällt mir noch ein, seine Familie hatte immer Katzen. Vielleicht ist ihm das geblieben und er hat heute noch eine Katze? Simon, ich möchte bitte, dass du heute noch, wenn es geht, so schnell als möglich, Barry aufs Revier bringst. Am besten wäre es, wenn es schon in der nächsten Stunde ist."

Simon nickt und sucht die Telefonnummer der Einrichtung heraus. Als er anruft, wird er sofort mit dem verlangten Hausmeister verbunden. Barry Cameron willigt ein, dass er sich sofort auf den Weg ins Präsidium macht.

Kaum eine halbe Stunde später steht er vor Samantha und sieht sie verblüfft an.

„Samantha? Samantha Forster? Bist du das wirklich? Ich bin Barry, Barry Cameron, von der High-School", wird sie von ihm überrascht begrüßt.

„Barry, ja genau, jetzt kann ich mich erinnern. Wie geht es dir?"

„Danke, sehr gut und dir? Du siehst noch besser aus, als damals in der Schulzeit, und da warst du schon für jeden das schönste Mädchen des Jahrgangs. Du bist Polizistin geworden?"

„Ja. Ich arbeite bei der Mordkommission."

„Ich wurde von einem Sergeant Jefferson herbestellt. Kennst du ihn?"

„Ja. Um ehrlich zu sein habe ich Sergeant Jefferson gebeten einen Termin mit dir zu vereinbaren. Wir haben ein paar Fragen an dich, bezüglich der Mordserie, die wir gerade bearbeiten."

„Ja, okay, aber ich wüsste nicht, wie ich euch da weiterhelfen kann."

Samantha deutet mit der rechten Hand auf eine Tür, die zu einem Verhörraum führt. „Gehen wir doch hier rein, da sind wir ungestört. Mein Kollege, Detective Benjamin Carter, wird uns begleiten." Benjamin hat sich zu den beiden dazugesellt und zu dritt gehen sie in das Zimmer.

Nachdem alle drei Platz genommen haben und Barry über die Videokamera aufgeklärt wurde, beginnt Samantha mit der Befragung: „Herr Cameron, wie lange sind Sie schon tätig für den Verein HAPPY KIDS?"

„Von Anfang an. Schon das Projekt in Planung gegangen ist, wurde ich als Hausmeister angestellt, da an dem Haus einige Renovierungsarbeiten von Nöten waren. Das meiste habe ich alleine gemacht, ausgenommen die gröberen Arbeiten, Dach decken oder Außenfassade streichen zum Beispiel."

„Sie sind also auch mit dem Ablauf in der Einrichtung vertraut? Haben Sie auch Kontakt zu den Kindern?"

„Klar. Ich bin ja auch rund um die Uhr dort, weil ich mit meiner Frau das Dachgeschoss bewohne. Es ist so einfach praktischer."

„Haben Sie Kinder?“

„Nein, leider. Meine Frau hatte vor fünf Jahren Gebärmutterhalskrebs und kann dadurch keine Kinder bekommen.“

„Sie hätten aber gerne welche?“

„Ja, das hätten wir gerne gehabt, aber es sollte nicht so sein. Doch durch die Anstellung, die wir beide erhalten haben, haben wir jetzt mehr Kinder als geplant“, grinst Barry.

„Wie meinen Sie das?“

„Meine Frau, Paige Cameron-West ist Psychologin. Somit wurden wir beide angestellt.“

„Okay, ich verstehe. Herr Cameron, sie haben früher immer Katzen gehabt. Ist das heute auch noch so?“

„Ja, wir haben zwei weiße Angora-Katzen.“

„Einmal Katzen immer Katzen?“

„Ich bin, wie Sie wissen, Detective Forster, mit Katzen aufgewachsen. Ich kann mir ein Leben ohne diese Samtpfoten nicht mehr vorstellen. Meiner Frau geht es hier auch nicht anders.“

„Haben Sie von der Mordserie an Sexualstraftätern gehört?“

Barry Cameron rutscht nervös auf seinem Stuhl herum. Mittlerweile wird ihm klar, worauf die beiden Detectives hinaus wollen.

„Ja, wer hat davon nicht gehört, und wenn man unmittelbar damit zu tun hat, dann erst recht."

„Wo waren Sie zu den Zeitpunkten … ", und Samantha zählt die einzelnen Tage auf, an denen die Morde geschehen sind. Ungläubig wird sie von ihrem alten Schulfreund angesehen.

„Sag mal, Sam, spinnst du jetzt? Verdächtigst du mich jetzt, dass ich damit etwas zu tun habe? Ja, ich finde es schrecklich, was unseren Kindern, aber auch vielen Erwachsenen, passiert ist, aber ich wäre zu einem Mord niemals fähig. Ich gebe auch offen zu, dass unser Rechtsstaat hier sehr human mit solchen Tätern vorgeht, aber ich würde niemals Selbstjustiz walten lassen."

Die Verärgerung über die unausgesprochene Anschuldigung ist ihm klar und deutlich anzusehen.

„Herr Cameron …", versucht Samantha die Wogen wieder zu glätten. „Barry, wir müssen diese Frage leider stellen. Bitte beantworte sie uns einfach."

Samantha kann sich Barry auch nicht wirklich als Mörder vorstellen, aber wer weiß, was hinter den Köpfen von so manchen vorgeht. Sie kennt ihn aus der Schulzeit. Damals war er nicht einmal fähig, einer Fliege etwas zu leide zu tun. Doch leider passen so viele Indizien auf ihn. Er hat weiße Katzen, er ist klein und könnte gut möglich Schuhgröße achtunddreißig haben. Er arbeitet mit den betroffenen Kindern ihrer Opfer zusammen.

Nach einem kurzen Räuspern erzählt der Hausmeister ihnen, wo er die Nächte verbracht hat. Er war an allen zusammen mit seiner Frau zu Hause und sie haben ferngesehen. Im Moment sehen sie sich eine Serie auf Netflix an und sind, nach seiner Aussage, süchtig danach.

„Danke für das Gespräch, Herr Cameron. Können Sie uns noch sagen, wann wir am besten ihre Frau erreichen können? Keine Sorge, wir befragen alle, die bei HAPPY KIDS arbeiten."

„Ich kann sie gerne sofort anrufen und fragen, ob sie jetzt schon Zeit hat herzukommen?"

„Das wäre sehr nett."

Barry geht aus dem Verhörraum um mit seiner Frau zu telefonieren. In der Zwischenzeit bleiben Sam und Ben noch sitzen.

„Was hältst du von ihm?", fragt Ben sie.

„Ganz ehrlich?"

Ben nickt. „Ich weiß es nicht", fängt Sam mit ihrer Erklärung an. „Ich kenne ihn als sehr schüchtern und zurückgezogen. Wir haben uns prima verstanden und waren vielleicht so etwas wie Freunde. Kurz vor unserem Abschluss hat er mir einen Brief geschrieben und mir seine Gefühle gestanden. Er würde so gut ins Profil passen, aber mein Gefühl sagt mir etwas anderes. Außerdem, ist da noch die Sache mit dem Fußabdruck. Es war doch ein Frauenschuh. Würde ein Mann in der Frauenabteilung einkaufen gehen?"

„Er ist ja nicht gerade groß. Was ist, wenn seine Frau die gleiche Schuhgröße hat wie er? Dann kann er sich ihre Schuhe doch ausborgen."

„Was ist, wenn seine Frau die Täterin ist? Oder vielleicht haben sie die Taten gemeinsam begangen?"

Einerseits hofft Sam, dass ihr Gefühl Recht behält und weder Barry Cameron noch seine Frau etwas mit der Mordserie zu tun haben, andererseits hofft sie aber auch das Gegenteil, dann könnten sie endlich den Täter verhaften.

Die beiden Polizisten werden durch ein zaghaftes Klopfen unterbrochen und Barry Cameron steckt seinen Kopf durch den Türspalt.

„Ich habe Paige erreicht. Sie kann in einer Stunde hier sein. Würde euch das passen?"

„Ja super, vielen lieben Dank."

„Braucht ihr mich noch? Ich habe noch eine Menge zu tun."

„Nein, vielen Dank, dass du so schnell gekommen bist."

Mit einer kurzen Verabschiedung verschwindet der Hausmeister und lässt die beiden Polizisten mit ihren Gedanken alleine.

Wie vereinbart erscheint Paige Cameron-West pünktlich. Sie ist in etwa gleich groß wie ihr Mann. Sie bestätigt die Angaben von Barry. Nachdem auch Frau

Cameron-West das Dezernat verlassen hat, ordert Sam ihren beiden Kollegen Simon und George an, nähere Erkundigungen über die beiden einzuholen. Im Moment sind die beiden ihre einzigen Verdächtigen.

36.Kapitel

„Entschuldigen Sie bitte, sind Sie vielleicht Mister Thomas Walker?“, frage ich, obwohl ich schon längst weiß, mit welchem Subjekt ich es hier zu tun habe. Mit viel Mühe lächle ich den Mann vor mir an.

„Ja, das bin ich. Kennen wir uns?“, fragt mich der ahnungslose Thomas.

„Nein, noch nicht, aber ich würde sie gerne kennenlernen.“

„Wer sind Sie und was genau wollen Sie von mir?“ Leicht misstrauisch, dieser Mann, denke ich mir.

„Bitte, keine Sorge, ich habe nur von einem Freund erfahren, dass sie Interesse an einem 1970er Buick haben, aber vielleicht hat sich mein Freund auch nur geirrt.“ Besseren Wissens drehe ich mich um und tue so, als würde ich wieder gehen wollen.

Sichtlich nervös kratzt sich Thomas im Nacken. „Warten Sie, schöne Frau!“, sagt er. Ich drehe mich um und grinse ihn wissend an. Ich gehe die zwei Schritte wieder vorwärts. Obwohl ein Abstand von mindestens drei Metern zwischen uns liegt, kann ich seinen alkoholgetränkten Atem und den Geruch von Zigaretten, gemischt mit seinem Schweiß, deutlich wahrnehmen. Kein sehr angenehmer Geruch. Leichter Ekel überkommt mich, doch ich muss mich zusammennehmen. Seine fetten, dunkelblonden Haare sehen aus, als würden sie schon seit Wochen kein Shampoo und Wasser mehr gesehen haben und stehen am Hinterkopf ab. Die blauen Augen liegen trüb in den Höhlen und der normalerweise weiße Augapfel zeigt sich in einem deutlichen Gelb, das bereits an eine Leberzirrhose denken lässt. Aber das sollte nicht meine Sorge sein. Gott sei Dank wohnt er in einem Trailerpark, wo sich niemand um den anderen schert oder kümmert. Es war gar nicht so einfach, den richtigen Wohnwagen ausfindig zu machen.

„Möchten Sie mir mehr über den Buick erzählen?“, fragt er mich.

„Gerne, wenn Sie Interesse haben!“ Thomas Walker schließt seinen Wohnwagen auf und bittet mich hinein.

„Einen kleinen Moment noch, ich muss noch meine Tasche mitnehmen. Ich bin gleich wieder da“, sage ich und gehe einmal um den Wohnwagen herum um die schwarze Sporttasche zu nehmen.

„So, da bin ich wieder“, kündige ich mich an. Unbemerkt schließe ich die Tür hinter mir ab. Ich stelle meine Tasche auf den kleinen Tisch.

„Das ist aber eine große Tasche. Sieht aus, als würden Sie zum Sport gehen wollen“, grinst er. Wenn er nur wüsste. Mit diesem Gedanken fällt es mir auch nicht schwer, sein Grinsen zu erwidern. Im Wohnwagen stinkt es noch penetranter als er es tut. Überall herrscht Chaos. Es ist kaum Platz, um sich in Ruhe irgendwo hinzusetzen.

„Sie wollen doch sicher ein paar Fotos vom Buick sehen, oder?“

„Sicher! Wollen Sie auch ein Bier?“ Niemals würde ich hier irgendetwas essen oder trinken. Da muss ich ja Angst haben, mir irgendetwas einzufangen. Dankend lehne ich ab. Ich müsse noch mit dem Auto fahren, erkläre ich ihm. Er nimmt sich aus dem kleinen Kühlschrank eine Flasche Bier und öffnet sie mit einem Feuerzeug.

Er bemerkt meinen Blick, als ich mir die Unordnung näher ansehe.

„Tut mir leid, aber ich war auf Besuch nicht eingestellt. Im hinteren Teil hätten wir mehr Platz. Es ist zwar mein Bett, aber man kann darauf prima sitzen und naja … es ist nicht so vollgestopft wie hier. Ich habe sehr wenig Platz, müssen Sie wissen.“, … und deswegen kann ich hier keine Ordnung schaffen, ergänze ich in Gedanken weiter. Für mein Vorhaben ist das Bett natürlich geeigneter. Ich hätte mich besser auf die Sache vorbereiten sollen. Doch ich brauche das heute. Der Tag war schon beschissen genug.

„Wenn Sie das sagen, dann gehen wir natürlich zum Bett hinüber. Ich habe leider nur alte Fotoalben, in denen der Buick abgelichtet ist. Das Auto stammt aus der Erbschaft meines Großvaters, aber ich kann damit nicht viel anfangen. Ich interessiere mich nicht so sehr für Autos." Wie sehr widert mich dieser Austausch von Höflichkeiten an. Aber nicht mehr lange … Ich nehme meine Tasche und folge Thomas in den hinteren Bereich seines Wohnwagens. Auch hier herrscht totales Chaos, aber es ist immer noch besser, als auf dem kleinen Tisch. Die Fenster sind höher gesetzt, sodass man nicht so leicht hereinschauen kann. Gierig sieht er zu meiner Tasche, die ich vor das Bett gestellt habe. Mit dem Rücken zu ihm hocke ich vor der Tasche und tu so, als würde ich ein Album herausnehmen.

„Sind Sie bereit?", frage ich.

„Ja", kommt seine Antwort, die eben noch sehr freudig klingt, aber als ich mich zu ihm umdrehe und er meine Remington R51 sieht, rutscht ihm das Lächeln gründlich in die Hose. In der anderen Hand habe ich ein Klebeband.

„Du wirst jetzt ganz still sein und machen, was ich dir sage, ansonsten …" Dabei schüttle ich die Hand, die meine Waffe hält. „Haben wir uns verstanden?"

„Ja", höre ich.

„Zieh deine Socken aus!"

Thomas bückt sich hinunter und tut mit zittrigen Fingern wie ich ihm befohlen habe. Er will die Socken gerade neben sich legen, als ich ihn auffordere, diese in den Mund zu stopfen. Er sieht mich fragend an.

„Jetzt mach schon oder soll ich dir dabei helfen?“, sage ich und wedle dabei mit der Pistole vor ihm herum.

Gehorsam schiebt er sich erst den einen, dann den anderen Socken in den Mund. Er kann sein Würgen nur schwer unterdrücken. Ich habe schon Angst, dass er sich gleich übergibt. Doch er hat sich sehr gut im Griff. Ich sehe nur, wie er schluckt. Das Klebeband in meiner Hand wickle ich gut sieben Mal um seinen Kopf, damit die Socken schön dort bleiben wo sie gerade sind. Ich möchte ja nicht, dass wir ungebetene Gäste bekommen, nur weil er meint, schreien zu müssen. Ich weise ihn an, sich auf den Bauch zu drehen und die Hände auf dem Rücken zu falten. Die Kabelbinder haben mir immer einen guten Dienst geleistet - so wird es auch dieses Mal sein. Erst binde ich ihm die Hände und dann die Füße zusammen. Als er wieder auf dem Bett sitzt, frage ich ihn: „Kennst du deine kleine Schwester Dorothy noch? Weißt du, wie es ihr geht?“ Mit fragenden Augen schüttelt er seinen Kopf, auf dem sich die Haare vor lauter Fett kaum bewegen.

„Warum weißt du das nicht? Ich dachte du bist ihr großer Bruder?“

Diesmal bejaht er meine Frage.

„Hast du sie, als ihr noch Kinder wart, und sie so klein und zart war, immer beschützt?“

Wieder bejaht er. So schnell kann er nicht schauen, schlage ich ihm, in der Hand immer noch meine

Remington, mit dem Handrücken über seine rechte Wange. Sein Kopf dreht sich auf die linke Seite. Währenddessen schreie ich ihn an: „Lüge!“

Langsam wendet er seinen Blick wieder zu mir. Ich kann nur blanken Hass für den Mann empfinden.

„Kannst du dich vielleicht auch noch an deine Cousine Brenda erinnern? Ich glaube du hast sie schon etliche Jahre nicht mehr gesehen, oder?“

Wieder schüttelt er mit seinem Kopf. Von Minute zu Minute steigert sich seine Annahme, dass ich genauestens über ihn Bescheid weiß.

„Hast du dich genauso um sie gekümmert wie um deine kleine Schwester Dorothy?“

Ich sehe an ihm hinunter und mein Blick bleibt an seiner Hose haften. Er hat tatsächlich eingenässt vor Angst. Ein süffisantes Lächeln ziert mein Gesicht, als ich mich ein wenig näher zu ihm hinunterbeuge. An seinen alkoholgetünchten Schweißgeruch habe ich mich bereits gewöhnt.

„Konntest dich mal wieder nicht beherrschen, hm? Genauso wie bei Brenda und Dorothy. Hat es dir Spaß gemacht, die beiden jungen Mädchen anzufassen? Lass mich raten, du konntest nichts dafür. Sie wollten es, oder? Und du warst selbst noch in der Pubertät und konntest dich nicht wehren. Habe ich Recht?“

Er hält seinen Blick auf den Boden gerichtet und gibt mir keine Antwort. Wie sehr ich das hasse, wenn ich mit jemandem rede und von diesem ignoriert werde.

Na, das werden wir ihm gleich einmal austreiben. Wieder zischt meine Hand über seine Wange.

„Ich rede mit dir und es ist total unhöflich, wenn man angesprochen wird, und dabei trotzdem seinen Blick auf den Boden richtet und dem Gegenüber nicht in die Augen sieht. Und wenn man gefragt wird, das wirst du sicherlich gelernt haben, gibt man gefälligst eine Antwort!“ Meine Stimme trieft nur so vor blankem Hass.

Thomas kommt meiner Aufforderung nach, hebt den Kopf und sieht mich an. In seinen Augen steht die pure Angst. Er lässt ein unterdrücktes Gemurmel hören.

„Also du hast gelernt, dass man antwortet, wenn man etwas gefragt wird?“

Er nickt.

„Also, dann will ich einmal nicht so sein …“, sage ich gutmütig und lehne mich an die kleine Wand. „Hat es dir gefallen, als du die beiden Mädchen angefasst hast?“

Er schließt die Augen. Ohne mich anzusehen nickt er.

„Was genau hat dir am besten gefallen?“

Diesmal schüttelt er vehement den Kopf. Es scheint so, als ob er nicht darüber reden möchte, aber das ist mir total egal. Es war ihm auch egal, dass Dorothy und Brenda noch so jung waren und es ihnen nicht gefiel. Sie sogar Schmerzen hatten. Die Welt nicht mehr verstanden.

„Hat es dir gefallen, als sie dich berühren mussten? Oder du sie berührt hast? Oder sie entjungfert hast? Weißt du eigentlich, wie alt sie damals waren? Sie waren noch Kinder. Dorothy war noch im Kindergarten. Brenda war acht Jahre alt. Zumindest setzen ab da ihre Erinnerungen ein. Wie kann man das als großer Bruder und als Cousin nur tun?“ Mich immer mehr in Rage redend, versuche ich mich wieder runterzufahren. Es bringt nichts, darüber zu reden. Wahrscheinlich gefallen ihm auch noch die Bilder, die ich ihm dadurch heraufprojiziere.

„Genug geredet. Ich würde sagen, wir zwei spielen jetzt auch einmal miteinander. Was hältst du davon?“ Ohne ihn weiter zu beachten bücke ich mich zu meiner Sporttasche hinunter. Währenddessen kommt mir das Gespräch mit Dorothy in Erinnerung. Ich hab dem Mädchen versprochen, zu helfen. Sie erzählte mir ihre Geschichte, wie sie schlussendlich den Drogen verfallen ist. Das Gespräch mit Dorothy traf mich mit voller Wucht. Ihre Geschichte, gepaart mit der Geschichte von Brenda, die sie mir ebenfalls erzählt hat. Brenda, die nach jahrelangem Schweigen endlich den Mut aufgebracht hatte, sich ihren Eltern anzuvertrauen, aber keinerlei Hilfe erfuhr. Nein, es wurde stillgeschwiegen. Niemand glaubte ihr die Geschichte. Zwar waren für einige Zeit die beiden Väter verkracht, aber mittlerweile, besser gesagt seit vielen Jahren, treffen sich die Eltern von Brenda auch wieder mit Thomas. So, als wäre nie etwas geschehen. Thomas wurde niemals für seine Taten bestraft. Insbesondere diese Ungerechtigkeit macht mich so extrem wütend. Ich sehe nur noch das Messer in meiner

Tasche und dann sehe ich nur noch rot. Mit einer schnellen Bewegung drehe ich mich um und stürze mich auf den mir in diesem Moment extrem verhassten Mann. Ich stoße das Messer überall in ihn hinein. Sein Blut fließt und spritzt aus allen Öffnungen. Ich reiße ihm die Hose zu den Knien runter, schneide ihm mit einer schnellen Bewegung seinen Penis ab, drehe ihn auf den Bauch und stopfe mit dem Messer den abgeschnittenen Muskel in sein Po-Loch. Inzwischen ist Thomas schon längst nicht mehr unter den Lebenden. Ich bin wie in einem Rauschzustand. Überall ist Blut. Das ganze Bett ist ein roter Teppich. Ich sehe an mir hinunter und fange hysterisch an zu lachen, bis ich den Wohnwagen so schnell als möglich verlasse, um in die Dunkelheit der Nacht zu entkommen.

37. Kapitel

Kaum ist die Sonne in ihrer vollen Pracht über Los Angeles aufgegangen, herrscht schon das gewöhnliche, hektische Treiben im Dezernat. Immens beschäftigte Polizisten marschieren in dunklen Uniformen den Flur entlang, Verdächtigte werden in Vernehmungsräume geführt und pausenlos läutet an irgendeinem Schreibtisch ein Telefon. Mitten in dem Gewusel sitzen Samantha, Benjamin, George und Simon. George und Simon sind immer noch damit beschäftigt, herauszufinden, ob sich landesweit weitere ähnliche Mordfälle ereignet haben, und auch mit den Recherchearbeiten bezüglich Barry Cameron und Paige Cameron-West. Ben telefoniert mit der Spurensicherung, von der er gerade erfährt, dass die Mörderin von Eric Penn durch das Schlafzimmerfenster hineingekommen sein musste, da dieses offen gestanden habe, die Eingangstür nicht aufgebrochen war und sie außerdem Erde auf der Fensterbank gefunden haben. Samantha studiert in der Zwischenzeit ihre Bekennerschreiben. Irgendetwas kommt ihr merkwürdig vor. Warum erst vornehmlich, und dann auf einmal sehr privat und viel persönlicher? Kennen Barry oder Paige Tiffany vielleicht? Paige und Tiffany sind beide Psychologinnen, wenn auch in unterschiedlichen Bereichen tätig. Da könnte man sich durchaus kennen? Warum weiß die Frau so viel über Tiffany, besser gesagt, warum kommt es ihr durch den Brief so vor, als würde sie Tiffany wirklich kennen? Sie muss endlich mit der Psychologin sprechen. Nur sie kennt vielleicht die Antworten darauf. Aber ihre Freundin hat sich seit Samanthas Mail nicht mehr gemeldet. Hoffnungsvoll wählt sie trotzdem noch einmal die Nummer von Tiffany. Beim dritten Klingeln hebt eine junge Frau ab: „Praxis Doktor Tiffany Clark! Was kann ich für Sie tun?" Jetzt kann sich Sam daran erinnern, dass Tiffany vor ein paar Tagen erwähnt hat, dass sie eine neue Sekretärin hat, weil ihre bisherige ein Baby bekommen wird. Sie hat aber nicht erzählt, wie jung ihre neue Mitarbeiterin ist. Leichte Eifersucht kriecht in Samantha hoch, obwohl sie weiß, dass sie gar kein Recht dazu hat. Schnell fällt ihr ein, dass ihre Gesprächspartnerin ja noch auf eine Antwort von ihr wartet.

„Hallo, hier spricht Detective Samantha Forster. Ich würde gerne mit Doktor Clark sprechen. Es geht um den Fall, an dem wir gemeinsam arbeiten. Ich hätte hierzu ein paar Fragen. Können Sie mich bitte zu ihr durchstellen? Es ist sehr wichtig!", betont sie nochmals die Dringlichkeit ihres Anrufes.

„Einen kleinen Moment, ich schaue, ob sie gerade Zeit für Sie hat", und schon ertönt eine sanfte Klaviermusik. Kaum ist eine Minute vergangen, hört sie die Stimme der Frau, für die sie mittlerweile Gefühle entwickelt hat.

„Samantha? Was kann ich für dich tun? Eigentlich habe ich gar keine Zeit …“ meldet sich die Psychologin in kühlem Ton. Samantha muss erst einmal beim Klang der Stimme schlucken. Auf der einen Seite ist sie erleichtert, dass Tiffany erreichbar und damit eindeutig wohlauf ist, auf der anderen Seite ist sie aufgrund der eisigen Stimmung, die ihr entgegenschlägt, verwirrt. Was ist nur passiert? Was ist los?

„Schön, dich endlich zu hören. Ich habe die ganze Zeit versucht, dich zu erreichen. Was ist passiert?“

Tiffany weiß genau, wie oft Samantha probiert hat anzurufen und hat auch in der Nacht alle Textnachrichten gelesen. Immer und immer wieder. Dabei durchkreuzte auch das Gespräch mit Allison immer wieder ihre Gedanken. Die Worte, die sie von ihrer Schwester gehört hat, und die Worte, die Samantha ihr geschrieben hat, sind so unterschiedlich wie Tag und Nacht. Sie weiß nicht mehr, wem und was sie glauben soll. Und doch war da die eine Mail mit dem Satz: „Wir sollten uns nicht mehr sehen!“ Sie weiß, dass sie ein Gespräch mit der blonden Polizistin nicht ewig umgehen kann, und je früher sie es führt, desto schneller hat sie es hinter sich.

„Ich hatte zu tun“, kommt es daher nur lapidar von der Psychologin.

„Ich verstehe …“, seufzt Sam. Sie atmet tief durch. „Wir müssen ganz dringend reden. Es geht um unseren

Fall. Hast du heute Abend schon etwas vor? Wir könnten bei mir eine Pizza essen und uns unterhalten?“, versucht Samantha einen Vorstoß. Normalerweise hasst sie es, wenn sie auf irgendetwas länger warten muss, aber sie möchte Tiffany auch nicht bedrängen. Ob sie ihre Antworten in Bezug auf den Fall jetzt gleich bekommt oder am Abend, ist ihr nicht so wichtig. Sie freut sich darüber, dass ihr Tiffany nicht mehr völlig aus den Weg geht. Vielleicht bekommt sie auch eine Antwort?

„Ich habe abends schon etwas vor. Ich treffe mich mit jemanden“, erwidert auf diesen Vorschlag Tiffany, in dem Wissen, dass sie Samantha damit direkt angelogen hat. Sie hat am Abend nichts vor, aber sie muss sich weiter schützen. Sie kann sich nicht mit Sam treffen, das würden zu viele Erinnerungen an die letzten Wochen hervorrufen und dann noch mit dem Wissen, dass sie kein Paar mehr sind. Sie ist im Grunde froh, dass Samantha jetzt schon Schluss gemacht hat, weil sich ihre Gefühle für die blonde, attraktive Polizistin mit jedem Tag verstärkt haben.

„Okay, wann glaubst du können wir uns treffen und uns über den Fall austauschen?“ Samantha spürt einen kleinen Stich. Wenn sie doch nur wüsste, was los ist? Sie gibt Tiffany ein paar Sekunden, als diese schon antwortet: „Wie wäre es, wenn ich gleich zu euch ins Präsidium komme?“

„Ja, das würde auch gehen. Wann glaubst du, kannst du hier sein?“

„Ich werde in einer Stunde bei euch sein“, gibt die Psychologin zur Antwort.

„Super, ich freue mich, und Tiffany …?“

„Ja?“, kommt es leicht genervt zurück.

„Ich vermisse dich …“

Darauf bekommt sie keine Antwort mehr sondern hört nur das übliche Tut – Tut – Tut aus ihrem Hörer. Die Stirn in Falten legt sie den Telefonhörer auf die Gabel. Noch immer verwirrt starrt sie den Apparat weiter an. Sie kennt sich selbst nicht so. Sie hatte schon mehrere Beziehungen, aber sie war noch niemals so eine Klette. Nach nur zwei Tagen „ich vermisse dich“ zu sagen, liegt eigentlich nicht in ihrer Natur. Sie hat normalerweise auch nicht das Bedürfnis die Partnerin unbedingt jeden Tag zu sehen. Manchmal war sie auch ein oder zwei Wochen lang auf räumlicher Distanz, ohne dass sie gleich den anderen vermisst oder sich Gedanken gemacht hat, warum das so ist.

„Hast du mit ihr sprechen können?“, fragt Benjamin, der jetzt vor ihrem Schreibtisch steht.

„Ja, sie ist in einer Stunde da.“

„Das Gespräch ist wohl nicht so gelaufen, wie du es dir vorgestellt hast, oder?“

„Nein, ja, ich weiß auch nicht, aber immerhin konnte ich sie erreichen. Ich mache mir nur ein bisschen Sorgen wegen der Mörderin, die auch gleichzeitig meine Stalkerin ist.“

Ben sieht sie interessiert an. Mit zwei Schritten steht er an ihrer Seite und legt die Hand auf ihre Schulter. „Was meinst du damit?“

„Du hast doch gesehen, wozu die Frau fähig ist, oder? Ihr gefällt es nicht, dass ich mich mit Tiffany treffe. Deswegen habe ich ihr ja vorgeschlagen, ob es nicht besser wäre, wenn wir uns nicht mehr sehen - zumindest solange nicht, bis der ganze Spuk hier vorbei ist.“

„Wann hast du ihr das geschrieben?“

„Als ich ihr die E-Mail mit dem Schreiben geschickt habe. Ich will einfach nicht die Schuldige sein, wenn ihr etwas passiert. Diese Irre verfolgt mich, das hat sie zumindest in ihrem Schreiben angedeutet. Ich möchte einfach nicht, dass Tiffany etwas passiert. Sie soll nicht als Zielscheibe dienen.“ Ihr Kollege und zugleich bester Freund kann die Sorge in ihrem Gesicht lesen. Jetzt wird ihm erst bewusst, wie viele Gefühle sie scheinbar bereits investiert hat. Er kennt seine Kollegin. Es dauert sehr lange, bis man unter die raue Oberfläche gelangt, aber dann, dann würde Samantha alles für einen tun. Das sieht er jetzt auch, wenn sie über Tiffany spricht. Sie würde wie eine Löwin für sie kämpfen, nur damit ihr nichts passiert.

„Ihr wird nichts passieren!“

„Wie kannst du dir da so sicher sein?“

„Weil ich dich kenne. Du würdest es niemals zulassen.“

„Aber ich kann auch nicht immer in ihre Nähe sein und im Moment habe ich das Gefühl, dass sie mich nicht in ihrer Nähe haben möchte."

„Ihr solltet miteinander reden. Ich denke, sie hat deine Worte in den falschen Hals bekommen."

„Vielleicht hast du Recht. Vielleicht aber auch nicht."

Mit diesen Worten lässt sie ihren Kollegen stehen, nimmt ihre Zigaretten und geht kurz vor die Tür.

Als Samantha eine knappe Stunde später Tiffany die Tür hereingehen sieht, springt sie vom Sessel auf. Nein, sie muss erst mit ihr alleine sprechen, sonst wird sie noch platzen. Sie will sich die Blöße vor ihren Kollegen nicht geben und sie will Antworten: Warum sie nicht auf sie reagiert hat. Was sie zu ihrem Vorschlag sagt. Und das Wichtigste: was überhaupt los ist!

Vor der Psychologin zum Stehen kommend, sagt Samantha in einem dominanten, nicht auf Widerworte ausgerichteten Ton: „Wir müssen reden! Sofort! Komm mit!", und zieht sie dabei in das nächste Vernehmungszimmer.

„Sag mal, geht es noch?", fährt Tiffany sie an, als die Tür hinter ihnen geschlossen ist.

„Es tut mir leid", fängt Sam an. „Aber wärst du sonst mitgekommen? Hätten wir sonst ein paar Minuten gehabt, um zu reden?"

„Ich wüsste nicht, worüber wir beide noch reden sollen?“

„Tiffany, was ist los? Was habe ich dir getan?“

„Du fragst mich jetzt wirklich, was du getan hast?“

„Ja!“

„Weißt du es wirklich nicht mehr, was du getan hast?“

„Nein, sonst würde ich nicht fragen. Wenn ich dich mit irgendetwas verletzt habe, was mir nicht bewusst war, dann entschuldige ich mich, aber ich würde gerne wissen, was ich getan habe. Bitte sprich mit mir, Tiff!“

„Dann erklär mir bitte, warum du mit mir Schluss gemacht hast und dich dann am nächsten Tag mit meiner Schwester einlässt!“

Beide Frauen stehen sich gegenüber. Ihre Gemüter sind ein wenig angeheizt, doch Samantha kann sie nur noch stumm ansehen. Was hat sie gerade gehört? Sie soll sich mit Allison eingelassen haben? Sie hat doch auch nicht mit ihr Schluss gemacht. Als die Worte, die sie soeben gehört hat, bei ihr richtig angekommen sind, sagt sie: „Ich habe nicht mit dir Schluss gemacht!“

„Ach, hast du nicht? Was soll dann die Nachricht: „Wir sollten uns nicht mehr sehen“? Ist das nicht Schluss machen?“

„Ja, das habe ich geschrieben, aber doch in Bezug auf das neueste Bekennerschreiben. Es war nur die Frage, ob es nicht besser wäre, uns in Anbetracht der Situation nicht mehr zu sehen, bevor die Irre es vielleicht auf dich absehen wird. Ich hatte, nein, ich habe Angst, dass dir etwas passieren könnte. Wer weiß, wozu diese Frau noch fähig ist. Und so, wie sie über dich in diesem Brief geschrieben hat, kennt sie dich offenbar sehr gut."

Jetzt ist Tiffany an der Reihe, die eben gehörten Worte zu verdauen.

„Von welchem Bekennerschreiben redest du bitte? Ich habe keines von dir erhalten! Nur den Satz, dass es besser sei, uns nicht mehr zu sehen!"

„Sag mir bitte, dass das nicht wahr ist." Samantha lässt den Kopf in ihre Hände fallen. Was hat sie da nur wieder angestellt? Wie dämlich kann man sein, jemandem einen Scan schicken zu wollen und zu vergessen, diesen anzufügen. Kein Wunder, dass Tiffany nichts mehr von sich hören ließ, wenn sie glauben musste, sie hätte mit ihr Schluss gemacht.

„Es tut mir so leid. Eigentlich wollte ich dir den Brief schicken, den ich nach dem Mord an Eric Penn bei mir auf dem Schreibtisch gefunden habe, und dich fragen, ob es nicht besser wäre, wenn wir uns privat nicht mehr treffen und öffentlich nicht mehr gemeinsam auftreten, bis wir den Täter endlich haben. Ich zeige dir natürlich gleich das Schreiben. Sie scheint dich zu kennen. Sie hat Dinge über dich geschrieben, die auch ich noch nicht wusste und die sehr persönlich sind."

„Zeigst du mir bitte den Brief?", fragt Tiffany jetzt versöhnlicher, als ihr plötzlich die Sache mit Allison einfällt. „Was war das mit meiner Schwester? Warum hast du dich an sie rangemacht? Ich dachte, das ...“ und zeigt dabei mit der Hand zwischen ihnen hin und her „... sei zwischen uns beiden etwas Ernsteres. Aber anscheinend habe ich mich getäuscht und ich mache mich hier nur zur Närrin.“

„Ja, ich dachte auch, dass das zwischen uns ernst werden kann. Nein, ich dachte es nicht, ich denke es! Ich habe nicht mit dir Schluss gemacht und werde nicht im Traum daran denken, dich gehen zu lassen, aber was soll ich mit deiner Schwester getan haben?“

„Habt ihr euch geküsst oder nicht?“

„Nein ... ja“, kommt es zögernd von Sams Lippen.

Tief enttäuscht dreht sich Tiffany um und möchte gerade zur Tür rausgehen, als Samantha sie von hinten aufhält. „Bitte warte noch“, fleht Samantha. „Ich kann es dir erklären!“

„Du musst doch wissen, ob ihr euch geküsst habt. Erst sagst du nein, und dann doch ja. Also was jetzt?“

„Ja, wir haben uns geküsst, aber nicht so, wie du jetzt vielleicht denkst.“

„Habt ihr vorgestern zusammen den Abend verbracht?“

„Ja, aber bitte lass‘ es mich erklären.“ Sam erzählt Tiffany, wie der Abend verlaufen ist. Sie lässt auch nicht aus, zu erwähnen, dass Allison sie geküsst hat, sie sie aber von sich gestoßen hat.

„Ich hatte wirklich keine Ahnung. Ich war so überrascht."

„Genau das hat Allison gestern zu mir gesagt, dass du die Sache sicher so hinstellen wirst! Und sie hat Recht."

„Ja, weil es genauso war. Was hat sie dir denn erzählt?"

„Das es genau andersherum war. Dass du, ja … ähem …", stottert Tiffany herum. Normalerweise ist sie nie um Worte verlegen, doch diese Worte zu wiederholen tut ihr einfach weh.

„Was hat sie also erzählt?"

„Hältst du mich für prüde und zugeknöpft?"

„Um Gottes Willen, nein!", kommt es empört von der Polizistin. „Hat sie das gesagt?" Tiffany nickt mit dem Kopf: „Sie hat gesagt, das seien deine Worte!" Mit einem Blick in die Augen der Blondine weiß Tiffany, wem sie Glauben schenken kann. Und auch ihr Herz schreit laut nach Samantha. In dem Moment gibt sie ihren Gefühlen nach, beugt sich zu ihrer Herzensdame und gibt ihr einen zärtlichen Kuss.

Zurück an Samanthas Schreibtisch gibt sie der Psychologin den Brief. Tiffany macht große Augen, als sie das Schreiben liest.

„Wie viele Leute wissen so genau über dein Privatleben Bescheid?", durchbricht Benjamin die Stille.

„Nicht viele. Ja, das stimmt, was über mich alles geschrieben wird. Ich hatte in meinem ganzen Leben nur eine Beziehung und danach, das waren alles nur flüchtige Affären. Ich habe durchaus soziale Kontakte, aber genaueres über meine Vergangenheit und Gegenwart wissen eigentlich nur meine Eltern und meine Schwester."

Ben nickt. „Und dass du nur eine Beziehung gehabt hast, das weiß natürlich auch die Person selber?"

„Sie wusste damals, dass sie meine erste Beziehung war. Sie war die Liebe meines Lebens, und ich ihre."

„Warum sprichst du in der Vergangenheit? Entschuldige bitte meine indiskreten Fragen, aber du weißt ja, wir müssen alle Spuren verfolgen."

Tiffany nickt. Sie schließt kurz die Augen. Als sie die Augen wieder öffnet, trifft sie auf den fragenden Blick von Samantha. Tiffany weiß, dass sie nun das dunkelste Kapitel ihres Lebens offen darlegen muss. „Sie ist tot!" Die vier Polizeibeamten sehen sie an. Sie wissen nicht, was sie darauf sagen sollen. Benjamin massiert sich nervös sein linkes Ohrläppchen. Simon starrt auf seinen Schreibtisch und Samantha würde am liebsten ihre Freundin in den Arm nehmen. George, der sich eigentlich immer im Hintergrund hält, findet als erster seine Sprache wieder.

„Das tut mir sehr leid!"

Die anderen beiden Kollegen, Benjamin und Simon, tun es ihm gleich. Samantha geht auf ihre Freundin zu und umarmt sie, als ihr Telefon zu läuten beginnt. Benjamin nimmt den Anruf entgegen.

„Detective Carter!“, meldet er sich zu Wort.

„Ich möchte gerne mit Detective Forster sprechen“, hört er eine verzerrte, aber dennoch eine weibliche Stimme aus dem Telefonhörer. Ben übergibt Samantha das Telefon.

„Detective Forster!“, meldet sie sich.

„Samantha. Schön endlich einmal deine Stimme zu hören“, erklingt es aus dem Telefon. Samantha zählt eins und eins zusammen und weiß mit bestimmter Sicherheit, dass sie hier gerade mit der Täterin spricht. Schnell schaltet sie das Telefon auf Lautsprecher, damit die anderen das Gespräch mitverfolgen können.

„Ja, das finde ich auch“, spielt sie das Spiel mit. „Was kann ich für dich tun?“. Um auf dem gleichen Level zu stehen duzt sie die Anruferin ebenfalls.

„Du hast es wahrscheinlich immer noch nicht verstanden Samantha, aber wir zwei, wir gehören zusammen. Ich dachte wirklich, dass du dich endlich von dieser prüden, langweiligen Spießerin Doktor Tiffany Clark getrennt hättest. Hast du noch immer nicht gemerkt, dass sie dir nicht gut tut?“

„Woher willst du das wissen, dass sie mir nicht gut tut?“

„Ich weiß doch, wie fertig du gestern warst. Außerdem, wie soll dir jemand gut tun, wenn es die falsche Person ist. Aber ich, mein Schatz, ich bin die Richtige für dich. Fühlst du nicht das gleiche, was ich fühle?“

„Was genau fühlst du?“

„Liebe! Du musst es nur zulassen, dann spürst du es auch. Tief in deinem Inneren ist es dir schon längst bewusst.“

„Es tut mir leid, ich fühle im Moment noch nicht dasselbe, aber vielleicht, wenn wir uns treffen?“

„Das werden wir ganz sicher und auch sehr, sehr bald. Du weißt ja, ich bin und werde immer in deiner Nähe sein. Damit ich auch jetzt weiß, wo du sein wirst, weil ich ja auch noch am Arbeiten bin, würde ich dich bitten, dass du in den Trailerpark an den Stadtrand fährst und dir den Wohnwagen von Thomas Walker ansiehst. Der steht in der zweiten Reihe, ist dunkelblau mit zwei goldenen Streifen. Wenn du ihn nicht gleich findest, kannst du dich gerne bei den Nachbarn erkundigen. Dort kennt jeder jeden.“

„Warum?“

„Warum? Weil ich dich liebe und wir zusammengehören. Du gehörst zu mir, vergiss das nicht.“ Nach diesen Worten legt die Anruferin auf.

„Jungs, ihr wisst was zu tun ist. Ben und ich nehmen uns den Trailerpark vor und ihr beide sucht schon mal, was ihr über diesen Thomas Walker findet.“

Als sie bei Tiffany ist, sieht sie, wie weiß diese im Gesicht geworden ist. „Ist alles in Ordnung?“

„Wenn ich es nicht besser wüsste, hätte ich schwören können, dass das die Stimme von Allison war."

„Wie kommst du darauf?", fragt eine sichtlich verwirrte Samantha.

„Allison rollt das R genauso wie diese Anruferin. Auch wenn die Stimme verzerrt war, kam der tiefe Timbre, den meine Schwester in der Stimme hat, trotzdem sehr gut rüber."

„Bist du dir sicher?"

„Ich kann es nicht glauben. Vielleicht ist es nur ein Zufall. Komm, lass uns zu diesen Thomas Walker fahren."

„Möchtest du mit uns mitfahren?"

Tiffany hat die Stimme am Telefon erkannt. Sie konnte es nicht glauben. Sie musste sich irren.

„Ich fahre selbst mit dem Auto, weil ich danach wieder in meine Praxis muss. Ich habe heute leider noch ein paar Termine, die ich nicht verschieben kann. Ich möchte nur vorher noch schnell auf die Toilette. Könnt ihr trotzdem noch solange warten? Dann kann ich hinter euch herfahren?"

„Ja."

38. Kapitel

„Wir haben etwas gefunden“, ertönt eine Stimme aus dem dunkelblauen Wohnwagen mit den zwei goldenen Streifen. Der Leiter der Spurensicherung, John Phelps, kommt mit einer durchsichtigen Plastiktüte aus dem Wohnwagen heraus. In dem Plastikbeutel befindet sich etwas Glitzerndes. Er wird von drei fragenden Augenpaaren gemustert. Sie können nicht sofort erkennen, worum es sich bei dem Fund im Beutel handelt, da die Sonne wieder hoch am Himmel steht und direkt auf das Objekt scheint. Bei näherer Betrachtung machen sie ein Bettelarmband aus. Es ist eine zarte Armbandkette, an der drei Anhänger zu finden sind: Ein goldenes Herz mit einem weißen Stein darin, ein goldener Notenschlüssel und ein goldener Schutzengel. Das Schmuckstück sieht sehr edel und teuer aus, nicht so ein Ding, das man an jedem billigen Modeschmuckstand findet.

„Ich glaube nicht, dass dieses gute Stück hier Herrn Walker gehört“, kommentiert Benjamin den Beutel mit dem Armband.

„Darf ich es einmal ansehen, bitte?“, fragt Tiffany. Ben reicht ihr den Schmuck. Mit zitternden Fingern schaut sie eine Zeit lang auf das goldene Armband in ihren Händen. Das darf nicht wahr sein! Was wird hier gespielt? Sie kennt dieses Stück. Sie hat es selbst verschenkt! Ihre Gesichtsfarbe wird schlagartig wieder weiß, so weiß wie die Wand in ihrem Wohnzimmer.

„Tiffany? Tiffany? Ist alles in Ordnung bei dir?“, fragt Samantha, der der plötzliche Farbwechsel ihrer Freundin nicht entgangen ist.

„Ja. Ich muss leider auch schon wieder weg. Ich habe einen wichtigen Termin, den ich fast vergessen hätte und der ist mir soeben eingefallen. Wir sehen uns!“ Sie dreht sich von den anderen weg und verlässt fluchtartig das Gelände.

„Aber du warst doch noch gar nicht im Wohnwagen?“, ruft ihr Samantha nach.

„Ich weiß, aber wie gesagt, ich habe einen Termin und den kann ich leider nicht verschieben. Ich rufe dich an“, erwidert sie und geht davon.

Kopfschüttelnd bleiben die anderen zurück.

So schnell wie ihre Stöckelschuhe sie tragen können, läuft Tiffany zu ihrem Auto. Sie muss hier weg. Zu erschütternd ist die Erkenntnis, die sie soeben hatte, um sofort darüber zu sprechen. Vielleicht täuscht sie sich auch nur? Aber das kann kein Zufall sein. Die Stimme am Telefon und jetzt das Armband. Sie wünscht sich im Moment nichts sehnlicher, als sich zu täuschen. Sie fühlt sich miserabel, weil sie diesen Verdacht hat und auch miserabel, weil sie zuvor nichts davon bemerkt hat. Im Auto sitzend lässt sie zuerst den Kopf gegen das Lenkrad fallen und ihren Tränen wieder einmal freien Lauf. Was soll sie nur tun? Hätte sie ihren Verdacht sofort den Polizisten sagen sollen? Sie weiß, dass das die richtige Entscheidung gewesen wäre, nachdem sie ihre Vermutung schon in Bezug auf die Stimme der Anruferin geäußert hat. Was ist, wenn ihr Verdacht sich als falsch herausstellt? Dieser Fehler wäre fatal. Nein, sie muss erst weitere Beweise finden, und hofft, dass sich nichts weiter finden lässt und ihr Verdacht sich in Luft auflöst. Wie konnte sie nur? Tief in ihrem Herzen weiß sie aber bereits, dass ihre Vermutung richtig sein wird. Was soll sie nur machen?

Als nach einigen Minuten ihre Tränen getrocknet sind, startet sie den Wagen und fährt ein paar Straßen weiter, um dort einen Parkplatz zu suchen.

Wie gut, dass ihre Schwester ihr einen Zweitschlüssel gegeben hat, da sie manchmal ein bisschen schusselig ist und ihren Schlüssel verliert oder verlegt. Darf sie unaufgefordert einfach ihre Wohnung betreten? Was hofft sie dort zu finden? Besser gesagt, was hofft sie dort nicht zu finden? Kann sie damit umgehen, wenn sie etwas findet, das ihr nicht gefällt? Wann wird sie mit Samantha über ihre Erkenntnis sprechen können? Soll sie überhaupt etwas zu ihr sagen, wenn sie in der Wohnung keinen einzigen Hinweis findet? Doch, wenn sie hier keine Beweise sichern kann, dann muss sie erst recht mit Samantha sprechen. Immerhin, sie hat ihre Zweifeln bezüglich der Stimme auch ausgesprochen. Dann könnte sie ihre Schwester entlasten, aber wenn sie etwas findet, dann muss sie genauso mit ihrer

Freundin reden. Sie arbeiten an diesem Fall zusammen. Es ist verdammt nochmal ihre Pflicht. Sie hätte nicht alleine herkommen sollen. Sie hätte nicht überstürzt und kopflos einfach davonfahren sollen. Sie kann aber doch auch nicht ihre Schwester einfach so ausliefern! Genug mit diesen Fragen, erst muss sie selbst Gewissheit finden. Danach kann sie sich immer noch über die nächsten Schritte Gedanken machen.

Bevor sie den Schlüssel benutzt, klingelt sie vorsichtshalber an der Tür. Die Anruferin hat zwar gesagt, dass sie arbeitet, aber man kann nie wissen, wie viel hier gelogen ist. Als nach dem zweiten Klingelversuch die Tür immer noch geschlossen bleibt, sperrt sie auf und geht in die Wohnung. Seit Allison nach Los Angeles gezogen ist, war Tiffany erst einmal bei ihr zu Hause, und das war an dem Tag, an dem ihre Schwester eingezogen ist. Seither hat sich einiges geändert. Sie hat die Möbel ausgetauscht, neue Farbe an die Wände gebracht. Alles strahlt hier so hell und freundlich. Die weißen Möbel wirken elegant und jugendlich in Kombination mit dem hellgrünen Anstrich. An der großen Wand hängt ein Kunstdruck von Salvador Dali. Plötzlich spürt sie etwas Felliges an ihrem Bein herumstreichen. Für einen kurzen Moment ist sie erschrocken. Sie blickt hinunter und sieht eine weiße, sibirische Katze. Mit Entsetzen kommt ihr in den Sinn, dass sie doch bei einem Tatort ein weißes Haar dieser Rasse gefunden haben. Seit wann hat ihre Schwester eine Katze? Sie hat nie von ihr gesprochen. Hat sie nicht oft gefragt, ob es etwas Neues in ihrem Leben gibt? Was hat sie noch verschwiegen?

Nein, bitte nicht, fleht sie Richtung Himmel. Sie ist kein gläubiger Mensch, aber in manchen Situationen greift sie dennoch automatisch darauf zurück. Auf der dunkelgrünen Couch liegt eine bunte Patchworkdecke, auf der mit Sicherheit ein paar Katzenhaare zu finden sind. Sie möchte dem armen Tier nicht einfach ein paar Haare ausreißen, aber bei so langen Haaren ist es mit Sicherheit nicht schwer irgendwo fündig zu werden. Kaum ist sie beim Sofa, kann sie schon ein paar Haare entdecken. Sie sammelt sie auf und ärgert sich in dem Moment, dass sie ihre Tasche nicht mitgenommen hat. Ihre Schwester hat aber sicher irgendwo eine Packung Taschentücher. In der Küche zieht sie einige Schubladen auf, Taschentücher findet sie nicht. Alternativ nimmt sie einen Gefrierbeutel und stopft die vereinzelten Haare hinein.

An das Wohnzimmer grenzt gleich das Schlafzimmer. Sie sollte das nicht tun. Sie sollte sich lieber sofort an Samantha wenden. Sie hat einen Beweis gefunden, der nicht mehr nur ein Zufall ist. Sie sollte hier so schnell als möglich wieder verschwinden, bevor Allison nach Hause kommt oder mitbekommt, dass sie sich unberechtigterweise Zugang verschafft hat. Als sie ihrem Gedanken Folge leisten will, hört sie, wie sich der Schlüssel im Türschloss dreht. Der Schreck fährt ihr in die Glieder und sie bleibt steif neben der Tür zum Schlafzimmer stehen. Geistesgegenwärtig versteckt sie den Gefrierbeutel mit den Haaren hinter ihrem Rücken, als sie schon die Stimme ihrer Schwester vernimmt: „Was machst du hier?“

Was soll Tiffany sagen? Dass sie hergekommen ist, weil sie die Vermutung hat, dass Allison eine Mörderin ist und sie es nicht wahrhaben möchte? Ihr fällt auf die Schnelle nichts Besseres ein, als:

„Es tut mir leid, aber ich muss dringend mit dir sprechen. Ich habe geklingelt, aber es hat mir niemand geöffnet."

„Deswegen bist du dann hier einfach hereinspaziert?"

„Ich hatte so ein ungutes Gefühl. Ich dachte, es geht dir nicht gut und du brauchst vielleicht Hilfe. Ich weiß, es war dumm und falsch von mir, aber ich habe mir Sorgen gemacht."

„Aha, du hast dir also Sorgen um mich gemacht. Wenn das mal nicht meine große Schwester ist. Und was versteckst du da hinter deinem Rücken? Vielleicht einen Verbandskasten, weil ich mir ja den Kopf angestoßen haben könnte?"

„Nein, nichts Besonderes. Es tut mir Leid, es wird nicht mehr vorkommen. Ich muss auch schon wieder los, ich habe noch einen wichtigen Termin", erwidert Tiffany und versucht sich bei Allison vorbei zu schleichen. Doch mit der Schnelligkeit ihrer Schwester hat sie nicht gerechnet. Allison dreht ihren Arm auf den Rücken und nimmt ihr den Beutel ab.

„Was willst du mit den Haaren meiner Katze? Hat das etwas mit eurem Fall zu tun?", wird Allison jetzt hellhörig.

„Nein", versucht Tiffany sich herauszureden. „Bitte, Allison, lass mich los, du tust mir weh."

„Oh, Frau Doktor, das tut mir jetzt wiederum leid. Ich wollte dir nicht wehtun“, sagt Allison und dreht dabei den Arm noch stärker um. Tiffany entfährt ein spitzer Schrei.

„Spinnst du? Was soll das? Lass mich sofort los! Was hast du eigentlich?“

„Nichts, aber ich kann es nun einmal nicht leiden, wenn jemand ungefragt in meine Privatsphäre eindringt und ich habe das Recht darauf, mein Hab und Gut zu schützen.“ Dabei reißt sie von hinten an Tiffanys Haaren und zerrt sie ins Gästezimmer. Das Zimmer besteht aus einem einfachen Bett mit Metallstangen, einem Schreibtisch und einer Kommode. Oberhalb des Bettes befindet sich ein großes Fenster, das von einem dicken, schwarzen Vorhang verhüllt ist. Das Zimmer ist so düster, dass Tiffany nur die Umrisse ausmachen kann. Mit einem kräftigen Stoß schmeißt Allison ihre große Schwester auf das Bett. Kurz öffnet sie die Kommode, zieht silberfarbene Handschellen heraus und kettet Tiffanys Hände an die Stangen des Bettes.

„Allison, bitte rede mit mir. Warum machst du das?“

Tiffany erhält nur einen kurzen, kalten Blick, bis sich Allison von ihr abwendet und das Zimmer verlässt.

„Allison! Allison! Bitte komm zurück und rede mit mir! Bitte! Allison!“, schreit sie ihr noch nach, doch erfolgslos. Sie hört nur noch die zufallende Tür. „Was mach ich nur? Was hat sie vor?“ denkt Tiffany. Nachdem sie sich kurz im Zimmer umgesehen hat, kehrt ihr hilfloser Blick wieder zurück zur Tür. Sie hofft, dass ihre Schwester bald wieder zurückkommt, und noch mehr hofft sie, dass ihre Schwester sie wieder frei lässt. „Was geht nur in ihr vor? Warum macht sie das?“, drehen sich ihre Gedanken weiter.

Ein paar Minuten später, die Psychologin kann nicht genau sagen, wie lange sie die Tür angestarrt hat, hört sie, wie Allison sich wieder zu ihr ins Zimmer begibt. Mit einem aufgesetzten Lächeln kommt sie mit einem Glas Wasser zum Bett und setzt sich darauf.

„Allison? Was machst du mit mir? Bitte rede mit mir. Was habe ich dir getan?“, versucht Tiffany ein Gespräch mit ihrer Schwester zu führen.

„Du willst wirklich wissen, was los ist?“, stellt sie süffisant die Gegenfrage.

„Ja. Ich verstehe das alles nicht. Warum legst du mir Handschellen an?“

„Die gute, erfolgreiche Frau Doktor Tiffany Clark weiß einmal nicht, was los ist.“ Ein schadenfrohes Lachen folgt. „Weißt du, Tiffany, weißt du eigentlich, wie lange ich auf den Augenblick gewartet habe, dich so hilflos zu sehen?“

„Aber warum? Was habe ich dir getan?“

„Was du getan hast? Du warst immer so perfekt. So zielstrebig. Weißt du eigentlich, wie schwer ich es da als kleine Schwester hatte? Immer hieß es, Tiffany hat jenes, Tiffany hat dieses, Tiffany war ja so gut in der Schule. Hatte immer nur Einser. Tiffany hat ihren Doktortitel mit summa cum laude. Tiffany hat in deinem Alter das gemacht. Tiffany hat in deinem Alter bereits schon gewusst, was sie später einmal machen möchte. Tiffany ist so zielstrebig. Weißt du, wie das für mich war? Immer wurde ich mit dir verglichen. Sie wollten aus mir eine zweite Tiffany machen. Sie haben alles an mir kritisiert, alles, was ich anders gemacht habe als du. Ich tat mir schwer in der Schule, aber trotzdem habe ich es geschafft. Ich ging auch aufs College. Dachte, Rechtsanwalt, das würde ihnen gefallen, egal, wie sehr es mich anwiderte diese langweiligen Gesetzestexte auswendig zu lernen, lauter Snobs als Mitstudenten."

„Ich wusste nicht, dass es so war. Ich kann nichts dafür. Ich habe dich immer so geliebt, wie du warst. Du bist doch meine kleine Schwester. Warum hast du nie mit mir darüber geredet?"

„Und was hättest du dann gemacht? Mich analysiert? Oder gar mit unseren Eltern geredet?"

„Ich hätte probiert, eine Lösung zu finden, und ja, ich hätte mit ihnen geredet. Warum, Allison, warum hast du dich mir nie anvertraut? Als ich aufs College gekommen bin, da habe ich dir gesagt, egal, was du brauchst, ich bin für dich da, aber du hast dich nicht gemeldet. Ich wusste nicht, dass unsere Eltern dich mit mir verglichen haben. Sie sind doch auch stolz auf dich. Allison, bitte, mach mich wieder los. Lass uns in Ruhe über alles reden."

„Nein Schwesterchen, im Moment kann ich dich noch nicht von den Handschellen befreien. Und es hat keinen

Sinn mehr, über irgendetwas zu reden. Aber weißt du, was mich am meisten fertig macht?“

Tiffany schüttelt den Kopf.

„Dann werde ich es dir gerne verraten: Samantha!“

„Was ist mit ihr?“

„Du glaubst wirklich, dass du alles bekommen kannst, was du willst, hm? Hab ich Recht? Aber Samantha wirst du nicht bekommen. Sie liebt mich, genauso wie ich sie liebe. Sie hat etwas Besseres verdient als dich. Samantha gehört zu mir, wann wirst du das endlich begreifen?“ Mit einem hasserfüllten Blick sieht sie zu ihrer Schwester und führt das Glas Wasser, das sie die ganze Zeit schon in den Händen gehalten hat an Tiffanys Lippen. Tiffany sieht sie mit weit aufgerissen Augen an.

„Du bist unsere Mörderin? Und auch Samanthas Stalkerin?“ Die Stimme aus dem Telefon am Vormittag und auch das Armband, das sie beim letzten Tatort gefunden haben, gehören also tatsächlich ihrer Schwester. Ihre kleine Schwester eine Mörderin? Tiffany weiß es jetzt mit Sicherheit, aber sie kann und will es einfach nicht glauben. Warum? Warum? Warum?

Allison sieht sie nur an und hat ein diabolisches Lächeln auf den Lippen. „Trink jetzt. Ich möchte doch nicht, dass du mir verdurstet.“

Tiffany hat keine andere Wahl. Sie nimmt ein paar Schlucke von dem Wasser und fällt nur Sekunden später in einen tiefen, traumlosen Schlaf.

39. Kapitel

„Meine Bezaubernde Detective! Du gehörst zu mir!“

Samantha Forster starrt mit zittrigen Händen auf das Display ihres Handys. „Nein, nein, nein! Das kann nicht sein!“, denkt sie. „Warum nur, Tiffany! Warum?“ Eine einsame Träne läuft ihr aus dem linken Auge über die Wange. Kurz darauf kommt eine zweite Träne aus dem rechten Auge. Samantha hasst es vor ihren Kollegen oder vor irgendjemand anders, zu weinen. Aber sie kann sich nicht zusammenreißen. Zu viel sind die Gefühle, die gerade über sie hereinbrechen. Tiffany soll die Mörderin sein? Tiffany soll ihre Stalkerin sein? Wie konnte sie sich nur so täuschen? Benjamin beobachtet sie von seinem Schreibtisch aus. Es muss etwas Schlimmes passiert sein, ansonsten würde seine Kollegin nicht ihren Gefühlen freien Lauf lassen. Er weiß, dass sie im Moment ihre Zeit braucht. Es hat keinen Sinn zu fragen, denn er würde keine Antwort erhalten. Deswegen wartet er einfach ab. Nach ein paar Minuten reicht Samantha ihm ihr Handy. Er nimmt es und liest die Nachricht: *„Meine Bezaubernde Detective!*

Du gehörst zu mir!" Ein kurzer Blick lässt ihn den Namen von Tiffany lesen. Er fährt sich einmal kurz über die Augen, weil er glaubt, sich verlesen zu haben. Aber nein, als er einen zweiten Blick auf die Nachricht wirft, steht da immer noch Tiffany Clark! Jetzt kann er die Gefühle seiner Kollegin verstehen. Wortlos gibt er ihr das Handy zurück. In der Zwischenzeit hat sich Samantha wieder so weit unter Kontrolle, dass keine Träne mehr zu sehen sind.

„Gehen wir raus?", fragt er sie nur. Frische Luft und dabei eine rauchen werden die Gefühle und Gedanken von Samantha wieder ein bisschen mehr ins rechte Licht rücken. Sie nickt nur, steht auf und nimmt ihre schwarze Lederjacke.

Schweigend gehen sie nach draußen, wo Samantha ihrem Kollegen die Packung Zigaretten hinhält. Sie nehmen zwei heraus, zünden sie an und schweigen weiter. Im Moment braucht es nicht viele Worte. Der strahlende Sonnenschein, der schon vor Wochen Einzug in Los Angeles gehalten hat, passt gerade nicht zu Samanthas Gefühlsstimmung. Geschäftig tummeln sich die Menschen um die beiden Polizeibeamten. Es sind die unterschiedlichsten Gruppen dabei. Gestresste Businessleute, eine Gruppe von Punks, die nicht älter sind als siebzehn oder achtzehn Jahre, Mütter oder Babysitterinnen mit Kinderwägen und eine Kindergartengruppe, die wahrscheinlich gerade vom angrenzenden Park wieder Richtung Kindergarten unterwegs ist. So stehen die beiden Polizisten schweigend nebeneinander und beobachten die vorbeiziehenden Massen, ihren eigenen Gedanken nachhängend. Als sie die Zigaretten in dem großen

Aschenbecher aus Beton ausgedrückt haben, nickt Benjamin seiner Kollegin zu, fragend, ob sie bereit ist, wieder hineinzugehen. Als Antwort nickt sie ebenfalls. Solche lautlosen Gespräche führen sie öfters.

Zurück an den Schreibtischen werden sie bereits von George und Simon erwartet. Die beiden wissen im Moment gar nicht, was los ist, deswegen fragt George, der ältere von beiden: „Was ist passiert?“ Sie haben beide Samanthas Tränen gesehen und wissen, dass es ihr unangenehm wäre, wenn sie direkt darauf angesprochen wird, deswegen formuliert George die Frage eher allgemein.

Ben weiß, dass seine Kollegin noch nicht so weit ist zu reden, deswegen ergreift er das Wort.

„Sam hat eine Nachricht von Tiffany bekommen!“, erklärt er nur, nimmt das Handy von Samantha und zeigt die Nachricht den Kollegen. Mit weit aufgerissen Augen starren sie auf das Display.

„Das kann doch nicht sein!“, findet George als Erster seine Sprache.

„Ich würde vorschlagen, wir gehen alles einmal der Reihe nach durch“, beginnt Ben und versucht, einen klaren Kopf zu behalten. „Samantha hat eine Stalkerin, die, wie wir wissen, auch unsere Serienmörderin ist!“ Auf einem Flipchart schreibt Ben die Punkte stichwortartig zusammen.

„Die Stalkerin schreibt Briefe an Samantha und wird mit der Zeit persönlicher. In einem Brief lässt sie durchblicken, dass sie Tiffany kennt, oder zumindest tut sie so, als würde sie sie kennen. Sie kennt auf jeden Fall sehr intime Fakten über sie. Tiffany hilft uns bei dem Fall, weiß über jeden Schritt Bescheid und erfährt auch von Auswertungen, auch von denen, die wir nicht über die Medien laufen lassen. Ein Brief lag plötzlich auf Sams Schreibtisch und keiner konnte sich erinnern, dass eine fremde Frau hier war. Es hat auch niemand mitbekommen, wie das Schreiben auf den Tisch gelangt ist.“ Bis jetzt haben alle nur genickt. Auch Samantha scheint mit ihren Gedanken wieder bei der Sache zu sein.

„Habe ich etwas vergessen?“, fragt er in die Runde.

„Ja, hast du. In der Nacht als Eric Penn ermordet wurde, waren Tiffany und ich zusammen, sie hat also ein Alibi.“, wirft Samantha ein. „Na dann kommt sie als Mörderin nicht in Frage.“, stellt Ben erleichtert fest. Dass Tiffany in dieser Nacht ihre Wohnung zwar kurz verlassen musste, weil einer ihrer Patienten einen Notfall hatte, erwähnt Sam im Moment lieber nicht gegenüber ihrem Kollegen. „Wie lange war sie damals weg? Wie weit ist es von ihrer Wohnung zur Hütte von Pfarrer Penn? Hätte Tiffany genügend Zeit gehabt, diese grausame Tat zu verüben und war danach einfach wieder in ihr Bett und in ihre Arme gekrochen?“ fragt sich Sam im Stillen. Etwas aufgewühlt wirkte Tiffany damals schon, Sam hat dies aber auf den Notfall ihres Patienten zurückgeführt, dieser habe sich angeblich in jener Nacht das Leben nehmen wollen – aber, wer verständigt mitten in der Nacht den behandelnden Psychologen? Hat Tiffany überhaupt einen Anruf erhalten? Ein Klingeln hat Sam damals jedenfalls nicht bemerkt ...

„Kannst du dich noch an heute Morgen erinnern?"

„Was meinst du genau?"

„An die Anruferin? Das kann unmöglich Tiffany gewesen sein!" Und plötzlich, als würde ein Schalter in Samantha umgelegt worden sein, ist sie euphorisch: „Versteht ihr nicht? Die Nachricht hat nicht Tiffany geschrieben. Sie ist nicht unsere Gesuchte! Als der Anruf heute Morgen kam, war Tiffany doch hier. Es war nur ein bisschen seltsam, weil sie während des Gesprächs ganz weiß im Gesicht geworden ist. Als ich sie darauf angesprochen habe, hat sie mir gesagt, dass die Anruferin klinge wie Allison – ihre Schwester."

„Ja, das stimmt."

„Und dann, als wir im Trailerpark waren und uns John Phelps das Armband gezeigt hat, da wurde sie auch ganz nervös und ist sofort verschwunden."

„Meinst du, dass sie weiß, wer die Mörderin ist?"

„Ich kann nicht sagen, dass sie es mit Sicherheit weiß, aber vielleicht, dass sie eine Ahnung hat. Aber warum hat sie dann nichts gesagt? Oder mit uns oder zumindest mit mir über ihre Vermutung gesprochen?"

„Darauf kann ich dir leider keine Antwort geben."

„Darf ich kurz etwas fragen?", wirft Simon ein, der wieder sichtlich nervös wird.

„Klar, Partner, schieß los!", fordert Benjamin brüderlich den Rookie auf.

„Wenn, … also, … wie soll ich es formulieren, ohne dabei jemanden auf den Schlips zu treten."

„Einfach geradeaus!", muntert George ihn auf.

„Ja, … okay, … also, … wenn Tiffany nicht unsere Gesuchte ist. Hm … wer hat dann die Nachricht geschrieben? Die stammt doch von ihr, oder? Also der Absender ist ja ihre Nummer?"

Die restlichen drei Kollegen verstehen sofort, worauf Simon anspielt. Hier stellt sich nicht nur die Frage, wer die Nachricht geschickt hat, sondern wie diese Person an Tiffanys Handy kommt! Hat sie Tiffany in ihrer Gewalt?

„Oh verdammt, Sam! Ich veranlasse sofort eine Handyortung. Vielleicht haben wir Glück und sie hat die Suchfunktion eingeschaltet. Vielleicht kann man auch nachvollziehen, von wo aus die Nachricht versendet wurde. Wir werden auch eine Fahndung nach ihrem Auto veranlassen."

Samantha sitzt stocksteif vor Angst auf ihrem Sessel und ist im Moment unfähig, auch nur einen klaren Gedanken zu fassen. Sie ist froh, dass ihr Kollege und bester Freund das Kommando an sich reißt.

„Tiffany ist bei ihrer Schwester. Sie hat sie am Telefon erkannt, aber es als unwahrscheinlich abgetan, weil sie es ihr nicht zutraut, oder nicht zutrauen will. Ich bin davon überzeugt, dass das bei Thomas Walker aufgefundene Armband ebenfalls Allison gehört. Deswegen ist Tiffany so schnell davon. Ich hoffe nur, dass wir nicht zu spät kommen werden …“, kommen Samanthas Lebensgeister langsam wieder zurück.

Eine Viertelstunde später, als Benjamin alle Schritte eingeleitet hat und kurz seinen Chef informiert, erhalten sie einen Bericht zum angefragten Handy. Man konnte es orten.

„Gott sei Dank“, kommt es von Samantha. Sie liest die Adresse, an der das Handy geortet wurde und zeigt sie Ben.

„Ist das nicht die Adresse von HAPPY KIDS?“

Samantha nickt mit dem Kopf und sagt: „Wir müssen sofort dorthin!“

„Warte, Sam! Versprich mir bitte, jetzt keinen Unsinn zu machen. Bitte keine unüberlegten Handlungen!“

„Aber verstehst du nicht? Tiffanys Reaktionen heute, und jetzt das Handy bei HAPPY KIDS. Allison ist unsere Gesuchte. Jetzt verstehe ich auch, was sie damit bezwecken wollte.“

„Womit?“

„Sie hat Tiffany vor ein paar Tagen erzählt, ich sei scharf auf sie und ich hätte sie geküsst, aber es war genau anders herum. Sie hat mich geküsst!“

„Warum soll sie Tiffany davon erzählen, also, die verdrehte Version?“

„Mensch, Ben, begreifst du nicht? Ich gehöre zu ihr, meint sie zumindest, aber mein Herz schlägt für Tiffany und sie will uns auseinanderbringen. Was sie leider fast geschafft hätte …“.

Jetzt fällt auch bei Ben der Groschen. „Trotzdem, Sam. Beruhige dich bitte erst einmal. Du weißt, im Normalfall müsste ich dich jetzt hier lassen, und Howard müsste dir den Fall entziehen, weil du gefühlsmäßig involviert bist. Aber wir kennen dich und vertrauen dir. Also, keine unüberlegten Handlungen!“

„Aber sie ist doch unsere Gesuchte!“, versucht sie ihren Kollegen zu überzeugen.

„Das weiß ich, nur wir haben keine stichhaltigen Beweise dafür, dass Allison eine Mörderin ist. Wir müssen es bitte langsam angehen. Ich bitte dich!“

„Ja“, knurrt sie, nimmt ihre Jacke und sie gehen gemeinsam Richtung Parkplatz.

40. Kapitel

„Hallo Detectives! Wenn sie heute wieder zu Frau Elizabeth Connell wollen, dann muss ich sie leider enttäuschen. Sie hat heute einen Auswärtstermin und kommt erst morgen wieder!“

„Schon gut, vielen lieben Dank, aber heute möchten wir bitte zu Frau Allison Clark. Ist sie hier?“

„Ja, sie ist gerade im Garten. Gehen sie einfach den Flur entlang und beim großen Aufenthaltsraum finden Sie die Tür zum Garten!“

Sie bedanken sich und gehen in die genannte Richtung. Kaum sind sie dort angekommen, werden sie von Allison begrüßt.

„Hallo! Das ist ja eine Überraschung. Wollt ihr wieder wegen der Spende zu Elizabeth?“

„Nein, Allison. Wir sind hier, weil wir uns gedacht haben, dass du uns vielleicht helfen kannst?“

„Ich? Ja gerne, womit denn?“

„Können wir uns kurz ungestört unterhalten?“

„Gehen wir zurück ins Haus. Ich muss nur noch schnell meiner Kollegin Bescheid geben, dass ich sie ein paar Minuten alleine lasse.“

„Möchtet ihr etwas trinken? Kaffee oder ein Glas Wasser?“, fragt Allison, als sie in einem kleinen Therapiezimmer angekommen sind. Die Wände hier sind in einem warmen und freundlichen Gelbton gestrichen. Es liegen drei rote Sitzsäcke am Boden, es gibt einen Kindertisch, um den vier kleine Kinderstühle platziert sind und an der Wand steht ein großer, gläserner Schreibtisch mit einem Computer darauf. In einer Ecke sind unzählige Spiele und Stifte.

Beide lehnen die angebotenen Getränke ab. Als sich Allison zu ihnen gesellt, wiederholt sie die Frage, wobei sie ihnen behilflich sein kann. Sie müssen hier sehr taktisch vorgehen, um keinen Verdacht zu erregen. Sie soll in dem Glauben bleiben, dass sie Tiffany in Bezug auf den Serienmord suchen.

„Es geht um Tiffany. Da du ihre Schwester bist, nehme ich an, dass sie keiner besser kennt als du. Was kannst du uns über sie sagen?“

„Solltest du sie nicht auch kennen?“, zwinkert Allison Samantha zu. Sam muss sich zusammenreißen. Sie hat es Ben versprochen und er hat Recht. Nichts überstürzen. Gefühle im Moment außen vor lassen. „Ich glaube nicht! Also, Allison, was kannst du uns über Tiffany erzählen?“

„Da gibt es nicht viel zu erzählen. Wie du weißt, bin ich zehn Jahre jünger als meine Schwester. Meine Erinnerungen an sie sind sehr verschwommen. Als ich ungefähr acht Jahre alt war, kam sie aufs College nach New York. Ab da habe ich sie nur sporadisch gesehen. Sie war immer zielorientiert. Wusste schon sehr früh, was sie einmal werden will und hat es vollkommen durchgezogen. Sie war eine Streberin, müsst ihr wissen. Alles nur Einsen. Sie ging den Weg, den sie sich immer erträumt hatte."

„Was kannst du uns noch über sie sagen? Hat sie viele Freunde, Bekannte?"

„Soweit ich weiß, war und ist sie immer eine Einzelgängerin gewesen. Ich kann mich auch als Kind nicht erinnern, dass sie jemals eine Freundin nach Hause gebracht oder bei irgendwem übernachtet hätte. Sie hat immerzu nur gelernt, gelernt und nochmals gelernt. Man könnte auch sagen, dass sie eine Langweilerin war." Allison grinst Samantha ungeniert an. „Da war ich ganz anders. Ich konnte niemals genügend Freundinnen haben. Ich habe meine Jugend gelebt. Nicht so wie sie. Sie hat da echt etwas verpasst."

„Aber sie hat sich bewusst dafür entschieden. Sie hatte ein Ziel vor Augen und das hat sie erreicht. Das können leider nicht sehr viele von sich sagen, dass sie in der Kindheit schon genau gewusst haben, was sie einmal machen möchten und es dann auch durchgezogen haben", verteidigt Samantha Tiffany für ihr Verhalten als Kind.

„Hast du als Zehnjährige schon gewusst, dass du einmal Polizistin werden willst?“

„Oh mein Gott, mit zehn? Ich glaube, da wollte ich jeden Tag etwas anderes werden. Aber mitunter war Polizistin sicher dabei.“

„Siehst du, und sie wusste damals schon, … also zumindest haben das meine Eltern mir immer wieder so erzählt, dass sie da schon genau gewusst hat, dass sie Psychologie studieren möchte und am liebsten klinische Psychologie. Welches Kind bitteschön weiß überhaupt, was klinische Psychologie bedeutet? Geschweige denn, dass irgendein Kind den Ausdruck überhaupt kennt“, macht sich Allison ein wenig über ihre Schwester lustig.

„Ein damaliger Nachbar hat im gleichen Bereich gearbeitet wie Tiffany heute und ihr immer wieder davon erzählt. Sie war so begeistert davon. So hat sie sich dann für diesen Beruf entschieden.“

„Und sie hat nie jemanden mal mit nach Hause gebracht? Auch nicht, als sie schon Studentin war oder danach?“

„Doch, hat sie. Sie hat öfters mal Holly mitgebracht.“

„Holly? Wer ist das?“

„Das muss eher heißen, wer war das? Holly war die Freundin von Tiffany. Bis sie eines Tages nicht mehr gekommen ist.“

„Haben sie sich getrennt?“

„Nein, Tiffany hat sie ermordet."

Benjamin und Samantha bleiben die Münder offen stehen. Haben sie jetzt richtig gehört? Ermordet? Tiffany soll ihre Freundin ermordet haben? Das kann nur wieder eine Lüge von Allison sein, wie die Geschichte, dass Samantha sich an sie rangemacht habe und nicht umgekehrt.

„Was meinst du mit ermordet?", fragt Benjamin nach, da Samantha noch sprachlos ist. Er findet zumindest Worte, die hier besser passen als diejenigen, die sie Allison gern an den Kopf werfen würde.

„Sie sagt immer, es sei ein Unfall gewesen, aber ich weiß genau, dass es kein Unfall war."

„Woher weißt du das?"

„Tiffany wollte sich damals von Holly trennen, aber Holly hat nicht so leicht aufgegeben. Dann sind sie gemeinsam im Auto gesessen und hatten einen Unfall. Tiffany war unverletzt, während Holly auf der Stelle gestorben ist. Schon seltsam, nicht?"

Ben und Samantha lassen die Frage unbeantwortet im Raum stehen. „Sie ist krank! Sie ist krank! Sie ist krank!", redet Samantha sich in Gedanken wie ein Mantra vor, nur um nicht doch die Herrschaft über ihre Gefühle zu verlieren.

„Ihr fragt mich doch nicht wegen Tiffany aus, weil sie mit dir zusammen ist, oder? Da steckt doch mehr dahinter … Moment mal", greift sie sich an den Kopf: „Ihr arbeitet doch an den Fall mit dem Serienmörder, oder? Ist Tiffany irgendwie darin verwickelt? Also, ich weiß, ich soll nicht so über meine Schwester reden, aber ich möchte auch nicht schuld sein, dass womöglich noch mehr Morde geschehen, nur weil ich schweige. Aber vielleicht hat das alles auch gar keine Bedeutung.“

Auch die Frage, ob ihre Schwester etwas mit dem Fall zu tun hat, lassen sie unbeantwortet.

„Was meinst du?“, will Samantha jetzt doch wissen.

„Ich weiß nicht, ob ich es wirklich sagen soll. Aber ich glaube, Tiffany hatte noch einen anderen Grund, klinische Psychologie zu studieren und mit Straftätern zusammenzuarbeiten. Ich habe mitbekommen, dass sie, als sie Psychologie studiert hat, von ihrem damaligen Dozenten vergewaltigt worden ist. Wir haben aber nie darüber geredet. Ich war ja noch viel zu jung für solche Themen, aber ich habe halt ab und zu einige Gesprächsfetzen aufgeschnappt, wenn sich unsere Eltern darüber unterhalten haben. Und vor noch nicht allzu langer Zeit, als wir zusammen zu Abend gegessen haben, da sprachen wir im Allgemeinen über Sexualstraftäter. Ich habe ihrer Aussage erst keine Bedeutung geschenkt, aber wenn ich so im Nachhinein darüber nachdenke. Also …“, zögert Allison weiter zu sprechen.

„Bitte entschuldigt mich kurz, ich brauche doch noch ein Glas Wasser. Bin gleich wieder da“, sagt sie und verlässt den Raum.

„Was hältst du davon?“, fragt Ben.

„Sie lügt, dass sich die Balken biegen und wird dabei nicht einmal rot. Sie zuckt nicht einmal mit der Wimper. Ist dir aufgefallen, wie emotionslos sie von Tiffany spricht? So, als würde sie über das Haustier des Nachbarns reden", flüstert Sam, da sie nicht genau weiß, ob Allison sich nicht hinter einer Tür versteckt und lauscht.

„Weißt du, was ich glaube …" Ben rutscht ein Stück näher an seine Kollegin heran. „Sie erzählt uns gerade ihre Geschichte, aber umgemünzt auf Tiffany."

Kaum, dass Samantha ihrem Kollegen zugestimmt hat, kommt auch Allison schon wieder zur Tür herein, mit einer Flasche Wasser und drei Gläsern.

„Ich dachte, vielleicht möchtet ihr doch einen Schluck trinken", sagt sie, stellt das Tablett auf den Schreibtisch und schenkt ein.

„Was hat sie beim Abendessen damals gesagt?", nimmt Benjamin den Faden wieder auf.

„Also, sie hat mir erzählt, am liebsten würde sie alle Sexualstraftäter einfach hinrichten lassen. Dass die kein Recht mehr hätten, zu leben. Klar, solche Gedanken und Gefühle kennen wir alle, aber von einer Psychologin so eine Aussage zu hören, das war schon zum Schlucken. Sind sie nicht immer der Meinung, dass man alle Menschen heilen kann? Dass jeder ein Recht hat auf Leben?"

Nach gut einer halben Stunde verabschieden sie sich und fahren wieder Richtung Dezernat. Sie haben mehr gehört, als sie erwartet hätten. Sie haben bewusst nicht nach dem Handy von Tiffany gefragt. Sie haben sie nur gefragt, ob sie wüsste, wo ihre Schwester im Moment ist, da sie sie nicht finden können, doch das hat sie verneint.

Benjamin ruft im Dezernat an, um den beiden Kollegen die Order zu geben, Erkundigungen über Allison Clark einzuholen, jeden noch so kleinen Schnipsel. Damit sind die beiden anderen Verdächtigen, das Ehepaar Barry Cameron und Paige Cameron-West frei von jeder Schuld. Sie sind sich nun absolut sicher, dass Allison die gesuchte Mörderin ist.

„Meinst du, sie hat mitbekommen, dass wir sie verdächtigen?“, fragt Samantha, während sie mühsam durch die anfängliche Rush-Hour fährt.

„Ich glaube nicht. Sie hat alles getan, damit wir ja unsere liebe Frau Doktor verdächtigen. Und diese Allison ist zu hundert Prozent unsere Gesuchte. Ihre Augen ...“

„Was ist mit ihren Augen?“

„Hast du nicht mitbekommen, wie fixiert sie auf dich war? Sie hat nur dich angesehen. Ich glaube, sie hat nicht einmal wirklich wahrgenommen, dass ich auch im Raum war. Ist dir das nicht aufgefallen?“

Samantha nickt zustimmend. Wenn sie daran zurückdenkt, fährt es ihr wie ein kalter Schauer über den Rücken. Diese Blicke sind ihr nicht entgangen. Sie schlägt mit der Handfläche wütend aufs Lenkrad.

„Verdammt!“

Ben sieht sie von der Seite aus fragend an. Dann leuchtet ihm ein, was sie damit meint.

„Bald, Sam, sehr bald. Wir brauchen stichhaltige Beweise, das weißt du, sonst war alles umsonst. Wir werden sie beschatten lassen. Ich habe soeben einen Uniformierten an ihren Arbeitsplatz abstellen lassen. Er gibt uns Bescheid, sobald sie Feierabend hat und verfolgt sie. Keine Sorge. Sie wird uns nicht entkommen.“ Sam möchte Bens Worten vertrauen.

Zurück im Dezernat helfen sie George und Simon bei den Recherchearbeiten. Sie kommen zügig voran.

„Sam?“, kommt zaghaft die Stimme von Simon.

„Ja?“

„Kannst du dich noch daran erinnern, dass ich dir von den Morden an den vier Obdachlosen erzählt habe? Ich glaube, die Fälle hängen doch irgendwie zusammen. Zumindest habe ich einen Zusammenhang gefunden.“

„Welchen?“

„Die vier Opfer waren öfters zu Gast in dem Obdachlosenheim, in dem Frau Clark damals in New York gearbeitet hat. Die vier Männer sind mit einer Remington R51 erschossen worden und Frau Clark besitzt so eine Waffe. Es ist eine auf sie registriert.“

„Und das haben die damals nicht herausgefunden?“

„Schon, irgendwie, aber sie sahen keinen Zusammenhang und konnten sie nicht überführen. Sie war für eine kurze Zeit ihre einzige Tatverdächtige, aber nur wegen der Waffe."

„Und das ist natürlich zu wenig. Sie konnte immer ein Alibi vorweisen, nämlich, dass sie an den besagten Abenden gearbeitet hat."

„Und somit mussten sie sie laufen lassen und haben ihr keine weitere Beachtung geschenkt, vermute ich."

„Ja, die Fälle wurden schnell zu den Akten gelegt. Ist ja hier auch meistens so, dass Morde im Milieu der Randgruppen, speziell an Obdachlosen, schnell zu den Akten gelegt werden, weil andere Fälle wichtiger sind", sagt der Rookie mit trauriger Stimme.

„Sollen wir mal die Punkte notieren, die wir schon haben?" Dabei erhebt sich Samantha von ihrem Sessel und geht zum Flipchart. Sie schreibt: Lügnerin, Morde in New York, Kuss an Samantha, arbeitet mit Missbrauchsopfern zusammen, vermutlich selber Opfer von Missbrauch, hat das Handy von Tiffany und schrieb die Nachricht *„Du gehörst zu mir!"*.

Das waren leider immer noch zu wenige Anhaltspunkte.

„Wissen wir, ob sie eine Katze hat?", fragt George.

„Nein, davon ist mir nichts bekannt. Und Tiffany hat auch nicht erwähnt, dass ihre Schwester eine hätte, vor allem keine sibirische, weiße Katze!"

„Irgendwie sind wir weiter gekommen, wir wissen haargenau, dass Allison die Mörderin ist, aber wir können ihr noch nichts nachweisen! Das ist zum aaaaahhhhhh …“, lässt Ben seiner Wut freien Lauf.

„Wir müssen noch tiefer in der Vergangenheit und in der Gegenwart graben. Vielleicht können wir ehemalige Kommilitoninnen befragen oder die Dozenten. Vielleicht weiß jemand, ob sie damals wirklich vergewaltigt wurde? Sie hat uns erzählt, dass sie immer sehr viele Freundinnen gehabt hat. Vielleicht hat sie sich jemandem anvertraut. Simon und George, könnt ihr das bitte erledigen?“

Sie nicken nur zustimmend in Richtung Samantha und machen sich an die Arbeit. Nach einer weiteren Stunde wird George fündig. Er hat eine ehemalige Freundin von ihr ausfindig gemacht, der sie anvertraut hat, was ihr damaliger Dozent getan hat. Gleich nachdem er sie missbraucht hat, ist sie zu ihr gegangen. Tränenüberströmt hat sie ihr alles erzählt, aber sie wollte ihn nicht anzeigen. Zwei Tage später hat sie ihr Jurastudium geschmissen und hat sich für ein paar Monate erstmal in Alkohol und Drogen geflüchtet. Ihre Freundschaft war damals stark genug, sodass sie ihr beigestanden ist und sie es letztlich geschafft hat, noch rechtzeitig den Absprung zu schaffen und eine neue Lebensperspektive zu finden. Da hat sie dann mit dem Studium für Sozialarbeit angefangen. Der damalige Dozent war ein paar Wochen später ebenfalls von der Bildfläche verschwunden. Er wird bis heute vermisst!“ Das lässt die anderen Kollegen aufhorchen.

„Hatte er Familie oder war er alleinstehend?“

„Er hatte eine Frau und eine kleine Tochter. Von einem Tag auf den anderen war er weg."

„Ben? Ich glaube, ich habe genug gehört. Ich muss zu ihr. Ich muss wissen, was sie vor hat und wo Tiffany ist."

„Was willst du tun? Willst du zu ihr gehen und ihr sagen, hey, wir wissen, du bist unsere Mörderin und jetzt verhafte ich dich?"

„Nein. Ich werde zu ihr fahren, und du kommst bitte mit. Sie will mich. Du weißt, sie bildet sich ein, ich gehöre zu ihr, und das werde ich ihr geben."

„Bist du verrückt?"

„Nein, so klar wie im Moment war ich, glaube ich, noch nie in meinem Leben. Das ist die einzige Chance, Tiffany zu retten, falls sie überhaupt noch am Leben ist. Ben, sie kennt kein Erbarmen mehr. Hast du dir den Tatort von heute angesehen? Sie hat nichts mehr zu verlieren. Dieser Overkill beweist doch, dass sie zu allem fähig ist und dass sie sich selbst nicht mehr im Griff hat. Die anderen Tatorte waren lupenrein. Gut durchdacht. Aber der letzte, der war ein reines Chaos. Ich gehe noch schnell in die Asservatenkammer und hole das Armband. Komm, wir müssen los. Wer weiß, wie viel Zeit uns noch bleibt! Unterwegs erzähle ich dir Genaueres von meinem Plan."

Sie nicken den beiden anderen zu und machen sich auf den Weg.

41. Kapitel

Ich stehe in meinem Gästezimmer und beobachte meine schlafende Schwester. Was mache ich hier nur? So war das Ganze doch nicht geplant. Sie sollte bei einem Unfall sterben, Samantha würde vielleicht ein paar Tage trauern und dann würde sie endlich mir gehören. Wenn Tiffany endlich aus Sams Leben verschwunden ist, dann könnten wir glücklich sein. Immer muss Tiffany alles kaputt machen. Alle lieben Tiffany. Sie ist ja so perfekt. Sie ist ja so schön. Sie ist ja so liebevoll. Und was ist mit mir? Wir sehen uns so ähnlich, bin ich dann nicht schön? Was heißt perfekt? Und liebevoll kann ich auch sein, sogar liebevoller als Tiffany, die einen Eispanzer mit sich trägt. Wieso musste Samantha sich ausgerechnet in sie verlieben? Aber was weiß denn meine liebe, süße Polizistin schon von Liebe … Doch das wird sie schon noch kennenlernen, und zwar mit mir. Ich werde ihre einzig wahre, große Liebe sein. Sie wird es schon noch bemerken, aber was mache ich jetzt mit Tiffany? Sie schläft immer noch seelenruhig. Ich glaube, ich habe ihr ein oder zwei K.O.-Tropfen zu viel gegeben. Wie schön wäre es, ihr gleich hier das Messer in ihr ach so gütiges Herz hineinzustoßen. Es ein paar Mal umzudrehen und herauszuziehen, um es dann gleich an einer anderen Stelle wieder hineinzustoßen. So wie bei Thomas Walker, dem Taugenichts. Der in all den Jahren genauso heil davongekommen ist wie mein damaliger Dozent. Naja, jahrelang ist der nicht durchgekommen, grinst sie schelmisch. Hier haben ihr die K.O.-Tropfen damals auch geholfen. Ein kleiner Spaziergang über die Brooklyn Bridge, hervorgezaubert zwei Flachmänner, einer für mich, einer für ihn, dann ein kleiner Stoß über das Geländer und erledigt war das Problem. Es hätte wie ein Selbstmord aussehen sollen, aber man hat seine Leiche bis heute nicht gefunden. Naja, auch nicht schlimm. Ist halt so. Ob ich das bei Tiffany auch so machen soll? Es wäre zwar nur das halbe Vergnügen, aber niemand würde mir auf die Schliche kommen. Tiffany hat mit Sicherheit mit keinem über ihre Ahnung gesprochen, sonst hätte ihre bezaubernde Samantha mich nicht in der Arbeit besucht und Erkundigungen über sie eingeholt. Mein Plan mit der Nachricht von ihrem Handy ist tatsächlich aufgegangen und ich habe sie auf die falsche Fährte gelockt. Sie haben den Köder geschluckt.

„So, meine liebe Schwester! Jetzt werde ich die Tochter sein, auf die unsere Eltern stolz sein können. Sie werden jetzt nur mehr eine Tochter haben. Sie werden mich lieben und vergöttern, weil ich ihnen erhalten bleibe, aber du, meine Liebe, du wirst ihnen den größten Schmerz bereiten, den eine Tochter nur bereiten kann. „Wie kann sie das nur tun?“, werden sie sich fragen. Sie werden dich hassen, dafür, was du ihnen angetan hast“, rede ich mit meiner schlafenden Schwester. Obwohl ich weiß, dass sie mich gerade nicht hören kann, kann ich nicht anders. Ich muss mein Glück in Worte fassen und meine Schwester jetzt ins Jenseits zu befördern, ist das pure Glück.

„Ding dong, ding dong“, höre ich die Glocke der Haustür. Während ich mich frage, wer das sein kann, gehe ich aus dem Gästezimmer und schaue durch den Spion. Ich kann mein Glück kaum fassen. Es ist Samantha. Mit einem Blick auf die Uhr stelle ich fest, dass sie jetzt schon Feierabend haben müsste. Freudestrahlend öffne ich ihr die Tür. Ihr Anblick berauscht mich immer wieder aufs Neue. Schmetterlinge fliegen wie wild in meinem Bauch und über meine Haut laufen dutzende Armeen von Ameisen. Mein Herzschlag durchbricht gerade die Schallgeschwindigkeit.

„Samantha! Es freut mich, dich zu sehen. Was verschafft mir die Ehre?“, begrüße ich sie und öffne die Tür weiter, um ihr Einlass zu gebieten.

„Das kann ich dir so genau nicht sagen, aber irgendwie wollte ich dich sehen. Ich weiß auch nicht, es klingt ein bisschen seltsam, aber anders kann ich es dir auch nicht beschreiben. Ich hoffe, ich störe dich nicht? Ansonsten können wir uns ja ein anderes Mal wieder treffen?“ Sie wird doch jetzt nicht einfach gehen wenn sie schon einmal hier ist. Ich muss reagieren, ich muss etwas sagen. Ich starre sie einfach nur an. Es ist immer so. Wenn Samantha in meiner Nähe ist dann ist es, als würden die Synapsen in meinem Gehirn nicht mehr funktionieren. Bevor Samantha mir den Rücken ganz zuwendet, hat mein Denkvermögen noch einen kleinen Tritt erhalten und ich halte sie auf. Sie geht in den Flur, hängt ihre Jacke an den Haken und zieht die Schuhe aus.

„Woher kennst du denn meine Adresse?“

„Schon vergessen? Ich bin bei der Polizei und da ist es ein leichtes, sämtliche Adressen ausfindig zu machen!“ Das Zwinkern am Ende ihres Satzes lässt mich innerlich Purzelbäume schlagen. Ich fühle mich, als würde ich in einer Achterbahn sitzen. So sehr ich mich auch freue, sie jetzt hier zu haben, ist es wohl der schlechteste Zeitpunkt, den sie nur wählen konnte, immerhin habe ich ja auch noch meine Schwester hier. Plötzlich überkommt mich die Angst, dass Tiffany gleich aufwacht, Stimmen hört und vielleicht zu schreien beginnt, um auf sich aufmerksam zu machen. Das muss ich sofort verhindern. Mit einer kurzen Entschuldigung, und nicht, ohne Samantha zu bitten, doch derweil auf der Couch Platz zu nehmen, gehe ich in mein Schlafzimmer, um die Kleberolle zu holen. Leise schleiche ich mich danach rüber ins Gästezimmer und klebe der Gott sei Dank immer noch schlafenden Tiffany den Mund zu.

„So, du wirst uns jetzt nicht mehr stören. Aber wer weiß, vielleicht werden wir ja dich stören. Hoffentlich hörst du die Stimmen von Samantha und mir. Und wer weiß, was der Abend noch für Überraschungen parat hat!“

Zurück im Wohnzimmer sitzt Sam auf meiner Couch. Was für ein Anblick! Ich kann meine Augen kaum von ihr wenden. Sie kommt mir vor wie ein Engel. So unschuldig. So lieblich. Diese Blicke, die sie mir zuwirft. Hat sie endlich eingesehen, dass ich die Liebe ihres Lebens bin? Ich muss meine Gedanken auf andere Dinge lenken. Wie sieht es denn aus, wenn ich reglos und stumpf wie eine Marmorsäule dastehe und sie nur anstarre? Wo sind denn meine Manieren? Ich sollte ihr etwas zu trinken anbieten, was ich dann auch gleich tue.

Mit zwei Flaschen Bier komme ich kaum eine Minute später wieder zu meinem Engel zurück. Mein bezaubernder Engel. Ich reiche ihr eine Flasche und stoße mit ihr an.

„Worauf trinken wir?“, frage ich sie.

„Auf uns?“

„Das klingt schön. Auf uns!“ Schon klirren die zwei Glasflaschen aneinander. Nach einem großen Schluck sehe ich eine kleine, herzförmige Schachtel auf dem Tisch.

„Was ist das?“

„Achso das …“, wie niedlich Samantha ist, wenn sie nervös ist. „… das ist eine kleine Aufmerksamkeit. Ich kann doch nicht mit leeren Händen zu dir kommen. Eine Flasche Wein wollte ich nicht mitnehmen, nicht dass du meinst, ich würde dich abfüllen wollen.“ Schon wieder dieses Zwinkern. Flirtet sie mit mir? Ich glaube wirklich, dass sie mit mir flirtet. Ich spüre, wie eine leichte Röte über meine Wangen zieht. „Das ist aber nett. Vielen lieben Dank!“ Ich darf mich nicht zu sehr hineinsteigern. Es ist noch zu früh. Eigentlich ist sie ja mit Tiffany liiert. Oder habe ich etwa verpasst, dass es doch nicht mehr so ist? Warum waren sie heute wirklich bei mir und haben mich über sie ausgefragt?

„Samantha, darf ich dich etwas fragen?“

„Du darfst mich alles fragen!“

„Ich habe die Frage heute schon einmal gestellt, aber leider bekam ich keine Antwort darauf. Hat meine Schwester etwas mit eurem Fall zu tun? Ich meine, etwas anderes als eure Profilerin zu sein?“

„Du weißt, dass ich darüber nicht sprechen darf, aber ich vertraue dir.“ Der tiefe Blick, den Samantha mir schenkt, geht mir durch Mark und Bein. Ich könnte versinken in diesen blauen Augen. Mich weit von ihnen tragen lassen. Mit einem kurzen Nicken gebe ich ihr zu verstehen, dass sie mir vertrauen kann. Und wie sie mir vertrauen kann!

„Wir glauben, dass Tiffany die Mörderin ist!“ Jetzt liegt es an mir ein sprachloses, verwirrtes und ungläubiges Gesicht zu machen.

„Das meinst du nicht ernst, oder?“

„Doch, leider. Es spricht alles dafür. Das Problem ist, sie hat sich heute selbst verraten, ansonsten würden wir immer noch im Dunkeln tappen. Die Mörderin, nach der wir suchen, hat sich auch in mich verliebt. Diese Frau schreibt mir nach jedem Mord einen Brief. Immer wieder behauptet sie, ich würde zu ihr gehören und solche Sachen. Heute kam von Tiffany eine Nachricht mit „Du gehörst zu mir!“ Und seitdem habe ich nichts mehr von ihr gehört. Sie war auch so begierig auf den Fall, wollte jede Einzelheit wissen, wollte jeden Tatort sehen. So wie ein Mörder, der immer wieder an den Ort des Geschehens zurückkehrt. Kennst du das?“

„Ja, davon habe ich schon gehört. Und ihr meint nicht, dass das nur ein Zufall ist oder dass Tiffany die Nachricht anders gemeint hat?“

„Nein, daran gibt es keine Zweifel mehr.“ Sie trinken noch einen Schluck. Samantha lässt ihren Blick durch den Raum schweifen.

„Gefällt es dir?“, frage ich hoffnungsvoll. Sie soll sich hier wohlfühlen.

„Ja, sehr!“ Wieder dieser tiefe Blick aus den blauen Augen. Ungeduldig wippe ich mit meinem Fuß auf und ab. Samantha scheint auch etwas nervös zu sein. Wie niedlich sie herumzappelt. Wie ein kleines Kind, das es gar nicht mehr erwarten kann, bis der Weihnachtsmann endlich die ersehnten Geschenke bringt.

„Huch …“ Samantha hält etwas Goldenes in den Händen. „Entschuldige bitte, ich bin hier leider mit der Hand an dem Spalt in der Couch hängen geblieben. Kann es sein, dass du etwas vermisst?“

Hier ist mein Armband! Erleichtert atme ich aus. Ich war mir nicht mehr sicher ob ich das getragen habe, als ich das kleine Rendezvous mit Thomas Walker hatte. Wäre nicht auszudenken gewesen, wenn ich das in dem miefigen kleinen Wohnwagen verloren hätte. Tiffany hätte mich sofort verraten.

„Da ist ja mein gutes Stück. Das habe ich schon seit Wochen gesucht. Du bist wirklich ein Engel. Danke!“

„Gerne!“

Um meiner Dankbarkeit Ausdruck zu verleihen, hauche ich ihr einen kleinen Kuss auf die Wange. Mein ganzer Körper schreit nach mehr, aber ich kann noch nicht. Kleine Schritte führen zum Ziel, ermahne ich mich.

„Ich habe schon gedacht, dass ich das endgültig verloren hätte. Du musst wissen, dieses Armband bedeutet mir sehr viel. Das habe ich zum achtzehnten Geburtstag von meiner Schwester geschenkt bekommen.“

Wieder sieht sie mich an. Ich kann nicht mehr lange an mich halten. Ich muss irgendwie Abstand zwischen uns schaffen, doch kaum habe ich den Gedanken zu Ende gedacht, rückt sie ein Stück näher an meine Seite. Was wird das? Sie wird doch nicht? Will sie mich doch?

„Ich muss dir die Wahrheit sagen“, höre ich ihre Stimme dicht an meinem Ohr. „Seit unserem ersten Kuss bekomme ich dich nicht mehr aus meinen Gedanken. Ich kann kaum noch essen, kaum noch schlafen. Ständig bist du bei mir. Ich wollte meine Gefühle unterdrücken, aber ich kann nicht mehr. Dann heute, als wir bei dir in der Arbeit waren, … ich war so genervt, dass Ben dabei war, denn ich habe deine Blicke gespürt. Hast du das damals ernst gemeint? Willst du mich wirklich?“

„Oh Sam! Meinst du das ehrlich? Ich meine, du und Tiffany …?“

„Vergiss Tiffany. Du weißt, erstens ist sie eine Mörderin und zweitens find ich dich viel heißer. Du hast heute Recht gehabt mit deiner Aussage. Sie ist eine Langweilerin. Willst du jetzt noch weiter reden oder küsst du mich endlich?“

Diese Einladung brauche ich kein zweites Mal. Sanft nehme ich ihr Gesicht in meine Hände und senke meine Lippen auf ihre. Nach ein paar endlosen Minuten höre ich nur noch ein gestöhntes: „Schlafzimmer! Sofort!“, von ihr. Diesen Wunsch erfülle ich ihr augenblicklich. Der Himmel auf Erden tut sich gerade für mich auf. Ich kann nicht glücklicher sein. Endlich an das Ziel meiner Träume zu gelangen! Meine Gedanken drehen sich im Moment nur um das Hier und Jetzt. Wie auf einer Wolke schwebend erhebe ich mich mit Samantha und merke nicht, was um mich herum geschieht.

42. Kapitel

„Allison Clark? Sie sind festgenommen wegen Mordes in zumindest sechs Fällen. Sie haben das Recht zu schweigen. Alles was Sie sagen kann und wird vor Gericht gegen Sie verwendet werden. Sie haben das Recht, zu jeder Vernehmung einen Verteidiger hinzuzuziehen. Wenn Sie sich keinen Verteidiger leisten können, wird Ihnen einer gestellt. Haben Sie das verstanden?“ Benjamin leiert die Miranda-Belehrung, die seit 1966 gültig ist, herunter. Es ist ja nicht nur der übliche Spruch, den man aus allen Krimis kennt, sondern sie haben damit auch eine Verpflichtung zu erfüllen. Jeder Verdächtige hat das Recht, die Aussage zu verweigern und ein Recht auf anwaltlichen Beistand. Damals, weswegen dann auch die Miranda-Belehrung etabliert wurde, wurde der mexikanische Einwanderer Ernesto Miranda wegen Raubes, Entführung und Vergewaltigung einer jungen Frau festgenommen. Ernesto Miranda kannte seine Rechte nicht und konnte deswegen auch keinen Gebrauch davon machen. Er wurde zu zwanzig Jahren Haft verurteilt. Sein Strafverteidiger klagte vor dem Obersten Gerichtshof der Vereinigten Staaten gegen das Urteil und letztlich wurde es aufgehoben. Mit einem geübten Griff biegt Ben Allisons Arme nach hinten, um ihr Handschellen anzulegen. Mit einem verwirrten Gesichtsausdruck sieht sie Samantha an und fragt: „Was soll das? Was habe ich getan?“

„Haben Sie ihre Rechte verstanden, Frau Clark?“, wiederholt Benjamin seine Frage.

„Ja, habe ich, aber warum? Ich habe nichts getan! Samantha, war das alles nur gespielt?“

„Wo ist Tiffany?“ Samantha geht einen Schritt auf die eben Festgenommene zu. „Mach‘ es bitte nicht noch schlimmer als es schon ist und sag‘ mir, wo wir Tiffany finden können!“

Als Allison bemerkt, dass sie verloren hat, senkt sich ihr Blick Richtung Boden und sie murmelt leise vor sich hin: „Sie ist im Gästezimmer. Ihr ist nichts passiert.“

Schnell schiebt sich Samantha an Allison und Ben vorbei und rennt durch die Wohnung. Sie öffnet die erste Tür auf der linken Seite, die jedoch zum Schlafzimmer führt. Auf der rechten Seite gegenüber ist noch eine Tür. Sam reißt sie schwungvoll auf und blickt in ein düsteres Zimmer. Mit der rechten Hand betätigt sie den Lichtschalter und sieht Tiffany. Sie liegt mit Handschellen gefesselt auf dem Bett und ihr Mund ist mit Kleibestreifen zugeklebt. „Sie sieht aus, als würde sie schlafen, oder bin ich doch zu spät gekommen?“, denkt Samantha. Mit drei schnellen

Schritten ist sie an ihrer Seite und ruft ihren Namen. Als die Angesprochene immer noch nicht reagiert, setzt sich Samantha an die Bettkante, umfasst sanft ihren Oberkörper und schüttelt sie leicht, dabei immer wieder ihren Namen murmelnd. Da bemerkt sie eine kleine Regung in ihrem Gesicht. Samantha fällt ein Stein vom Herzen. Sie lebt! „Tiffany? Tiffany? Bitte wach auf. Es ist vorbei! Du bist in Sicherheit! Ich bin bei dir. Dir kann nichts mehr geschehen.“ Langsam öffnet die Psychologin die Augen und muss ein paar Mal blinzeln, bis sie sich an den hellen Lichtschein der Deckenlampe gewöhnt. „Hmpf, hmpf, hmpf“, hört Samantha nur, bis sie registriert, dass Tiffany immer noch das Klebeband über ihrem Mund hat.

„Bitte verzeih‘ mir, das kann ein bisschen schmerzhaft sein, aber ich werde dir das Klebeband jetzt entfernen. Bitte vertrau‘ mir! Ich werde so sorgsam sein, wie es nur geht!“ Samantha steht auf und beugt sich über ihre Freundin. Zärtlich legt sie eine Hand auf die Wange um diese glatt zu ziehen und mit der anderen Hand reißt sie mit einem Ruck den Klebestreifen vom Gesicht. Sie hört nur einen kurzen Schmerzenslaut und beide sehen sich tief in die Augen, bis Tiffany fragt, was denn überhaupt geschehen ist. In kurzen Sätzen berichtet Samantha, dass Allison die gesuchte Täterin ist und sie soeben verhaftet wurde.

„Ich muss jetzt schnell den Schlüssel suchen, um dich endlich loszumachen!“ In der Zwischenzeit ist Benjamin ihr ins Gästezimmer gefolgt und überreicht ihn ihr wortlos. Keiner der beiden anwesenden Frauen hat bemerkt, dass er ebenfalls schon hier ist. Dankend nimmt Samantha den Schlüssel und öffnet die

Handschellen. Überglücklich fallen sich die beiden Frauen in die Arme und die Psychologin kann ihre Tränen nicht mehr länger zurückhalten. Samantha hält ihre Freundin im Arm und streichelt ihren Rücken. Ein paar Minuten später hat sich die dunkelhaarige Frau wieder halbwegs im Griff und fragt: „Wo ist sie? Kann ich zu ihr?“ Sam nickt bejahend und steht auf, ohne dabei die Frau in ihrem Arm freizugeben. Zusammen gehen sie zurück ins Wohnzimmer, während Samantha sich nochmal erkundigt, ob wirklich alles in Ordnung ist. Tiffany bejaht die Frage, sie ist nur ein bisschen müde und hat Kopfschmerzen, aber ansonsten geht es ihr gut. „Allison hat mir nichts getan!“, versichert sie der blonden Polizistin.

„Allison! Warum? Warum hast du das nur gemacht?“, fragt Tiffany und geht auf ihre Schwester zu.

„Ohne meinen Anwalt sage ich nichts!“, kommt die eiskalte Antwort zurück.

„Allison, ich bin deine Schwester! Ich liebe dich!“

„Ach ja? Davon hat man nie etwas gemerkt!“

Samantha geht ebenfalls zu den beiden und legt einen Arm um Tiffany, um ihr zu zeigen, dass sie nicht alleine ist, dass sie zu ihr steht, dass ihre Gefühle echt sind. Tiffany laufen Tränen über die Wangen. Sie kann und will sie gar nicht zurückhalten. Sie versteht es nicht. Was ist nur geschehen? Was ist nur aus ihrer süßen, lieben, kleinen Schwester geworden? Sie weiß, dass sie eines Tages Antworten auf ihre Fragen bekommen wird, aber im Moment ist sie nur verwirrt und traurig, jedoch auch erleichtert, dass sie selbst noch lebt und zumindest dieser Mordanschlag vereitelt wurde. Sie wäre fast gestorben, durch die Hand ihrer eigenen Schwester, wenn Samantha nicht rechtzeitig gekommen wäre. Mit einem spöttischen Blick wendet sich Allison an Samantha: „Du hast mit mir gespielt, nur um sie zu retten und ich bin darauf reingefallen! Ich liebe dich wirklich, Samantha, und du wirst sehen, eines Tages werden wir zusammenfinden. Spätestens dann, wenn du merkst, dass die da nichts für dich ist.“ Dabei nickt sie mit ihrem Kopf und mit abfälligem Gesichtsausdruck in Richtung ihrer Schwester.

„Abführen!“ Mehr zu sagen ist Samantha momentan nicht in der Lage. Allison! Allison ist die Mörderin. Warum ist sie da nicht früher draufgekommen? Warum hat sie so lange nichts gemerkt? Waren die Anzeichen nicht da? Hat sie sich so blenden lassen? Als Allison von zwei Uniformierten aus der Wohnung und zum Polizeiwagen geführt wird, zieht Samantha ihre Freundin enger an sich, legt ihr die Arme um die Schultern und hält sie so lange fest, bis Tiffany sich wieder beruhigt hat. Ein Kuss auf jedes Auge sollte ihre letzten Tränen zum Versiegen bringen.

„Ich bringe dich jetzt erstmal nach Hause. Ich muss leider gleich wieder ins Dezernat und die Vernehmung durchführen. Ich wäre aber jetzt viel lieber bei dir!“

„Nein! Ich möchte nicht nach Hause. Bitte lass‘ mich mitfahren. Ich möchte gerne dabei sein, wenn du meine Schwester verhörst.“

„Willst du dir das wirklich antun? Das geht eigentlich nicht und verstößt gegen die Vorschriften - du bist immer noch ihre Schwester und wärst beinahe ihr nächstes Opfer geworden."

„Ja, bitte, ich flehe dich an. Vielleicht bekomme ich so wenigstens ein paar Antworten auf meine ganzen Fragen nach dem Warum. Ich meine, sie scheint doch mir die Schuld an allem zu geben." Samantha kann ihre Freundin verstehen. Sie würde an ihrer Stelle auch nicht einfach nach Hause fahren und würde dabei sein wollen. Sie nickt ihr verständnisvoll zu.

„Bist du soweit?" Tiffany bejaht die Frage. Samantha geht noch schnell zu Ben, klärt ihn darüber auf, dass Tiffany beim Verhör dabei sein möchte und ersucht ihn darum, auch George und Simon über die Verhaftung zu informieren. Sie müssen beim Verhör einfach eine Ausnahme machen. Für Tiffany scheint es wirklich wichtig zu sein. Vorschriften hin oder her. Und immerhin ist sie ja auch noch die offiziell dem Fall beigezogene Profilerin. Währenddessen ruft Tiffany eine ihrer Bekannten an, die Anwältin ist. Sie will jegliche Schuld von sich weisen und sich später keinen Vorwurf machen müssen. Zumindest so kann sie Allison unterstützen. Sie heißt die Taten, die sie getan hat, nicht gut, aber sie ist und bleibt immer noch ihre Schwester und soll nicht das Gefühl haben, dass sich alle nur gegen sie verschworen haben.

„Schon erledigt", informiert Ben Samantha. Zu dritt machen sie sich auf den Weg ins Präsidium und weihen dort ihre Kollegen und ihren Chef Howard Link ausführlich in die letzten Ereignisse und den Stand der Dinge ein.

„Gute Arbeit! Und … Frau Doktor Clark, es tut mir so leid. Mir fehlen die Worte!“ Ganz entgegen seiner sonstigen Art drückt er die Psychologin kurz an seine Brust und verschwindet daraufhin in seinem Büro.

„Habt ihr bei der Recherche zu Thomas Walker etwas in Erfahrung bringen können?“, fragt Samantha ihre beiden anderen Kollegen.

„Ja, aber bis auf ein paar Strafzettel hat er eine reine Weste. Keine Anzeige, keine Anklage, rein gar nichts. Nichts, was in das Schema passt.“

„Aber es muss doch irgendetwas über ihn geben? Warum hätte Allison sonst … ihr wisst schon …“ Samantha will vor ihrer Freundin die Tat nicht direkt erwähnen. Sie leidet schon genug. Noch einen Stich ins Herz möchte sie ihr nicht antun.

„Vielleicht in einem anderen Staat?“

„Negativ!“ Sam macht sich eine Notiz auf ihrem Block. Noch eine weitere offene Warum-Frage. Sie hofft, dass Allison geständig ist und sie den Fall heute noch wirklich abschließen können. Die Berichte kann sie dann auch morgen schreiben. Sie möchte so schnell wie möglich mit ihrer Freundin nach Hause, sie in den Arm nehmen und einfach nicht mehr loslassen.

Im Verhörraum setzen sich Samantha und Benjamin gegenüber von Allison. Wie auch die Zeugen werden die Verdächtigen über die installierte Videokamera aufgeklärt, die alles aufzeichnet.

„Sind wir soweit?“, fragt Ben. Samantha gibt ihm mit einem Nicken zu verstehen, dass sie anfangen können. Sie beginnen mit den Formalitäten.

„Warum stellt ihr mir nicht einfach die Frage, die euch schon so brennend interessiert und wir kürzen das Ganze einfach ab. Ihr wisst, besonders du, Samantha, weißt genau, wie ich heiße, wo ich wohne oder wo ich arbeite.“

„Na gut, Frau Clark, warum haben Sie all die Männer ermordet?“

„Ermordet! Das klingt so grausam!“, Allison gibt sich betont kühl.

„Die Art und Weise, wie diese Männer gestorben sind, war grausam!“

„Nein, sie haben es verdient. Es sind nur nutzlose Objekte der Gesellschaft. Niemand wird wirklich traurig sein, dass sie nicht mehr unter uns weilen. Ganz im Gegenteil. Ich habe dadurch sehr viele Menschen glücklich gemacht. Fragt doch einmal die wahren Opfer, wie es ihnen jetzt geht!“

Die beiden Polizisten schauen sich nur an. Hinter dem Spiegel stehen George, Simon und natürlich Tiffany. Die Psychologin, die ihnen bei dem Fall sehr geholfen hat, blickt wie gebannt durch die Scheibe auf ihre Schwester. Ist das überhaupt ihre Schwester? Die Frau auf der anderen Seite kommt ihr so fremd vor, als kenne sie sie gar nicht, geschweige denn sie hätte sie aufwachsen sehen. Hätte sie nicht früher schon bemerken müssen, dass ihre Schwester krank ist?

„Wie meinen Sie das, dass diese Männer es verdient haben?“

„Sie wissen doch genau was sie getan haben. Sind Sie da nicht meiner Meinung?“

Plötzlich hören sie ein Klopfen an der Tür, als sich diese auch schon gleichzeitig öffnet und eine ältere, äußerst gepflegte und vielleicht etwas zu stark geschminkte Frau mit Brillen hereintritt – das graue Haar streng nach hinten zu einem Dutt zusammengebunden und eine dicke Aktentasche einer offensichtlich sündteuren Nobelmarke in der Hand.

„Guten Tag, ich bin Dr. Beverly Houseman. Ich bin die Anwältin von Frau Clark. Was wird ihr vorgeworfen? Frau Clark, Sie sagen jetzt kein Wort mehr“, weist die soeben angekommene Frau ihre Mandantin an.

„Frau Clark wird Mord in mindestens sechs Fällen und noch dazu Freiheitsentzug vorgeworfen. Frau Clark hat die Morde so gut wie gestanden. Möchten Sie sich vielleicht noch kurz mit ihrer Mandantin alleine unterhalten?“, fragt Samantha. Sie weiß, dass auch die Anwältin hier nicht mehr viel für Allison tun kann und sie hat bereits eine Vermutung, wer Beverly Houseman angerufen hat. Mit einem kurzen Nicken an die Polizeibeamten wendet sich die Anwältin ihrer Klientin zu. „Schalten Sie die Kameras aus!“ Sam und Benjamin verlassen den Raum und gehen zu der Tür nebenan, hinter der sich Tiffany, George und Simon befinden.

Ihren Blick auf den Boden gerichtet, sagt Tiffany: „Ich habe Beverly angerufen."

„Beverly?"

„Ja, wir kennen uns schon seit ein paar Jahren und ich musste doch etwas tun. Allison ist immer noch meine Schwester und wenn sie früher das Gefühl hatte, ich sei nicht für sie da gewesen, dann möchte ich wenigstens jetzt alles nur erdenklich Mögliche tun."

„Das ist dein gutes Recht, Tiffany. Jeder von uns hätte vielleicht so gehandelt. Lassen wir die beiden kurz alleine und holen uns einen Kaffee?", fragt Benjamin. Alle Anwesenden nicken ihm bejahend zu und verlassen den Raum.

Eine halbe Stunde später sind Samantha und Benjamin wieder im Verhörraum.

„Sind sie soweit?", fragt Samantha.

„Ja", antwortet Beverly. „Meine Mandantin möchte ein Geständnis ablegen."

Erwartungsvoll blicken drei Augenpaare zu der Angeklagten. Umfangreich erzählt sie, wie sie die Männer ermordet hat. Sie lässt kein Detail aus, als wäre sie gerade noch mitten in der Tat. Es scheint fast so, als würde sie nur körperlich anwesend sein, aber ihre Gedanken, ihr Geist, scheinen meilenweit weg zu sein. Stumpf, abgebrüht und voller Kälte erläutert sie jeden einzelnen Schritt. Wie sie die Männer vorher ausspioniert und alles genauestens geplant hat. Sie betreute mindestens eines der Opfer jedes toten Mannes. Sie sieht sich als Engel für ihre Schützlinge. Von fünf Männern wissen wir, dass sie verurteilte Sexualstraftäter waren, aber was ist mit dem letzten Mord? Samantha beobachtet Allison genau. Ihr Blick ist starr auf die gegenüberliegende Wand gerichtet, auch noch, als sie den letzten Satz gesprochen hat.

„Was ist aber mit dem letzten Opfer, bei dem wir Ihr Armband gefunden haben? Thomas Walker? Wir konnten keine Vorgeschichte zu ihm finden!“, hakt Benjamin nach.

„Klar könnt ihr hier nichts finden. Die Familie hat die Geschichte totgeschwiegen. Nur durch Zufall bin ich darauf gestoßen“, sagt Allison, und erzählt wie sie davon erfahren und ihr Plan sich verfestigt hat, Thomas Walker doch noch seiner gerechte Strafe zuzuführen. Ergriffen von der Geschichte brauchen die beiden Polizeibeamten und sogar die Anwältin ein paar Augenblicke, um die grausamen Eindrücke der ausführlichen Schilderungen zu verdauen. Die bedrückende Stille wird wieder von Allisons Stimme durchbrochen. Diesmal nicht so kalt und beherrscht wie zuvor, sondern mit einer Sanftheit, die einem Ängstlichen jede Angst sofort nehmen würde.

„Eine Frage hätte ich noch“, räuspert sich Samantha und beugt ihren Oberkörper ein bisschen nach vorne. „Allison, wie kam dein Schreiben damals auf meinen Schreibtisch? Niemand der Kollegen hat etwas gesehen.“

„Ich habe eine Anzeige aufgegeben. Ich habe vorgetäuscht, dass ich meine Brieftasche und somit meine ganzen Karten verloren hätte. Da bin ich dann nicht weiter aufgefallen und konnte schnell den Umschlag auf deinen Tisch legen.“

So einfach war das Rätsel gelöst. Allison war persönlich im Dezernat. Wie hätte sie da wirklich auffallen können. Eine vorgetäuschte Anzeige und schon war sie nicht mehr verdächtig. Sogar unscheinbar und nebenbei schnell einen Brief wo hinlegen, das ging dann auch recht schnell.

„Samantha, ich liebe dich. Ich habe das alles für dich getan. Für uns und für die armen Kinder und Frauen. Ich möchte so gerne mein Leben mit dir verbringen. Bitte verlasse mich nicht! Bitte gib uns eine Chance.“

Schmerzerfüllt erwidert Samantha nur: „Allison …“, und verlässt den Verhörraum, ohne dass jemand die Tränen, die sich mittlerweile in ihre Augen gesammelt haben, zu sehen bekam.

EPILOG

Einen Monat später findet in Benjamins Garten wieder eine Party statt, um die Geburt seines zweites Kindes, Ashley Carter, zu feiern. Diesmal ist nur ein Teil des Dezernates eingeladen. Die kleine, süße Ashley kam pünktlich zur Welt und diesmal konnte der werdende Vater bei der Geburt dabei sein. Ausschweifend, aber voller Stolz und Ehrfurcht, erzählt er von den Erfahrungen, die er im Kreissaal gemacht hat. Immer wieder gleitet sein Blick voller Liebe, Wärme und Zuneigung zu seiner Frau Debbie, die mit Samantha und Tiffany beim Kinderwagen steht. Mit einem breiten Schmunzeln im Gesicht hört Samantha nur mit einem Ohr dem Bericht ihres Kollegen zu. Sie kennt die Geschichte bereits, denn Ben hat es sich nicht nehmen lassen, sich schon eine Stunde nach der Geburt bei ihr zu melden und alles bis ins kleinste Detail zu erzählen. Er hat dabei auch vollkommen die Zeit vergessen und so wurde Samantha damals um vier Uhr früh von ihm geweckt. Sie konnte seine Freude verstehen und war ihm auch nicht wegen der nächtlichen Störung böse. Sie freute sich für ihn. Das ist jetzt gut zwei Wochen her. Samantha und Tiffany sehen aber heute das neue Mitglied der Familie Carter auch nicht zum ersten Mal. Am selben Tag, als der Anruf von Ben kam, fuhren sie schon ins Krankenhaus, um Ashley willkommen zu heißen. Schon beim ersten Blick auf die kleine Stupsnase hat sich die Tochter ihres Kollegen in das Herz von Samantha geschlichen.

Howard Link, der Chef von allen, außer Debbie und Tiffany, gibt gerade eine seiner Anekdoten, über die Geburt seiner Kinder und inzwischen auch Enkelkinder, zum Besten. Er hat drei Kinder - zwei Töchter und einen Sohn, doch so aufgeregt, wie er bei der Geburt seines ersten Enkelkindes war, so aufgeregt war er bei keiner zuvor gewesen. Alle Anwesenden lachen und die Herren stoßen mit ihren Bierflaschen auf das Wunder der Geburt an.

„Wie geht es euch?“, wird Samantha gerade von Debbie gefragt. Mit einem Blick auf ihre Lebensgefährtin, um stumm deren Zustimmung einzuholen, erzählt Samantha, dass es ihnen sehr gut geht, obwohl die Umstände immer noch zermürbend sind. Die Gerichtsverhandlung von Allison Clark hat vor zwei Tagen begonnen und Tiffany hat seit der Festnahme immer wieder versucht, Kontakt mit ihrer Schwester aufzunehmen, was von dieser leider abgeblockt wurde. Allison möchte keinen Kontakt mehr zu ihrer Schwester haben, trotzdem möchte Tiffany bei jeder Verhandlung dabei sein um ihr zu zeigen, dass sie nicht alleine ist und sie hinter ihr steht. Die Anwältin versucht, anstatt einer Verurteilung die Einweisung in eine psychiatrische Klinik für geistig abnorme Rechtsbrecher zu erreichen. Damit wäre sie nicht schuldig im herkömmlichen Sinn, sondern wegen fehlender Schuldfähigkeit sozusagen „unschuldig schuldig“. Die psychische Verfassung führt zum Ausschluss der Schuldfähigkeit. Die Aussicht darauf ist sehr gut. Im Moment befindet sich Allison in einer Psychiatrie. Im Laufe der Abschlussarbeiten zum Fall haben sie noch in Erfahrung gebracht, dass Allison tatsächlich während ihres Jurastudiums selbst Opfer einer Vergewaltigung durch ihren Professor wurde. Mittlerweile wurde auch der Leichnam des Professors gefunden, Allison hat auch diesbezüglich ausgepackt. Zur damaligen Zeit war Allison ein unschuldiges Opfer. Jetzt ist sie eine schuldige oder auch unschuldige Täterin. Die ganze Geschichte hat Tiffany sehr mitgenommen. Sie hatte davon überhaupt keine Ahnung und macht sich seitdem immer wieder Vorwürfe, dass sie etwas hätte merken müssen. Sie fragt sich, ob ihre Schwester nicht versteckte Zeichen und Anhaltspunkte gegeben hat und quält sich mit Fragen, warum ihre Schwester nicht offen mit ihr über ihre Vergangenheit gesprochen hat. Ihre Zerwürfnisse gingen scheinbar darüber hinaus, sodass sie sich sogar Gedanken macht, ob sie nicht ihre berufliche Karriere an den Nagel hängen soll, weil sie das Unheil nicht einmal direkt vor ihren eigenen Augen gesehen hat. Doch diesen Unsinn konnte Samantha ihr bisher schnell wieder ausreden. Man kann einfach nicht in einen Menschen hineinschauen, auch Tiffany nicht, und zur damaligen Zeit waren sie kilometerweit voneinander getrennt. Derartige Gespräche führen die beiden Liebenden immer wieder, stundenlang. Am Anfang wollte Tiffany alleine mit sich und der Welt sein, doch das ließ eine Samantha Forster nicht lange zu und sich nicht sagen. Sie will ihrer Freundin zu Seite stehen. Sie in ihrer schlimmsten Zeit an der Hand halten und sie begleiten. Diese letzten vier Wochen haben die Frauen noch mehr zusammengeschweißt. Das letzte Wochenende verbrachten sie mit einem Kurzausflug in San Francisco, um den langjährigen Freund von Samantha, Charly, bei einem Auftritt als Drag-Queen zu besuchen. Das brachte die beiden zumindest kurzfristig auf andere Gedanken.

Samantha bekommt immer noch, und trotz aller Versuche dies zu unterbinden, wie auch immer Allison das schafft, einmal pro Woche einen Brief von ihr. Jeder der Briefe fängt mit den gleichen Worten an, wie die damaligen Bekennerschreiben: „Bezaubernde Detective."

Auf die Frage, warum Allison die Opfer jedes Mal angezündet und das Feuer wieder gelöscht hat, bekamen sie nur als Antwort: „Feuer ist doch sehr romantisch, oder findest du nicht? Aber das alleine zu genießen, war dann doch nicht das Gleiche, und somit habe ich es dann wieder gelöscht." Sie können dieser Antwort zwar keinen Glauben schenken, müssen sich aber damit zufrieden geben. Den wahren Grund, oder ob es überhaupt einen speziellen Grund dafür gibt, werden sie wohl nie erfahren. Zumindest für die Ermittlungen ist das im Grunde auch unerheblich.

„In fünf Minuten gibt es Essen!", werden die drei Damen in ihrer Unterhaltung unterbrochen.

„Na dann, auf zu den Steaks! Setzt euch bitte hin, ich sehe nur schnell nochmal nach unserem Junior, ob er noch schläft“, weist Debbie sie an. Die beiden Frauen gehorchen und gesellen sich zu den Kollegen, die mittlerweile an den Tischen Platz genommen haben. Freudig und leicht verschwitzt legt Benjamin einem jeden von ihnen ein Steak auf den Teller.

„Es ist noch genug da. Bitte fangt schon einmal an“, eröffnet er die Fressorgie.

Als alle mit vollen Bäuchen in ihren Sesseln hängen, stehen Benjamin und seine Frau, die am jeweiligen Kopfende sitzen, auf und erheben ihre Bierflaschen und Debbie ihr Glas Wasser.

„Wir wollen uns noch einmal bei euch allen für eure Unterstützung und tollen Geschenke bedanken“, beginnt Ben. „ Es ehrt mich jeden Tag aufs Neue, mit so tollen Menschen arbeiten zu dürfen, aber mein größter Dank, neben dem an meine Frau, die mir die zwei wunderbarsten Kinder geschenkt hat, die ich mir vorstellen kann, gehört meiner zweiten Frau!“ Alle lachen und sehen dabei Samantha an. Meine Arbeitsehe, sagen Benjamin und sie manchmal scherzhaft.

„Nein, jetzt ehrlich. Ich danke dir, Samantha, für alles, was du für mich und uns tust. Du bist die beste Freundin, die ich mir nur wünschen kann und dass ich noch mit dir zusammen arbeiten darf, ist eine sehr hohe Auszeichnung. Ich weiß nicht, wie ich dir gebührend danken kann.“

Samantha spürt, wie sich eine leichte Röte über ihre Wangen zieht. Peinlich berührt senkt sie den Blick. Ihre

Hand wird unter dem Tisch kurz von Tiffany gedrückt. Die beiden Frauen sehen sich an und dann gleitet ihr Blick wieder zu Benjamin, der mit seiner Rede weitermacht.

„Da wir nicht genau wissen, wie wir dir danken können und wir auch nicht wissen, wer besser geeignet wäre, Patentante zu sein, fragen wir dich hiermit, Samantha Forster, möchtest du die Patentante von Ashley werden?"

Mit offenstehendem Mund und wässrigen Augen nickt Samantha den beiden zu und antwortet mit brüchiger Stimme: „Ja, ja, sehr gerne!" Dabei fällt sie Debbie in die Arme und gleich im Anschluss auch Benjamin. Die anderen Kollegen klatschen. Kurz darauf serviert Debbie einen Sekt, sie selbst bleibt bei einem Glas Orangensaft, um auf diese Feierlichkeit anzustoßen.

Als der Mond mittlerweile schon hoch am Himmel steht und sein silberfarbenes Licht sanft in den Garten fällt, umarmen sich Samantha und Tiffany und küssen sich liebevoll.

„Ich liebe dich", sagt Tiffany. Das ist das erste Mal, dass Tiffany diesen Satz ausspricht.

„Ich kann mich den Worten von Ben nur anschließen. Du bist die beste Freundin, die man sich nur wünschen kann. Und nicht nur das. Du bist etwas Besonderes. Ich danke dir für alles, was du für mich getan hast." Dabei küsst sie ihre Freundin wieder. Zärtlich drücken sich die beiden Lippenpaare aneinander, bis die vorwitzige Zunge von Samantha sanft an die Lippen von Tiffany stupst, um Einlass zu bitten. Bereitwillig öffnet Tiffany ihre Lippen und empfängt sie sanft. Nach ein paar Minuten der Liebkosung lösen sich die beiden Frauen, um Atem ringend.

„Ich liebe dich auch“, erwidert Samantha und zieht Tiffany in eine Umarmung.

Währenddessen nimmt nur ein paar Kilometer weiter neues Unheil seinen Lauf und die vier Kollegen und Tiffany werden, noch ohne es zu erahnen, wieder in den Strudel entsetzlichen Grauens gezogen …

E N D E